El caballo dorado

Sergio Ramírez

El caballo dorado

ALFAGUARA

Papel certificado por el Forest Stewardship Council®

MIXTO
Papel | Apoyando la silvicultura responsable
FSC® C117695

Penguin Random House Grupo Editorial

Primera edición: enero de 2024

Printed in Spain – Impreso en España

ISBN: 978-84-204-7715-2
Depósito legal: B-19341-2023

Compuesto en MT Color & Diseño, S. L.
Impreso en Unigraf, Móstoles (Madrid)

AL77152

Para Tulita,
por los sesenta años juntos

—Así es —respondió la barbada condesa—, pero todavía le cuadra mucho, porque se llama Clavileño el Alígero, cuyo nombre conviene con el ser de leño y con la clavija que trae en la frente y con la ligereza con que camina; y, así, en cuanto al nombre bien puede competir con el famoso Rocinante.

—No me descontenta el nombre —replicó Sancho—; pero ¿con qué freno o con qué jáquima se gobierna?

—Ya he dicho —respondió la Trifaldi— que con la clavija, que volviéndola a una parte o a otra el caballero que va encima le hace caminar como quiere, o ya por los aires, o ya rastreando y casi barriendo la tierra, o por el medio, que es el que se busca y se ha de tener en todas las acciones bien ordenadas.

MIGUEL DE CERVANTES, *Quijote*, XL, II

PRIMERA PARTE
Anno Domini 1905

Creo que el hombre tiene algunos momentos de juego y las cosas infantiles, lejos de resultar perjudiciales para una obra seria, le imprimen un carácter suave, alegre e ingenuo. En cuanto a mí, he retrocedido muy lejos, más lejos que los caballos del Partenón..., hasta el caballito de mi infancia, mi buen caballito de madera. Y también he empezado a tararear la dulce música de las escenas de niños de Schumann: el caballo de madera.

Paul Gauguin, «Cosas diversas»,
Escritos de un salvaje

1. Una princesa caprichosa y un peluquero inventor

❀

Esta historia trata de una princesa de la nobleza rural de los Cárpatos que llevaba una férula ajustada con tornillos de cabeza avellanada y correas de vaqueta en la pierna izquierda.

De un peluquero escultor de caballos, de barba frondosa abierta en dos alas, que creía haber inventado el carrousel.

De un factor de comercio, también de barba frondosa en dos alas, que se creía hijo del emperador Maximiliano.

Y de un cocinero hablantín y marrullero que salvó de morir a un dictador.

El peluquero inventor termina sus días envenenado y su cadáver es lanzado al fondo de un río. El factor de comercio termina los suyos frente a un pelotón de fusilamiento. Y el cocinero tiene su fin arrastrado por una embravecida corriente de lluvia, en estado de ebriedad.

Empieza en la aldea de Siret, entonces territorio del Imperio austrohúngaro, y acaba en Managua, bajo la ocupación militar de los Estados Unidos, con una conspiración de final inesperado.

Y es también, en primer lugar, la historia de un carrousel llegado tras un largo viaje por mar a Nicaragua, y con el que la princesa fue después de pueblo en pueblo, de fiesta patronal en fiesta patronal, los caballos de madera cada vez más venidos a menos al paso del tiempo.

La princesa es, en fin, esa anciana que se agarra la pierna para ayudarse a avanzar hacia el carrousel, dispuesta a desalojar a fuetazos a los niños que suben a la plataforma para montarse en los caballos sin pagar su ficha.

Corre el año de gracia del Señor de 1905.

Hoy es miércoles 13 de diciembre.

El *Handels-Almanach* del doctor W. F. Gottfried, impreso en Viena, señala en el santoral a Lucía de Siracusa, virgen y mártir que padeció persecución bajo el emperador Diocleciano, patrona de los ciegos, de los ópticos y talladores de lentes, los fotógrafos callejeros y las modistas; a Aristón y Elías, peregrinos errantes a través de bosques preñados de fieras y salteadores; y a Columba y Otilia, abadesas iluminadas por la Gracia de la Fe y santificadas por la penitencia del ayuno.

La mañana es fría y ventosa en Siret. Cae una fina llovizna que amenaza convertirse en aguanieve. Siret se asienta en las estribaciones nororientales de los Cárpatos y pertenece al ducado de la Bucovina.

En una escarpadura boscosa junto al río que da nombre al poblado, se alza un castillo que los turcos otomanos habían tratado de incendiar durante una incursión en 1675.

Según el censo de 1901, ordenado por Su Majestad Imperial Francisco José, y cuyos resultados en lo que atañe a Siret se consignan en *Die Bukowina und ihre Bevölkerung und Wirtschaftsaktivität im neunzehnten Jahrhundert*, las cosas estaban de esta manera:

2.305 habitantes adultos y 739 niños.

520 casas habitables.

1 molino de trigo y demás cereales, movido por fuerza hidráulica.

1 panadería con un horno de campana para seis bandejas.

1 herrería y forja de 3 yunques, 3 fuelles y una sola fragua.

1 matadero público para animales bovinos y porcinos.

1 estación de posta y su correspondiente caballeriza.

1 posada con su taberna, adyacente a la estación de posta.
1 apoteca.
1 escuela de párvulos de 3 aulas ventiladas.
1 mercado de abastos.
1 barbería.
1 iglesia ortodoxa rusa, la de Andrés el Apóstol.
1 iglesia católica romana, la de la Santísima Trinidad.
1 sinagoga, la de Templul Mare.
3 cementerios, uno por cada una de las religiones antes dichas.
1 cuartel de la Policía Imperial.

ӾK

De acuerdo con el censo referido, además de los naturales de la Bucovina hay habitantes provenientes de otras partes del imperio, a decir Galitzia y Lodomeria, Dalmacio e Iliria, Eslavonia y Sirmia y Bohemia; de los territorios vecinos de Rumania, Besarabia y Ucrania, así como otros son magiares y transilvanos, croatas y serbios, varegos y rutenos.

Es por esa razón que el viajero belga Théodore Fournier llama a Siret «la petite Babel» en su libro de 1887 *Voyage à travers les montagnes et les villages des Carpates.*

ӾK

Desde la puerta de su peluquería, la única registrada en el censo, Anatoli Florea veía pasar a la princesa María Aleksándrovna todas las mañanas, con penoso andar, camino de la iglesia de la Santísima Trinidad, poco antes del llamado a misa.

Pero dejemos en paz por el momento a Anatoli, la frente despejada, el cabello castaño echado hacia atrás, recta la nariz y la barba partida en dos alas, como la de un emperador, embutido hasta la rodilla en sus botas federicas, que ya se volverá a saber de él.

ЖК

¿Penoso andar? La princesa sufrió a la edad de siete años una fractura del tobillo izquierdo cuando el caballo que montaba tropezó al saltar sobre un brezal, y si quiere caminar largo debe ponerse la férula, que ajusta con tornillos de cabeza avellanada y correas de vaqueta. Este aparato fue fabricado por Nicolau, el herrero de Siret, según el diseño del doctor Bertol Kaplan, quien trató por meses a la niña en su clínica de la avenida Andrássy de Budapest.

ЖК

La princesa se acerca a la peluquería andando por en medio de la calle. La calle es la Kirchgasse, la principal del poblado. Corre paralela al río, y baja desde el portón de la muralla exterior del castillo hasta el atrio de la iglesia.

Por nuestra cuenta agreguemos una institutriz brandeburguesa con lentes de aros de metal y sombrero de ala corta del que pende un velillo sobre la mitad del rostro, quien sostiene por encima de la cabeza de la princesa una sombrilla de brocado para defenderla del sol, de la lluvia o de la aguanieve, según sea el caso.

Pongamos a la institutriz treinta y cinco años de edad. Su traje largo, que parece hecho de la misma tela del paraguas, barre las suciedades de la calle.

ЖК

María Aleksándrovna no habría tenido, en otros tiempos, necesidad de hacer este trayecto difícil, cuesta abajo de ida y cuesta arriba de regreso, cojeando penosamente sobre el empedrado donde humean los cagajones y corren los orines vaciados desde las ventanas, ya que el castillo dispone de su propia capilla. Pero tras el incendio, como se verá adelante, ya no se usa más esa capilla para celebrar oficios religiosos, sino como establo del pobre hato de cabras y ovejas al que ha quedado reducida la ganadería de su padre, el príncipe Aleksándr, y el cual ella misma debe pastorear.

No hay, por tanto, posibilidad alguna de institutriz brandeburguesa con anteojos de aro metálico, faldas color ratón y sombrerito del que pende un velillo, que sostenga, solícita, una sombrilla sobre la cabeza de la princesa coja; pero en nada estorba que agreguemos a estas páginas a Fräulein Langhoff, pues así se llama, quien se las pasa con un humor de perros porque la vida no le ha dado lo que ella esperaba.

Deténgase el relato un momento para explicar este asunto del príncipe y su hija la princesa. En los cuentos de hadas, la imagen de un rey viudo y melancólico de barbas de armiño, al lado de una princesa que es su único consuelo, evoca reinos encantados, y, sobre todo, evoca el poder, la aventura y la belleza.

El poder, porque siempre hay alrededor del rey anciano un primer ministro solícito y artero, chambelanes, capitanes de guardia, ayudas de cámara y maestros de ceremonia, lo mismo que artilleros, soldados de infantería y húsares de a caballo, y el tal soberano debe decidir con serenidad y buen tino sobre guerras y pactos con otros reinos, y enfrentar intrigas y venganzas valido de una cohorte de espías. Y hay también a su disposición un verdugo al que, aunque usa la consabida capucha negra a la hora de las ejecuciones, todo el mundo reconoce en la calle por su barriga ahíta de cerveza y tocino.

La aventura, porque, antes de llegar a viejo, ese rey ha sido galante y temerario, ha asaltado castillos y raptado mujeres que se lleva en ancas mientras atrás crepita el incendio de almenas, galerías, baluartes, palizadas y corrales; ha dejado hijos bastardos desperdigados por aldeas y alquerías, hasta casarse, al fin, por conveniencia política, con la hija de algún otro rey de un dominio vecino, y es en la pompa de ese matrimonio donde la aventura se desvanece y sobreviene en su sitio la añoranza.

Y la belleza, porque se supone que la princesa es siempre de porte gentil y talle delicado, y su hermosura exterior, cuya fama corre ligera fuera del reino, se corresponde con la hermosura interior, dígase de ella que es perspicaz, virtuosa en latines e instrumentos músicos, y sabia en las reglas del ceremonial de cama y mesa; discreta como para no entrometerse en los asuntos de Estado manejados por su padre, y para sobrellevar el peso de las infidelidades de su consorte apenas se apaguen los fuegos pirotécnicos con que habrán de adornarse sus nupcias concertadas.

Pero vamos a las necesarias correcciones, porque la realidad no se deja poner grupas. Este príncipe Aleksándr no llegará nunca a rey; y no puede decirse que sea sabio, ni prudente; melancólico sí, y viudo, sí. Y disipado. Vicioso de la bebida y vicioso de los naipes. Un príncipe que es dueño nada más de un castillo arruinado y de un rebaño de cabras y ovejas, y padre de una princesa de futuro poco propicio que camina penosamente con una férula en su tobillo dañado para siempre.

En *The Slavic countryside nobility* (1898), Elinor Barber nos dice que la condición de príncipe en Rusia, y los países adyacentes, indicaba un título nobiliario de baja categoría con el que se distinguía a cierta clase campesina propietaria, y tales títulos se degradaban aún más debido a que se transmitían mediante testamento, y los herederos devenían, por lo general, en pobretones disipados, verdaderos parásitos sociales.

Y en las novelas de Fiódor Mijáilovich Dostoyevski encontramos a cada paso príncipes del montón, borrachos y pendencieros, decenas de ellos, que han perdido sus medianas fortunas en el juego de naipes, o nunca las tuvieron; sableadores, además, obsequiosas sabandijas de salón.

No vayamos lejos en busca de ejemplos, que aquí tenemos al príncipe Aleksándr Vasílievich Korchak, tal es su nombre completo.

Voilà.

Pero ¿qué hacer con la cabeza de la princesa María Aleksándrovna, que es como una olla de grillos donde cada uno de ellos canta sus propias quimeras, a veces sin acorde alguno? Según sus cuentas, la capilla se había incendiado cuando un rayo cayó en seco sobre su torre en el verano de 1895, a la hora en que la institutriz la llevaba a su recámara a dormir la obligatoria siesta de la tarde. Su madre, la princesa Liudmila, que después del almuerzo solía retirarse a orar, arrodillada en su reclinatorio frente al altar, murió electrocutada a consecuencia de la descarga; y antes de que el techo y las paredes cogieran fuego los criados habían logrado sacar su cadáver intacto salvo por el rostro, ennegrecido como un tizón.

Y si María Aleksándrovna se veía obligada a acudir a la iglesia de la Santísima Trinidad a oír misa, es porque la capilla aún se hallaba en obras para reparar los daños causados por el rayo. El maestro Giovanni Fattori, traído de Livorno por el príncipe Aleksándr para pintar los frescos de la cúpula reconstruida, no acababa de cumplir su cometido arriba de los andamios, pues se mantenía en un crepuscular estado de ebriedad, con lo que, además, ponía en peligro su vida. Olía particularmente a aguardiente de anís.

Debajo de los andamios estaba el altar, revestido de mármoles, y al pie de este, la tumba de la princesa Liudmila, bajo una plancha de bronce dotada de una argolla de considerable tamaño para cuando hubiera de ser removida a fin de dar sepultura, en su hora, al propio príncipe Aleksándr.

Resulta dudoso, sin embargo, ese encargo del príncipe Aleksándr a Fattori. En la *Storia della pittura italiana dell'Ottocento*, de Andrea Galasso (1927), aquel aparece más bien como un pintor de motivos civiles, adverso a encargos confesionales; Fattori era un carbonario que se hallaba bajo el ojo atento de la policía política. Además, había abandonado muy joven Livorno para establecerse en Florencia, y no hay pruebas de que viajara nunca al extranjero. Para remate, no bebía, y por tanto resulta imposible que oliera a aguardiente de anís.

ꭗ

¿Quién libra tampoco a la princesa María Aleksándrovna del grillo que, tras afinar su violín, canta asomado al pabellón de su oído la cantinela pertinaz de que ella bajaba a oír misa en carroza de gala mayor, la caja ribeteada de guirnaldas en pan de oro, una linterna de diez palmos en cada esquina y debajo una suave cama de resortes en ballesta cerrada, el tiro de cinco yeguas blancas de penachos encarnados dispuesto en flecha, las riendas en las manos firmes del auriga que de tan gordo apenas cabía en el testero, y, de pie, en el estribo de la culata, dos lacayos de librea asidos a los tirantes de cobre? Una de esas carrozas de cuentos de hadas que al fin y al cabo no son sino calabazas.

El príncipe Aleksándr, en una ocasión en que viajó a Rouen a la feria de tejedores a vender la lana de sus ovejas, cuando había lana que vender, le había comprado, a instancias de Fräulein Langhoff, que precisaba de un buen auxilio pedagógico para enseñarle francés, una edición de *Les contes de Perrault*, con ilustraciones de Gustave Doré. Era un libro lujoso, en cuarto mayor, y el príncipe, pese a su proverbial tacañería, pagó su precio, que no dejó de calcular como equivalente a tres arrobas de lana cardada. Allí aparecía una carroza semejante.

Carroza aparte, cuando recibió el regalo la princesa ya conocía esos cuentos. Eran los mismos que la cocinera polaca, oriunda del voivodato de Podlaquia, solía narrar delante de la servidumbre, y la princesa acudía a esas reuniones cabe el fogón donde colgaban las marmitas. Aún no existía Fräulein Langhoff, quien no le habría permitido el extravío de juntarse con los criados, y el príncipe Aleksándr aún no jugaba a las cartas con ellos, pues desde entonces ya no se entretuvieron en escuchar embustes sino en desplumar a conciencia al amo.

Los cuentos, siendo los mismos, valga la contradicción, eran distintos. Y la cocinera rolliza de mejillas coloradas y anchas caderas, que olía a leche de cabra, los contaba con gracia procaz, palabra esta última que Fräulein Langhoff no habría dejado de usar de haber tenido la oportunidad de escuchar aquellas narraciones faltas de todo comedimiento y recato.

Por ejemplo, en el cuento aquel de la huerfanita víctima de la madrastra malvada y sus dos hijas envidiosas, que venciendo un sinfín de maquinaciones termina casándose con el príncipe heredero del reino, no es que las hermanastras hayan sido invitadas al banquete de bodas en palacio y más tarde desposadas por nobles caballeros, sino que reciben su merecido porque unas tórtolas, cómplices de la huerfanita, les sacan los ojos a picotazos y allí andan después por los caminos a tropezones, agarradas la una de la otra, en demanda de un mendrugo de pan, de una moneda de cobre, del cobijo de un henar donde dormir.

Y también había variantes muy severas en lo que se refiere al cuento de la abuela enferma, la nieta inadvertida y el hirsuto lobo feroz:

La abuela enferma, la nieta inadvertida y el hirsuto lobo feroz

Había una vez una niña de nobles sentimientos a la que su madre envió a llevar pan recién horneado, leche fresca y miel silvestre a su abuela enferma. Mientras iba cantando por el bosque se le acercó un lobo de buen ver y buen vestir, capa de raso, calzas carmesí y pluma en el sombrero, costumbres zalameras y habla galana, y le preguntó, con voz meliflua:

—¿Adónde vas, mi pequeña?

—A la casa de mi abuela, que está enferma, y le llevo pan, leche y miel —respondió cándidamente ella.

Lo primero, nunca entablar conversaciones con desconocidos en los caminos, por mucha labia que tengan y les sobre en el cuerpo el lujo de prendas.

—¿Cuál sendero tomarás, el de las agujas o el de los alfileres?

—El de las agujas, amable señor.

Entonces, el avieso lobo corrió a más no poder por el camino de los alfileres y llegó antes a la casa de la anciana. La mató y la descuartizó, llenó una botella con la sangre e hizo deliciosas rebanadas de su carne, que aderezó con sal y pimienta, y las puso en una bandeja adornándolas con ramitas de hinojo y perejil. Después se puso el camisón de la difunta, se ató la cofia a la cabeza, se metió en su cama y se cobijó muy bien.

La niña tocó la puerta.

—Entra, hijita —dijo el lobo disfrazado de abuela.

—¿Qué tal, abuelita? Te traje pan, leche y miel.

—Para ti hay carne y vino en la alacena, ve, toma lo que quieras y come a tu gusto y antojo.

La niña comió y comió, golosa, y también bebió y bebió de la botella.

Un gatito le advirtió:

—¡Niña asquerosa, has comido la carne y bebido la sangre de tu abuela!

Pero ella no hizo caso, tal vez porque no conocía el lenguaje de los gatos, o lo creyó una mentira, si estaba viendo a su abuela enferma acostada en la cama.

Cuando la niña hubo terminado de comer, el lobo le dijo:

—Desvístete y métete en la cama conmigo.

La niña era muy obediente, no como algunas que yo me sé. Y cada vez que se quitaba algo, el delantal, el corpiño, la falda, el fustán, las medias, los zapatitos, preguntaba al lobo:

—¿Qué hago con esta prenda?

Y él desde la cama respondía:

—Tírala al fuego, tírala al fuego.

Cuando la niña se metió en la cama, ya desnuda, preguntó:

—Abuela, ¿por qué estás tan peluda?

—Para calentarte mejor, para calentarte mejor.

—Abuela, ¿por qué tienes esos brazos tan grandes?

—Para abrazarte mejor, para abrazarte mejor.

—Abuela, ¿por qué tienes esos labios tan grandes?

—Para besarte mejor, para besarte mejor.

Y así, hasta que se la comió.

Una vez comparadas las dos versiones del cuento, la niña fue y preguntó a su padre acerca de la disparidad que notaba en cuanto hace a la caperuza. Según la cocinera de mejillas coloradas, la niña no llevaba caperuza roja. Ni roja, ni de ningún otro color. Mientras que en el libro en cuarto mayor traído desde Rouen, el cuento comienza diciendo: «Había una vez una adorable niña que era querida por todo aquel que la conociera, pero sobre todo por su abuelita, y no quedaba nada que no le hubiera dado a la niña. Una vez le regaló una pequeña caperuza o gorrito de color rojo, que le quedaba tan bien que ella nunca quería usar otra cosa, así que la empezaron a llamar Caperucita Roja».

Por tanto, de acuerdo a la cocinera, cuando el lobo le pide que se desvista para meterse en la cama y ella se va quitando prenda tras prenda hasta quedar desnuda, no hay caperuza por ningún lado, y por allí debió haber comenzado, por quitarse la caperuza.

El príncipe Aleksándr se rio tanto que le dio un acceso de tos.

—Nunca te fijes en nimiedades —le dijo.

2. Un príncipe arruinado que se entrega imprudentemente a los juegos de azar

El príncipe Vasili, abuelo por rama paterna de María Aleksándrovna, fue en un tiempo el voivoda de Siret, gran elector edilicio, juez de asuntos penales y civiles de toda la provincia y comandante de armas, gracias a sus derechos feudales y al caudal de su fortuna, dueño como era de mil doscientas desiatinas de tierras labrantías y pastos para ovejas, además de otro tanto de bosques maderables, con derechos sobre el provecho de las aguas, la pesca y la caza en su señorío; y, de acuerdo a los usos de los tiempos, aún llegó a ejercer el derecho de pernada, un tanto a disgusto pues era hombre devoto y de sobrias costumbres. Pero los deberes son los deberes, y la tradición es la tradición.

Ninguno de esos privilegios alcanzó a favorecer a su hijo Aleksándr porque la Dieta de Budapest los abolió en 1848 mediante las llamadas leyes de marzo; los bosques y aguas pasaron al dominio comunal, y las tierras de cultivo fueron gravadas con elevados impuestos de disfrute y beneficio; y, ahora, para peor, ante reiteradas insolvencias, el fisco había ido cobrándose lo adeudado mediante el remate judicial de porciones sustanciosas de la heredad.

Luego, para mayor desgracia, apareció de por medio su afición al juego. Olvidado de jerarquías, organizaba partidas de rocambor con baraja española en las dependencias de los criados, y perdía a menudo frente a sus cocheros, palafreneros y lacayos.

El único que cada vez que gana le devuelve todo al día siguiente es László, el anciano mayordomo, sobreviviente del régimen de servidumbre abolido también en 1848, pero quien todavía se siente siervo en cuerpo y alma.

Entre los más favorecidos en el juego se halla uno de los dos lacayos que acompaña a misa a la princesa, subido con vana suficiencia al estribo de la culata de la carroza. Se llama Vasili Ciprian, y sólo a título de ejemplo se dirá que en noches sucesivas ganó un huerto frutal, dos yeguas de raza, un hato de ovejas y lo que quedaba de la cristalería de Silesia; y salta de por medio una tontería insensata que es aún hoy y la princesa no se explica: su padre prestaba a los criados para jugar, y con su propio dinero lo limpiaban.

Ahora no quedaban de la antigua posesión sino unas cuantas desiatinas de pastos al pie del peñasco, donde María Aleksándrovna pastoreaba un reducido rebaño de cabras y ovejas, y las estancias del castillo, la mayor parte clausuradas, se hallaban convertidas en guaridas de murciélagos. Una pared se desmoronaba un día, otro se desplomaba la vertiente de un techo; ruidos lejanos del derrumbe que el padre y la hija escuchaban desde las habitaciones donde se habían refugiado.

Arte y tino para jugar al rocambor

Rocambor, también tresillo, mediador y juego del hombre. Empléase en él la baraja española, tomándose en cuenta las siguientes: rey, caballo, sota, siete, seis, cinco, cuatro, tres, dos y uno o as. Los ochos y nueves se retiran del mazo.

Se juega en 3 bazas y participan 3 personas. Hay una persona que reparte la mano, a quien denominamos alcalde o zángano, pero se guarda de participar en el juego. Tiene a su disposición un plato con granos, monedas, &&&, para llevar sus cuentas.

El corte que hace el alcalde o zángano no puede ser de menos de 3 cartas. Las cartas se reparten de 3 en 3, de tal manera que cada jugador llega a tener 9 cartas. Sobran así 13 cartas, las cuales se sitúan al centro de la mesa. La obligación del alcalde o zángano es contar los naipes restantes, y si no hay 13 cartas lo hace saber así a los jugadores, con lo que se procede a efectuar el reparto nuevamente.

Los participantes forman 3 bandos, que se dividen en 2 facciones opuestas. La primera facción tiene entre los suyos a l'Homme, que busca vencer a los otros dos bandos unidos en alianza.

L'Homme tiene las siguientes posibilidades:

§1. Derrotar a los defensores, si su fuerza es suficiente; en caso contrario, debe burlar a la defensa tendiendo una trampa para dividirla y de esta manera alzarse con la victoria.

§2. Forzar una tregua en la batalla, si acaso se ve inclinado a la derrota, para reagrupar a su bando más tarde. En esta opción sólo es posible un empate.

§3. La derrota a mano de uno de los dos bandos contrarios mediante auxilio o ayuda del bando aliado.

Los signos en los palos de la baraja representan 3 factores: las armas, el dinero y el prestigio, igual que en cualquier enfrentamiento bélico. El botín del ganador consta de 3 componentes: dinero en billetes de banco o títulos al portador; fincas urbanas y posesiones rústicas.

Las cartas están también divididas en 3 grupos: matadores, oficiales del ejército y las tropas comunes, que corresponden a los números sencillos. En cada jugada, uno de los palos es obligatoriamente declarado triunfo. Los otros 3 palos no cambian su orden y son de menor categoría.

El alcalde o zángano velará por que no haya trifulcas ni desaguisados en el curso del juego, que no se eleven las voces ni se profieran ofensas, y garantizará que el ganador se marche en paz con su botín. También servirá como testigo de la firma de documentos de promesa formal de pago.

[*Arte y tino para jugar al rocambor o tresillo*; o: *Inquisición de lo más probable en las contingencias de este juego*, cap. I, Barcelona, Imprenta de la Viuda de Pla, 1830].

¿Qué hallaría un curioso en la cabeza de la princesa si fuese capaz de asomarse dentro, como quien escruta las profundidades de un pozo? Grillos, ya lo dijimos, cada uno armado de su propio instrumento músico; grillos que tocan las variantes de un mismo tema.

El castillo y sus almenas de diez palmos de espesor. Los estandartes desplegados en el patio de justas. Los guardas que empuñan sus alabardas. Las diez docenas de aposentos tapizados de alfombras del Indostán. Los espejos de cristal de roca de Madagascar en los salones. Las panoplias al pie de las columnas. La interminable galería de retratos de la estirpe, abigarrados en las paredes.

El rayo que incendió la capilla. La tumba de su madre al pie del altar, a la cual agrega, a veces, una estatua yacente esculpida en mármol de Carrara. El fresco de la cúpula, donde, según el boceto, san Jorge clava su lanza en el cuerpo alado del dragón.

Por el momento sólo son visibles partes del dragón, y san Jorge es apenas un fantasma al carboncillo que surge de la nada, porque Fattori sube cada vez con menos frecuencia al andamio debido a sus vahídos alcohólicos, y un día de tantos, no nos quepa duda, va a desnucarse, si persiste en su ebriedad.

Ahora, al regresar ella de misa, los lacayos saltan del estribo cuando la carroza se detiene frente al portal, uno para extender la escalerilla plegable, otro para abrirle la portezuela. Y luego el ruido sordo de los cascos de las yeguas blancas sobre las lajas del empedrado del patio cuando, sueltas del tiro en flecha, los palafreneros las conducen hacia los establos.

ҨҞ

Vasili, el lacayo afortunado en el juego, se ha vuelto malcriado y respondón, y se niega a vestir la librea, rico como es ahora, de modo que uno de los mozos de cuadra ha debido reponerlo en el estribo de la carroza, mientras él haraganea a su mejor gusto y placer.

Y nada quita que su interés esté ahora en hacerse dueño del castillo, esperando a que una noche el príncipe decida apostarlo en la mesa de rocambor: va mi castillo con todas sus dependencias, y que sea lo que Dios quiera. Y nada quita tampoco que aquel alma de cántaro, una vez ya amo y señor, quisiera desposar a la princesa, y de lacayo pasar a príncipe consorte.

Quién lo sabe, la ambición es poderosa.

ҨҞ

María Aleksándrovna tiene diecisiete años cuando Anatoli Florea la ve pasar desde la acera de su peluquería. La edad del peluquero es de treinta años.

La particularidad de esa peluquería es que en el poste de listones frente a su puerta hay ensartado un corcel dorado, esculpido en madera de abedul, las crines al viento, la cabeza desafiante, los belfos dilatados, las patas delanteras en actitud de avanzar o de saltar teniendo el vacío bajo sus cascos.

El corcel refulge aun antes de que suba el sol. Por collera luce una guirnalda de rosas esculpidas en relieve. La montura está pintada en verde de Schweinfurt, un capricho del escultor. Pero en lo que hace a las crines, la cola recortada y los cascos, no ha querido apartarse de la realidad y están pintados con negro de humo, que resulta de macerar en el mortero polvo de carbón en aceite de ricino.

Mientras tanto, el bocado, la frontalera, la muserola y la carrillera de la cabezada, las riendas, lo mismo que la cincha de la montura y los estribos, no son pintados sino reales, trabajados en cuero y metal como si se tratara de los arreos de un corcel verdadero.

Anatoli, el peluquero de la barba peinada en dos alas y perfumada de lavanda, no se ocupaba de la extracción de piezas dentales, cataplasmas ni sangrías. Nada de muelas del juicio arrancadas con gatillos y descarnadores; nada de emplastos de mostaza envueltos en arpillera para aliviar congestiones pectorales; nada de gusanos de pantano ahítos de sangre. Todo eso se lo dejaba a su vecino Kandor, el apotecario.

Para procurarse las sanguijuelas, Kandor iba cada amanecer al pantano de Dunklemilch montado en su burro ceniciento y con un frasco de boca ancha por delante de la montura. Se remangaba los calzones y se metía en el lodazal a fin de que las sanguijuelas se le pegaran en las piernas desnudas, de donde iba quitándolas para meterlas en el frasco, y así obtenía su ración del día con la que sangrar a los coléricos, abúlicos y melancólicos que solicitaban sus servicios.

Los parroquianos de Anatoli se presentaban a una hora y día que nunca variaba, salvo por causa de enfermedad o por motivo de viaje, y entre ellos se contaban:

El pope de la iglesia ortodoxa de Andrés el Apóstol, cuyas barbas debía podar conforme el canon, de modo que no sobrepasaran la altura del ombligo, y las cuales teñía de castaño con un preparado de agua de Grecia, corteza de nuez y bayas de arándano.

El cura romano de la iglesia de la Santísima Trinidad, al que rasuraba en redondo la nuca y las sienes, y cuya tonsura pelada a navaja debía tener el tamaño de una hostia consagrada.

El rabino de la sinagoga de Templul Mare, a quien rizaba los caireles del cabello y de la barba con las tenacillas calentadas al rojo vivo en el brasero.

El comisario de policía, de barba tan dura que mellaba la navaja de afeitar, y a quien engominaba los bigotes a lo káiser, como era la moda entre la burocracia imperial.

Y, así, pasaban por sus manos en debido turno el regidor municipal, el maestro de escuela, el molinero, el herrero, el tabernero, el apotecario, el panadero y el matarife.

No eran multitud sus parroquianos, de modo que le sobraba el tiempo para ocuparse en satisfacer su apasionada afición de esculpir caballos de madera en el taller instalado en la trastienda.

En un cuaderno de tapas de hule negro asentaba de manera meticulosa las fórmulas para conseguir los colores que les daba, así como las correspondientes a barnices y pegamentos.

Y tenía otro cuaderno de tapas azules de cartón, donde anotaba todo lo referente al diseño y aspectos mecánicos, eléctricos y de locomoción del invento que bullía en su cabeza, sin cuya consumación los caballos de madera no tendrían destino ni fin.

Y esa, puede decirse, era una afición más apasionada aún, aunque una no podía existir sin la otra.

Pues los caballos habrían un día de ponerse en movimiento, girar en tropel, cabalgar en círculos, ensartados en un tubo tal como el corcel dorado en la puerta de la peluquería. Por eso es que el cuaderno de tapas azules estaba colmado de dibujos de manivelas, engranajes, poleas y correas de transmisión.

Anatoli Florea, ¿inventor del carrousel?

Anatoli Florea, nacido en la ciudad de Braşov, Transilvania, en el año de 1875, y fallecido en fecha y lugar desconocidos, fue un inventor de juegos mecánicos y escultor de caballos a quien algunos historiadores dan como creador del carrousel, aunque esto último con escasos fundamentos.

Si bien es cierto que el 18 de marzo del año de 1906 patentó en el Departamento de Registro de Marcas y Descubrimientos Científicos del Ministerio de Comercio del Reino de Rumania un artefacto mecánico giratorio, movido por la fuerza de un motor de vapor, con una plataforma en la que se asentaban caballos esculpidos en madera y ensartados en tubos, capaces de movimientos de ascenso y descenso para crear la ilusión del galope a campo traviesa; también lo es que, años atrás, y en varios países de Europa, lo mismo que en los Estados Unidos de América, ya se habían registrado patentes similares, aparentemente sin que Florea lo supiera.

Invenciones trascendentes como las del aeroplano o el cinematógrafo fueron reclamadas por distintas personas en diferentes lugares, pues ciertas ideas prenden por igual y al mismo tiempo en diversas mentes; pero también se da el caso de quienes, por circunstancias de alejamiento o aislamiento, no pueden saber que lo suyo ya ha sido inventado tiempo atrás.

Como padre del primer carrousel movido a vapor debe tenerse a Thomas Bradshaw, prolífico e imaginativo creador de artilugios mecánicos de la época victoriana, quien lo estrenó en la Feria de Aylsham, condado de Norfolk, en 1861. Otros notables inventos suyos fueron el cepillo mecánico para caballos, armado de un brazo articulado; el *stamp licker*, artefacto en forma de cabeza de perro dotada de una lengua de esponja para humedecer sellos postales; y la *mustache cup*, una taza de porcelana con protector para no mojar los bigotes al tomar el té.

Menos de una década después, en 1870, Frederick Savage inventó el mecanismo que hacía bajar y subir los caballos, y lo instaló en King's Lynn, en el mismo condado de Norfolk. Otros primeros fabricantes de nota fueron Samuel Stein y Sol Goldstein, judíos rusos expatriados que se establecieron en Oberhausen; Salvatore Cerniglario, de Milán; Charles Carmel, de Nantes; y Arthur Denzel, de Filadelfia.

Ellos no sólo registraron debidamente sus patentes, sino que, contando con el capital adecuado, procedieron a construir los primeros modelos y a instalarlos en sitios de esparcimiento público, al tiempo que crecía la industria de los aparatos musicales mecánicos que, con sus melodías, tanto festivas como marciales, acompañarían las vueltas características del carrousel.

Como puede verse, ya el carrousel era bastante antiguo cuando Florea, quien aún no se trasladaba a Bucarest, ejercía el humilde pero noble oficio de peluquero en el poblado de Siret, ducado de la Bucovina; su vecina patria natal de Transilvania era también, para entonces, parte del Imperio austrohúngaro.

Quizás advertido ya de que su invento, o lo que creía su invento, no representaba ninguna novedad, encontramos que el 14 de mayo del mismo año de 1906 llenó los requisitos de ley para inscribir en la misma oficina de patentes de Bucarest un carrousel desmontable, que pudiera ser trasladado de un sitio a otro por vía acuática o ferroviaria.

Pero su desilusión vino a repetirse, pues los modelos de carrouseles portables estaban siendo ya fabricados en diversos países, y es más que probable que Florea haya podido ver uno de ellos en funcionamiento en los jardines del Palacio Real de Bucarest, inaugurado por el propio soberano Carol I, quien lo puso a girar activando por su mano la palanca de cuchilla del motor a vapor en el verano de 1906.

Este carrousel fue fabricado en Oberhausen por los señores Stein y Goldstein, ya antes mencionados, quienes habían constituido una sociedad en comandita limitada. Aparentemente,

Florea, tras ver frustrado de nuevo su intento, trató de comprar el carrousel portátil instalado en Bucarest a su dueño, Dragan Bakić, un empresario montenegrino oriundo de Cetinje, quien se negó a venderlo, según los telegramas cruzados entre ambos, y que tuve a la vista por cortesía de la familia de este último.

Por esa causa, Florea terminó solicitando a los fabricantes de Oberhausen un modelo parecido, con espacio en la plataforma para treinta y seis caballos de cien libras cada uno, colocados en doble fila, pues se proponía instalar los suyos propios, ya que estimaba pobre la ejecución artística de los que ofrecía el fabricante; y solicitó así mismo espacio para dos juegos de divanes en forma de lira, con asientos dobles de mirarse a la cara, de su propio diseño. Todo lo anterior consta en la correspondencia comercial conservada en los archivos de la firma.

Esta correspondencia se interrumpió, y el rastro de Anatoli Florea se nos pierde, algo lamentable para los fines de esta investigación. En consecuencia, no ha sido posible dilucidar la naturaleza u origen de los recursos que emplearía en la adquisición del carrousel, pues a todas luces resultan crecidos para el bolsillo de alguien que hasta entonces se había ganado la vida arreglando barbas y cabellos.

Digamos, por fin, que Anatoli Florea no es el primero que inventa lo que ya ha sido inventado.

[Eleanor S. Featherstone: *Documented history of the carousel*, cap. VII, Kingston upon Thames, Surrey, Reino Unido, Kingston University Press, 1936].

Dado que esta historia no tiene como asunto principal el oficio de peluquero de Anatoli Florea, toca dejar constancia al detalle no de sus enseres de peluquería (tijeras, navajas, brochas, tenacillas rizadoras, bacías, jabones, tintes, tónicos capilares, polvos y lociones refrescantes), sino, en primer lugar, de las herramientas de que disponía para dar forma y vida a sus caballos:

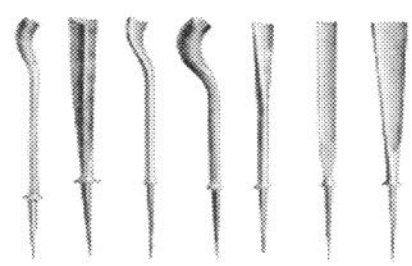

Anotaciones en el cuaderno de tapas azules de cartón acerca de las herramientas necesarias para esculpir caballos

2 gubias de media caña, la una de pico de pato, la otra de pico de gorrión.

2 azuelas planas y 2 curvas.

1 sierra circular de pedal.

2 seguetas, la una tronzadora, la otra de costilla.

3 cepillos, a saber: de testa, de desbaste y de raspado.

2 mazos de campana, uno de roble y otro de encina.

Limas, cuchillas y escofinas varias.

Papel de lija hecho a base de arena de aluvión fluvial y carburo de silicio.

En cuanto a la fuerza motriz que habría de animar las vueltas del carrousel; los engranajes capaces de hacer subir y bajar graciosamente a los caballos, alineados de dos en dos en la plataforma giratoria y ensartados en tubos telescópicos; el registro mecánico que haría resonar las piezas musicales; así como todo lo concerniente a la instalación adecuada de alambres, fusibles y ampolletas de filamento a fin de generar la profusión de luces cuyo brillo realzaría el esmalte en las ancas y belfos de los corceles, como si fueran criaturas de otro mundo, deben consultarse las anotaciones del mismo cuaderno de tapas azules consignadas bajo el título LISTADO Y DESCRIPCIÓN DE LAS PIEZAS PRINCIPALES DE QUE CONSTA EL PRADO MECÁNICO DE ANATOLI FLOREA, las cuales se incluyen adelante, en el lugar que corresponde.

3. Un corcel dorado en la niebla del amanecer

La princesa veía desde lejos el corcel dorado en la niebla del amanecer, y le parecía que adelantaba las patas delanteras para echarse a trotar por el empedrado y llegar antes que ella a la iglesia. Pero no había tales. Allí se estaba, quieto, aguardando a que ella pasara, Anatoli al lado, siempre sonriente, la mano sobre el anca mojada de rocío.

Hasta que aquel miércoles del mes de diciembre ella se detuvo a media calle, y preguntó:

—Ese caballo, monsieur le coiffeur, ¿por qué es un caballo dorado?

—Bitte, Prinzessin, gehen Sie weiter —le ordenó la institutriz brandeburguesa, y el mango de la sombrilla abierta temblaba de indignación en su mano.

Anatoli hizo a la princesa una reverencia de pantomima, barriendo casi el suelo con la mano como si en ella tuviera un sombrero empenachado de plumas.

—Porque así lo he visto en los sueños que usted sueña, madeimoselle —respondió, siempre galante.

—¿Y cómo hace para sacar ese dorado tan refulgente? —volvió a preguntar la princesa, sin hacer caso a las prevenciones de la institutriz, ni reparar en las alusiones tan descaradas a sus sueños. ¿Cómo es que el peluquero sabía que ella soñaba con caballos dorados?

Pero era cierto. Antes de despertar esa madrugada había visto a ese caballo dorado cabalgar por un prado verde sembrado de tréboles, y ella, desnuda, lo montaba en pelo, aferrada a sus crines. Lo veía cabalgar y al mismo tiempo lo montaba, como ocurre en los sueños.

—Resulta de mezclar cuatro partes de amarillo de Nápoles, una de blanco de titanio, más otra de tierra de Siena puesta en la cazuela a fuego manso para conseguir la sombra tostada —respondió él, mesándose la barba—; con eso, y el brillo que da el aceite de alazor, puedo crear la ilusión del oro resplandeciente.

—Quel cheval incroyable —suspiró la princesa.

—Más la sorprendería lo que ese caballo por sí mismo puede hacer, y lo que es capaz de esconder en sus entrañas —dijo el peluquero, y repitió su cómica reverencia, porque ella ya se iba.

Hay otra fórmula más expedita para lograr el dorado, distinta a la que el peluquero escultor de caballos de trote, paso y andadura ha explicado a la princesa en su breve diálogo frente a la peluquería. La ha escrito en tinta morada en el cuaderno de tapas de hule negro que guarda en la trastienda.

Se trata del cianuro de potasio.

El dorado refulgente que proviene del cianuro de potasio

El cianuro de potasio, también ácido cianhídrico, tiene la misma apariencia de la azúcar granulada, y para evitar fatales confusiones debe colocarse en vitrina bajo llave, en un frasco de tapa hermética, rotulado bajo la marca de cruz y calavera, pues se trata de un tósigo temible por letal, más que el acónito común, llamado también anapelo azul o matalobos de flor azul (*Aconitum napellus*, familia *Ranunculaceae*).

Procedimiento: disuélvanse 4 onzas de gránulos de cianuro de potasio en 2 litros de agua destilada, y luego añádanse 2 onzas de óxido de oro disuelto previamente en igual proporción de álcali concentrado. Calentar 5 centilitros de aceite de linaza en una marmita al punto de hervor y luego mezclar con una paleta.

Una vez enfriada la preparación, dar la primera mano sobre la superficie requerida con una brocha de crin de jabalí, hasta conseguir el dorado refulgente.

Sobre la tapa del cuaderno de hule negro Anatoli ha dibujado las tibias cruzadas y la calavera, pues todas las sustancias allí descritas, destinadas a producir los colores más radiantes y variados, son potencialmente mortales, no sólo si se las lleva a la boca, sino también a causa de sus emanaciones.

El ácido canfórico, el bisulfuro de sodio, el cinabrio, el cadmio, el plomo, el mercurio, el ferrocianuro y el óxido de zinc van directamente al torrente sanguíneo; mientras que la continua inhalación de los gases del ácido tartárico causa el mismo daño que la tuberculosis, y la limadura del óxido de hierro y el polvo de grafito se depositan en los alveolos del árbol bronquial con efectos similares.

Para no hablar del óxido de plomo, que da algunas gamas del rojo; el litargirio y el acetato de cobre, que dan el verdigrís; y el verde de París, que no es sino arsénico de cobre, utilizado así mismo para acabar con las plagas de ratas forrajeras y contra el escarabajo de la patata.

Pero el cianuro, y en esto las prevenciones del cuaderno son más que justas, es el peor de ellos. Si alguien pusiera una cucharada de esa falsa azúcar granulada en una taza de té, quien diera el primer sorbo se vería en dificultades para probar el segundo.

Debemos, en este punto, antes de seguir adelante, dar un nombre de bautismo a Fräulein Langhoff. Se llama Ingebor. Ingebor Langhoff-Helberger.

Perdió la paciencia Ingebor esa vez en la calle frente a la peluquería, y golpeó tres veces el empedrado con el tacón del borceguí derecho. ¿Qué era eso de que una princesa estableciera conversación con un peluquero?

—Ach, meine liebe Prinzessin! Sie sollten sich nicht mit dem Friseur unterhalten! Was wird Ihr Vater dazu sagen? —amonestó a su pupila hablándole enérgicamente al oído.

¿Qué diría su buen padre si supiera que se detenía en la calle para dirigir la palabra a un peluquero?

—¿Por qué no tiene alas ese caballo? —preguntó la princesa, deteniendo su marcha y volviendo la cabeza, sin hacer caso a las palabras de la institutriz—. En mi sueño el corcel dorado tiene alas.

—Este caballo no las necesita, puede volar sin ellas —respondió Anatoli.

—Gracias, señor peluquero —sonrió la princesa, y ahora sí siguió su camino.

—Ese hombre no es ningún señor —dijo airada la institutriz.

—Tengo más caballos en la trastienda para cuando quiera verlos, blancos, rojos, azules, verdes, marrones —exclamó el peluquero desde la acera.

La madrugada del domingo 17 de diciembre el termómetro marcaba cinco grados bajo cero en la escala Réaumur. Nevaba. La princesa se declaró indispuesta para asistir a la primera misa en la iglesia de la Santísima Trinidad, y no abrió la puerta de su recámara a pesar de la insistencia de la institutriz.

Minutos más tarde, en plena oscuridad, se descolgó por la ventana hacia la explanada frontal del castillo usando una cuerda de lino trenzado. O unas sábanas anudadas unas con otras; cualquiera de esos procedimientos típicos de las novelas de castillos y princesas, donde hay necesariamente una criada cómplice que desde arriba sostiene la cuerda, o las sábanas anudadas.

Como si supiera que habría de venir, Anatoli la esperaba en la acera de la peluquería, sin ningún abrigo encima, la mano en el anca húmeda del corcel dorado que se cubría de nieve de la cruz al espinazo. Ella avanzaba penosamente por en medio de la calle, envuelta en un abrigo de astracán gris oscuro, y a cada paso sus botines rechinaban, sobre todo aquel del lado de la férula.

—Monsieur le coiffeur, quiero conocer los caballos —suspiró, y el vapor de su aliento le envolvió el rostro aterido.

La condujo de la mano a la trastienda.

Una mitad se hallaba ocupada por el taller donde labraba aquellos caballos altaneros que parecían listos para alzar el vuelo y nunca más volver a poner los cascos en tierra. Contra una pared vio ella un maltratado banco de carpintero. Cajones de herramientas y trozos de madera en bruto en el piso. En los rincones, piezas a medio desbrozar que iban tomando forma de ancas, lomos y cabezas de caballos. Y acostados en un sotabanco, sobre un lecho de paja, como en un establo, tres ya terminados:

Azul de Prusia uno, pintado con tres manos de ferrocianuro de hierro.

Otro rojo bermellón sacado del cinabrio.

El tercero naranja de Tiepolo, que se obtiene mezclando rojo de Treviso y amarillo solar de Rialto.

En la hoguera de la chimenea avientan las llamaradas de los gruesos leños de fresno, y las chispas alcanzan el lecho de Anatoli. Un lecho de dosel montado sobre una tarima, y en la cabecera, encima del edredón de retazos, los almohadones de fundas bordadas con vistosas flores de azafrán de los Cárpatos.

Es más bien un lecho propio de una señorita.

Ж

La otra mitad de la trastienda tiene el aspecto de una cocina de fonda en la que nadie pone orden, y más bien el causante de semejante caos parece gozar ante el desconcierto reinante. Un inventor que no se da tregua a ninguna hora.

Sobre una de las cuatro hornillas de la estufa, hierve a fuego manso en un perol de cobre un compuesto de ingredientes culinarios: leche de vaca, clara de huevo y vinagre de manzana, bicarbonato de sodio, más tuétano de huesos de conejo y gelatina de rodillas de carnero, cocción de la que resulta un pegamento de probada resistencia para unir el tercio anterior del tronco del caballo a la cabeza y las manos, y el tercio posterior a las patas y la cola.

En otra hornilla, una cazuela rebosa mucílago de malva y de membrillo, aceite de bergamota y linaza, la cocción borboteando alegremente hasta quedar a punto los barnices que prestan a los caballos su brillo de vidrio.

Y también al fuego una tartera donde se cocinan en glicerina lágrimas de sandáraca, que dan un color amarillo quemado, como de miel, semejante al amarillo del ámbar báltico.

En los estantes ve jarras de cebo de res, damajuanas con savia bruta, potes de cera de abeja de Trapani (*Apis mellifera ligustica*) y de goma de acacia del Senegal, silicato de Armenia y polvo de cochinilla índiga.

Sobre el banco de carpintero ve ahora un balde de sangre coagulada, vaciada del cogote de una res, que Anatoli acarrea él mismo desde el rastro, pasada la medianoche, los días de matanza.

Habrá un caballo rojo sangre.

El reloj de la torre de la iglesia de la Santísima Trinidad da seis campanadas. En la penumbra de la trastienda, la princesa, desnuda, está de pie junto al lecho revuelto. Frunce ligeramente la nariz, ofendida por el olor de la resina de los leños en la chimenea.

Los almohadones bordados con vistosas flores de azafrán de los Cárpatos han caído al suelo junto al abrigo de astracán. Parece una estatua que se sostiene gracias al aparato ortopédico. ¿O, por qué no, un maniquí estropeado?

No alcanza a saber que, cuando se va, Anatoli se apresura a buscar una hoja de papel del que se sirve para sus bocetos de caballos, y la dibuja de memoria, así desnuda, al carboncillo. Repasa con trazos duros el artefacto extraño que es la férula, hasta realzarlo.

Y ya que el vellón de su pubis es castaño, da allí un brochazo de cinabrio y encima otro de cardenillo.

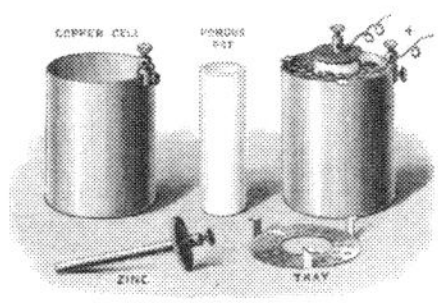

Otros colores según las anotaciones de Anatoli Florea en el cuaderno de tapas de hule negro

§ El acetato de cobre para el cardenillo, o verdete, obtenido mediante la inmersión de planchas del dicho metal en vasijas de barro llenas de vino de uvas zinfandel. (El cardenillo, o verdete, debe rasparse de las planchas una vez a la semana).

§ El óxido de hierro para el *caput mortuum*, o púrpura cardenal, que se encuentra en la tierra de los túmulos funerarios en los cementerios.

§ El mercurio para el escarlata.

§ El azufre para el rosa tirio.

§ El óxido de zinc para el blanco de China.

§ El plomo mezclado con vinagre para el blanco de España.

§ El cadmio y la limadura de malaquita para el verde de París.

§ La orina fermentada de bueyes de labranza, alimentados con hojas de muérdago, para el amarillo indio.

Anatoli Florea vive en soledad, a los treinta años que tiene. La princesa es de apenas diecisiete, ya lo sabemos. Ya sabemos también que la institutriz tendrá acaso treinta y cinco. Edades muy dispares; todo en la vida es dispar.

¿Cómo costea alguien que ejerce el oficio de peluquero en una aldea de los Cárpatos la adquisición de costosos materiales para fabricar pinturas, barnices y pegamentos, así como la compra de herramientas variadas, y brochas y pinceles de diversos calibres? Sólo los trozos de madera que es necesario transportar desde el aserradero, a cinco verstas al sur sobre el curso del río Siret, abedul, tilo, encino, cerezo, avellana, pino blanco, álamo amarillo, haya, cuestan un ojo de la cara.

Pregunten a la puntillosa Fräulein Langhoff. En un arcón de su aposento de la segunda planta del castillo tiene escondida la cuerda que Anatoli usa para escalar hasta su ventana. ¿O se trata de sábanas anudadas unas con otras?

Pasan la noche juntos y antes del alba el visitante furtivo vuelve a descender. Ella le ha entregado sus ahorros, y también roba lo que puede de los haberes del príncipe Aleksándr, igual que le roban los criados que lo engañan en el juego de rocambor; todo para que Anatoli siga entregado a la afición, tan desmedida como inútil, de sus caballos.

La escena de la calle, por tanto, cuando Fräulein Langhoff golpea tres veces el empedrado con el tacón del borceguí derecho, no se debe al disgusto de que la princesa se entretenga con alguien que no corresponde, ni mucho menos, a su linaje. Se debe al despecho. Y luego, cuando ya más exasperada le reprocha en su gutural alemán prusiano que las princesas no les dirigen la palabra a peluqueros, qué dirá Su Serenidad cuando se entere, sus palabras no obedecen a sus deberes correctivos de institutriz, sino a los celos que ya le nublan el sentido.

Un amante bastante insaciable nuestro Anatoli, ya lo vemos. Sin embargo, ese corcel dorado en la puerta de la peluquería, enjaezado como para que pasee por un prado donde florecen los tréboles una señorita francesa, sentada a la mujeriega en la rica montura verde de Schweinfurt; o para que una princesa lo monte a pelo en sus sueños y le ponga alas, le trae mala fama.

¡Un caballo coqueto, adornado con una collera de rosas, y desprovisto además de órganos genitales! Por mucho realismo que haya querido poner a su empeño artístico, no se ha atrevido a esculpir ni el pene ni los testículos, que deberían ser visibles debajo de la cola enhiesta. Pero, si a la realidad nos atenemos, se trata de un imposible caballo dorado. ¿Es que alguien ha visto alguna vez un pene y unos testículos dorados?

Por eso del caballo coqueto sin sexo a la vista, en Siret se rumora y sospecha de él que es un marica, un *fetita*, como dice a sus espaldas Gica, el tabernero, a quien semejante asunto le tiene sin cuidado, mientras el peluquero no se tome licencias con sus parroquianos.

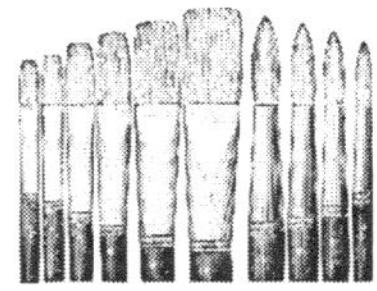

Anotaciones en el cuaderno de tapas azules de cartón acerca de las brochas y pinceles para pintar caballos

Brochas:

Prefiero las brochas con mango de abedul, y los pinceles con mango de tilo. Las virolas deben ser de auténtico aluminio y no de latón, como las hacen hoy en día los fabricantes.

La primera mano debe darse con brocha de crin de jabalí, de las que crecen sobre el morro. Esta puedo fabricarla yo mismo, aunque el problema es conseguir el metal para una buena virola. La segunda mano, con brocha de pelo de ballena, que es arduo conseguir.

Para extender la última mano, antes de laquear, los pelos de la brocha deben ser de marta siberiana (llamada también marta Kolinski), pues se necesita suavidad y elasticidad, y que no pierdan su forma y textura tras el primer uso, despeinándose sin remedio. Su precio es alto, pero bien se dice de lo barato que resulta a la postre más caro.

Pinceles:

Los pinceles son aún más delicados en cuanto a su calidad, pues se trata de lograr con ellos los detalles, por ejemplo, ojos, interior de las narices, belfos, dentadura, lengua. Para estos menesteres prefiero los pinceles Petit-Gris, de pelo de cola de ardilla, o los de pelo de tejón en defecto de los primeros.

Bucovina procede del término eslavo haya (*Fagus sylvatica*), y en rumano se hace referencia al ducado como Ţara Fagilor, el país de las hayas. Bosques y bosques de hayas, y, hacia el septentrión, nieve en las vertientes y en los macizos de las primeras estribaciones de los Cárpatos.

Es el nombre que Gica dio a su taberna, Ţara Fagilor.

Allí se bebe cerveza de trigo de Samaria, aguardiente de Besarabia, que se hace con la piel de la uva feteasca, y otro de papas de invierno teñido de enebro, el samogonka, del cual Gica surte al príncipe Aleksándr cada tercer día, cuando László, su mayordomo, se presenta para que le llene una garrafa de tres pintas.

También se sirven vinos, por ejemplo, los georgianos dulces y pesados del valle de Kura, que llegan desde el otro lado del mar Negro; pero Anatoli prefiere el vino quemado de Chisináu, hecho de uvas violeta, y él mismo va a abrir la espita de la barrica para llenar su vaso, mientras Gica marca cada vez con la uña una raya sobre el mostrador.

Los parroquianos acuden a la taberna con el deliberado propósito de emborracharse en medio del tedio mortal que cae en las tardes sobre la aldea, sobre todo si es invierno, cuando la oscuridad sobreviene pasado el mediodía, y no pocas veces la niebla se alza en soplos desde el suelo como una humareda.

Huele a la leña de encino que arde en la chimenea, al vino de las barricas que al derramarse de las espitas se filtra en el entablado del piso, y huele a piel de oveja mal curada y a pelo de cabra húmedo, porque nadie se quita ni los gorros ni los abrigos ya que el frío se cuela por todas partes junto con la niebla, y el calor que emana del hogar no es suficiente.

Ese lunes 18 de diciembre han cesado ya los mazazos en la herrería, y allí está en la taberna Nicolau, el herrero, con su jarra de media pinta de cerveza de Samaria; allí está Taras, el molinero, la cabeza rasurada como un tártaro oculta bajo el gorro, las cejas llenas de harina, ocupando su lugar junto a la ventana escarchada; también Lotar, el maestro de escuela, un medroso borrachín de nariz estriada de venillas rojas; Kandor, el apotecario, el que recoge sanguijuelas en el pantano. Y Anatoli, el peluquero.

Y fue Kandor quien preguntó en voz deliberadamente alta, de modo que nadie se quedó sin oírlo:

—¿Qué hacía ayer en horas de la madrugada la princesa en la trastienda de tu peluquería, Anatoli?

Era una pregunta que todos esperaban, porque seguramente la habían convenido entre ellos, y el único extrañado fue el tabernero, pues para él Anatoli seguía siendo un *fetita*.

El ocio había creado en Siret un eficaz sistema de espionaje, nada sofisticado porque había pocos secretos que descubrir.

—Nada, la princesa quería montar a caballo —dijo Taras, el molinero, que tenía un vozarrón de trueno.

—Ya veo, montaba en pelo —dijo Kandor, ahora sofocado por la risa.

María Aleksándrovna, quien había aparecido delante de la puerta de la peluquería a eso de las cinco de la mañana del domingo, en la plena oscuridad, había regresado al castillo amparada en la misma plena oscuridad. Pero para quienes vigilan sin ser vistos, la oscuridad favorece más bien sus propósitos.

Las voces de la taberna Ţara Fagilor, y también las del mercado de abastos, que se abría bajo toldos de lona al lado del embarcadero, y donde la noticia empezó a correr desde temprano del mismo domingo, coincidían en la hora de su llegada, pero diferían en la de su salida de regreso al castillo. Para unos, había sido poco antes de las siete; para otros, iban a dar ya las ocho. Esta diferencia, de cerca de una hora, no altera en nada los acontecimientos.

¿Anatoli se hallaba en la acera, vestido apenas con un blusón y unos calzoncillos de franela, la mano sobre el anca del corcel dorado? Falso. No sólo soplaba la ventisca, nevaba copiosamente. El caballo estaba cubierto de nieve, como si lo hubieran arropado. No iba entonces a arriesgarse a coger una pulmonía. Así que esperaba adentro, tras la puerta entreabierta. Sostenía una bujía de petróleo, cuyo débil resplandor marcaba el contorno de la hendija. Ella iba envuelta de la cabeza a los pies en su abrigo de astracán. La puerta se abrió un poco más desde el otro lado para dejarla entrar. Sólo se vio el colazo de los faldones del abrigo.

—Monsieur le coiffeur, me complacería tanto ver los caballos —dicen que dijo la princesa.

Rumores. Para entonces la puerta ya se había cerrado tras ella. ¿Quién pudo escucharla con tanta claridad?

Anatoli y la princesa desaparecieron del pueblo antes del amanecer del día siguiente, martes 19 de diciembre, ya el escándalo pisándoles los talones. Habían visto al peluquero acomodando sus caballos de madera, envueltos en sábanas como cuerpos amortajados, el primero de ellos el corcel dorado de la puerta, en el camastro de una carreta; también había subido a la carreta no pocos cajones de pino, sacos de arpillera amarrados por la boca y bultos ahulados. Tiraba de la carreta una yunta de bueyes overos y el propio Anatoli la conducía, empuñando el chuzo. No se despidió de nadie, que se sepa.

De la peluquería no tocó nada, y cuando la gente entró a curiosear, pues no se preocupó de poner llave a la puerta, hasta las brochas y los peines estaban en su lugar habitual en la repisa frente al espejo, lo mismo el taburete reclinable forrado de cuero armenio, con su cabezal acolchado movible mediante clavijas, y el asentador de cuero crudo para dar suavidad a las navajas colgado de uno de los brazos del taburete.

Todo fue saqueado a conciencia. Y de la trastienda se llevaron el banco de carpintero, además de los trozos de madera para esculpir los caballos, que tras pasar por el hacha ardieron en las chimeneas y los fogones del vecindario.

Ya estamos enterados de que Anatoli solía visitar en su aposento a Fräulein Langhoff. Sabía cómo remontar el parapeto rocoso para alcanzar la explanada del castillo, ascendiendo por un vertedero de basura. Una vez arriba lanzaba un pedrusco que golpeaba de manera certera la contraventana, y acto seguido bajaba ella la cuerda.

Pero esta vez, claro está, la visita no era para la institutriz, quien mantenía sus orejas frías respecto al curso que tomaban los acontecimientos.

4. La máquina del destino, debidamente engrasada por las circunstancias

Al despedirse la mañana del domingo, los nuevos amantes habían resuelto repetir el encuentro el lunes siguiente, precisamente; pero resolvieron también que la peluquería era un lugar demasiado arriesgado para sus citas, dada la maledicencia que, ya se ve, no tardó en enseñar sus sucias uñas; así que escogieron la recámara de María Aleksándrovna en el propio castillo.

A cualquiera que tenga más de dos dedos de frente le parecerá que introducirse en los predios de un castillo, y escalar la pared desde la explanada haciendo uso de una cuerda para llegar hasta el dormitorio de una princesa, resulta más arriesgado aún, dejando aparte la maledicencia, que darse cita en la trastienda de una peluquería: vaya y un centinela le descerraja un tiro al atrevido creyéndolo un ladrón; pero volvamos a que Anatoli tenía ya sobrada experiencia en este menester.

Eliminemos las sábanas anudadas. La princesa se había hecho sin dificultades con su propio rollo de cuerda, y esperaba el ruido del pedrusco en la contraventana a la hora convenida, las once de la noche; un procedimiento de advertencia cuya eficacia ya ha sido probada de manera repetida en otra contraventana del mismo castillo, huelga repetirlo.

Una cita previamente convenida, es cierto, pero ahora todo tomaba otro cariz y no había tiempo para entretenimientos amorosos. Tras ponerla al tanto de las groseras alusiones de Kandor el apotecario, celebradas en la taberna por todos aquellos gañanes, se dedicaron a examinar la seriedad de la nueva situación. Y una vez discutido el asunto, los dos sentados en el lecho y tomados de las manos, convinieron que no les quedaba más expediente que la huida.

Lo otro era enfrentar al príncipe Aleksándr, que rabiaría al saber a su hija única convertida en amante de un peluquero, por muy artista en esculpir caballos que fuera, y por muy menguada que se hallara su propia fortuna debido a su desmedida afición al rocambor. Y tampoco consentiría en entregarle su mano, aunque en ello le fuera la honra, de eso no dudaba Anatoli. Prefiero verla muerta y enterrada bajo siete cuartas de tierra, diría de seguro.

No había tiempo que perder. ¿Cuánto tardaría el despechado lacayo Vasili en irle con aquel cuento que andaba ya desbocado por Siret?

Ѫ

La máquina del destino, debidamente engrasada por las circunstancias, se puso en movimiento de manera acelerada. Conforme los planes trazados en la premura, la princesa escapó del castillo y fue a esperar a Anatoli en un paraje del camino que, siguiendo la margen del río Siret, desembocaba en la aldea de Pădureni. La frontera rumana se hallaba a dos verstas de allí.

Llevaba encima su abrigo de astracán, y por todo equipaje un bolso de trapillo con agarraderas de madera donde, además de algunas prendas de ropa, guardaba una preciada arqueta; y en un carriel que colgaba de su hombro mediante una larga cadenilla, cinco marcos de oro, siete florines de plata y unas cuantas dengas acuñadas con la efigie de Pedro el Grande, monedas que los vecinos ricos le habían regalado en sus fiestas de cumpleaños antes de que la ruina se abatiera sobre la cabeza del príncipe Aleksándr.

Se supone que oyó acercarse la carreta, las pesadas ruedas martajando el hielo. Se supone que divisó a Anatoli a la luz del farol enganchado al pescante. El farol se sacudía como una fruta amarilla en una rama azotada por la borrasca, Anatoli entrando y saliendo del halo macilento en la medida en que avanzaba, chuzo en mano. Se supone que se bajó para ayudarla a subir a la carreta, y gentilmente la despojó del bolso para acomodarlo con cuidado entre las piezas de su variado bagaje. Se supone. Todo es de suponer.

También es de suponer, entonces, por qué no, lo que ocurrió al rayar el día en el castillo. Tenemos a un Vasili de verdad enfurecido. ¿No iba él a desposar a la princesa una vez completada la obra de apoderarse de lo que quedaba del patrimonio del príncipe Aleksándr, ganándoselo en el juego de rocambor? ¿No iba a coronar así sus sueños de pasar de lacayo a príncipe consorte?

Sin ningún miramiento sube hasta el aposento del príncipe y toca enérgicamente la puerta. Como nadie le responde, trata de empujarla y entrar, pero László, el mayordomo, siempre al acecho para que nadie perturbe el sueño de su amo, se interpone. Él, impaciente, lo aparta de un manotazo, con lo que el pobre viejo, al que le faltan las fuerzas y los dientes, por lo que sólo se alimenta de sopas y verduras, recula hasta caer sentado.

En la penumbra, el príncipe duerme de costado, un pie fuera de la cama, el camisón recogido de manera impúdica hasta las nalgas. Por el suelo ha rodado la garrafa de tres pintas de samogonka, ya vacía. Al pie de la cama está el bacín, que parece más bien una sopera, rebosante de orines color amarillo indio como el de los bueyes que comen muérdago. Ya llegará el día en que la cama, las cobijas y el bacín serán apostados en el rocambor.

Vasili va y lo sacude enérgicamente. ¡Su Serenidad, despierte, que ha ocurrido algo espantoso! Lo obliga a incorporarse en el lecho, lo lleva hasta la ventana aún medio dormido, aún medio borracho, y le enseña el cuerpo del delito: la cuerda rolliza que pende desde la ventana de la recámara de la princesa. En la explanada, rodeando el cabo de la cuerda, los criados comentan el suceso entre chistes gruesos y risotadas. Los delincuentes que han mancillado su honra ni siquiera se han preocupado en quitarla de allí, dice Vasili, ahogado por la emoción.

Vasili dice «los delincuentes», porque supone que, uno tras otro, los amantes bajaron por la cuerda tras pasársela de lo lindo, refocilándose en la cama de la princesa. No fue así. No se refocilaron, ya quedó claro. Y en cuanto a la cuerda, fue usada de ida y regreso por Anatoli; pero, en lo que hace a la princesa, esta vez salió muy tranquilamente por el portón principal tras descorrer el cerrojo. ¿Cómo no se le había ocurrido antes? ¡Y haberse arriesgado sin necesidad la madrugada del domingo a una caída, exponiéndose a una fractura, si ya tiene suficiente con el impedimento de su pierna izquierda!

El príncipe, que pugna por volver a la cama, es alcanzado una y otra vez por la palabra «peluquero» que Vasili escupe como una flema sucia. Cómo es posible, huir con un peluquero, yo no quería dar crédito, Su Serenidad, pero he sido informado que ya desde antes lo visitaba al amparo de la medianoche en la peluquería, y allí amanecían, y luego su lugar de citas vino a ser su propia recámara en el castillo, hasta el momento de la huida. Un peluquero. Y, además, con fama de marica, un *fetita* de mierda, quisiera agregar; pero aún hay en su oscuro interior un rescoldo de respeto por el príncipe, que, la verdad sea dicha, no logra despejar su cabeza de los vapores del sueño que rezuman tufo a samogonka de papas.

A la hora en que la princesa salía del castillo, inadvertida para todo el mundo, se hallaba él jugando con el propio Vasili en las dependencias de los criados, y sólo fue a acostarse cuando ya clareaba, a su lado en el piso de la alcoba la garrafa de la que bebía a tragos largos; una hora apenas tendría de haber conseguido el sueño cuando Vasili se presentó a despertarlo, y para entonces los prófugos se alejaban ya con rumbo desconocido.

Es como si hubiéramos perdido una partida de rocambor, Su Serenidad, quisiera seguir explicando Vasili, pero se contiene. En el rocambor juegan tres, y yo estoy entre los dos perdedores, le queda por decir. El otro es Su Serenidad. El Hombre nos ha derrotado a los dos, ha sacado una baza imprevista y se ha llevado el botín. Un Hombre que ni siquiera es hombre.

El príncipe, fastidiado, se zafa de las manos de Vasili, y llama a László para que lo ayude a volver al lecho.

—Déjame dormir —le dice a Vasili—, no quiero la visita de ningún peluquero, tú sabes que yo me trasquilo solo porque no me gusta que nadie me ponga las manos encima.

Enconada persecución

1. *La partida de caza*

Vasili ha querido obtener la venia del príncipe Aleksándr para organizar la persecución de los fugitivos, pero ya está visto que Su Serenidad no se encuentra en condiciones para otorgar ninguna venia, y ahora que ha vuelto a dormirse ronca de manera angustiosa, como si lo persiguieran en sueños.

De manera que el lacayo se decide a formar la partida sacando de la nada una autoridad que no tiene, y sacar de la nada quiere decir amenazas, halagos y promesas de recompensa a los criados que se mantienen unos, entre burlas, rodeando el cabo de la cuerda que pende de la ventana, mientras otros haraganean por las dependencias o ven qué roban de comer en la cocina. Los reúne por fin en el patio de justas, y tras una breve arenga se dirigen en alegre tropel, Vasili a la cabeza, hacia el arsenal, cuyas puertas este último fuerza con una barreta, y de allí sacan, en número suficiente, escopetas Jäger de dos cañones, fusiles Dreyse de percusión y rifles de aguja Chassepot, con sus respectivos escotes de proyectiles.

La jauría de sabuesos y grifones corre delante de la partida de montados en dirección norte, hasta internarse en el bosque de Văşcăuţi. Vasili les ha dado a oler un camisón de dormir de la princesa, y si los fugitivos van por ese rumbo es porque sus intenciones deben ser las de llegar a Chernivtsí, el cura de la iglesia de Santa Paraskeva es tío segundo del peluquero, y seguramente allí pretenden casarse.

Vasili oye la bolina de los perros, espolea el caballo y encuentra al peluquero subido a una de las ramas más bajas de un álamo negro, al lado de un barranco, en tanto la princesa, impedida por la férula de hacer lo mismo, se abraza aterrada al tronco, acosada por la jauría. El muy cobarde *fetita* ni siquiera ha extendido la mano para ayudarla a subir.

Los caballos en los que los fugitivos huían pastan mansos en un claro del bosque mientras arrastran las riendas, desatendidos de todo lo que está ocurriendo. Son caballos de buena estampa, poderosa la alzada, anchas las ancas, largos los cuellos, las crines crespas; bien enjaezados, las monturas lustrosas, los estribos y el bocado relucientes, tal parecen de plata. No hay caballos como esos por estos rumbos. ¿De dónde los habría sacado el peluquero?

Vasili ordena a los perreros sosegar a la jauría, y desde la silla, sofrenando el caballo, que tasca, nervioso, el freno, dispone el regreso de la princesa al castillo bajo vigilancia armada, mientras él se hace cargo del peluquero. Ha dejado que siga subido al árbol, y lo mira con sorna.

No queda más que meterle un tiro en la cabeza. A él y a esos caballos de fantasía.

2. *El ardid*

Cuando atraída por las voces festivas que llegaban del patio Fräulein Langhoff se asomó a la ventana de su recámara, y a la luz de las lámparas que sostenían los criados vio la cuerda trenzada de hilos de lino distante apenas tres palmos del suelo, supo en el mismo instante de dónde descendía esa cuerda, y se sintió cubierta por el ridículo.

Ella también pensaba que los amantes, después de copular a su antojo, habían descendido por la cuerda, primero Anatoli, el descarado, luego María Aleksándrovna, la mosquita muerta; o al revés, qué más daba en qué orden habían bajado. Una cuerda que, para su vergüenza y congoja, no era la suya. La suya sólo le serviría ahora para ahorcarse y estaba guardada en el arcón y nunca más volvería a desenrollarla para Anatoli, el mísero y vil traidor.

Una mucama vino a enterarla de los preparativos de la cacería. Volvió a la ventana, y advirtió el alboroto de la partida de montados; y, más tarde, cuando supo que ya regresaban, habiendo Vasili triunfado en rescatar a la princesa, bajó apresuradamente al patio para recibirla. La hizo desmontar, le limpió el rostro amorosa y le arregló los vestidos: meine kleine Prinzessin, mira lo que has hecho con tu honra y valía, pero ya veremos que tu padre, tan severo, te sepa perdonar, anda a cambiarte esos trapos sucios, péinate y lávate, Su Serenidad querrá verte de inmediato.

Esperó a Vasili debajo de la bóveda del portal, y cuando entraba al trote se le interpuso. Agarró la rienda por el filete y, aunque la bestia reculó, encabritada, sostuvo el puño con firmeza y llevó al caballo y al jinete de vuelta hacia la explanada, mientras los montados de la partida los bordeaban para seguir de frente hacia el patio.

El lacayo, intrigado, porque entre ambos había habido siempre reserva y distancia, la dejó hacer. Y cuando estuvieron solos, ella le dijo:

—Pide la mano de la princesa, este es el momento. El viejo tahúr no hallará cómo remediar el entuerto más que desposándola contigo; a estos nobles arruinados les gusta esconder la mierda debajo de la alfombra, que huela, pero que no se vea.

—Es lo que pensaba hacer.

—Me lo imaginaba, porque sé que eres ambicioso; pero déjate guiar por mí.

Era simple. Ella tomaría ventaja de su ascendiente sobre padre e hija, convocaría al viejo a que bajara al patio de justas, y haría que María Aleksándrovna bajara también. Y allí, a la vista de todos, sin dilaciones, Vasili presentaría su petición de mano. Luego de la boda, entre ambos ayudarían al viejo a bien morir ahogándolo en samogonka, y mantendrían a la princesa encerrada a pan y agua en una torre del castillo, como debe ser en historias semejantes.

¿Y su propio papel en todo esto, además de instigadora? Se haría amante de Vasili. No nos preocupe si serían amantes de conveniencia. Y ambos reinarían juntos sobre aquella heredad. O despojos de heredad.

Hasta ahora no se le había ocurrido preguntarle qué había sido de Anatoli, si es que había escapado o lo había dejado huir. Pero, estuviera donde estuviera, el traidor llegaría a saber que la princesa se había casado con el lacayo. Sería su castigo. Fue lo que dio a entender a Vasili con una leve sonrisa, medio amarga y medio pícara, mientras su mano se mantenía agarrada al filete.

—He matado al peluquero de un tiro en la cabeza y he lanzado su cuerpo a una quebrada —dijo entonces Vasili—; cuando lo dejé ya empezaban a rondarlo los cuervos.

Olvidó decir que también había matado a la pareja de caballos enjaezados como para un desfile. ¿Qué importancia tenía?

Confesar el crimen fue un arranque de sinceridad del que él mismo a lo mejor se espantó, o a lo mejor era su manera de advertir a la institutriz: ahora somos cómplices y quedamos unidos hasta la muerte.

Fräulein Langhoff perdió el color y sintió que sus pies vacilaban como si el piso hiciera olas, de modo que el caballo de Vasili se sacudió, tirado por su mano, que se aferraba con fuerza al filete para no caer.

—Mejor —musitó entre dientes, pese a su dolor—. Mucho mejor muerto.

Y vio entonces una bandada de buitres de plumaje sin brillo posada en las ramas de un álamo negro al borde de un barranco. Pacientes, escrupulosos, callados, se preparaban para sacarle las tripas al cadáver. Uno a uno, con breves golpes de las alas, se desprenderían de las ramas e irían bajando hacia los matorrales de la hondonada donde Anatoli yacía boca arriba.

Hay algo en ella aún más profundo que la rabia de los celos, y más profundo que el dolor ante su muerte. No sólo es el despecho contra su amante por el abandono, y no sólo es la atroz idea de que ya nunca volverá a verlo. Es que está preñada. Hace tres semanas que espera en vano la menstruación.

3. *Petición de mano*

Han traído un sillón para el príncipe Aleksándr hasta el patio de justas. La resaca del samogonka le parte en dos la cabeza, como si tuviera un hacha de leñador clavada en medio cráneo, y peor porque la mañana invernal se ha despejado y la suave lumbre del sol cocina a fuego lento sus sesos.

Los jinetes forman una herradura de cara al sillón. La princesa está de pie al lado de su padre, y Vasili, que tampoco ha desmontado, queda al centro de la herradura. El animal se mueve sobre el empedrado con pasos inquietos, y él procura sofrenarlo. Han venido a asomarse las criadas, y todas se apiñan detrás de las ancas de los caballos.

Vasili hace avanzar la cabalgadura hasta colocarse frente al príncipe y su hija:

—Su Serenidad, yo lavaré esta mancha sobre su nombre dando el mío a María Aleksándrovna —proclama desde la silla.

—Nunca me casaré con un lacayo —oye decir a la princesa.

Luego la ve hacer un gesto con la boca, como si se preparara para escupirlo.

Esta renca maldita, piensa él, y se cuida de no apartar la cara de la vista del príncipe, en espera de la respuesta, mientras un relámpago de ira pasa por sus ojos brillantes y pequeños, muy separados de la nariz; ojos de marmota. Y piensa también: ¿cuál es la diferencia que hay entre un lacayo y un peluquero, mujer estúpida? ¿Acaso no estoy dispuesto a casarme contigo, que eres una grandísima puta, y, por si fuera poco, renca?

Y ella, de pronto:

—¿Acaso sabes fabricar un hermoso caballo dorado, como el que aparece en mis sueños?

El príncipe empieza a reír, de manera sorda y acompasada, y después de contener un acceso de tos sigue riéndose. Y todos ríen con él por deber, las criadas, que se asoman detrás de los caballos, y los jinetes.

No está claro si por fin ha entendido bien eso de la huida de su hija con el peluquero, y tampoco si ha entendido aquella extraña petición de mano. Y en lugar de recriminarla, cualquier cosa que ella haya hecho, la atrae hacia sí, y ambos quedan allí, fundidos entre lágrimas en un estrecho abrazo.

—He dormido mal, hija mía —dice—, y encima a estas horas no he dado un solo bocado, mira cómo me suenan las tripas. ¿Y qué tal una copita de samogonka antes de tomar mi almuerzo, para despejarme la cabeza? László, ángel del cielo, ve a la taberna y tráeme tres pintas de samogonka.

Cosas así, que suenan banales y superfluas a los oídos de Vasili y a los oídos de la institutriz.

Derrotada, Fräulein Langhoff sube a su habitación. Y ahora que todo ha terminado mal, otra vez se asoma a la ventana. Los jinetes, tras entregar sus armas a un preboste que las devolverá al arsenal en una carretilla de mano, se dirigen hacia las caballerizas a desensillar las cabalgaduras, echando pestes contra Vasili porque no habrá tal recompensa; las criadas se dispersan de vuelta a sus oficios, y László va rumbo a la taberna con la garrafa, a buscar las tres pintas de samogonka.

Vasili ha quedado en medio del patio, un jinete solitario frente al sillón ahora vacío, porque María Aleksándrovna se está llevando a su padre de vuelta a los aposentos. El caballo trisca la magra hierba entre las junturas de las lajas.

Entonces la voz del lacayo resuena por todo el patio y regresa en ecos al punto de partida:

—¡El peluquero está muerto, princesa, a esta hora los cuervos deben estarle devorando los ojos!

El alarido desgarrado de ella se oye no sólo en el patio. Rebota por las dependencias, llega hasta las cuadras y las cocinas y traspasa los corrales para volver hasta su boca, que aún sigue abierta.

Hay que ver cómo es de calenturienta la imaginación de Vasili. A más no poder. Supongamos esto, supongamos lo otro, imaginemos esto, imaginemos lo otro, como si la vida fuera un suponer y un imaginar. Perseguir a los prófugos, rodearlos con la jauría, capturar a la princesa y pegarle un tiro en la cabeza al peluquero dejando su cadáver a merced de los cuervos y las alimañas del bosque, y matar, además, a dos caballos de estampa tan galana. Las cosas no ocurren siempre según los deseos de la imaginación.

En el castillo no existe desde hace tiempos un arsenal, y de haber existido ya el príncipe se habría jugado al rocambor las escopetas y los fusiles, los salveques de municiones, y hasta las baquetas. Los perros de montería brillaban por su ausencia, y lo que son caballos, restaban ya muy pocos en las cuadras, viejos y llagados. En cuanto a los sirvientes, igual les daba si la princesa renca huía con el peluquero chiflado que malgastaba las horas del sueño esculpiendo caballos de madera, e igual les daba que Vasili les impartiera alguna orden; con el caso que le harían.

Bien sabe Vasili, pero su imaginación lo olvida, que para ese despojo de hombre en que se ha convertido el príncipe, el honor ocupa un lejano tercer o cuarto plano, si es que ocupa alguno, y él es la mejor evidencia de la ruina del castillo. Ya lo hemos visto. Indolente y abúlico, empina exageradamente el codo, se entrega de manera empedernida al rocambor, y sus criados, empezando por el mismo Vasili, lo esquilman sin piedad alguna.

Y esta lenta pero inexorable operación de despojo no excluye a la institutriz, a quien su pasión amorosa por el peluquero ha empujado a cometer actos contrarios a su moral luterana, esto es, robar del castillo, rebuscando en los aposentos clausurados alguna antigüedad valiosa, algún ícono bizantino, como el de los tres santos jerarcas, pintado en pan de oro, por el cual un anticuario de Braşov le pagó un buen precio; un samovar de Khokhloma pintado a mano, un juego de cubiertos de plata imperial rusa, todo para que su amante pudiera seguir adelante en su delirio de esculpir y pintar esos caballos que, encima, se ha llevado consigo en su imprevista huida.

El día de la fuga, tras los esfuerzos inútiles de Vasili por sacarlo de su modorra, el príncipe durmió más allá de las dos, pidió su simple almuerzo de sopa de coles y pan de centeno a eso de las cuatro, se mantuvo en su dormitorio entretenido con generosas dosis de samogonka, y a las siete estaba listo para su partida de rocambor.

De la princesa no dijo una palabra. No la reclamó en ningún momento a su lado, y tampoco parecía darse por enterado de su ausencia.

A lo mejor era más sabio de lo que aparentaba. ¿Quién pediría la mano de una princesa cuyo padre arruinado se da al juego y la bebida, incapaz de ofrecer una dote sustanciosa como para que el heredero de un terrateniente de los alrededores, o de algún burgués rico, se sintiera atraído a casarse con ella, renca, además, tanto de una pierna como de la cabeza?

Pues el príncipe estaba convencido de que a María Aleksándrovna se le resbalaban las tejas de la techumbre por tenerlas mal acomodadas. Ya la había oído comentar acerca de la belleza de los caballos de madera que esculpía en su trastienda aquel peluquero tenido en el pueblo por marica redomado.

¿Con ese Anatoli se había fugado entonces? Santa solución. La pobre no estaba destinada a conseguir nada mejor en la vida. Caballos dorados, vaya mayúsculo dislate, se dijo, recogiendo su juego una vez repartidas las cartas. En el rocambor se debía sortear el papel de l'Homme, pero en aquella mesa él siempre lo era, nadie se lo discutía.

¿Por qué ese caballo dorado en la puerta de la peluquería no tiene por donde orinar, como los caballos verdaderos, querido padre?, había venido a preguntarle una vez María Aleksándrovna al regresar de misa. Y él la miró apiadado de su simpleza. Igual le preguntaba: ¿por qué ese gallo persigue tan feroz a las gallinas del gallinero y se monta con tanta agitación sobre ellas? Para que podamos comer huevos pasados por agua cada mañana, por eso, respondía él, fastidiado.

Que te vaya bien, palomita mía, más no puedo yo hacer por ti. Y ojalá ese gallo de barba perfumada no te salga gallina, como por allí aseguran.

Nadie fue, por tanto, en persecución de los prófugos.

¿Hasta dónde piensa llegar, señor peluquero? Una carreta tirada por bueyes no puede ir muy lejos, reclamó ella, cuando ya subía el sol pálido y el camino atravesaba un pedregal bañado por las aguas de un arroyo que iba a desaguar, varias yardas abajo, entre los juncos escarchados de la ribera. De lejos llegaba el olor de los pinares, los delgados troncos rugosos aferrados a los riscos por los que se derramaba la arenisca. Hasta Suceava, donde hay una estación del ferrocarril imperial, respondió él, sin volver la cabeza.

Suceava era la última población del Imperio austrohúngaro, al lado mismo de la frontera rumana. ¿Y dónde queremos ir, subidos en ese ferrocarril?, volvió a preguntar ella. A Bucarest, Anatoli quería ir a Bucarest. Una línea iba desde Suceava a Roman a través de la frontera. Cambiarían de tren en Roman para tomar el expreso a Bucarest. Con un par de monedas, los guardafronteras, campesinos disfrazados de uniforme, el águila imperial bordada en la visera de las gorras, los dejarían seguir.

La estación de Suceava, rodeada por una palizada, parecía un pabellón de caza perdido en el bosque. El gallo de cobre de la veleta giraba enloquecido agarrándose a su flecha sobre el techo de dos aguas, como si las rachas de viento le dieran y le dieran cuerda.

Llegaron sin novedad a Roman, y como había tiempo suficiente antes de la partida del expreso a Bucarest, dejaron el copioso equipaje manifestado en calidad de carga con acompañante, y le pidieron a un cochero que los llevara a una iglesia. ¿Para rezar?, preguntó el cochero volviéndose hacia ellos desde el pescante. No, para casarnos, respondió Anatoli. ¿Cualquier iglesia?, preguntó el cochero, la sonrisa cómplice. La que sea, respondió Anatoli. Conozco a un pope que por una buena limosna no les negará el sacramento. Y los condujo a trote ligero al templo Precista Mare, del rito ortodoxo armenio, consagrado a la Madre de Cristo. Ya sabemos que la princesa era del rito católico romano, pero ella nada protestó.

El pope era todo un gigante, tanto que le quedaba corta la sotana, y se reía de cualquier cosa como si le hicieran cosquillas. Dispensó la imposición de coronas y se conformó con las tres vueltas alrededor del altar, a cambio de la limosna que la princesa satisfizo acudiendo a su carriel.

Ya ha empezado a abrirse y cerrarse el carriel de la princesa. Mordidas a los guardafronteras, pasajes en tren, carga sin acompañante manifestada, limosnas a la iglesia. Anatoli aparta la vista, un tanto avergonzado, cuando ella saca las monedas.

5. El robo de un aderezo de joyas de origen incierto

En el libro *Der Zauberer der königlichen Eisenbahn*, de Lena Stauffer (Offenburg, Dokumente-Verlag, 1914), se relatan los emprendimientos del magnate vienés Franz von Strousberg, quien encabezó el consorcio que llevaba su nombre, y el cual tuvo a su cargo la construcción de las primeras redes ferroviarias en Rumania, Bulgaria y Albania.

En el capítulo dedicado a Rumania, hallamos que en septiembre de 1866 el Parlamento votó la construcción de una línea de novecientos quince kilómetros de extensión desde Roman, en el norte, hasta Bucarest, y luego un ramal a Galați, en el este. El consorcio Strousberg suscribió con el Estado una contrata para realizar la obra, a razón de doscientos setenta mil francos oro por kilómetro. La vía se puso en servicio por tramos, el primero de ellos entre Roman, Bucarest y Galați, inaugurado el 13 de septiembre de 1868.

Por otra parte, la línea que conectaba Suceava con Roman a través de la frontera era parte de la red de la Kaiserliche Eisenbahngesellschaft, cuyos antecedentes precursores los encontramos en una carrilera de vía estrecha construida en 1863 por iniciativa del príncipe Leon Sapieha, cuya empresa entró en quiebra y sus activos fueron adquiridos por el Estado.

De manera que los amantes recién casados llegaron felizmente a la Gara de Nord, la estación ferroviaria de Bucarest, el viernes 22 de diciembre. Y si han viajado en trenes, es porque esos trenes verdaderamente existían en las rutas indicadas, como queda demostrado; de no ser así, hubiera sido preciso imaginar algún otro medio, quizás un coche de postas, o un par de cabalgaduras, como las que en su fantasía les supuso el lacayo Vasili. Nunca el apego a la realidad ha dejado de rendir buenos frutos.

Ingebor Langhoff posee un carácter fuerte, y sabe imponer su autoridad. Vasili vacila, pero ella lo mete en orden. Si él ha imaginado que caza a los prófugos y deja muerto al peluquero al borde de un barranco, ella quiere de verdad darles alcance. Anatoli se ha llevado su honra, se queja delante del lacayo, ahora cómplice de sus planes. Le ha dejado un hijo en las entrañas. Y, peor, ha sustraído de su aposento, la última vez que se vieron, unas joyas de familia que valen una fortuna.

¿Por qué no se las reclamó de vuelta?, pregunta Vasili mientras conversan en susurros, a pesar de que nadie es capaz de escucharlos, en la penumbra de una de las salas clausuradas del castillo. El olor a moho provoca estornudos, y arriba del cielo raso historiado corren desaforadas las ratas dejando oír el ruido de sus uñas.

Ya no hubo tiempo de reclamarle nada. Solía comportarse de manera juguetona cuando se daban cita en el aposento de la institutriz. Aficionado a las artes de mano, le gustaba hacer desaparecer objetos, birlándolos en chanza, como los magos de salón. Primero bisuterías, unos pendientes de poca monta, un collar de perlas falsas que se esfumaban tras un pase, bajo un pañuelo de seda tornasol. Y luego la arqueta, cuyo contenido ella, más que incauta, le mostró una noche.

Pensó que la siguiente vez que se vieran la traería de vuelta, muerto de risa. Pero no hubo ya siguiente vez, y ahora sabe que no se trataba de ninguna broma. Cometió el robo con toda intención para pagarse una vida regalada al lado de la renca maldita, lejos de Siret.

¿Hemos de creer a Ingebor que Anatoli robó las joyas? Hay de por medio una urdimbre tal de mentiras tejida entre institutriz y lacayo que será mejor andar con cautela. Y si algo queda desde ya establecido, antes de entrar a dilucidar lo referido al robo, es que el peluquero no podía pensar en una vida regalada cuando emprendió sus planes de fuga al lado de la princesa. Ya sabemos que esos planes no respondieron a una intención anticipada, pues todo resultó casual, fruto de una circunstancia obligada.

Y es más, dicho en su abono. Buscaba cautivar a María Aleksándrovna, es cierto, cada vez que pasaba camino a la iglesia de la Santísima Trinidad; mas nunca le habría hecho trasponer la puerta ni por la fuerza, ni mediando engaños. Ella entró por sus propios pies a la peluquería, por sus propios pies se encaminó a la trastienda, por su libre voluntad se despojó del abrigo de astracán y se desnudó entre los caballos ya terminados y a medio terminar, y por su libre voluntad subió a la tarima para entrar en el lecho, de donde apartó, tirándolos al suelo, los almohadones bordados con vistosas flores de azafrán de los Cárpatos.

Y cuando el escándalo estalló en la taberna y en el mercado de abastos, se apiadó de ella. No dejaría a la princesa a merced de aquella jauría de voces, no era esa clase de hombre desalmado. Al fin y al cabo, se trataba de una muchacha impedida. Y la necesitaba a su lado, la necesitaba en su cama. Si todo aquello junto era amor, no se puso entonces a sacar cuentas.

La férula ortopédica, con sus tornillos de cabeza avellanada, forjados en la herrería de Nicolau, y las cinchas de vaqueta con hebillas de bronce, agarrada al seco tobillo desnudo, parecía tener dientes y garras como un hurón, y quedó relampagueando en su cabeza, tanto como el vellón castaño de su pubis.

Ya desnuda no se había quitado nunca aquel aparato, como si al hacerlo fuera de inmediato a desplomarse, ni tampoco se lo había quitado cuando se metió debajo del edredón. Los tornillos de cabeza grosera y las hebillas de bronce mordían su ijar al atraparlo ella con las piernas.

Ж

Ahora, en cuanto a que la institutriz espera un hijo del peluquero, no hay que creerle ni media palabra. No queda sino desmentirla de una vez. La esterilidad es su sino.

Ж

Una institutriz, de acuerdo a las normas prevalecientes en la construcción de personajes, está destinada a ser una solterona que al envejecer se agría cada vez más de carácter, y llega a vestirse de manera invariable de gris, pesados trajes color ratón, a lo que deben agregarse los impertinentes, que cuelgan sobre su pecho sujetos por una cinta; las nieves del tiempo platean su sien, y una moña de rodete corona su cabeza.

Esas joyas que le han robado deberían, por tanto, estar destinadas a ser el sostén de su vejez solitaria, y no a repartirlas, de ser recuperadas, con un lacayo que es el más gañán de los gañanes.

Semejante anomalía no calza. Ella misma es ya una anomalía desde que apareció en la Kirchgasse, camino a la iglesia de la Santísima Trinidad, sosteniendo la sombrilla encima de la cabeza de la princesa, para defenderla del sol o de la lluvia, según fuera el caso. No debió haber sido agregada entonces al elenco, pero ahora no es el caso suprimirla.

Ж

Las paredes de piedra de aquella oficina en el Cuartel de la Policía Imperial de la Maria-Theresien-Platz de Siret goteaban humedad, y el fuego de la estufa de porcelana, adornada en la encimera con el águila bicéfala, apenas calentaba los pies. El retrato litográfico del emperador Franz-Josef I, en uniforme de mariscal de campo, presidía la escena desde la pared trasera al escritorio del comisario Gottlieb Straufel.

Durante la audiencia de denuncia que tiene efecto allí, la institutriz dirá, tal como vamos a comprobarlo luego al leer la transcripción del acta, que el robo se produjo debido a «un descuido mío, señor comisario».

Pero no se trató de un descuido, sino de un capricho, y eso ella lo calla. La arqueta no salió a relucir así porque sí. El deseo alocado de mostrarse desnuda delante de Anatoli luciendo el aderezo de joyas fue su perdición, y lo que llevó a su amante a hacer el siguiente comentario sibilino: «Con la venta de esos perendengues usted y yo iríamos hasta el fin del mundo, Fräulein Langhoff».

Nunca dejó de tratarla de usted.

Los aposentos del castillo, como una rareza o extravagancia de los viejos tiempos de bonanza, tenían luz de gas. Fue tanta su imprudencia que, a fin de mostrarse mejor delante de Anatoli, tendida en el lecho y adornada con las joyas, le pidió que aumentara la intensidad del fanal haciendo girar la llave hasta el tope. Las joyas resplandecían como si hubieran tomado fuego, y las guedejas negras de su pubis parecían pintadas con trazos desordenados de negro de humo.

Acta formal de denuncia

A fecha del viernes 22 de diciembre de 1905, y al ser las nueve de la mañana, se hace presente una persona del sexo femenino de nombre Ingebor Langhoff, súbdita del Reino de Prusia y de oficio institutriz de menores, con el objeto de interponer denuncia formal por sustracción dolosa de bienes de su pertenencia.

La autoridad competente previene a la denunciante de decir la verdad y nada más que la verdad en su deposición, bajo apercibimiento de ley.

COMISARIO: *Sírvase describir los bienes objetos del robo.*

DENUNCIANTE: *Se trata de un aderezo de joyas que consta de las siguientes partes (lee de un apunte):*

> *§ Un collar en rivière con quince brillantes montados a la rusa en chatones sobre platino con garras exaltadas a lima.*
>
> *§ Un par de pendientes de lazo cuajados de brillantes, que llevan en su centro cada uno una perla gris en forma de pera Bartlett.*
>
> *§ Un brazalete de oro blanco de veintiún quilates en forma de áspid enroscado, con revestimiento de espinelas negras y rubíes, y que tiene por ojos dos esmeraldas.*

COMISARIO: *¿De quién sospecha usted como autor de la sustracción?*

DENUNCIANTE: *No sospecho, afirmo. El autor del robo es el súbdito del Imperio austrohúngaro Anatoli Florea, de profesión peluquero, establecido hasta hace poco en la Kirchgasse de esta localidad, a quien pido se busque mediante exhortos dirigidos a las autoridades policiales, pues estoy segura de que se ha escondido en cualquiera de las poblaciones circundantes de la Bucovina; ya que, según noticias ciertas que tengo, ha huido en una carreta de bueyes cargando sus pertenencias, por lo que no puede llegar muy lejos.*

COMISARIO: *¿Dónde guardaba usted los haberes robados?*

DENUNCIANTE: *En mi recámara, en el castillo de Su Serenidad el príncipe Aleksándr, donde he prestado mis servicios en calidad de institutriz de su hija, la princesa María Aleksándrovna.*

COMISARIO: *¿Sigue usted prestando esos servicios?*

DENUNCIANTE: *Declino responder, ya que el asunto no viene al caso de la investigación que demando.*

COMISARIO: *¿Puede precisar el día y la hora del robo?*

DENUNCIANTE: El martes 12 de diciembre del año que corre, siendo aproximadamente las once de la noche.

COMISARIO: ¿Cómo y en qué circunstancias se efectuó el robo?

DENUNCIANTE: Por un descuido mío, señor comisario, al dejar el aderezo de joyas expuesto a la vista del hechor.

COMISARIO: ¿Debo tener por cierto, entonces, que el delito se cometió en presencia suya, sin que mediara violencia, coacción o amenaza?

DENUNCIANTE: Los robos no necesitan siempre de violencia, coacción o amenaza.

COMISARIO: Le solicito explicarme de qué manera el acusado pudo acceder a sus aposentos.

(La denunciante guarda silencio).

COMISARIO: Repito y amplío la pregunta: ¿cómo pudo esta persona llegar hasta su dormitorio en el castillo a tan altas horas de la noche, cometer el robo en presencia suya y luego retirarse en paz en posesión del botín?

DENUNCIANTE: Me siento indispuesta, señor comisario, tenga buenos días.

COMISARIO: ¿Debo entender que desiste usted de la acusación que se hallaba en el acto de interponer?

DENUNCIANTE: Buenos días.

Se cierra en este punto el acta. Al ser invalidada la denuncia por acto omisivo de la compareciente, no precisa de firmas, y se archiva tras estamparse en cada una de sus páginas el sello imperial.

Cuando Fräulein Langhoff se pone de pie, azorada, el comisario Straufel finge toser y se lleva la mano a la boca. Lo que busca es esconder una sonrisa. Puede imaginar lo que ha ocurrido, ya que, según las reglas de su oficio, para entender el tapiz de la vida pública hay que conocer el revés del tejido formado por las vidas privadas; nunca se sabe qué acontecimientos, al parecer vulgares, desprovistos aparentemente de significado, pueden afectar el equilibrio del

Imperio: una prenda íntima que resbala de un cuerpo, al caer al piso, es capaz de desatar una conmoción política, igual que el aleteo de una mariposa puede provocar un huracán, según el proverbio chino.

No es este el caso, sin embargo, puede advertirlo sin dificultad. El sueño del emperador no sufrirá el menor sobresalto en Viena por este vulgar episodio desatado en Siret. Un peluquero aficionado a esculpir caballos, que solía meterse en el lecho de una institutriz contratada por un príncipe borracho y tahúr, ha huido con la hija adolescente de este último y pupila de la agraviada; siendo, además, que la naturaleza no ha prestado muchos favores a la joven princesa, y más bien ha disminuido los que a todos concede por igual, pues la ha dejado coja de nacimiento; falso que se fracturó el tobillo cuando el caballo que montaba tropezó al saltar sobre un brezal, como suele ella proclamar.

Y bien que la institutriz se cuidó de mencionar en su declaración que María Aleksándrovna acompañaba al autor del robo en su huida, algo de lo que el comisario Straufel también se halla al tanto, igual que de la visita furtiva de la princesa a la trastienda de la peluquería; y para ello no necesita de la sagacidad de sus policías secretos, nada más le basta con poner oído a la sabiduría del rumor popular.

Y hay un picor, cierto placentero malestar en su bajo vientre, algo que se mueve y se hincha bajo el paño del pantalón de su uniforme, cuando imagina a la denunciante, recostada en cueros en su cama, luciendo las joyas que el peluquero le ha pedido que se ponga. Porque no pudo haber sido de otro modo. Ella, obediente, fue colocándose los pendientes en los lóbulos de las orejas, sin recurrir a ningún espejo; se calzó la pulsera, llevó las manos a la nuca para abrocharse el collar enseñando la hirsuta mata de vellos que crece bajo sus sobacos, cada movimiento vigilado con anticipación por el peluquero, que se ha quedado de pie, vestido apenas con los largos calzoncillos hasta la rodilla.

Y, ahora, como si la institutriz bajara la luz del quinqué hasta apagarlo, y ya no hubiera allí nada más que ver, el comisario Straufel piensa en la cálida y benéfica sensación de la toalla caliente perfumada de lavanda con que el peluquero le cubría el rostro antes de afeitarlo, mientras lo oía repasar por ambas caras la navaja en el asentador de cuero.

Y sonríe. Marica es lo menos que es. Ya quisiera yo comer a dos carrillos, como él.

La denunciante había huido rauda hacia la puerta, perseguida por la mirada socarrona del comisario Straufel. En la calle la aguardaba Vasili dando saltitos a causa del frío, las manos dentro de los bolsillos del gabán. La interrogó con la mirada acerca del resultado de la audiencia, pero ella no le dio respuesta. La calle no era lugar para hablar de esas cosas, ya lo harían de regreso en el castillo.

Ya otra vez en la sala clausurada donde huele a cagada de ratones, le dice al lacayo, con ciertas ínfulas, que ha sido un error interponer esa denuncia. Desistió de seguir adelante con la declaración cuando se dio cuenta a tiempo de que se estaba metiendo ella misma en su propia carne el cuchillo, pues iba a quedar en evidencia, a los ojos de la autoridad, como mujer liviana capaz de dejar entrar en su cama a un cualquiera, sin respetar el techo donde recibe paga cumplida y asilo.

Y Vasili, mirando con fastidio hacia el plafón historiado del techo, piensa: esta no es más que una pequeña burguesa melindrosa.

Ha mentido en su denuncia frustrada al tratar de culpar al peluquero, señorita institutriz. Le ha mentido al comisario Straufel, como antes le había mentido a Vasili. Porque, en realidad, quien le ha robado el aderezo de joyas no es Anatoli Florea, de generales ya descritas, sino María Aleksándrovna, su pupila, y últimamente también su rival.

Apenas justo a tiempo retrocedió en su declaración falsa. Y, de todas maneras, la versión verdadera hubiera carecido de todo crédito en sus labios. ¿La princesa, autora de un robo? Eso me lo va a repetir, señorita, delante del príncipe Aleksándr, y sin dilación alguna, le habría dicho el comisario Straufel poniéndose de pie; acompáñeme al castillo, de buen grado o por la fuerza, usted elija.

Llegó a lucir desnuda delante de Anatoli esas joyas en algunas ocasiones, concedamos que es cierto. Pero no la vez del último encuentro, el martes 12 de diciembre de 1905, simplemente porque ya no se hallaba en posesión de ellas. Hacía menos de un mes, tras muchas reticencias, había aceptado dárselas en préstamo a su pupila, con todo y la arqueta donde se guardaban. Fue un ardid bien hilvanado por ella. Lloró, suplicó. Alegó que ardía en deseos de llevarlas puestas a la hora de comparecer a besar la mano de su padre el día de su cumpleaños, como era el ritual, en presencia del cura párroco de la iglesia de la Santísima Trinidad, del alcalde de Siret y de toda la servidumbre.

Y nunca más quiso devolverlas, a pesar de ruegos y amenazas, entre ellas que denunciaría el hecho al príncipe; la más inofensiva de las que podría proferir, pues aquella piltrafa, ya se sabe, no atendía más que al juego de rocambor, asunto en el que fijaba todas sus preocupaciones.

De modo que los fugitivos llevaban consigo las joyas. Más propiamente, las llevaba consigo la princesa María Aleksándrovna, sin que Anatoli lo supiera aún. ¿Aún? ¿Cómo se mide ese aún? Cuando planearon la fuga, no lo sabía. Cuando ella abordó la carreta de bueyes, no lo sabía. Cuando subieron al tren en Suceava, no lo sabía. ¿Ni tampoco cuando hicieron el cambio en Roman?

Tampoco. Fue antes de llegar a Bucarest que por fin le dio parte: en el bolso de trapillo, además del carriel donde guardaba los cinco marcos de oro, los siete florines de plata y las dengas acuñadas con la efigie del zar Nicolás I, acervo mediante el cual se habían sufragado, además de los gastos antes descritos, cuentas de alimentos y bebidas en las cantinas de las estaciones, llevaba también la arqueta.

La arqueta dispone de una cerradura oculta, y tiene en la tapa, grabadas a cuchillo, escenas de batallas entre guerreros de tiempos de la dinastía Ming, que enarbolan sables, lanzas, picas y banderolas mientras se acometen. Dentro, envuelto en un paño de raso, reposa el aderezo de joyas.

Era un legado de su madre, le explicó. Semanas antes de que la partiera el rayo en la capilla la había llamado a su lado, y después de vigilar que nadie estuviera escuchando, le reveló la existencia de las joyas dándole las indicaciones del escondite, un pozo hacía tiempo agostado, en el límite de la huerta, que conservaba la rodela con su cuerda en el pescante y, atada al cabo de la cuerda, yacía en el fondo la arqueta. Sólo había que izarla.

No debería revelar a nadie el secreto, menos a su padre, porque dilapidaría sin miramientos en el juego aquel tesoro que sólo a ella le pertenecía, le había advertido su madre, tomándola de las manos.

Antes de pasar a otro asunto, aunque las joyas volverán a relucir en el curso de los acontecimientos por venir, terminemos, señorita institutriz, con esa sarta tan evidente de mentiras de su cosecha, que ya la princesa responderá por las suyas. Aclaremos de una vez la verdadera procedencia del aderezo.

Es cierto que usted fue preparada para un mejor destino en la vida, mimada por su padre, el doctor Jürgen Langhoff, quien se esforzó en educarla en los mejores colegios de Prusia; un fogoso jurisconsulto, respetado en las cortes judiciales de Potsdam por la sagacidad de sus alegatos forenses; muerto, sin embargo, a una edad prematura, apenas cumplidos los cincuenta años, víctima de un fulminante infarto al miocardio que lo derribó del estrado en el curso de una audiencia del tribunal de alzada en la que se dilucidaba el caso de una servidumbre de aguas.

La ruina sobrevino de inmediato en el hogar, pues su madre, Frau Anita Langhoff, no había sido educada para nada notable, salvo disponer las copas y cubiertos, y organizar los puestos alrededor de la mesa; así podía recibir con brillo y prestancia a los colegas de su marido y a sus esposas los jueves por la noche, veladas que más bien parecían la adusta sesión de un tribunal. Al faltar los ingresos del esposo no pudo descontar la hipoteca que pesaba sobre la casa, recién levantada junto al lago de Templin, la perdió, y madre e hija se fueron a vivir a un modesto piso rentado en la Pferdestrasse, en las vecindades del Mercado Viejo de Potsdam.

Usted, Ingebor, no tuvo otro remedio que poner en los diarios de Berlín un anuncio ofreciéndose como institutriz, y al fin logró colocarse con una familia judía de la Prinzregentenstrasse, en Wilmersdorf. Herr Fürst, su empleador, tenía un comercio de alfombras turcas en la Nollendorfplatz, y su esposa había sido recluida en la Charité debido a severos desórdenes mentales, de modo que le confió la educación y vigilancia de Ute, su hija única de diez años.

En pocos meses asumió el mando de la casa. Herr Fürst le entregó las llaves de alacenas, cómodas y roperos, e, investida de autoridad, daba órdenes severas e inapelables a los criados, entre quienes empezaron a alzarse voces de que el comerciante de alfombras y la institutriz se habían convertido en amantes, algo de lo que no hay constancia, y bien puede ser atribuido al resentimiento.

Frau Langhoff, agobiada por la estrechez, no tardó en seguir al esposo hacia el pequeño mausoleo en el Bornstedter Friedhof, víctima de la tisis. Y aquí salta la pregunta: ¿de qué manera aquella mujer podía heredar a la hija el aderezo, cuyas solas piedras preciosas un joyero de la strada Gabroveni de Bucarest tasaría, deslumbrado, en doscientos mil lei, equivalentes a cincuenta mil táleros de María Teresa?

Las joyas pertenecían, por supuesto, a la pobre loca recluida en la Charité.

La arqueta desapareció de la caja de caudales en el domicilio de herr Fürst, quien denunció el robo a la policía, y usted, señalada como principal sospechosa, fue conducida a la cárcel, no sin dificultades, pues cuando los gendarmes se presentaron a arrestarla a la hora en que se preparaba para impartir a la pequeña Ute las lecciones de la mañana, la niña, tan apegada se hallaba a su institutriz, pataleó y no paró de llorar, y cayó esa misma noche en una crisis febril convulsiva de carácter nervioso.

De manera que fue liberada a solicitud del propio herr Fürst, a pesar de que la policía había localizado la joyería de la Potsdamer Platz donde usted había vendido una de las piezas menores del aderezo, un sofocante del cual pendía una estrella de David constelada de amatistas. El dinero recibido lo gastó, en parte, para hacerse de trajes, zapatos y abrigos de moda, según inspección practicada en su guardarropa. Y debe decirse, además, en justicia, que también para financiar un funeral decente a su madre. La arqueta con las piezas restantes del aderezo, huelga decirlo, no apareció por ningún lado.

Herr Fürst puso la salud de su hija por encima de las evidencias, y su única condición para retirar los cargos fue que usted se comprometiera a seguir en su puesto mientras la niña no terminara de convalecer, para no exponerla a una recaída.

Pero huyó, en cuanto pudo, y no tuvo impedimento porque su récord de policía no había sido manchado. Se dirigió por tren a Varsovia llevando la arqueta que había mantenido oculta en el mausoleo de sus padres, en el Bornstedter Friedhof, y de Varsovia se fue a Viena. De Viena, a Budapest. Y en Budapest encontró en una agencia de colocaciones la solicitud del príncipe Aleksándr, que buscaba una institutriz dispuesta a viajar hasta Siret, un lugar de la Bucovina que no figuraba en los mapas que vendían en las librerías de la calle Nagy Diófa.

La paga era poca, pero usted lo que buscaba era poner tierra de por medio. Cuanta más tierra, mejor. Y aquel rincón olvidado era el sitio ideal para esconderse y tener a buen recaudo la arqueta.

Donde quiera que se encuentre:

A Su Gracia la princesa María Aleksándrovna, a quien D. N. S. guarde.

Donde quiera que se encuentre:

Dio el alma Su Serenidad el príncipe Aleksándr el 28 de diciembre, día de los Santos Inocentes, víctima de una hemorragia del cerebro provocada por un grave disgusto, ya que jugando al rocambor ganó al cochero Piotr Pavlovich dos caballos que no hacían sino volver a su propiedad, pues antes los había perdido a manos del mismo cochero; y este último no sólo se negó a entregarlos, sino que injurió al príncipe con palabras soeces.

Fue enterrado en la capilla al lado de la princesa Liudmila, madre que fue de Su Gracia, en un ataúd ajeno a su merecimiento, pero fue lo que mejor se pudo proveer.

Pongo en conocimiento de Su Gracia que, después del funeral, la servidumbre, ya sin freno, ha saqueado las dependencias lleván-

dose los pocos rebaños, animales de tiro y aves de corral, lo mismo que camas, doseles, armarios, aparadores, sillas y sillones, colgaduras, cuadros y retratos, de manera que del castillo no quedan sino los muros desnudos, y aún hay algunos de esos vándalos que han arrancado puertas, ventanas y contraventanas, y sin bastarles con eso, las barandas de las escaleras y las losas de los pisos.

No firmo por no saber, y lo hace por mí el señor notario Boris Popescu, quien procede en este caso con alma caritativa, sin cobrar emolumentos.

El mayordomo,
Q. S. M. B.

(A ruego de László R.:
B. Popescu)

Segunda parte
Anno Domini 1906

Girad, girad, caballos de madera,
girad, girad, cien vueltas y otras mil,
girad , una y otra vez, girad siempre,
girad, girad al son de los oboes...

Paul Verlaine, «Caballo de madera»,
Romanzas sin palabras

6. Una tenaz insistencia de parte del monsieur le coiffeur

Los caballos de madera fueron manifestados en la estación de Suceava hasta la Gara de Nord junto con el resto de las pertenencias de Anatoli Florea y todo fue depositado en el Almacén Central de Carga y Equipajes de los Ferrocarriles de Rumania. El corcel dorado resultó con una oreja quebrada, y el guardalmacén consintió en que un oficial de bodega acompañara al propietario y a su esposa hasta el patio de vías muertas, donde encontraron en el piso del vagón de mercancías, entre la paja, el pedazo de oreja, que María Aleksándrovna guardó en su bolso de trapillo. Y puesto que fue ella quien pagó de su peculio el cupo de almacén por tres meses, acudiendo de nuevo a su carriel, el resguardo fue librado a su nombre.

—Doscientos mil lei equivalen a cincuenta mil táleros de María Teresa, o sea quince mil libras esterlinas, las piedras desmontadas. Yo puedo pagarle en dinero contante y sonante en cualquiera de esas tres monedas, draga domnisoara —dijo el joyero de la strada Gabroveni quitándose el lente prensado bajo la ceja hirsuta.

—Ya veremos —respondió la princesa.

Repuso el aderezo en la arqueta, la metió en el bolso de trapillo y salió seguida de Anatoli.

—Conviene tener ese dinero cuanto antes —la detuvo Anatoli ya en la calle.

—Este joyero no es para nada tonto, ofrece la mitad de lo que estas piedras realmente valen —respondió ella.

—De todas maneras, recomiendo venderlas de una vez —insistió Anatoli con cierto deje de autoridad.

—Tenga paciencia, monsieur le coiffeur, que hay más tiempo que vida —respondió ella con un mohín.

Cogida del brazo de Anatoli, la princesa pensaba que la férula salía sobrando. Todo salía sobrando en la vida apoyada en él.

Pero sobre las joyas quien decidiría sería ella, y nadie más.

De la escena anterior se desprende que surgía ya un serio desacuerdo entre los esposos acerca del aderezo. No es que Anatoli quisiera apropiarse del dinero producto de la venta para darse una vida regalada, como fue el suponer de la institutriz, derrochándolo en comilonas, francachelas o lujos desmedidos, un palacete rodeado de jardines, por ejemplo, a la puerta una berlina con un tiro de cuatro caballos bretones y el cochero en espera, adormilado en el pescante.

Lo que ansiaba era poner cuanto antes manos a la obra para convertir en realidad el sueño, o ambición, como queramos llamarlo, que allá en Siret le quemaba los sesos, y que no había hecho sino avivarse al llegar a Bucarest.

¿Para qué, si no, sus cuadernos, el de tapas azules de cartón y el de tapas de hule negro, que había traído consigo? ¿Para qué, si no, tantas horas dedicadas a elaborar planos, garrapatear dibujos, ensayar cálculos, llenar páginas con anotaciones? ¿Para qué, si no, sus desvelos, empeñado en lograr pegamentos y colores cuyas fórmulas sólo él conocía? ¿Para qué, si no, tantas horas gastadas en sacar virutas a la madera, moldear, lijar, pulir, hasta que de aquellos troncos brutos surgían, airosos, sus caballos?

No era un desatino suyo, si es que la princesa empieza ya a verlo de esa manera. Aquel sueño, o ambición, no puede tener más que un solo nombre, y ese nombre es carrousel. Claro que nunca había escuchado Anatoli la palabra carrousel, y cuando se refería a su invento decía: caballos automatones, prado mecánico, cabalgata de fantasía, rueda de caballos, tropel musical, rueda mágica.

Él se lo había explicado lo mejor que pudo la vez única que ella penetró en la trastienda, antes de quedarse desnuda con la férula atornillada al tobillo: una plataforma giratoria, donde los caballos de madera galopan bajando y subiendo, ensartados en tubos revestidos de cobre pulimentado, y encima de la plataforma un techo circular cubierto por un dosel de franjas de colores que se abre sobre ellos como un parasol, el cual gira también, pues el mecanismo, regido por un eje central y animado por fuerza motriz, es único y común.

En esa ocasión se dio entre ambos un diálogo que pudo ser de la manera que enseguida se transcribe:

LA PRINCESA (curiosa): ¿Cómo se moverá la plataforma de los caballos? ¿Alguien la empujará? ¿Bueyes, mulas, hombres?

EL PELUQUERO (locuaz): Nadie la empujará, será activada por la fuerza de una máquina de vapor oculta tras una mampara hexagonal, con decoraciones de paisajes exóticos, y colocada al lado de la base del palo mayor.

LA PRINCESA (intrigada): ¿El palo mayor? ¿Como el de un barco?

(Conocía ella los barcos por las explicaciones de Fräulein Langhoff, que iba señalándole en las láminas las partes de que constaba un velero: palo mayor, palo de trinquete, palo de mesana).

EL PELUQUERO (paciente): No. No un palo mayor como el de un barco, que tiene juanetes y gavias para sostener las velas; sino una columna tubular de acero, provista de una corona dentada, que sustentará toda la estructura.

LA PRINCESA (incrédula): ¿Y cómo bajarán y subirán los caballos ensartados en los tubos de cobre?

EL PELUQUERO (con dulzura): Impulsados por la fuerza de la misma máquina de vapor que imprimirá movimiento a todo el engranaje, muy honorable princesa.

LA PRINCESA (entusiasta): Très intéressant, monsieur le coiffeur. Y ese edredón de su cama ¿es de plumones de ganso, de oca o de qué? ¿Acaso serán plumones de cisne?

NOMBRES DEL CARROUSEL

Tal como la ballena merece un listado de términos con que se la llama alrededor del mundo en diferentes lenguas [*Melville*, «Etymology», en *Moby Dick*], así lo merece el carrousel. Anatoli Florea jamás imaginó que una rueda de caballos como la que él se hallaba en proceso de inventar fuera a tener, o tuviera ya, tantos nombres en tantos idiomas:

(Cabalgata de fantasía)
Caballitos
Caballitos de feria
(Caballos automatones)
Calesa
Calesita
Carosello
Carousel
Carrossel
Carrousel
Chevaux de bois
Corceles
Dobby-horses
Fantasía
Flying-horses
Galloper
Giostra
Hobby-horses
Horseabout
Jumper
Karussel
Karussell
Karuselli
Karuzela
Kinderkarussell
Manège
Manège à chevaux
Manège à chevaux de bois
Ménagerie
Merry-go-round
Noria
Painted ponies
Pegasos
Platform carousel
Platform gallopers
(Prado mecánico)
Raum Reitschule
Ringelspiel
Ringelreiten
Ringelstechen

Rösslispiel
Roundabout
(Rueda mágica)
(Rueda de caballos)
Stoomcarrouselun
Teetotum
Tiovivo
Timpealláin
Tourniquet
(Tropel musical)
Whirligig

[NOTA BENE: Los paréntesis se usan para señalar aquellos nombres ideados por Anatoli Florea, los cuales no alcanzaron trascendencia].

La madrugada de aquel domingo 17 de diciembre del año anterior, cuando la princesa había entrado furtivamente en la peluquería ansiosa de conocer los caballos, parecía ya lejana, aunque sólo distaban unos cuantos meses. Su aura romántica iba quedando en harapos, de lo cual es prueba este segundo diálogo entre los esposos:

—No entiendo.

—Ya entenderá, no es necesario que lo comprenda todo de una vez.

(No le gusta a la princesa que la traten como a una niña ignorante, por eso se enfurruña. El peluquero más bien piensa que se hace la ignorante porque no le conviene entender. Y es que así se protege frente a su insistencia tenaz, noche y día, desayuno, almuerzo, cena, de utilizar las joyas para financiar su «aventura». Así llama ella ahora, no con poca sorna, al sueño, o ambición, de materializar su invento: «aventura»).

—¿Qué pasaría, señor peluquero, si ese invento suyo ya hubiera sido inventado? ¿Si ese costosísimo mecanismo giratorio al que dedica su tiempo y su vida ya existiera, multiplicado en los parques y ferias de muchas ciudades del mundo?

—No existe, no puede existir. No ha salido nunca de mi cabeza, y las notas y dibujos de mis cuadernos sólo el diablo los entendería.

—Déjeme seguir, no me interrumpa: ¿qué pasaría, digo, si en otro prado mecánico galoparan ya, felices, subiendo y bajando en sus tubos, caballos como los suyos, esculpidos por otras manos?

—No hay tales manos. No menosprecie las mías.

—Caballos que ahora mismo dan vueltas en el parque de diversiones de alguna ciudad, montados por niños bajo la vigilancia de sus respectivos padres de familia; o, en todo caso, de sus respectivas ayas. Y aun montados por adultos.

—No diga necedades. Y si fuera cierto que los caballos automatones ya existen, y eso yo lo pongo en duda, los míos sobrepasarían en belleza a cualesquiera otros.

—Caballos son caballos, y tendrán siempre cuatro patas.

—Esos que supone serían caballos toscos, caballos escuálidos. Sin brío, sin ilusión de movimiento.

—Confíe en mi intuición, señor peluquero. Le juro que esa intuición nunca me ha fallado. Venda mejor sus benditos caballos, si es que, como usted dice, son mejores, a quien ya sea dueño de la patente legal de esas ruedas mágicas.

—¿Como yo digo? ¿Resulta ahora que duda de que mis caballos sean los más espléndidos que mano alguna haya esculpido? Cuando pasaba por mi puerta, allá en Siret, la deslumbraba mi corcel dorado, con la guirnalda de rosas por collera.

—Serán muy bellos sus caballos, pero yo le recomiendo apurarse en colocarlos en venta, no vayan a coger polilla en las bodegas del ferrocarril.

—No cogerían polilla si yo los pusiera a funcionar. Además, está entre ellos el corcel dorado. ¿No aparecía acaso en sus sueños ese corcel?

—Y aún le ponía alas. Pero un corcel que vuela en la mente mientras la persona duerme no tiene nada de práctico.

—Ahora nos volvimos prácticos.

—Si existen ya tropeles musicales en los parques de diversiones, como mucho me temo, habrá fábricas establecidas donde producen esos caballos de madera, con máquinas fresadoras, sierras circulares, tornos, lijadoras, pintura al soplete y líneas completas de montaje; por consiguiente, los precios por unidad en el mercado serán más bajos que los de aquellos hechos a mano, según las leyes del costo decreciente.

—¿Estudió usted economía con su bendita institutriz?

—Me valgo del sentido común, señor peluquero.

—¿De dónde saca que mi intención es convertirme en proveedor de caballos? Mi invento es uno solo, armazón, poleas, tubos de sostén, engranajes, fuerza motriz. Mi rueda tendrá profusión de luces, tendrá animación musical.

—El invento ya inventado. Si los caballos suyos se producen ya en serie, como pienso, con mayor razón habrá fábricas para producir el prado mecánico completo.

—Aun si fuese cierto que mi invento ya está inventado, el mío, de todos modos, no tendrá rival.

No le gustaba para nada a la princesa aquello de yo tendré, yo haré, yo tornaré, mientras ella quedaba convertida nada más que en fuente provisora de dinero.

—No le estoy recomendando convertirse en proveedor. Simplemente le estoy pidiendo que venda su inventario cuanto antes, y acabe de una vez por todas con semejante aventura, para no llamarla disparate, como bien se merece.

—¡Sobre mi cadáver, María Aleksándrovna!

—¿Adónde piensas enviar la carta, siendo que no hay rastros del paradero de María Aleksándrovna? —preguntó el notario Popescu a László, el mayordomo—. «Donde quiera que se encuentre» no es una dirección de correo.

Aquellas alpargatas rotas iban a dejar huellas de lodo en el parquet tan bien lustrado del despacho.

—No lo sé —respondió László—. Guardaré la carta hasta que tengamos alguna noticia de Su Gracia; entonces vendré para que usted escriba, por favor, sus señas en el sobre.

El notario se encogió de hombros.

—Me debes cinco coronas —dijo—. Puedes pagarme con un par de canastas de huevos, una media docena de gallinas, o algún puerco bien cebado, si es que esos vándalos han dejado alguno en la heredad del difunto.

La princesa encontró un empleo en la sombrerería Onfalia, strada Sepcari, 94, y la pareja se instaló a vivir al final de la misma calle, arriba de una tienda de retales. Instó ella al testarudo Anatoli, no sin vehemencia y no pocas veces, a abrir su peluquería para caballeros: por allí cerca ofrecían en alquiler un local pequeño, aunque debidamente equipado y con clientela establecida, pues el peluquero había muerto recientemente, y la viuda lo dejaba a un precio razonable. Pero Anatoli se negó de manera rotunda. Nunca volvería a aquel oficio menestral. Allá ella si siendo princesa se rebajaba a ser sombrerera.

Como por falta de recursos ni siquiera podía rentar un taller para continuar en su tarea de esculpir caballos, Anatoli siguió con sus apuntes y diseños en el cuaderno de tapas de cartón azul, ya casi lleno, mientras despachaba correspondencia a fabricantes y proveedores de piezas y componentes que habría de necesitar, cartas mediante las cuales solicitaba cotizaciones, al tiempo que hacía disimuladas consultas técnicas. En algo había de emplear el tiempo, en espera de que se ablandara el corazón encallecido de María Aleksándrovna.

Mientras, los caballos ya terminados y a medio terminar seguían guardados en el Almacén Central de Carga y Equipajes de los Ferrocarriles de Rumania, a riesgo de ser comidos por la polilla, según la predicción que ya hemos escuchado, junto con los materiales traídos desde Siret.

Y un día de tantos la arqueta de sándalo con los guerreros chinos en relieve enfrentándose furiosos desapareció de la vista. María Aleksándrovna le había encontrado un escondite.

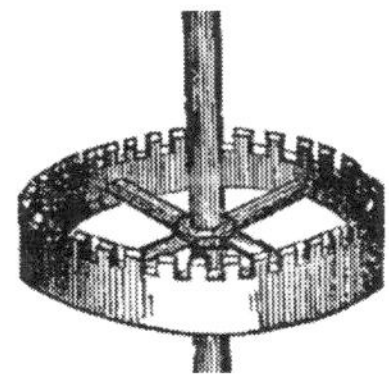

Listado y descripción de las piezas principales de que consta el prado mecánico de Anatoli Florea
(Anotaciones en el cuaderno de tapas azules de cartón)

§ I. *Fuerza motriz*

Motor a vapor portátil de dos tiempos, fabricado preferentemente por Peters Limited en Manchester, con potencia de 15 HP, alimentado con carbón de hulla y montado sobre ruedas metálicas.

Conforme los catálogos ilustrados de esta firma inglesa, que he tenido a la vista, y piezas de correspondencia relacionadas, la compresión del vapor de agua produce en este motor un empuje uniforme y continuo mediante un pistón, el cual activa, a su vez, el mecanismo compuesto de una biela y una manivela.

De esta manera se pone en acción el rotor, que estará conectado al engranaje dentado de la corona del palo mayor de la estructura, con lo cual el prado mecánico recibirá el debido impulso giratorio.

El dicho motor vendrá dotado de una palanca de cuchilla a la que se imprime un movimiento hacia delante para hacer girar el prado mecánico, y se lo frena moviendo la palanca hacia atrás; ambas operaciones realizadas suavemente para no provocar un descalabro del mecanismo y enojosos accidentes que lamentar, en perjuicio de la clientela.

§ II. *Estructura principal*

1. *Palo mayor*

Será fabricado de acero, por parte de Walzwerk Thyssen & Co. en Mülheim-Styrum, mediante una aleación en la que el hierro corresponderá al 98 % y el carbono al 2 %, y tendrá 6 m de altura y 40 cm de diámetro; el cual, visto de arriba hacia abajo, constará de:

a. Asta fija para una banderola triangular de trapo resistente al viento.

b. Coronilla de cumbrera con carácter giratorio, de la que parten las varillas de soporte de la cubierta del techo, engazadas con ganchillos a los ojetes de la dicha coronilla. Ídem material y fabricante.

c. Corona menor, de carácter también giratorio, provista de soportes huecos en los que calzan las viguetas de madera que forman parte del artesonado del techo. Ídem material y fabricante.

d. Corona mayor, siempre de carácter giratorio, de la que parten los tubos metálicos donde cuelgan las parejas de caballos. La corona es dentada hacia adentro, de modo que allí engarcen los engranajes, a su vez dentados, que dependen del motor. Ídem material y fabricante.

e. Coronilla que acepta los soportes del palo mayor, que son cuatro, y descansan en la cruceta de la base. Ídem material y fabricante.

f. Cruceta de base del palo mayor, formada de dos piezas de madera de roble con su sillete al centro para embonar el palo, y zapatas huecas en cada extremo de los brazos de la cruceta para asentar en la base los cuatro soportes. (Puede fabricarse localmente conforme mis indicaciones al carpintero y al herrero).

(Una vez izado el palo mayor y asegurados los cuatro sostenes, será sostenido en la base por medio de un perno transversal del mismo acero ya dicho, firmemente atornillado).

S/n. *Accesorio del palo mayor*

Para izar el palo mayor sobre el sillete de la cruceta, se usará un cabestrante armado de dos patas en ángulo de 45º, con travesaño al centro, en cuya juntura superior se halla colocada la polea provista de su respectiva maroma que corre por la ranura de la garrucha.

La maroma de cáñamo trenzado con filamentos de acero tendrá un calibre de 50 mm y la longitud del cordaje será de 55 yardas inglesas.

(Ídem fabricación local).

2. *Techo*

a. Artesonado:

Las viguetas de madera de roble, secadas al horno para evitar flexiones, que parten de la corona menor son atravesadas por cruceros en tres filas, también de madera de roble, de modo que los últimos, que son los exteriores, encajen con el cabo de las dichas viguetas.

(Todas las piezas del artesonado, tanto viguetas como cruceros, se hallarán debidamente numeradas y se transportan en atados. También de fabricación local).

b. Cubierta de lona:

Una vez conectados los cabos exteriores de las viguetas a las varillas que parten de la coronilla de cumbrera, se desplegará sobre esta armazón de paraguas la cubierta de lona holandesa de cáñamo n.º 6, provista de ojetes para su aseguramiento, y pintada con listones de variados colores según la paleta que decidiré a su tiempo.

Otra cubierta de lona permanecerá recogida debajo de las cenefas, asegurada con ganchos, a ser desplegada cuando cesen las labores de cada día para el debido resguardo y protección de los caballos y demás implementos del prado mecánico.

(No decidido aún el fabricante, aunque me inclino por Tèxtils del Ripollès, de Cataluña).

3. *Plataforma*

La plataforma circular que sirve de piso al carrousel es de madera dura pero ligera (puede usarse el fresno), tiene 2 m de ancho y está formada por piezas de rejilla que se ensamblan mediante cierres metálicos. Se sostiene de la armazón del techo por medio de dos hileras de varillas de hierro dulce de 1 pulgada inglesa y 2,5 m de alto, colgadas una en el borde exterior y otra en el interior.

Entre la plataforma y la cruceta del palo mayor media una distancia de 1,5 m.

(También de provisión local, salvo las varillas, que corresponderá fabricar a Walzwerk Thyssen & Co.).

§ III. *Elementos mecánicos*

1. *Soporte transversal de los caballos*

Los soportes que se despliegan a partir de la corona mayor son brazos metálicos que giran sobre sí mismos y tienen en un punto de su trayecto una elevación y una depresión, vecinas la una de la otra, de las que cuelgan a su vez los tubos verticales donde van insertos los caballos, de modo que estos puedan bajar y subir de manera suave y pausada como si galoparan por un prado.

(Ídem Walzwerk Thyssen & Co.).

2. *Soporte vertical de los caballos*

Los tubos colgantes en que se insertan los caballos son huecos y revestidos de cobre, y terminan en su base en un émbolo, de modo que puedan bajar y subir conforme el mecanismo descrito en el ítem anterior. La base del émbolo se halla instalada de manera fija en la plataforma.

(Ibidem Walzwerk Thyssen & Co.).

§ IV. *Caballos y vehículos fijos (divanes)*

1. *Los caballos propiamente tales*

Con un peso de 4 arrobas cada uno, van colocados en dos filas, una exterior y otra interior, excepto el corcel dorado, que va solo, por delante, por capitán de todos los demás; y vienen a tener las siguientes posturas:

*Caballos de trote largo.
*Caballos de trote corto.
*Caballos al galope moderado.
*Caballos al galope tendido.
*Caballos en posición de salto.
*Caballos tascando el freno.
(Irrenunciable fabricación personal).

2. *Uso de otros animales*

Rechazo de manera enérgica incorporar a mi plataforma cualquier otra suerte de animales, de entre los cuales el más fácil de agregar sería la cebra, pues es sólo un asunto de pintura convertir un caballo blanco en cebra, adornándolo con listones negros; otro que no presentaría dificultades sería el unicornio, asunto nada más de añadir el cuerno en medio de la frente y alterar las patas a fin de que parezcan de antílope, según se ve en las láminas donde se representa a este animal mitológico. Pero ni la una ni el otro, ni tampoco el Pegaso, aunque un caballo blanco con alas haya aparecido en los sueños de María Aleksándrovna.

Ni cebras, ni unicornios, ni Pegasos, ni tampoco tigres de Bengala o panteras de Borneo, o leones de Abisinia, ni jirafas de las sabanas de Somalia, aunque fueran de cuello moderado, y menos cerdos de Yorkshire sin pelambre, de color rosa; tampoco un gallo de alzada gigante, un avestruz con montura y sus estribos; ni monstruos marinos como el hipocampo, aunque tenga apariencia de caballo.

3. *Vehículos fijos (divanes)*

Para las personas adultas se instalarán divanes que en cantidad de 2 unidades ocuparán sitios equidistantes en la plataforma, dividiendo así la tropa de caballos. Tendrán forma de lira, y asientos dobles de mirarse a la cara, forrados de raso carmesí, bien mullidos, las molduras de los espaldares trabajadas con florituras al realce.

(Fabricación local bajo mi dirección).

§ V. *Elementos decorativos*

1. *Cenefas*

Las cenefas cerrarán por delante la techumbre del carrousel, e irán fijadas a los cabos de las viguetas por medio de ganchos. Su fábrica es de láminas de zinc lisas, y cada sección seguirá la curvatura hasta cerrar el círculo. Llevan paisajes pintados de mi propia mano:

*Atardecer melancólico en Venecia, donde figura una góndola cargada de enamorados, ellos cantando al son de mandolinas y ellas derramando rosas sobre el agua, que se tiñe de violeta.

*Una caravana que sestea en un oasis del desierto del Sahara, beduinos y camellos a la sombra de las palmeras. Se puede insinuar el espejismo de una ciudad ignota en la distancia, sus cúpulas y minaretes fantasmales apenas visibles.

*Un bergantín de tres palos con las velas arriadas, a merced de las olas que se encrespan en cimas abisales hirvientes de espuma, mientras destellan los relámpagos.

*Una aldea tirolesa entre cipreses y pinabetes, al pie de las cumbres nevadas que ilumina un sol esplendoroso.

*Una pagoda en la Manchuria a la luz apacible de la luna, que se eleva sobre las cañas de los bambúes.

*Las ruinas románticas de un castillo de derruidos parapetos y torreones mutilados, a las riberas del Danubio, *et al.*

2. *Máscaras*

Las junturas de las cenefas se disimulan con máscaras polícromas, talladas en pino blanco, o abedul, al centro de un medallón oval de la misma madera. Los motivos de estas máscaras, que esculpiré de mi propia mano, son:

*Guerrero mongol calvo.

*Esclavo etíope con aretes.

*Indio apache con penacho.

*Marajá de turbante.

*Mandarín chino con gorro manchú.

*Pirata con cuchillo entre los dientes.

*Odalisca con diadema de monedas de oro.

*Princesa nubia con tiara recamada.

*Gitana de la Bohemia con bandana.

3. *Biombo*

Alrededor del palo mayor, y a fin de ocultar la presencia enojosa de la máquina de vapor y demás mecanismos, donde hay necesariamente cierto desorden y suciedad, se colocará una mampara o biombo hexagonal, formado por paneles plegables mediante bisagras, cada uno de ellos con una moldura de entorchados por las partes superior e inferior, y al centro un óvalo sobre el cual figurará una pintura, también de mi propia mano, cada una de las seis con un motivo diferente, así:

*Niña de bucles dorados regando con su regadera las flores de un jardín.

*Caballero que toca su mandolina para cortejar a una señorita asomada a su ventana.

*Arlequines en alegre procesión de carnaval.

*Sultán entre sus esposas cautivas en el serrallo.

*Nido con polluelos entre las ramas de un encino.

*Bouquet de camelias, adelfas, narcisos, pensamientos, nomeolvides, etcétera.

§ VI. *Acompañamiento músico*

1. *Caja de música*

El aparato musical que he diseñado consta, en primer término, de un órgano de tubos encerrado en una caja de madera, el cual ejecuta mecánicamente las notas de la respectiva melodía, inscrita en un cilindro armado de púas. Al girar el dicho cilindro, accionado por medio de una manigueta, las púas rozan los dientes de un peine metálico, y de este contacto nace una vibración que produce los sonidos de los tubos en perfecta secuencia y armonía.

Dispone, además, de instrumentos de percusión, a escala reducida, colocados delante de la caja de música:

*Redoblante con sus palillos, que por arte mecánica golpean el parche.

*Bombo con su maza al pie, que golpea el cuero, también por arte mecánica.

*Juego de 2 platillos, colocados encima del bombo, que restallan el uno contra el otro, también por arte mecánica.

Todos ellos dan los compases, tocando automáticamente a la vista del público.

La caja es de 1,5 m de ancho por 2 m de largo, pintada en verde esmeralda, y tiene por el frente una ventana central a través de la cual pueden apreciarse los tubos cromados del órgano; la manigueta que acciona el mecanismo va colocada en el lateral derecho.

Corona la caja un medallón con la siguiente imagen de mi autoría:

Cupido sostiene un espejo para que Venus, recostada desnuda en un lecho cubierto por un lienzo carmesí, admire su propio rostro.

A ambos lados hay sendos medallones de menor dimensión, donde se repite la imagen de Cupido, en uno sacando una flecha de su carcaj y en otro disparándola, ambos también de mi autoría.

Después de estudiar diversas alternativas para la confección del mecanismo, me he decidido por el fabricante suizo afincado en la comuna de Sainte-Croix Hermann Thorens.

2. *Repertorio musical*

Los cilindros, guardados en su correspondiente estuche, incluirán las siguientes melodías (sin perjuicio de cambios y ampliaciones de mi parte):

**L'arlequin* (vals), de J. Schotisk.
**La chase imperiale* (rigodón), de M. Lamotte.
**La guerrière* (polka), L. Valerestein.
**Cuando las blancas magnolias florecen* (fandango), anónimo.
**Einzug der Gladiatoren* (marcha), S. Ettling.
**Les cosaques* (rigodón), J. Riviére.
**La perla del casino* (redowa), K. Lebitizski.
**La polka del abuelo* (polka), anónimo.

**Artiglieria celeste* (marcha militar), L. Casinelli.
**Ven a bailar conmigo* (pasodoble), anónimo.
**Qué alegre estuvo el funeral* (chotis), anónimo.

§ VII. *Sistema de iluminación*

El poder motriz alimentará también el dínamo de un generador eléctrico, destinado a proveer el atractivo de una profusa iluminación durante las horas nocturnas de funcionamiento de la rueda mágica, mediante bombillas de filamento de 50 W cada una:

*En ristras que bajen desde la banderola hacia las uniones entre cenefas.

*En el artesonado del techo.

*En los bordes superior e inferior de las cenefas.

*En el contorno de cada una de las seis piezas del biombo.

*En la cara frontal de la caja de música, y en las caras laterales.

*En la cumbrera de la taquilla, en su interior y alrededor de la ventanilla de despacho de las fichas.

§ VIII. *Accesorios*

1. *Taquilla*

Pienso en la taquilla como una caseta de madera pintada en vivo color, siendo su techo de lona listada igual que la del techo del carrousel.

La ventanilla puede simular la boca abierta de un caballo. (Pensarlo).

Al pagar en la taquilla, el cliente recibirá una ficha por cada vuelta comprada. Mientras no se cuente con fichas propias, que lleven el sello Florea, deberán usarse fichas de casino venecianas.

2. *Malla*

Para delimitar el perímetro de acceso al prado mecánico, se instalará una malla de alambre trenzado en rombos, protegida de la corrosión mediante el procedimiento electrolítico de Galvani. La malla tendrá un calibre de 12,5 pulgadas y 3,5 yardas inglesas de altura, sostenida por medio de postes de madera creosotada. Contará con portón de rejas para el acceso del público.

Quería correr mundo, irse lo más lejos posible, dejar atrás la prisión en que vivía, alejarse para siempre de su padre, de las pendencias de sus juegos de rocambor con los criados y de sus constantes borracheras, de la ruina del castillo, que iba derrumbándose a pedazos y que un día les caería a todos encima. Y no tenía otra forma de lograrlo sino fugándose con el peluquero de la Kirchgasse, un iluso que pensaba haber inventado lo que ya estaba inventado.

Por eso, cuando se encaminaba a oír misa a la iglesia de la Santísima Trinidad andando por en medio de la calle, al acercarse a la puerta de la peluquería había empezado a retardar el paso, más de lo que la férula la obligaba a hacerlo, sabiendo que allí estaba él, aguardándola sin falta, la mano posada en el anca húmeda del corcel dorado con aquella collera de rosas que lo volvía un caballo afeminado, como la gente de Siret pensaba que lo era su dueño.

Caía una llovizna que no cuajaba aún en nieve aquel miércoles de diciembre en que decidió que había llegado el momento de dirigirle por fin la palabra para preguntarle por el caballo *fetita* ensartado en el poste de listones, sabiendo que Fräulein Langhoff iba a rabiar, no porque faltara a la regla de mantener la distancia entre nobles y menestrales, según le enseñaba ella en sus lecciones de trato social, sino a causa de los celos. Porque quién no sabía en el castillo que el peluquero escalaba hasta su ventana a medianoche, alzándose en la cuerda que ella le lanzaba desde arriba.

Porque quería irse para siempre de Siret había vuelto sola una madrugada, había aceptado entrar a conocer los demás caballos en la trastienda, y había subido a la tarima del lecho, no sin dificultad a causa de la férula. Por eso mismo se había desnudado. Por eso se había metido debajo de las sábanas del peluquero, que olían a sudor agrio y a trementina.

Y bien se había cuidado de que la vieran entrar y la vieran salir. El escándalo lo obligaría a la huida. Y no huiría solo, de eso siempre estuvo segura.

Por eso mismo, porque quería irse para siempre, robó a la institutriz el aderezo de joyas, de todas maneras, mal habido. Pero no para dilapidarlo en un capricho como el del peluquero, unos caballos de madera que no iban a ninguna parte, condenados a dar vueltas sin cesar, igual que él.

Las advertencias, repetidas cien veces, se cumplieron: aquel invento, objeto de los desvelos de Anatoli, estaba ya inventado.

Lo supo por boca de una clienta francesa de la sombrerería, esposa de un tratante de vinos. Una hermana le había escrito desde París contándole que en la place du Trocadéro se hallaba instalado un redondel que se animaba en sus vueltas cuando sonaba la música de un órgano de tubos, y en aquel redondel, iluminado por las noches como si fuera a tomar fuego, viajaban ensartados unos espléndidos caballos de madera con arreos de fantasía, que podían ser montados por niños y adultos. Todo el mundo hacía fila para subir.

El vistoso aparato se llamaba carrousel.

Ella escuchó a la clienta parlanchina sin pestañear, la boca llena de los alfileres con que le iba asegurando en la cabeza las piezas del sombrero de fieltro que luego cosería.

Se rio por dentro, pero se rio con lástima.

El invento de Anatoli no sólo estaba ya inventado, sino que además tenía nombre. Los había ya en París, también en Viena, en Berlín, en Milán, según el recuento de la francesa, y se decía que lo mismo en Nueva York, Chicago y Filadelfia. Era una verdadera fiebre en el mundo de las diversiones.

Esperó hasta después de levantar los platos de la cena para contárselo al marido, cuando este llevó a la mesa la tetera con el té negro bien cargado, como él lo prefería. Agregaba a su propia taza una cucharadita de azúcar, y luego ponía otra en la de ella.

Fue cuidadosa de no mostrarse sarcástica ni tampoco feliz al darle la noticia. No quería herirlo. Y el corcel dorado de belfos ansiosos, con la collera de rosas en relieve, apareció en su recuerdo bajo una luz benéfica. Era como si hubiera entrado a la trastienda de Anatoli montada en ese caballo.

Él se encogió de hombros, la princesa no supo si por desdén o para aguantar el golpe. Sopló dos veces antes de acercar los labios a la taza, tal como era su costumbre. No dijo una palabra. Pero al día siguiente, muy temprano, estaba instalado en un pupitre de la sala de lectura de la biblioteca del Colegio de San Sava revisando los tomos empastados de los periódicos rumanos, húngaros, austríacos, franceses y británicos de los últimos meses.

Al atardecer, al volver a su casa, tenía ya suficientes elementos de juicio para convencerse de que hasta ahora había navegado en un mar de ignorancia. La ignorancia era justificable en Siret, donde no llegaban noticias del mundo. Pero las aguas de ese mar tenebroso de lo desconocido se habían extendido para él hasta Bucarest, causas a su propia desidia: en los periódicos, que no se había preocupado en leer hasta ahora, había noticias suficientes sobre la novedad del «carrousel», el nombre que más se empleaba; y el cotidiano *Adevĕrul*, nada menos, informaba que Su Majestad Carol I había ordenado la compra de uno de esos aparatos a la firma Stein & Goldstein de Oberhausen, para ser instalado en los jardines del palacio Golescu.

El periódico, en recuadro, ofrecía información sobre los fabricantes: se trataba de dos judíos de Odessa, Samuel Stein y Sol Goldstein, quienes habían llegado a Alemania huyendo del pogromo de la Pascua de 1887, el uno perito mecánico, el otro perito en combustión.

Anatoli escribió a Oberhausen una carta de tres pliegos desbordante de preguntas indagatorias, y le respondió de manera cordial Sol Goldstein, adjuntando un prospecto ilustrado. Le ofrecía facilidades de pago para adquirir el carrousel estándar que producía la firma, oferta que incluía una caja de música y, de cortesía, un estuche con doce cilindros de piezas de moda. El tiempo de fabricación era de ocho meses, contados a partir de la colocación de la orden en firme, con precio de cinco mil marcos de plata, o su equivalente en libras esterlinas. Debía adelantarse el treinta por ciento del total mediante letra abierta contra un banco de Frankfurt, y el resto sería descontado en sucesivas letras mensuales a lo largo de un año a partir de la entrega.

A través de los periódicos consultados pudo averiguar acerca de otros fabricantes, y les escribió igualmente: Savage and Company, de Liverpool; Cerniglario e Figlio, de Milán; Charles Carmel, de Nantes; y Arthur Denzel, de Filadelfia. También de ellos recibió folletos ilustrados y ofertas con precios más o menos parecidos a los de Stein & Goldstein. Ya se fabricaban hasta seis clases de carrouseles, de diversos tamaños. ¡Y los había aun de dos pisos!

Por las noches leía en voz alta las ofertas a la princesa, entre sorbo y sorbo de té, mientras ella trabajaba en armar sus sombreros, pues la clientela era numerosa y ahora llevaba trabajo a casa.

No puede decirse que se sintiera abrumado ni tampoco desmoralizado porque el mundo se estuviera llenando de carrouseles.

7. Un invento que prueba haber sido ya inventado

A María Aleksándrovna le ardían los ojos de cansancio dando puntadas para coser las flores de cera a los sombreros, y peor, obligada a trabajar cerca de la lámpara de petróleo, que echaba un humo irritante y apestoso; el atardecer de verano se prolongaba, pero la penumbra era demasiado espesa.

Y aquel inepto, que no dejaba de mesarse la barba abierta en dos alas, quería ahora comprar uno de esos carrouseles que giraban en sus vueltas por el mundo. Su invento ya inventado. Pero detrás había algo que todavía él no le revelaba. Una nueva ocurrencia de las suyas. La cobaya estaba siempre pariendo.

—Se ha enfriado el té, María Aleksándrovna —se queja, y ella debe ir a calentarlo de nuevo en la hornilla.

Se sirve de la tetera, y vuelta la mula al trigo:

—¿Ha tomado ya una decisión, María Aleksándrovna?

—¿Acerca de qué, si se puede saber, señor peluquero?

—Los caballos, mi princesa, tenemos que poner a girar los caballos.

—¿Los caballos fabricados por esos hermanos judíos que huyeron a Alemania?

—No son hermanos, ni siquiera son parientes.

—Lo que sea. De todos modos, serían caballos ajenos, hechos por otras personas.

Anatoli se muestra calmo, sonriente:

—Por supuesto que no. Serán los míos, esculpidos de mi mano, los que girarán.

Claro que Samuel Stein y Sol Goldstein no eran hermanos, ni siquiera parientes, como bien aseguraba Anatoli. Hermanos de infortunio, si acaso. Se salvaron a duras penas de ser linchados por una turba de estibadores griegos en el puerto de Odessa, los más enardecidos contra los judíos, cuando en lo más crudo del pogromo trataban de embarcar hacia Estambul, y tuvieron que alcanzar el velero a nado.

Puede decirse que se conocieron mientras corrían, y terminaron de conocerse mientras nadaban.

—¿Tan íntimo se ha vuelto usted de ellos que le cuentan en sus cartas de negocios los avatares de su vida? —pregunta la princesa poniendo contra la luz un sombrero, ya rematado con su penacho de plumas de avestruz.

—Sol Goldstein es hombre cordial, y tiene la virtud de sacarle risa al infortunio. Mientras corría tenía que sostenerse los calzones, porque en el forcejeo con los marineros se habían roto los tirantes.

¿No era aquella una idea peregrina, poner a girar sus caballos en un prado mecánico ajeno? La princesa sonrió para sí misma, quitando la mirada del sombrero que tenía entre las manos y llevándola con aire melancólico hacia la torre de la iglesia de la Anunciación, donde una bandada de murciélagos abandonaba el campanario hasta dispersarse, como si fueran las pavesas del incendio del atardecer.

—No todo ha sido ya inventado en lo que respecta a los carrouseles, María Aleksándrovna. Los que ofrecen los fabricantes son de carácter fijo, diseñados para permanecer instalados en un parque. Yo patentaré el carrousel portátil.

Allí estaba ya.

Un carrousel que pudiera desarmarse en piezas transportables en vagones de ferrocarril, o en vapores fluviales o de cabotaje marítimo, y así llevarlo de feria en feria a ciudades de mediano tamaño, y aun pequeñas, incapaces de darse el lujo de tener un carrousel fijo.

—Veo, y eso me satisface, que acepta llamar a sus prados mecánicos carrouseles, como todo el mundo —dijo la princesa mientras se probaba el sombrero, frente a un espejo de mano.

—Nombre de más, nombre de menos, no me paro en nimiedades —dijo el peluquero frotándose las manos—. Tengo a mano una verdadera mina de oro, fabricar el carrousel viajero a partir del modelo del carrousel fijo. Lo que hago al intercambiar correspondencia con Sol Goldstein, y con los demás, es labor de espionaje. Sonsaco información. Tomo ideas de aquí y de allá. Para mi propio beneficio.

Ahora el cuaderno de tapas azules se llenaba con dibujos y diagramas acerca de la manera de desmontar las piezas, estibarlas para ser transportadas, y luego volverlas a montar, cada cual en el sitio que le correspondía. Pronto necesitaría un tercer cuaderno.

—Tengo una solución definitiva —dijo otra noche de tantas el peluquero.

—¿Y cuál es esa solución definitiva? ¿Echar a la hoguera sus caballos? Se gastaría inútilmente en combustible el dinero que tanta falta nos hace. Mejor deje pasar el tiempo y, así, de todas maneras, el ferrocarril declarará esos animales en abandono y harán carbón de ellos.

Anatoli rio con ganas, tomando por el buen lado la mofa.

—Escuche bien: ¿para qué seguir insistiendo en fabricar yo mismo el carrousel? Podría tomar años.

—Vamos entrando en razón.

—Mejor encargo a Stein & Goldstein, que son quienes me ofrecen el mejor precio, un carrousel estándar. Sin caballos, claro está.

Ella suspiró.

—Volvemos al punto de partida después de una vuelta completa, señor peluquero.

—Lo compro para desmontarlo. ¿Lo ve? Y tomaría precauciones para que no sospechen de mi intención, pues de lo contrario me roban el invento.

Addendum
al listado y descripción de las piezas principales de que consta el carrousel de Anatoli Florea
(Anotaciones en el cuaderno de tapas azules de cartón)

Las piezas desmontables que son susceptibles de confusión por su número y variedad serán debidamente numeradas para facilitar cada vez su ensamble en el lugar de destino, así:

§ Los caballos viajarán depositados en jabas de rejillas y protegidos con virutas, siendo estas jabas debidamente numeradas, de manera que los caballos ocupen siempre la misma posición en la plataforma al ser instalados.

§ Los divanes, plegados y envueltos en sacos ahulados.

§ Los tubos de émbolo donde se ensartan los caballos, en cajas de pino adecuadas a su extensión y provistas de asas.

§ Las piezas de la plataforma, atadas en rimeros de 6 c/u.

§ Las varillas que sostienen la plataforma, en lotes de 12 c/u, atadas con ligaduras de alambre.

§ Las cenefas, depositadas de 3 en 3 en cajones de pino provistos de asas.

§ Las máscaras, también de 3 en 3, en cajones de pino provistos de asas, previamente envueltas en lienzos.

§ Las viguetas y cruceros del artesonado, atados en rimeros según su extensión y tamaño.

§ Las paredes del biombo, debidamente plegadas, en un solo cajón de pino.

§ La caja de música debe envolverse en papel de brea antes de proceder a depositarla en el cajón de pino respectivo, que será de paredes desmontables. Todos los intersticios se rellenarán con estopa de algodón para que el mecanismo no se descalibre.

§ La lona que se extiende sobre el techo del carrousel viaja debidamente plegada en un bulto amarrado con cinchas.

§ La lona de protección que rodea la plataforma en tiempo de descanso viaja debidamente plegada en un bulto amarrado con cinchas.

§ La caseta de la taquilla, con paredes provistas de bisagras, viaja plegada.

§ La malla de la cerca perimetral viaja enrollada.

La noche siguiente, Anatoli fue más lejos. Le dijo a María Aleksándrovna que, tras mucho deliberar consigo mismo hasta el amanecer, había perfeccionado su idea, de modo que la posibilidad del robo de su invento se hiciera más difícil: dividiría su pedido entre tres fabricantes. Sólo una parte sería confiada a Stein & Goldstein.

Entonces, mientras enhebraba la aguja, ella le respondió:

—Veo que se ha devanado los sesos buscando cómo engañar a los fabricantes. Pero, otra vez, señor peluquero, está inventando lo ya inventado. Los carrouseles que se hacen en el mundo son, por su propia naturaleza, desmontables.

—Creo que no le voy siguiendo el hilo, María Aleksándrovna.

—Un carrousel, aun pedido a un solo fabricante, vendrá en piezas metidas en cajones, que, una vez armadas, si se trata de un carrousel fijo, no vuelven a desarmarse. Pero nadie impide desmontarlas a voluntad, embalarlas de nuevo, meterlas en un vagón de tren, o en la bodega de un vapor, y armarlas otra vez, un día aquí, otro día allá. Y siempre será el mismo carrousel.

La princesa terminó su alegato al tiempo que también daba por terminado un sombrero entre cuyas flores de trapo piaba un turpial en su nido.

Y aún dijo algo más, que al peluquero le heló el corazón:

—No me extrañaría para nada que ya anden por el mundo carrouseles de ciudad en ciudad.

Anatoli se puso de pie, y dio un paseo por la habitación. Luego se detuvo, como si su mente se hubiera de pronto despejado:

—Alabo su inteligencia y perspicacia, María Aleksándrovna. Tiene razón. No hay necesidad de engañar ni despistar a nadie. Pediré el carrousel a un solo fabricante. Y me decido por Stein & Goldstein.

—Me parece una buena decisión.

—¿Podemos ir mañana a visitar al joyero para cerrar el trato?

—Nadie ha hablado de visitas al joyero, ni de cerrar ningún trato.

—Entonces es desperdiciar saliva en ilusiones. Pláticas inútiles, planes en el aire. Palabras vanas que se lleva el viento.

—De alguna manera hay que pasar las noches. —Alisó ella las plumas del turpial.

No se volvió a hablar del asunto. Ni de los caballos, ni menos del aderezo de joyas, con lo que las veladas resultaban aburridas, pues aquel había venido siendo un tema de conversación habitualmente presente, por no decir el único.

Como una manera de protesta ante la obstinada negativa de María Aleksándrovna a abrir el puño, Anatoli se empeñaba en callar, mientras ella, en silencio también, se entregaba durante toda la velada a sus sombreros.

Cada vez traía más trabajo del taller, y le habían facilitado tres cabezas de madera calvas para modelar.

Así pasaron varias semanas.

Las veleidades de la voluntad semejan las llamas de una fogata que proyecta sombras en la pared de una caverna, y según el fuego aviente más o menos cambiarán las figuras vanas que forman esas sombras.

María Aleksándrovna, que hasta anoche se sentía tan segura en su decisión de negar todo auxilio a Anatoli, ahora ha entrado en la mudanza de desear que el corcel dorado, del que antes ha hecho burlas por su collera de rosas, encabece de una vez por todas la tropa en el carrousel, mientras en la caja de música estallan los acordes del fandango *Cuando las blancas magnolias florecen*.

Y es así que, viendo en la pared de la caverna la sombra del corcel que da vueltas sin fin, subiendo y bajando, seguido por los demás en alegre cabalgata, su voluntad ha cedido, como uno de aquellos témpanos del río Siret que parecían tan inconmovibles, y que al llegar el sol de primavera empezaban a partirse en grandes pedazos que luego se fragmentaban aún más, hasta quedarse en lascas y luego derretirse por completo.

Ya era mucho castigar al peluquero. Sacaría la arqueta del escondite, iría en busca del joyero de la strada Gabroveni, cerraría el trato, y a la hora de la cena le daría la sorpresa de su vida: tome, señor peluquero de la Kirchgasse, aquí está el dinero suficiente para que haga el pedido del carrousel a Sol Goldstein, ese que tenía que agarrarse los calzones para que no se le cayeran mientras huía.

Y, mientras tanto, vaya y saque sus caballos, materiales, herramientas y demás implementos de trabajo de la bodega del ferrocarril, y arriende un local cómodo y espacioso para que pueda trabajar, de modo que cuando llegue el carrousel al puerto de Constanza ya esté lista la partida completa de caballos labrados de su propia mano, dieciocho parejas y un solo caporal, el corcel dorado con su collera de rosas.

Pero entre las sombras engañosas también se esconde la fatalidad.

Enea Tartini se llamaba el dueño del taller de sombreros. Dilapidaba las ganancias en sus conquistas masculinas, y se había fugado del Reino de Italia por haber herido en el cuello a un actor del teatro ligero, con un trozo de botella, durante una riña por celos ocurrida en el café Merlo de Milán.

Cuando el cavaliere Tartini huyó de la justicia cruzando los Apeninos para alcanzar la frontera del Imperio austrohúngaro, dejó atrás una bien ganada reputación como maestro en el arte de los sombreros, según puede verse en las revistas de modas de la época, tanto de Italia como Francia. Pero lo perdía esa afición suya por los «attori di reparto, sostituti y girovaghi», según su propio decir, y pintorcillos y músicos sin fortuna, que siempre terminaban maltratando sus sentimientos.

Y si en los ramajes del poco frondoso árbol de su virilidad no se hubiera instalado «una gallina sensual que no pegaba ojo ni de noche ni de día», según también su propio decir, pues sentido del humor no le faltaba, se habría declarado perdido de amor por la princesa, tal era el grado de admiración que le profesaba, los mimos con que la consentía y la confianza que le dispensaba.

El cavaliere alababa así mismo su buen gusto, y por eso había delegado en ella el tejemaneje del acopio de los materiales de confección que se adquirían en la plaza, razón por la cual la princesa salía en horas laborables a arreglar los pedidos con los proveedores, dándose maña en obtener descuentos apreciables.

De modo que, un día de tantos, en cumplimiento de una de esas comisiones, había ido a presentar un reclamo de mercancía defectuosa en la tienda de un disecador de pájaros de la strada Covaci; de un pedido de dos docenas de pinzones, al menos la mitad se hallaban estropeados, unos despidiendo un leve olor de podredumbre y otros con el aserrín vaciándose por el buche.

Y se disponía a tomar un coche de punto para regresar al taller, ya cumplido su cometido, cuando distinguió a Anatoli, quien se alejaba por la acera. Se apuró en seguirlo, apoyándose en su pierna buena y dejando arrastrar la otra, decidida a darle alcance y sorprenderlo desde atrás cubriéndole los ojos, adivina, adivinador, la adivinanza y dime quién soy.

Pese a su empeño, no lograba emparejarlo. Lo siguió por varias calles, su paso cada vez más penoso, hasta que lo vio desembocar en la calea Victoriei y entrar en la Oficina Central de Correos. La curiosidad la asaltó. ¿Qué hacía allí? Toda la correspondencia relacionada con los fabricantes de carrouseles llegaba al domicilio de la strada Sepcari.

Subió tras él las imponentes gradas del portal del edificio, ornamentado de guirnaldas de estuco rosadas que enlazaban las ventanas, como un pastel de bodas, esforzándose aún más con su pierna enferma. Lo buscó en la rotonda rodeada de columnas de pórfido, donde se hallaban las taquillas, y lo descubrió haciendo fila delante de la correspondiente a poste-restante.

Al llegarle el turno, tras un breve requerimiento, el empleado desapareció y no tardó en regresar con un sobre que Anatoli metió en el bolsillo interior de la americana. Estuvieron a punto de un encontronazo cuando él se dirigía a la salida, pero María Aleksándrovna alcanzó a esconderse detrás de una de las columnas.

—Está claro, pensó con desaliento, recostada en la columna. Monsieur le coiffeur me engaña vilmente.

Sólo faltaba enterarse quién era la alimaña de faldas con la que sostenía correspondencia secreta.

ꝏ

Esa noche la princesa tiene una buena excusa para quedarse trabajando hasta muy tarde, pues al día siguiente deben ser despachados los sombreros para el elenco de coristas del nuevo cabaret Le Petit Trianon, que pronto va a inaugurarse en Bucarest. La ciudad está llena de carteles anunciándolo.

Pasadas las once, Anatoli se despereza. Dice que el sueño lo doblega.

—Que tenga felices sueños, señor peluquero —lo despide ella.

Ya los sombreros con los airones teñidos de azul evanescente están listos, arpillados sobre la mesa de trabajo, pero ella permanece en vela. Sigue esperando. Cuando entra en la habitación a oscuras lo oye balbucear en sueños, agitado, como si disputara con alguien.

Al tanteo se acerca hasta el perchero donde suele colgar la americana. Mete la mano en el bolsillo interior con la aprensión de que puede sufrir la mordedura de un animal ponzoñoso. La carta está allí, dentro del sobre rasgado. Con ella en la mano vuelve a la sala y se acerca a la lámpara de petróleo, que ya desfallece.

Sube la mecha:

Siret, a 27 de agosto, 1906

Cher ami:

He recibido la última tuya. Como te he dicho antes, y ahora te repito, nada te debo, nada me debes, y estamos en paz y sin rencor. Lo que pasó entre nosotros pasó, como pasan las cosas de la vida, así que no insistas en prometerme que de nuevo serás solamente mío. Lo importante ahora es consumar el plan para recuperar el aderezo, herencia de mi madre, que me fue robado descaradamente por la mosquita muerta que huyó contigo.

Hablemos entonces de conveniencias, lo que te conviene a ti y lo que a mí me conviene. Mi deseo es recuperar el aderezo por razones sentimentales, y el tuyo, adquirir tu carrousel. No venderemos el aderezo. Lo entregaremos a un banco como garantía de un préstamo, y cuando el carrousel ambulante rinda las ganancias que son de esperarse, pagaremos el préstamo y recuperaremos el aderezo.

No deja de causarme diversión el saber que tu princesa se ha empleado en una sombrerería como una obrerita cualquiera, a pesar de disponer del aderezo mal habido, y te tiene a ti con las manos atadas, sin dejarte seguir adelante con tu ambición del carrousel, mientras que yo, cuando estuviste a mi lado, financié gustosa tus caballos, porque te amaba. Eso habla de su espíritu avaro y su mezquindad.

Tú me dices que debo llegar cuanto antes a Bucarest para que procedamos con nuestro plan, pero media una gran dificultad, y es que no dispongo ni de media corona; lo que tenía de mis ahorros lo gasté en alimentarme, y luego, hasta hace poco, he vivido de la caridad del pope, que me permitía comer en el refectorio, aunque sabía cuál era el precio que pretendía por su bondad. Lo veía en el ardor miserable de sus ojos.

Después de la muerte del viejo tahúr, tal como te relaté en mi última, el magistrado a cargo de rematar la herencia ha puesto exhortos para que se presente tu princesa renca a reclamar lo que le corresponde, mas no habiéndolo hecho, y no vayas a decir nada que la haga sospechar, todo anda al garete en el castillo, pues el pobre László, el mayordomo, no puede hacer valer ninguna autoridad. Lo han saqueado todo, pero son saqueos dirigidos por Vasili para su propio provecho; después reparte algo de lo robado a los saqueadores, que se presentan enmascarados, siendo los mismos viejos sirvientes del castillo. Él es ahora el amo y señor.

Todo en la vida tiene un precio y hay que pagarlo. He debido ceder a sus pretensiones. No quedaba otro remedio. ¿Quién crees que provee hoy en día mi manutención? Y el precio es mayor del que yo había calculado, pues insiste en desposarme.

La dificultad que se me presenta es cómo explicarle la urgencia que tengo de viajar a Bucarest. ¿Deberé revelarle lo que persigo? Él ignora el robo del aderezo por parte de tu princesse boiteuse, e ignora el paradero de ustedes dos. Pero será difícil conseguir nuestros objetivos si no contamos con su cooperación, sobre todo si me convierto en su esposa, algo que a estas alturas parece inevitable. Estoy segura de que, al enterarse de los planes, y no hay como no termine enterándose, querrá venir conmigo y participar, lo conozco bien. Y hay que pensar en lo útil que puede sernos. ¿Qué me aconsejas?

Tu gatita ardiente de ayer,

I.

Fueron dos golpes a la vez, que aguantó de pie, como quien resiste al empuje frontal de un ariete, las hojas de la carta temblando entre sus manos.

Uno, el engaño vil. Monsieur le coiffeur entendiéndose a sus espaldas con aquella sierpe, a la que creía desaparecida para siempre de su vida. Un complot que iba más allá de la traición amorosa.

El otro, saber que su amado padre, al que Fräulein Langhoff trataba con tanto desprecio en su carta, había muerto sin que ella lo supiera.

Con pasos inciertos se dirigió a la ventana iluminada por la luna que, envuelta en un tenue vapor, brillaba sobre las techumbres de pizarra y asomaba su hoz por encima de las cúpulas de la iglesia de la Anunciación.

Esos dos tenían un plan. Un plan para despojarla. A ella, que estaba dispuesta a ceder al capricho del señor peluquero para que consumara su locura del carrousel portátil que lo convertiría en un feriante andariego. A ella, que había aceptado ya su destino de acompañarlo de ciudad en ciudad, si era preciso por el resto de su vida.

Quedaba a la vista que Vasili, aquel lacayo de aliento apestoso por sus muelas cariadas, era quien manejaba los hilos de la conspiración. La carta de Fräulein Langhoff tenía sin duda su visto bueno, y había sido escrita mientras él permanecía a sus espaldas.

Que se llevara Vasili el castillo piedra por piedra, si quería; al fin y al cabo, no era más que un vulgar ladrón, y sólo consumaría lo que había venido haciendo en la mesa de rocambor. A ella no le interesaban ni castillo, ni bosques, ni capilla, porque jamás volvería a poner los pies en Siret. Pero no se dejaría despojar del aderezo de joyas.

¿Cómo se proponían un delincuente redomado como aquel y una arpía inescrupulosa como aquella recuperar el aderezo? Mediante expedientes criminales, sin duda. Y ese estúpido monsieur le coiffeur. Hasta un ciego podía ver que, en su próxima carta, la institutriz le notificaría que Vasili vendría con ella a Bucarest.

No quedaba más que seguir vigilando, secuestrando aquellas cartas del bolsillo de la americana del peluquero para mantenerse al tanto, y reponiéndolas en su lugar.

Sofocada, quería arrancarse el corpiño, abrir la ventana de guillotina, pero el pestillo no cedía a su esfuerzo por levantarla. Respiró hondo en busca del aire que le faltaba.

Para aquellos tres, ella estaba de más. Salía sobrando.

8. Lo fortuito es siempre enemigo de lo cierto

✽

La vida siguió como si nada. Las noches eran iguales. Cenaban, ella preparaba el té, y el silencio se instalaba a sus anchas entre los dos. Sólo esperaba que empezara a balbucear en sueños para dirigirse, cautelosa, al dormitorio y meter la mano en el bolsillo interior de la americana, que encontraba vacío. Hasta que aquel lunes 10 de septiembre se halló una nueva carta:

Siret, a 5 de septiembre, 1906

Mein Lieber!

Nos hemos casado en la iglesia de la Santísima Trinidad. Siendo luterana, he accedido a que la ceremonia se celebrara bajo el rito católico romano. Es una nimiedad, cuando una se siente inspirada para realizar empresas grandes. Vasili tampoco es católico, sino ortodoxo, pero el párroco es amigo suyo, y dispensó de buena gana los trámites de amonestaciones y demás; cosa que el pope de la iglesia de Andrés el Apóstol no quiso hacer ni a la vista del par de capones de tres kilos cada uno que Vasili le llevó de regalo. Quizás fue despecho, porque no pudo tenerme entre sus brazos.

Ya está todo decidido. Hemos tomado pasajes para el miércoles 19 del presente mes, en el tren correo nocturno que arriba a la Gara de Nord de Bucarest a las 11.55 pasado el meridiano. Vasili ha logrado conseguir salvoconductos de vecindad para atravesar sin contratiempos la frontera y abordar en la estación de Suceava.

Vasili aprueba tu plan de la «cucharadita de azúcar en el té». Adjunto encontrarás un giro postal de cien coronas para los gastos necesarios.

El plan debe ejecutarse de la siguiente manera:

a) El día señalado administras a M. A. la cucharadita de falsa azúcar en su taza de té. Los efectos son inmediatos.

b) Acuestas el cuerpo en el lecho para que parezca que el óbito ocurrió durante el sueño, de manera natural.

c) Recuperas la arqueta de su escondite, que celebramos ya tienes averiguado.

d) Abandonas la casa, cuidando de hacer desaparecer lo que quede de la falsa azúcar.

e) Traes contigo la arqueta a la estación de trenes, donde deberás esperar nuestro arribo.

Busca un hotel de las cercanías de la estación, que no sea muy visible ni conocido, y separas una habitación para ti y otra para nosotros dos. A la mañana siguiente seguimos viaje todos juntos a Constanza. Luego embarcamos hacia Bremen, donde realizaremos la transacción bancaria que tendrá por garantía el aderezo. Y de allí continuamos viaje a Oberhausen, para que puedas contratar la fabricación del carrousel. De esta manera, dice Vasili, quien me pide transmitirte sus saludos, verás cumplidos tus caros y justos anhelos.

Il a beaucoup changé! Ha aceptado usar polvos dentífricos y pomada desodorante en las axilas. Hemos ido a Chernivtsí y se compró en una tienda de la calle Kobylianska una levita y un chapeau melon. Lució como todo un gentleman en la boda, pese a sus zapatos claveteados, pues no hay manera que acepte deshacerse de ellos.

Pero ya variará de opinión cuando se vea en las grandes ciudades de Alemania, socio de una boyante empresa de diversiones. Porque no hay cosa que ambicione más que ser tu partenaire en el negocio del carrousel, o de los carrousels, pues el asunto habrá de crecer como la espuma.

Deine,

I.

X

De modo que ahora le tocaba luchar por su vida, ni más ni menos.

Se acercó a la ventana de guillotina que nunca era capaz de abrir, y sintió un vahído. La masa oscura de techos de pizarra parecía alejarse de sus ojos alzándose en un lento torbellino hacia el cielo ahora sin luna donde pulsaban, con desgano, unas pocas estrellas dispersas.

El plazo vencía el miércoles 19. Dentro de nueve días. Quedaba tiempo para sus propios planes. Devolvió la carta al bolsillo de la americana. Fue al baúl donde se guardaba la ropa blanca, y rebuscando en el fondo entre las sábanas sacó la arqueta. No era propiamente un escondite. No había dificultad en hallarla, con poco buscar. ¿Acaso sabía ella que tenía por marido a un ladrón y asesino?

Con un cuchillo de cocina horadó por la base una de las cabezas calvas de modelar sombreros. Metió las joyas en el hueco y lo selló con la cera de una vela derretida. A la mañana siguiente se llevaría la cabeza al taller. Después devolvió la arqueta vacía al baúl, donde él la había descubierto.

Luego de ponerse el camisón se acostó rígida junto al cuerpo de Anatoli, quien había dejado de disputar en sueños y dormía con la inocente placidez de un niño, un dedo en la boca. No osaba moverse porque temía despertar a aquel reptil, capaz de darle un mordisco feroz en la yugular.

Así permaneció, con los ojos abiertos, hasta que la claridad comenzó a iluminar difusamente la habitación. Quedaba pendiente averiguar cuál veneno era ese que podía pasar por azúcar para el té.

Relación de hechos, I

Martes 11 de septiembre de 1906.
Domicilio de la pareja, strada Sepcari, 112.
Aproximadamente las 7.30 horas antes del meridiano.

Suaves aires de otoño. Alegre piar de gorriones y zorzales.

Al otro lado de la ventana, el follaje de los plátanos de la India de la vereda se mece apaciblemente, y en su urdimbre los reflejos del sol semejan temblorosos taleros de plata.

Ella (sentándose a la mesa del desayuno): Debo confesarle que cada vez estoy más interesada en ese asunto suyo del carrousel. ¿Podría prestarme el cuaderno aquel donde tiene apuntados todos los datos mecánicos y demás?

Él (displicente, después de dar un mordisco apreciable a la rebanada de pan de centeno untada de mantequilla y miel): Luego voy a buscárselo.

Ella (con una inclinación de cabeza): Le doy las gracias, monsieur le coiffeur. (Y para sí): Vaya, suena cordial, alegre, despejado. No desperdicia su buen apetito ahora que mi muerte está decidida. Y ni siquiera pregunta si ese sorpresivo interés mío por el cuaderno de tapas azules significa que he cambiado de opinión, y puede esperar de mí el dinero para la compra del carrousel. ¿Para qué entrar de nuevo en un forcejeo que cada vez resulta inútil, desgastante, pensará, si tiene ya la manera expedita de conseguir lo que quiere?

Mismo martes 11 de septiembre de 1906.
Domicilio de la pareja, strada Sepcari, 112.
Aproximadamente las 7 horas pasado el meridiano.

Voces de niños que juegan alegremente en la calle. Suena la corneta del vendedor ambulante de nieves de sabores, cuyo carrito va tirado por un caballo poney.

Ambos se sientan a la mesa donde se halla dispuesta la cena.

María Aleksándrovna le devuelve el cuaderno azul sin haberlo siquiera hojeado, pero fingiéndose llena de entusiasmo. ¿Para qué necesitaría leerlo? Lo ha aprendido de memoria de tanto escuchar al señor peluquero, noche tras noche, repetir la misma cantinela. Y pedírselo no ha sido más que un pretexto para poder dar el siguiente paso.

ELLA (alcanzándole la fuente de papas hervidas con ajo y rociadas de perejil picado): Ya estoy al tanto de todo el funcionamiento mecánico de bielas, coronas y piñones, que hacen subir y bajar los caballos. Del motor de vapor y sus pistones. De la caja de música y sus cilindros armados de púas, que al girar hacen sonar las melodías. De las cenefas que cierran y adornan por delante la techumbre del carrousel, y de las máscaras de personajes exóticos que ocultan las junturas de las cenefas. Pero me interesa mucho conocer acerca de la maestría con que usted fabrica los colores, señor peluquero.

ÉL (sirviéndose ahora generosas cucharadas de paprikash): No hay inconveniente. Ese es el cuaderno de tapas negras de hule. Luego voy a buscárselo.

(Cuando ella trae la tetera a la mesa, él regresa con el cuaderno y se lo entrega. Luego, como siempre, vierte una sola cucharadita de azúcar en cada taza, primero en la suya, luego en la de ella.

También como siempre, toma su té a sorbos lentos, mientras ella se acerca la taza a los labios con aprensión).

ELLA (para sí): No ha llegado el día señalado, así que mientras tanto puedo disfrutar mi té, monsieur le coiffeur.

Mismo martes 11 de septiembre de 1906.
Domicilio de la pareja, strada Sepcari, 112.
Aproximadamente las 11 horas pasado el meridiano.

El músculo duerme, la ambición descansa. Él, tranquilo en su lecho, de nuevo ha dejado de disputar en sueños.

Ella encuentra la página que busca en el cuaderno de tapas de hule negro, en cuya cabecera él ha escrito en letras gruesas EL DORADO QUE PROVIENE DEL CIANURO DE POTASIO, todo el texto que ya conocemos, escrito en tinta morada:

> El cianuro de potasio, también ácido cianhídrico, tiene la misma apariencia de la azúcar granulada, y para evitar fatales confusiones debe colocarse en vitrina bajo llave, en un frasco de tapa hermética, rotulado bajo la marca de cruz y calavera, pues se trata de un tósigo temible por letal, más que el acónito común, llamado también anapelo azul o matalobos de flor azul (*Aconitum napellus*, familia *Ranunculaceae*)...

Repasa la página completa, pero este es el párrafo que le interesa. Prefiere obviar el resto. Obviar que del cianuro de potasio y el óxido de oro, mezclados en aceite de linaza, se obtiene el dorado refulgente.

Un hermoso corcel dorado refulgente, adornado con una collera de rosas en relieve, para galopar hacia la muerte.

Relación de hechos, II

Miércoles 12 de septiembre de 1906.
Sombrerería Onfalia, strada Sepcari, 94.
Las 9.00 horas antes del meridiano.

Una viuda en sus cuarenta busca un sombrero que haga juego con su vestido de crespón negro de volantes. María Aleksándrovna le ofrece uno de velillo bordado de diminutas abejas, que la clienta se prueba frente al espejo de tres cuerpos. Se muestra satisfecha. Es el modelo *casque de Mercure*, exclusivo de Tartini, así llamado porque luce un par de alas en los costados.

La viuda paga en la caja, y se marcha.

La princesa busca en su despacho a Tartini y le anuncia que va a la mercería Antonescu por una nueva provisión de soutaches y trencillas.

Mismo miércoles 12 de septiembre de 1906.
Calles de Bucarest.
Cerca de las 10.00 horas antes del meridiano.

Toma el tranvía de sangre. Es un recorrido largo. Sobre una acera se derraman los cascajos de un edificio en demolición, los pisos recortados a medias, como una casa de muñecas, las escaleras que no llevan a ninguna parte cortadas en los rellanos, el papel pintado de las paredes con cisnes sobre un fondo celeste en uno de los pisos, una tina de baño solitaria asentada sobre sus garras de esfinge en el último. En la siguiente esquina el despacho de un dentista, la silla visible desde la calle y una gran muela de hojalata mecida por la brisa en el alero, luego el consultorio de una quiromántica que se anuncia como maestra del destino, una zapatería que exhibe, puertas afuera, sobre tableros, botas, botines y borceguíes colgados en ristras de los cordones, en el quicio de una verdulería un perro callejero despatarrado entre los desperdicios, como si estuviera muerto, la camarera de una fonda que lava los vasos en el grifo de la calle y los deposita en un cubo de madera, una pareja de cerdos que chillan, arrastrados del cogote hacia el portón del matadero a la vuelta de una esquina, una fumarola pestilente que asciende desde un cerro de basura quemándose sobre los adoquines de la calle, las columnas dóricas de una corte de justicia ennegrecidas por el humo de los fogones instalados en la escalinata, donde se doran los pinchos de frigarui y se asan, entre borbotones de grasa, las mititei que compran los litigantes.

Y va fijándose en las apotecas que le salen al paso. Al fin, cuando el tranvía alcanza la strada Stavropoleos, da con una que le parece la más extraviada de todas. Apoteca Anghel. Deja que el tranvía siga corriendo, y sólo tres cuadras más adelante tira del cordón del timbre de parada.

Baja, y desanda las tres cuadras.

Mismo miércoles 12 de septiembre de 1906.
Apoteca Anghel, strada Stavropoleos, 19.
Cerca de las 11.00 horas antes del meridiano.

ELLA (con cara de inocencia repetidamente ensayada): Dígame, señor apotecario: ¿es posible que usted me suministre algo de ese veneno, que me dicen parece azúcar granulada? Tengo en mi cocina unas ratas que corren por las noches como caballos desbocados.

APOTECARIO (se quita los quevedos que penden de una cinta de seda negra, y la mira con atención desde detrás del mostrador. Dientes menudos, cabeza rasurada al rape, perilla y bigotes bien cuidados, su porte parece el de un coronel de húsares. Huele a polvos de magnesia): El anión monovalente.

ELLA (siempre con ensayada ingenuidad): Soy un ama de casa ignorante. Me embrolla usted.

APOTECARIO (con obsequiosa suficiencia): Es la manera de llamar al cianuro de potasio, de acuerdo al canon. Le daré cinco gramos de esa falsa azúcar que deberá revolver con medio kilogramo de azúcar verdadera, y eso será suficiente para diezmar al ejército nocivo de roedores que la desvela.

(El apotecario va a la trastienda por un frasco marrón oscuro, marcado con la cruz de tibias y la calavera, y saca cierta cantidad de la falsa azúcar haciendo uso de una espátula. Coloca el montoncito en un platillo de la balanza granataria de Roberval, sobre una papeleta encerada. En el otro pone una minúscula pesa de cinco gramos. Una diosa de bronce vestida de largo peplo y una venda sobre los ojos hace de fiel de la balanza, sosteniendo con el brazo en alto los platillos pendientes de triples cadenillas).

ELLA (para sí, el corazón desbocado): Nunca pensé que pudiera ser tan fácil.

APOTECARIO (extiende sobre el mostrador el registro de expendio de sustancias tóxicas. Es un libro en cuarto mayor forrado en tela gris): Ahora, le ruego procedamos a cumplir con el requisito que manda la ley: ¿nombre de quien adquiere el tósigo?

ELLA (improvisando rápidamente): Elena Gabor.

APOTECARIO (anotando con letras casi ilegibles): ¿Domicilio?

ELLA (de nuevo improvisando): Strada Tonitza, número 3. La planta baja, soy la conserje.

APOTECARIO (luego de inscribir la naturaleza del veneno y la cantidad en gramos, lo mismo que el propósito declarado de la compra): Me permito ofrecerle azúcar de remolacha de la mejor calidad, para la mezcla.

ELLA (sonriente): Demos a mis enemigas que tanto alborotan ese último placer de su vida. Póngame por favor medio kilo de su azúcar de remolacha.

APOTECARIO (entregándole el paquete envuelto en papel de estraza y amarrado con un cordel): *Sugar beta vulgaris*. Perdone mi afición a los nombres científicos.

ELLA (para sí, mientras sale): No me cansaré de repetir que nunca pensé que fuera a ser tan fácil.

APOTECARIO (la llama desde la puerta cuando ya va por la calle): ¡Señora Gabor!

ELLA (se vuelve, desconsolada, no vaya el apotecario a reclamar de vuelta el veneno, por razones que ella ignora): ¿Diga, señor apotecario?

APOTECARIO (fingiendo severidad): Ha olvidado la papeleta.

ELLA (golpeándose la frente con desmayo): Mein Gott! ¡Qué cabeza la mía!

María Aleksándrovna no es ninguna experta asesina. Sólo actúa como un conejo en un pedregal desnudo, obligado a ingeniárselas para no morir despedazado entre las fauces de una jauría de lebreles.

Por eso, no es sino cuando el tiro de caballos del tranvía trota de regreso hacia la strada Sepcari, ya la papeleta con la azúcar falsa bien guardada en el corpiño, que advierte algo que hasta entonces no se le había ocurrido: el martes 18 de septiembre, a la hora acostumbrada del té, después de la cena, momento señalado en la conjura para quitarla de en medio, se dará la más rara de las situaciones. Tanto Anatoli como ella echarán mano de la azucarera para adulterar su contenido. Y cada uno verterá en la taza una cucharadita de veneno. Caprichosas duplicidades del destino.

A todas luces, las cien coronas anunciadas en la última carta de Fräulein Langhoff para «los gastos necesarios» estaban destinadas a la adquisición del cianuro. Es lo mismo que ella ha pagado, corona más, corona menos. Y el señor peluquero también acudirá a alguna apoteca donde dará un nombre y un domicilio falsos, y contará un cuento parecido, el de las ratas que no lo dejan dormir. Si es que no lo ha hecho ya.

Siendo de este modo las cosas, que él dispondrá de su propia ración del veneno mortal, bien podría haberse ella ahorrado el esfuerzo y el gasto; y no sólo el esfuerzo y el gasto, también el riesgo de que a la hora de la encuesta criminal la policía dé con la apoteca de la strada Stavropoleos, y que, asustado, el apotecario describa los rasgos físicos de la parroquiana implicada; con lo cual, averiguando, los investigadores se enterarán de que la propia esposa del occiso es quien ha comprado el tósigo bajo nombre falso.

He aquí, pues, la caprichosa duplicidad. Cada uno dispondrá a la hora del té del martes de una papeleta de cianuro para endulzar la taza del otro. Y una de dos: o la azucarera tendrá doble ración de veneno; o una de esas dos raciones sale sobrando, y el juego se vuelve un asunto de ingenio, a ver quién hace que el otro pruebe la bebida fatal de primero.

En base a esta última presunción, María Aleksándrovna imagina la escena que enseguida se describe:

Escena imaginaria

(que tiene lugar en el domicilio de la pareja en la strada Sepcari, 112, encima de la tienda de retales, una vez que ha concluido la cena)

ÉL (obsequioso como nunca): Esta noche soy yo quien preparará el té, querida. En el almacén de ultramarinos me recomendaron una variedad que viene de Ceilán, y me la han alabado por su perfume y exquisito sabor.

ELLA (fingiendo halago): ¡Qué galante! ¿Y esas cortesías, señor peluquero?

ÉL (sonríe, incorporándose): Las que le debo como dichoso marido suyo que soy, María Aleksándrovna.

(Vuelve de la cocina trayendo la tetera de peltre. Vierte el líquido marrón oscuro y el chorro se derrama humeante en el fondo de la taza de porcelana barata, adornada con una guarda de azucenas diminutas. La taza queda colmada, y algunas hojas de té flotan en la superficie. Acto seguido destapa la azucarera de estaño, y agrega la consabida cucharadita).

ELLA (fingiéndose melosa): Permítame a mí entonces corresponderle con la misma cortesía, en prueba de nuestro mutuo cariño y consideración.

(Llena la taza de él. Luego se dispone a endulzarla, también una única cucharadita).

ÉL (cubriendo la taza con la mano): No, no, gracias, muy gentil. Esta noche lo tomaré amargo.

ELLA (que ya ha previsto la respuesta): ¿Y esa novedad?

ÉL (da un sorbo): Quiero sentir a fondo el sabor, a ver si no me han mentido. Hmmm, exquisito. Ahora pruebe el suyo y me dice qué le parece.

ELLA (hace como que se estremece de frío, abrigándose con los brazos): Hay una desagradable corriente de aire. ¿Puede cerrar la ventana, por favor?

ÉL (va solícito a cerrar la ventana, mientras ella aprovecha para cambiar las tazas, en un verdadero acto de prestidigitación): Está cerrada.

ELLA (vuelve a estremecerse): Pues este frío me viene de dentro del cuerpo.

ÉL (regresa a la mesa. Se sienta. Bebe. Repone la taza con gesto sombrío. Palidece): ¡Alguien ha puesto azúcar a mi té!

ELLA (displicente): ¡Bah! Es la fuerza de la costumbre que engaña al paladar.

ÉL (se lleva las manos a las sienes): ¡No veo, todo se ha vuelto oscuro! ¡María Aleksándrovna! ¿Por qué ha apagado la lámpara?

ELLA (mientras él cae al piso arrastrando consigo la silla): Felices sueños, señor peluquero.

Como puede notarse, se trata de una escena donde abundan las cortesías asesinas. Pero, además, poco ajustada a la realidad.

La princesa se representa a Anatoli exclamando: «¡No veo, todo se ha vuelto oscuro...!», ceguera repentina que no corresponde a los efectos de la ingesta de cianuro de potasio; y también se lo figura desplomándose en el piso, lo cual demuestra desconocimiento de los síntomas, y del plazo que corre desde que se presentan los primeros de ellos hasta que sobreviene la muerte, que no es inmediata.

En el cuaderno de tapas negras de hule no figuraba ningún dato sobre el cuadro mórbido que sobreviene a la ingestión del cianuro de potasio. Pero no tardaría ella en informarse adecuadamente.

La tarde del jueves 13 de septiembre acudió a la biblioteca del Colegio de San Sava, la misma que frecuentaba Anatoli para sus pesquisas sobre los carrouseles, y consultó el tratado de toxicología del doctor Adrien Beauthier, *Mémoire sur les symptômes et effets des toxiques mortels*, del que arrancó la página correspondiente.

En adelante se atendría a las verdades científicas, y encerraría bajo llave, en una jaula de firmes barrotes, su imaginación volandera, pues si la dejaba suelta iba a seguir estrellándose contra el duro cristal de la realidad.

Por ejemplo, ¿de dónde habría de sacar Anatoli para comprar un té selecto, y por tanto caro, y así pretextar que quería probarlo amargo, sin estorbos en el paladar, para que sus papilas gustativas hallaran todas las tonalidades de su sabor? Tales exquisiteces no iban a ser sufragadas por sus cómplices en Siret.

En sus planes no podía atenerse tampoco a los cálculos errados, ni a las contingencias. Lo fortuito es siempre enemigo de lo cierto. Por consiguiente, no iba a arriesgarse a usar el veneno de su enemigo, pues debía batirse con sus propias armas. Así que la inversión en la papeleta de cianuro, y en el medio kilo de azúcar de remolacha, bien había valido la pena.

Y he aquí lo más importante: tampoco iba a exponerse a que, váyase a saber, el traidor echara mano del veneno antes de la oportunidad fijada, el martes siguiente. ¿No estaba entre las posibilidades ciertas que se anticipara a darle a beber el té emponzoñado, de acuerdo a variantes del plan de las que de alguna manera ella se hallaba ignorante?

De modo que, si calculas que el enemigo puede adelantar la fecha del ataque planeado, adelántate tú primero y conocerás el sabor de la victoria, más grato a tu paladar que cualquier selecto té de Ceilán.

9. Un kilogramo de té Kumaná tostado al carbón

❀

A pesar de todo, la princesa se planteaba preguntas que no dejaban de ser lacerantes:

¿Y si no me hubiera negado por tanto tiempo a darle lo que tanto quería?

¿Y si le hubiese dicho desde el principio que estaba decidida a vender el aderezo para que él pudiera cumplir la ilusión de tener su carrousel?

¿Hubiera entonces cambiado todo y habríamos sido felices?

Anatoli no se habría puesto en comunicación con la institutriz, y esa perversa no se habría procurado el apoyo del lacayo Vasili, para buscar, entre los tres, cómo acabar con mi vida.

Sin embargo, el fondo del asunto seguía siendo el mismo: habría vivido siempre con un asesino en potencia, un peluquero de instintos criminales. Un alacrán metido dentro de la funda de su almohada.

Síntomas del envenenamiento por ingestión del cianuro de potasio

(Página arrancada)

Los síntomas primeros del envenenamiento debido a la ingestión del cianuro de potasio (KCN) se expresan por medio de somnolencia repentina, ritmo cardíaco acelerado, respiración desconcertada, coloración rojiza del rostro, vértigo y náuseas que conducen a repetidas arcadas de vómito.

Los vómitos, que se producen a intervalos cortos, son seguidos de convulsiones, dilatación de la pupila, enfriamiento de la piel y sudoración, más una sensación de ardor interno, como si las vísceras se quemaran a fuego vivo.

En la última fase, el pulso se torna errático, la temperatura corporal comienza a descender y los labios, la cara y las extremidades toman una coloración cianótica. Sobreviene entonces el período de asfixia, y la muerte consiguiente.

Todo este proceso dura entre diez minutos y media hora, y el plazo se acortará según la cantidad de tóxico ingerida.

[Docteur Adrien Beauthier, professeur émérite de Médecine Légale aux universités de Lausanne et de Genève: *Mémoire sur les symptômes et effets des toxiques mortels*, Ginebra, 1871].

La tarde del lunes 17 de septiembre, María Aleksándrovna va al almacén Narghilea, en el pasaje Macca, y compra un pote de un kilogramo de té Kumaná tostado al carbón. Es el mejor té negro de Ceilán que puede encontrarse en el mercado, le asegura el tendero; su perfume no tiene par.

También compra, en el mismo almacén, una botella de Prince Stirbey Negru de Dragasani, cosecha de 1897, que, igual que el té de Ceilán, cuesta un ojo de la cara.

Y, mientras camina hacia el tranvía, piensa en el menú especial que preparará esa noche, platos del gusto y antojo de Anatoli que no se ven en la mesa desde su tiempo de recién casados.

De vez en cuando hay que darse ciertos lujos, y la ocasión merece la pena.

Cuando entró al piso cerca de las seis de la tarde, además de las compras hechas en el almacén Narghilea, llevaba consigo media docena de sombreros a los que debía coser parejas de pajarillos disecados. Eran colibríes de plumaje verde esmeralda y azul cobalto, cada pareja en su nido, provenientes de la isla de Trinidad. Los sombreros serían despachados temprano del día siguiente a una tienda de novedades de Braşov, destinados a clientas ya suscritas.

La moda de colibríes de las Antillas en los sombreros hacía furor entonces entre las damas, y el cavaliere Tartini había importado de Inglaterra dos gruesas de esas aves diminutas.

Relación de hechos, III

Lunes 17 de septiembre.
Domicilio de la pareja, strada Sepcari, 112.
Aproximadamente las 8 horas pasado el meridiano.

La princesa llama a sentarse a la mesa. Sirve un pörkölt de carne de vaca aderezado con semillas de alcaravea. Él come, lleno de apetito, y alaba los nokedli que acompañan la carne, pues la pasta está en su punto perfecto de cocción.

ÉL (descorcha, con deleite, la botella de Negru de Dragasani): ¿Qué celebramos hoy, princesa?

ELLA (suspira): La vida, monsieur le coiffeur. Hay que celebrar la vida.

(La conversación es en todo momento cordial. Él se nota entusiasmado, sin muestras de inquina, como si el asunto de las joyas fuera agua pasada; busca, piensa ella, no despertar sospechas en cuanto a sus designios. Pero se trata de un entusiasmo melancólico. Y, en cierto momento, vuelve al tema de sus caballos, ya abandonado hacía días).

ÉL (tras un sorbo de vino): Esta tarde he visto, de lejos, cuando el rey Carol I inauguró el carrousel en los jardines del Palacio Real, activando la palanca del motor. Hubo en ese momento una salva de artillería, y el cielo se llenó de globos de todos los colores, inflados con helio.

ELLA (alza las cejas, admirada): ¡Qué momento emocionante!

ÉL (tras beber de nuevo): Recientemente han instalado otro en el Letná de Praga. Según cuenta el *Adevĕrul*, los caballos han sido revestidos con auténtica piel equina: caballos negro azabache, rojo alazán, pardo champagne. Y albinos, castaños, palominos. Una obra de arte, el curtido. El brillo y tersura del pelaje se conservan intactos.

ELLA (arruga con disgusto la nariz): ¿Han desollado caballos verdaderos para recubrir la madera con sus pieles? Me parece extravagante. Y cruel.

ÉL (se encoge de hombros): Son caballos ya decrépitos, despellejados en los mataderos para provecho de la carne. Luego de que remojan el cuero en salmuera, lo curten con tanino.

ELLA (con cara de horror): ¿No les pondrán a esos caballos de mentira los ojos de los caballos sacrificados?

ÉL (ríe, divertido): ¿Cómo podría ser eso, sin que los ojos se pudran? No se puede embalsamar ojos, princesa. Se los ponen de vidrio, como las canicas con que juegan los niños.

ELLA (sus ojos se iluminan): ¿Y hay entre esos caballos alguno dorado, monsieur le coiffeur?

ÉL (apura la copa y se queda un rato en silencio, perdido en sus pensamientos): No existe ningún caballo dorado verdadero al que desollar.

Mismo lunes 17 de septiembre.
Domicilio de la pareja, strada Sepcari, 112.
Aproximadamente las 10 horas pasado el meridiano.

La princesa levanta los platos y cubiertos y deja en la mesa la botella con las dos copas. Deposita todo cuidadosamente en el lavatrastos. Ya los lavará después.

Pone al fuego la tetera. Abre el paquete de azúcar de remolacha comprado al apotecario, y llena la azucarera. Vierte en ella una porción de la papeleta de cianuro granulado. Calza la tapa a la azucarera de estaño, y la agita para revolver el contenido.

Anatoli sigue en su silencio, ensimismado, cuando ella vuelve con la bandeja en que trae la tetera de peltre, las tazas de porcelana barata adornadas con una guarda de azucenas diminutas, las cucharitas y la azucarera.

Él toma una taza de la bandeja y vierte el humeante chorro marrón oscuro. Es la de ella. La taza queda colmada, y algunas hojas de té flotan en la superficie. Luego llena su propia taza.

Él destapa la azucarera y agrega a ambas tazas la consabida cucharadita de azúcar.

Ella se tarda un mundo en revolver el azúcar en su taza, dando tiempo de que él se lleve a los labios la suya.

ÉL (acerca la taza a la nariz y aspira con deleite): Parece que sigue la fiesta en esta casa. Qué perfume embriagador. ¿Kumaná me has dicho que es la marca?

ELLA (asiente): Té negro tostado al carbón.

ÉL (bebe a sorbos lentos evitando quemarse, mientras ella sigue revolviendo el azúcar en su taza): Qué ganas de dormir me han entrado de pronto...

ELLA (aleja de sí la taza): Le deseo muy felices sueños, señor peluquero.

(El resto de lo que enseguida ocurrió podemos recrearlo por nuestra cuenta si volvemos a leer el texto *Síntomas del envenenamiento por ingestión del cianuro de potasio*, del doctor Beauthier, que figura en las páginas 139-140).

Arrastrándolo por las axilas, y haciendo estaciones para coger huelgo, lo llevó hasta el dormitorio, y logró subirlo a la cama. Lo desvistió, le limpió la cara y el cuello con un paño mojado en agua tibia, le peinó y perfumó la barba frondosa; le puso el camisón de sarga con que solía dormir, y lo cobijó. Colocó sus ropas del modo en que las dejaba al acostarse, la americana colgada en la capotera, los pantalones doblados sobre una silla, los zapatos al pie.

Luego se dedicó a limpiar el estropicio. Recogió del suelo el mantel manchado de té y vino que había arrastrado consigo al derrumbarse. Puso en el cubo de basura los pedazos de loza y de cristal, y vació la azucarera en el hueco de la letrina, junto con el azúcar derramada en el piso, que recogió en una hoja de periódico utilizando los guantes de hule de lavar los trastos. También echó en la letrina la papeleta con lo que quedaba del cianuro granulado. Finalmente, restregó el entarimado con un estropajo empapado en agua de lejía.

Y hallándose en cuatro pies, mientras restregaba el entarimado, recordó, no supo debido a qué impulso, la americana que ella misma había colgado de la capotera. Volvió al cuarto para revisar el bolsillo interior.

Había una carta:

Siret, a 14 de septiembre, 1906

Debo decirte, Anatoli Florea, sin andarme por las ramas, que tu carta última nos decepciona, y primero hemos pensado que era fruto de la ofuscación; pero mucho me temo que lo es más bien de tu cobardía. Pues eres un gallina y siempre lo serás, y si acaso estoy equivocada, es a ti a quien toca demostrar lo contrario.

Vaya si no estás enamorado de esa pobre inválida para que vengas ahora con esa historia de sensiblerías baratas, de lo cual queda únicamente claro que echas pie atrás, y prefieres vivir como un pobre indigente mientras ella se hace gata brava de lo que no le pertenece, egoísta además de ladrona, y te niega los beneficios de su robo, de los que, si fueras un poco más valiente, bien podrías disfrutar. Dices que has encontrado vacía la arqueta y sospechas que ella ha puesto el aderezo a buen resguardo, fuera de la casa, quizás en el taller de sombreros; pero ni yo ni Vasili te creemos una palabra.

Vasili se halla furioso y con razón, y yo debo esforzarme mucho para impedirle que tome el tren y vaya a arreglar cuentas contigo. No creo que pueda lograr retenerlo por mucho tiempo más, así que recapacita, y escríbeme a vuelta de correo confirmando que los planes siguen adelante, y que solamente debemos arreglar nuestra llegada para una nueva fecha inmediata.

Pruébame que eres hombre y no un fetita, *como decían de ti en la taberna.*

I.

Para su sorpresa, la ventana de guillotina no se resistió, y pudo subirla al primer impulso. Se asomó a la noche de otoño. No podía distinguir nada en la espesa oscuridad. Lo que había era un cielo de tinta sin estrellas, y, a lo lejos, el resplandor de otra ventana en la habitación de un tercer piso donde velarían a algún enfermo.

Sacó la carta del bolsillo de la falda y volvió a leerla. La culpa y el espanto del arrepentimiento le pesaban como una piedra de molino atada al cuello, tanto que hubo de agarrarse al antepecho para no precipitarse a la calle en caída libre. Pero al rato aquel peso desapareció, y fue formándose dentro de ella un inmenso vacío. Si se hubiera dado de puñadas en el pecho, habría sonado a hueco.

Regresó al dormitorio, aún la carta en la mano. Contempló el cuerpo que yacía en la cama. La piel del rostro, de un leve amarillo mate, era como un pergamino en el que se podían marcar señales con el filo de la uña. Una telaraña de hilos negros se había tejido alrededor de los ojos, y los dientes parecían manchados de tinta. Sólo la barba fragante conservaba su frescor.

Sacó el costurero, lo puso sobre la mesa del comedor, y trajo los sombreros y los nidos con las parejas de colibríes disecados.

Trabajó hasta cerca de las dos de la madrugada sin saber aún qué haría con el cadáver. Era algo que no había previsto. Nada menos que sacarlo de allí, escaleras abajo, y hacerlo desaparecer. Reconoció que su astucia flaqueaba no pocas veces debido a que podía más su candidez, o es que el rencor la había llevado a la irreflexión. Pero no era cierto que fuera una mente corta la suya, como solía zaherirla Fräulein Langhoff con una reverencia de burla cuando la embrollaban las perversas declinaciones del alemán: «Sie sind ziemlich ungeschickt, meine liebe Prinzessin!».

A lo mejor es que era torpe a medias, su cabeza entretenida más de la cuenta en formar las ideas. O acaso es que no sabía diferenciar entre torpeza y ofuscación. El asunto es que cuando se cernía ya el amanecer, aún tenía en el dormitorio un cadáver con el camisón puesto y las mantas encima. Y sobre la mesa del comedor, los seis sombreros terminados.

Los colibríes abrían sus picos como si piaran en silencio. También eran cadáveres. Cadáveres de pájaros traídos desde una isla lejana de las Antillas, rellenos de algodón.

Pero ofuscación a medias o torpeza a medias, siempre terminaba hallando las soluciones. Y, según solía decir su madre, antes de que la partiera aquel rayo en la capilla, el ánimo todo lo puede en la vida.

Noticia acerca del cavaliere Enea Tartini

Aspectos biográficos

Enea Tartini nació en 1859 en Pirano, ciudad de la península adriática de Istria, territorio entonces bajo el dominio del Imperio austrohúngaro. Descendiente del renombrado compositor Giuseppe Tartini (1692-1770), singular clérigo que se distinguió como espadachín pendenciero, mejor conocido por su sonata en sol menor *El trino del diablo*, y primer propietario, que se sepa, de un violín fabricado por Antonio Stradivari (1644-1737).

Decidido a estudiar violín, queriendo emular a su ilustre antepasado, Enea ingresó en 1880 en el Reale Conservatorio di Musica en Milán, gracias a una beca concedida por la reina Margarita de Saboya; pero, al cabo de poco tiempo, su maestro, Amilcare Ponchielli, lo declaró mediocre de talento, y hubo de dejar de lado sus aspiraciones.

No se sabe por qué razón, ni gracias a qué influencias, fue nombrado cavaliere dell'Ordine Equestre del Santo Sepolcro di Gerusalemme en 1881, al apenas abandonar el conservatorio, siendo muy temprana su edad y desconocidos sus merecimientos.

Pronto se dio cuenta de que sus verdaderas habilidades se hallaban en el diseño y fabricación de sombreros femeninos, y ya en 1883 había abierto su Modisteria Onfalia, en la via della Spiga de la misma ciudad de Milán, la elegante arteria comercial en la que se hallaba también el café Merlo, donde, en el otoño de 1887, se vio envuelto en el hecho de sangre que lo obligó a la huida.

Hay muy pocas referencias acerca de su vida después de su fuga de Italia, aunque es sabido que se estableció por un tiempo en Bucarest, y luego abrió sombrererías bajo el mismo nombre Onfalia en otras ciudades; se habla de Innsbruck, Viena, Budapest. Pero ya sus mejores tiempos habían pasado, y por ello mismo, y el desorden de su comportamiento, perdió relevancia en el mundo de la moda.

Se sabe, sin que exista precisión de fechas, que finalizada la Gran Guerra abandonó Rumania, quizás en 1919, y se estableció, por último, en la ciudad de Trieste, tras el ascenso de Mussolini al poder, siendo ya el territorio triestino parte de Italia.

Existen misivas suyas, dirigidas al Duce, con las que le envía, en prueba de admiración, «diseños creativos» del fez de las tropas de choque Arditi, con el águila dorada que sostiene los fasces en sus garras; del sombrero de bersagliere adornado con plumas de urogallo; y de la bustina del Partido Nacional Fascista.

Finalizada la Segunda Gran Guerra, las referencias suyas otra vez se pierden. Sólo se conoce que murió de consunción en la sala general de varones del Ospedale Maggiore de Trieste, cerca de 1948, y que fue enterrado en el cementerio de menesterosos del mismo nosocomio.

Papel en la moda

Desde joven ganó sólida reputación por sus novedosos modelos de sombreros, en una época en que los diseños atrevidos de estas piezas de vestir femeninas adquirieron gran auge. Sus más célebres creaciones se exhiben en el Museo della Moda, en el Palazzo Morando de Milán.

Puede decirse que sus sombreros fueron la corona de la elegancia durante la llamada belle époque. Y así como el modisto bostoniano Charles Dana Gibson creó «la dama Gibson», la figura ideal de caderas amplias, busto erguido y peinado al estilo Bouffant, el cual daba altura a la cabeza gracias al volumen de los cojines en el interior de aquella «torre capilar»; así Enea creó «la dama Tartini», con sus osadísimos diseños. Y aunque eran ya celebradas en el gran mundo sus confecciones de paja y fieltro, con alas cortas y viseras militares, lo mismo que sus tricornios, habría de dar un paso trascendente al modificar la figura «sand clock» que despuntaba en los figurines europeos, proveniente de Nueva Inglaterra.

Reloj de arena se le llamaba porque el corsé de barbas de ballena apretaba el cuerpo por el centro, creando la codiciada cintura estrecha, la cual se ponía más al realce gracias a almohadillas en hombros y caderas; y parte de esa vestimenta era también la châtelaine, una fina cadena alrededor de la cintura para colgar el monedero, el reloj y otros artefactos necesarios.

Enea agregó entonces al «sand clock» las pamelas Tartini, de las que pendía desde atrás un velo de tul, y adornadas de variadas maneras: ya una lazada de cintas, ya una sarta de perlas, ya plumas de avestruz erectas, ya ramilletes de flores de trapo, ya uvas y cerezas de cera, ya pájaros disecados, solos o en parejas, con las alas abiertas en despliegue de vuelo, o colocados en su nido.

[Resumido de diversas fuentes, entre ellas: Stefano Di Lucanardo: *Il confine d'Italia in Istria e Dalmazia. Duemila anni di storia*, Milán, Stella Mare Edizioni, 1931; Fabrizio Argento: *Arte moderna del cappello*, Turín, Edizioni Gazzelle, 1924. Y https://it.wikipedia.org/wiki/Enea_Tartini].

10. Un baúl comprado de segunda mano en la strada Bazaca

✿

El cavaliere Tartini solía desayunar ya tarde, en el pequeño despacho al fondo de la tienda, desde el cual podía vigilar a las dependientas a través de un ventanuco corredizo al frente, y a través de otro, en el costado, el taller donde se afanaban las sombrereras. Su desayuno consistía de tres huevos crudos que quebraba y vaciaba en una copa agregando pimienta negra y vino moscatel, apurados de un solo y largo trago, y una docena de ostras del mar Negro, que abría haciendo uso del cortaplumasy rociaba con limón. Ostras y huevos a la ostra.

Era una costumbre de muchos años, sólo interrumpida cuando debió huir de Milán a través de un paso de montaña del Tirol, porque en las escasas fondas del abrupto camino, frecuentadas por contrabandistas y toda suerte de malandrines, no se servían delicadezas semejantes; pero la retomó apenas se vio a salvo en Viena, y de allí en adelante.

Desayunaba a deshoras porque gastaba buena parte de la noche en sus peligrosas cacerías por los cabarets de mala muerte, sin más resguardo que un estoque envainado en un bastón de pomo de marfil, y en montar guardia en la salida de artistas de la culata de los teatros de vodevil, en busca de figurantes alcoholizados y de tramoyistas, más de una vez enfermos de gonorrea, a quienes terminaba llevando, si la suerte lo favorecía, a lóbregas pensiones de ocasión. Y su manera de componer aquel singular desayuno tenía el obvio propósito de recuperar las «energie vitali» gastadas en sus deliquios.

En aquel despacho va a encontrarlo ahora la princesa, sentado en su poltrona giratoria, a medio camino entre el secrétaire de cortina colocado contra la pared del fondo, las gavetas a medio abrir rebosantes de facturas y recibos; y la mesita de rodillos cubierta por el mantel almidonado, donde reposan la cubeta con la botella de moscatel arropada en el gollete por una servilleta, la copa de alto tallo, la fuente de las ostras encerradas en sus conchas pétreas, los limones partidos en mitades, el pimentero, y un cazo con las cáscaras rojizas de los huevos quebrados.

Si quisiéramos comparar al cavaliere Tartini, sería necesariamente con un pájaro exótico de aquellos que lucían disecados en sus sombreros de moda. Miraba a su interlocutor de perfil, sin voltear la cabeza, el ojo verde oscuro chispeando como una astilla de turmalina engastada en la cuenca honda, el alto copete rubio erguido en el cráneo, por lo demás desnudo, el pico agudo de la nariz clavándose cada tanto en el aire, el pescuezo moviéndose libre en el ancho cuello postizo de la camisa.

La princesa entra llevando los sombreros de la noche anterior terminados. Le alcanza uno, y él hace un examen minucioso de cada costura, de cada puntada. Un sombrero perfecto es aquel donde la labor resulta invisible; y, en este caso, tratándose de pájaros, debe parecer como si, volando desde una isla tan remota, los colibríes hubieran venido a posarse sobre las cabezas de las damas.

Le pide que se ponga uno, y luego el otro, y el otro, para comprobar cómo lucen. Y cuando se ha ajustado el último de ellos, la princesa comienza a llorar. Primero tiembla levemente su barbilla, las manos a los costados como si no supiera qué hacer con ellas, y luego sus hombros se sacuden, hasta que su rostro brilla, bañado en lágrimas.

El cavaliere, precavido, va a poner llave a la puerta y baja los visillos de los ventanucos. Le acerca un asiento. Ella, con enérgicos movimientos de cabeza, se niega a sentarse. Él junta las manos en un gesto de súplica:

—Allora parla, mia piccola principessa! Sono tutto orecchie. Tutto quello che vuoi dirmi sarà per me un segreto di confessione...

¿Representa ella una escena teatral bien ensayada, rompiendo a llorar en el momento calculado, sin destocarse siquiera del sombrero que se prueba? ¿No es ese un típico ardid cuando se buscan complicidades? ¿O ha sido un auténtico acceso de llanto? Aceptemos, en su abono, la segunda de estas opciones, pues las personas que llevan sobre los hombros una carga semejante a la suya suelen quebrarse en el momento menos esperado.

Y allí, de pie, sus palabras empiezan a brotar de manera tan torrencial como su llanto, olvidada del sombrero en su cabeza. El cavaliere la escucha, de pie también, las manos enlazadas por detrás, sin parpadear, casi de perfil, como el pájaro exótico que es, y volviendo a veces apenas la cabeza hacia ella.

Su historia es larga y tortuosa. El marido la engañaba con cualquiera. Si una escoba con faldas pasaba por la calle, se iba tras ella. Su hogar se había convertido en un infierno, pues aquel hombre cruel la maltrataba de obra y de palabra, y sólo por pudor no le mostraré, signor cavaliere, los moretones en la espalda y en los brazos. Y enseguida procedió a cargar sobre Anatoli no pocos de los pésimos atributos del lacayo Vasili: fullero a cuál más tramposo, había despojado a su padre, el príncipe Aleksándr, allá en la Bucovina, de tierras, bosques, animales de tiro y labranza y otros cuantiosos haberes, jugando amañadamente al rocambor.

Cuenta cómo quería robarle el aderezo, única herencia de su madre difunta. ¿Por qué, Dios misericordioso, había tenido la mala cabeza de hacer caso a las pretensiones de un peluquero? ¿Por qué, olvidada de su alcurnia, hubo de fugarse con él, como cualquier sirvienta de barrio, dejando atrás a su padre hundido en la desolación, al punto que el dolor había terminado causándole la muerte?

Hace una pausa. Es un discurso, ya se ve, mentiroso. Nunca hay que apresurarse en ofrecer abono moral bajo la sola impresión del llanto repentino de las personas. Mentira, fantasía, imaginación son tres hermanas de leche. Pero

¿habría para ella otra manera de aderezar su confesión, si lo que busca, resulta obvio, es ayuda de parte del cavaliere para deshacerse del cadáver?

Continúa. Cuenta entonces cómo descubrió los planes del peluquero para asesinarla, en este punto ateniéndose a la verdad. Cómo se adelantó a esos planes, su visita furtiva a la apoteca, el té negro de Ceilán endulzado con la falsa azúcar. Y el marido tendido sobre la cama, en camisón, cobijado, como si durmiera, la barba fragante sobresaliendo por encima de las mantas, aunque su cara parecía consumida por el fuego.

—Ahora lloro por el dolor mortal del arrepentimiento que me embarga, signor cavaliere —dice, y por fin acepta el pañuelo que desde hace ratos el cavaliere le ofrece, y se enjuga las lágrimas.

Él se moja los dedos en esas mismas copiosas lágrimas al tomarla por la barbilla.

—Mi corazón y mi brazo están para servirla, princesa —dice, haciendo honor a su cognomento de cavaliere, y la mira con ternura a los ojos.

—Grazie mille —responde ella, bajando la cabeza.

—Y ponga en paz su conciencia, usted solamente ha actuado en legítima defensa. Era él o era usted —agrega, tajante, el cavaliere.

—Grazie mille —repite ella.

Hasta entonces se quita el sombrero con el nido de colibríes de la lejana isla de Trinidad.

—Ahora, primero que nada, hay que deshacerse del corpus delicti —suspira el cavaliere.

No iba a desfallecer en su empeño de sacarle las castañas del fuego a la princesa, como no desfalleció su lejano antepasado Giuseppe Tartini, tenaz como para haber logrado que el diablo tocara para él una sonata.

El trino del diablo

Una noche del año 1713 soñé que había hecho un pacto con el diablo, mediante el cual perdía mi alma, pero resultaba ganancioso mi arte. En ese sueño yo le alcanzaba mi violín para que tocara algo salido de su ingenio, de lo que yo pudiera apropiarme. Lo que brotó entonces de las cuerdas del instrumento pulsado por el ángel caído fue una sonata que oídos humanos jamás habían escuchado. ¡Era diabólicamente bella! Tan transportado me sentía que mi respiración flaqueaba, y entonces desperté. Sin salir de la cama, y dejando de lado mi perplejidad, tomé el violín y quise repetir las notas que el diablo había tocado en mi sueño. ¡En vano! Lo que conseguí fue una sombra de la sombra de aquella melodía. Es cierto que la música que en ese momento me esforcé en componer es sin duda la mejor de mi repertorio, y todavía llamo a esa pieza *El trino del diablo*; pero la diferencia entre la mía y aquella que él improvisó para mí es tan grande que habría destruido ya mi instrumento y habría dicho adiós a la música para siempre si tuviera que vivir sin el goce que su vago recuerdo aún me ofrece.

[Testimonio de Giuseppe Tartini brindado al astrónomo Joseph-Jérôme Lalande e incluido en *Voyage d'un françois en Italie fait dans les années 1765 et 1766*, publicado en 1769].

Antes de la hora del almuerzo, el cavaliere Tartini había resuelto ya, con extrema eficacia, los pormenores del asunto del que había tomado cargo.

Primero se procuró en un almacén de segunda mano, en la strada Bazaca, un baúl de viaje forrado en cuero de potro, provisto de correas y claveteado de remaches, de tamaño suficiente para que cupiera un hombre adulto en posición fetal, y aún quedara espacio para rellenarlo de piedras.

Contrató un carro de tiro para transportar el baúl hasta el piso de la strada Sepcari, y así mismo a dos mozos de cuerda para que lo subieran, en su poder la llave de la puerta que le había entregado María Aleksándrovna. Despidió a los mozos, y ya solo en la vivienda, se despojó de la levita y del sombrero, y procedió a arrastrar el baúl hasta el dormitorio.

Contempló el cadáver. La cara de Anatoli se notaba aún más ennegrecida, como si la hubieran metido en un horno de panadería, pero su barba abierta en dos alas seguía tan lozana como cuando la princesa la había lavado y peinado.

Cuando tuvo el cadáver dentro del baúl lo arrastró hacia la puerta de entrada, se puso la levita y el sombrero y se dirigió a un depósito de materiales de construcción donde compró un saco de piedras trituradas con el peso de una arroba, y que el carretero cargó escaleras arriba, hasta la puerta del piso, mediante una paga extra.

Ya solo de nuevo, rellenó el baúl con los cascajos hasta cubrir el cadáver, hecho lo cual puso llave a la cerradura de la tapa, aseguró las correas y salió a la calle a contratar otro carro, con este era ya el tercero, y a cuatro porteadores, a quienes advirtió, lo mismo que al carretero, que la carga era pesada, porque siendo él ingeniero geólogo, quería deshacerse de una muestra de minerales que ya no le servía para sus experimentos.

Al carretero y a los porteadores, que a esas horas del día se habían tomado ya media pinta de vino por cabeza, las explicaciones les tuvieron sin cuidado, y el carro cargado con el baúl enrumbó hacia el norte, en busca de un paraje del río Dâmbovița donde el cauce tuviera la suficiente profundidad.

El cavaliere eligió un barranco cenagoso, a unas dos millas de los suburbios, en un recodo donde la ribera desbordaba de espesura y las ramas de los sauces rozaban el agua verde oscuro. No se veía un alma. Entre los cuatro porteadores bajaron el baúl del carro y lo llevaron al barranco, empujándolo hasta que entró en la corriente. Dio unas cuantas volteretas y luego de escorarse desapareció bajo el caudal que corría entre espumarajos amarillos.

Con buen juicio, el cavaliere aconsejó a la princesa abandonar de inmediato el piso, y le dijo que de mil amores la llevaría a vivir a su propia casa pero que eso limitaría sus costumbres de hombre solo.

A cambio le ofreció habilitar la bodega del taller de sombreros, donde se guardaban cabezas de modelar (una de ellas la que contenía el tan codiciado aderezo) y la variada provisión de materiales de confección: pieles acabadas, piezas de tela de algodón, lino, seda, raso, tul; rollos de fieltro y de paja trenzada, forros, badanas, encajes, conos de hilo, carretes de cinta, airones de plumas, frutas de cera, flores de trapo, alas de pájaros y los pájaros mismos disecados; además de las cajas de tambor con el sello de la casa, en las cuales se despachaban las prendas.

Una vez el señor peluquero en el fondo del río dentro del baúl, como un niño en gestación en el seno materno, se dedicó ella a vaciar el piso de la strada Sepcari. Las piezas de vestir del finado las quemó en el hogar de la chimenea, remató lo que pudo del menaje con un marchante, e hizo llevar al basurero municipal el resto, porque se trataba de borrar todo rastro de aquella parte de su existencia y ponerse, además, a buen seguro de cualquier pesquisa policial.

En la bodega no tenía más que una cama de fierro, una mesa con su aguamanil y su jarra, y una silla de esparto. Y el corcel dorado. Porque, seguirá siempre sorprendiéndonos la princesa, lo había rescatado del depósito ferroviario. Pagó los saldos pendientes en concepto del depósito del total de los haberes, renovó la boleta y firmó el recibo de rescate parcial del corcel, que transportó hasta la sombrerería, donde ahora descansaba contra una pared, un velo de tul del que se usaba en los sombreros para lazadas y velillos cubriéndolo como si fuera un sudario.

Y no se olvidó de reponerle la oreja, mediante un pegamento preparado con leche de vaca, clara de huevo, tuétano de hueso y demás ingredientes de la fórmula anotada en el cuaderno de tapas de hule negro.

Pero ¿cómo es que quería borrar todo rastro de aquella parte de su existencia, si se quedaba con el corcel dorado?

Ӿ

En la soledad de su retiro, cuando se habían ido las obreras del taller y se apagaban las luces, ya cerrada la tienda, volvía el arrepentimiento, con su ropaje sombrío de espanto e incertidumbre. Y, ya metida en la cama, apenas empezaba a hundirse en el sueño, aquella inconformidad consigo misma la hacía retornar a la superficie con un sobresalto, tan tenaz e insistente en su cerebro como el sonido de la campanilla que el monaguillo agitaba por las calles delante del cura de la iglesia de la Santísima Trinidad, cuando llevaba el viático a algún moribundo, allá en Siret.

La campanilla repetía y repetía las mismas preguntas:

¿Qué pasa si ella hubiera metido la mano en el bolsillo de la americana antes de poner en la taza de té del señor peluquero la funesta cucharada de azúcar, y hubiera leído entonces la carta de la institutriz en la que le reprochaba haberse arrepentido?

¿Qué pasa si él le hubiera desnudado su corazón esa noche, y ya el agua hirviendo en la marmita, le hubiera confesado el plan criminal, abortado por él mismo, se hubiera puesto de rodillas y le hubiera pedido perdón?

—Muy bien, monsieur le coiffeur, lo perdono sinceramente, en aras del amor que antes nos profesamos, y estoy conforme en que debemos volver a reconstruir ladrillo a ladrillo nuestra relación, como una casa en ruinas. Ahora, vayamos a dormir que ya esos pájaros de la isla de Trinidad podrán esperar a mañana para anidar en los sombreros, y le mentiré al cavaliere diciéndole que me la he pasado vomitando la noche entera. Vaya y no se trate de un embarazo, me responderá él, siempre tan crédulo.

Pero ¿puede una mujer volver a los brazos de quien albergó intenciones de matarla?

—No entraré a discutir si entiendo o no sus razones de por qué un carrousel llegó en su mente a valer más que mi vida. Está bien, lo perdono. Pero ahora hágame el favor de liar sus bártulos y abandonar esta casa, que soy yo quien paga el alquiler, y no vuelva a cruzarse más en mi camino.

Un vago olor a azufre

En lo que respecta a la composición de la sonata en sol menor *El trino del diablo*, no fue exactamente como el músico se lo contó al astrónomo. Al menos, no abundó en los detalles.

Las cosas más bien sucedieron así:

Era una noche de verano aquella de 1713. Hacía calor, y, al filo de las doce, Tartini, sofocado, había terminado despojándose de las sábanas. No podía dormir. Sintió un vago olor a azufre y se incorporó de codos. A su lado, en la cama, se hallaba sentado el diablo. Tenía la piel cubierta de una menuda pelambre colorada, y en lugar de dos cuernos de carnero lucía tres, el tercero de ellos en medio de la frente.

Desnudo por completo, no le incomodaba mostrar sus vergüenzas, y el gran rabo grueso y pelado, que caía hasta el piso, también era obsceno.

Sus ojillos rapaces brillaban con un fulgor burlesco.

—Si me entregas tu alma, te ofrezco a cambio lo imposible. —El diablo cruzó la pierna para sentirse más cómodo.

Tartini hizo acopio de valentía:

—¿Qué cosa imposible me ofreces? —preguntó.

El diablo juntó la punta de los dedos de las manos, dejando ver sus uñas bien cuidadas, como las de un noble ocioso.

—Una sonata que nunca en tu vida serías capaz de componer. Será enteramente tuya; nunca te disputaré su autoría —respondió.

—¿Y cuál sería el plazo de entrega de mi alma? —preguntó Tartini.

—Un plazo razonable, no te preocupes. —El diablo hizo un gesto displicente—. Tampoco es que voy a tomarla mañana mismo.

—Quisiera escuchar primero la sonata —propuso Tartini.

—Alcánzame el violín —pidió el diablo.

Tartini se levantó descalzo de la cama, arrastrando el camisón, y fue por el violín, lo sacó del estuche y se lo entregó.

El diablo tomó el instrumento, lo acomodó contra la barbilla, extendió el arco en el aire y empezó a tocar. Lo hizo como un ángel. Tartini había vuelto a la cama y, recostado en las almohadas, fue siguiendo los compases con movimientos de cabeza.

Cuando terminó la ejecución, tenía lágrimas en los ojos.

—Trato hecho —dijo.

—Trae papel entonces para que escribas la partitura —ordenó el diablo.

Tartini buscó papel pautado, pluma y tintero. El diablo repitió la melodía. Tocaba ahora entre pausas, para introducir sus explicaciones.

—He comenzado con un larghetto affettuoso, algo lento, que lleva algunos cambios de tonos agudos —explicó el diablo.

—Suena tan melancólico —suspiró Tartini.

—No hay nada más melancólico que la eternidad sin esperanza —sentenció el diablo.

—Entiendo —respondió Tartini.

—¿Me entiendes a mí, o entiendes la eternidad? —se rio el diablo con descaro.

—Ya podemos pasar al segundo movimiento —pidió Tartini.

—Allegro moderato. —El diablo volvió al violín—. Aquí se requiere más brillo y prestancia con el arco.

Tocaba con seguridad y ligereza, mientras llevaba el compás con golpes de la cola sobre el suelo.

—¿No piensas que ese tono sostenido del andante tiene un ascenso demasiado acelerado de las notas? —sugirió Tartini.

—Debe ser de una tesitura dramática, para que pueda romper lanzas con el último movimiento, el allegro assai —contestó el diablo.

Tartini escribía febrilmente mientras el diablo tocaba, sin poner reparos en repetir los fragmentos que aquel le solicitaba. Estaban ya en el allegro assai.

—¡Detente! —pidió Tartini—. ¿Cómo es eso? Has tocado dos notas simultáneamente, y surge allí una tercera entre las dos, que sale de la nada. ¡Es como si fuera un hilo de oro que devana una rueca invisible!

El diablo se relamió de gusto ante el halago.

—Es mi trino personal. Sólo me basta deslizar el arco sobre las cuerdas, como quien no quiere la cosa, y encima de la nota re, al juntarla casi por casualidad con la cuerda de la, tendrás ese tercer sonido.

—No es posible —musitó Tartini, pasmado.

—Es lo imposible lo que te regalo —sonrió el diablo—. Llámalo el trino del diablo en mi honor.

—Por mi alma que así lo haré —asintió Tartini.

—¿De veras? —El diablo se mostraba conmovido—. No sabes el gusto que me das.

—El trino del diablo —escribió Tartini en la cabecera de la partitura.

—Debes atacar el trino en una cuerda, mientras al mismo tiempo llevas la melodía en las cuerdas restantes —indicó el diablo—. Es sólo asunto de maña. En mañas no me gana nadie.

—Increíble. —Tartini se secaba con el borde de la sábana la frente bañada en sudor.

—Tú escoges el acompañamiento. —El diablo le tocó el hombro con el arco—. Clavecín o pianoforte.

—Pianoforte —se apresuró en responder Tartini.

—Vaya, al fin un aporte tuyo. —Peló las encillas en una risa muda el diablo.

—Todo es mío, ese es el trato. —Lo miró, desafiante, Tartini.

—Por supuesto, estoy bromeando. —Le guiñó un ojo el diablo.

Antes del alba le devolvió el violín y salió por la ventana, dejando tras de sí una nueva vaharada de azufre. Hasta entonces reparó Tartini en que no tenía alas, esas horribles alas de murciélago con que se le representa en los grabados.

Mientras el cavaliere Tartini quebraba los huevos crudos de su desayuno en el borde de la copa, la princesa, de pie delante de él, volvía a confesarle sus tormentos de conciencia. No dejaba de sentir en la boca un regusto amargo, como si hubiera probado algún grano de aquella falsa azúcar mortal.

El cavaliere apuró la copa, tragando sin respiro los huevos, y se limpió los labios con leves toques de la gran servilleta almidonada extendida sobre sus piernas. Luego, sereno y comprensivo, la miró fijamente:

—Guárdese de cavilar sobre lo que pudo haber sido y no fue, querida princesa. Muy arriba de nuestras cabezas hay tres ancianas crueles, ciegas y sordas. Son Nona, Décima y Morta, que escriben en una pared de bronce el destino de los seres mortales, y no admiten ruegos ni hacen promesas de borrar nada. Eche la culpa a ellas de lo sucedido hasta aquí, y apacigüe su corazón.

Pero no hay manera de que su corazón se apacigüe. Pasará tiempo antes de que pueda lograrlo. La campanilla del monaguillo que va delante del cura suena en sus oídos con diferentes acentos. Por ejemplo, mientras Anatoli, arrepentido, llora de rodillas, abrazado a su falda, ¿le acaricia el cabello untado de pomada aromática igual que la barba, le besa la coronilla de la cabeza?

—Levántese, señor peluquero, ya lo que pasó ha pasado, y dichosamente la sangre no llegó al río, lo que quiere decir, no llegó su té envenenado a mi garganta. Le propongo una solución, y es que, en adelante, tomemos ambos el té sin azúcar.

Y el señor peluquero, cumplido su capricho, no estaría ahora en el fondo del río dentro de un baúl, las piernas recogidas y los brazos apretados sobre el pecho.

Aunque nada de piernas recogidas. El cavaliere Tartini, debido al rigor mortis, para que la tapa del baúl pudiera cerrar, hubo de quebrarle piernas y brazos con un mazo de herrero comprado de última hora.

11. ¿Qué hacen esos dos en Bucarest?

Llega el sábado 22 de septiembre. A eso de las diez de la mañana el cavaliere llama a la princesa a su despacho. La tienda no abre ese día, ni trabajan las obreras, pero él dedica la mañana a revisar la contabilidad.

Los tres huevos que suele tomar crudos en la copa de moscatel permanecen en el cazo, y no se ve que tenga intenciones de quebrarlos. Apenas hace ella acto de presencia, le extiende el ejemplar del *Adevĕrul* de ese día, que consta de ocho páginas, y le indica ir a la última:

Aparece cadáver flotando en el Dâmbovița

Pescadores de Lungulețu denunciaron a la Policía del Reino que el día de ayer apareció en las aguas del Dâmbovița el cadáver de un desconocido, muy cerca del cual flotaba un baúl abierto. Se presentó el comisario Anastase Albescu, del Cuerpo de Gendarmería, junto con el médico forense, doctor Ardelean, y un dibujante que hizo el retrato del rostro del occiso; lo reproducimos a solicitud de la autoridad para facilitar su reconocimiento por parte de algún familiar o allegado. En este, el artista ha debido despejar las deformaciones faciales que son de esperar en estos casos.

El cadáver flotaba en una posición fetal, vestido con ropa de dormir. Al primer reconocimiento in situ el forense opinó que estima en treinta años la edad del fallecido, y que su deceso se produjo entre los dos o tres días anteriores, por causas que sólo un examen posterior puede determinar; este va a practicarse en las dependencias respectivas del hospital de Coltea.

El comisario Albescu sospecha, según declaraciones brindadas a este redactor, la comisión de un asesinato, debido a la posición del cadáver y la presencia del baúl abierto, dentro del cual se hallaron algunos cascajos. Su hipótesis es que el occiso fue metido dentro del baúl junto con una carga de piedras para que no subiera a la superficie; luego el baúl se abrió por la presión del agua infiltrada, y liberó el cadáver junto con la mayor parte de las piedras.

Lo que la princesa vio en el retrato del dibujante policial fue un remedo del rostro de Anatoli. Los ojos, que permanecían abiertos, parecían mirarla con extrañeza. Y, lo mismo que los ojos, la boca, torcida en una mueca de sonrisa, las mejillas henchidas, el cabello apelmazado por el agua podían ser de otro. Pero la barba abierta en dos alas, en la que el dibujante se había empeñado, aunque ahora en desorden, seguía siendo la suya.

—¿Cómo pudo abrirse el baúl si iba atado con fuertes correas? —La princesa devolvió el periódico, sin muestras de inquietud.

—Ya me hice yo mismo esa pregunta —respondió el cavaliere—. Lo más seguro es que los porteadores las robaron antes de empujar el baúl al agua.

—Mala suerte. —Se encogió ella de hombros.

El cavaliere suspiró hondo:

—El forense debe haber terminado el examen del cadáver en la morgue. El comisario Albescu ya sabrá a estas horas que se trata de un envenenamiento.

—No hay manera de identificar al muerto —siguió ella imperturbable—. No tiene papeles encima, y estaba en camisón de dormir.

—El comisario Albescu no es un policía cualquiera. —El cavaliere parpadeó al mirarla—. Lo ha condecorado el propio rey Carol con la Orden de la Estrella en segunda clase, por el éxito de sus pesquisas.

—A ciegas no puede ir a ninguna parte —porfió la princesa.

—El lunes visitará las tiendas de segunda mano, con el baúl en el asiento trasero del faetón de la policía, mostrándolo a los marchands, entre los que tiene informantes de sobra. Y antes de que caiga el sol habrá dado con el almacén de la strada Bazaca donde lo compré. —El cavaliere parpadeaba ahora sin parar.

—El marchand de esa tienda no sabe quién es usted —ripostó la princesa.

Él alejó con repugnancia el plato de ostras intacto.

—Pero allí mismo contraté el carro y los porteadores, y tanto ellos como el conductor se disputarán la palabra para informar al comisario Albescu que el baúl fue llevado al piso de la strada Sepcari.

—Donde no encontrará nada —seguía plantada la princesa—. La casa fue vaciada, y ya debe tener nuevos inquilinos. Y la casera no sabe de mi paradero.

—Pero ella la conoce bien, puede describirla. —La voz del cavaliere se quebró en un tiple—. Puede referirse a su...

—¿Defecto? —se adelantó la princesa—. Vaya, no soy la única en todo Bucarest que cojea al andar.

—¿Y las dependientas de la tienda de retales en el piso de abajo? La han visto entrar y salir con mis sombreros, que son inconfundibles. —Abrió los brazos el cavaliere, como si intentara un vuelo desganado.

En ese momento se oyó el repique de la campanilla. Llamaban a la puerta de la tienda.

Al tercer repique, el cavaliere se puso de pie, arregló las faldas de la levita y repasó hacia atrás el cabello con manos nerviosas.

Atravesó la tienda con paso cauteloso. ¿Quién podrá ser? ¿Una clienta despistada en día sábado? ¿Un supervisor fiscal? ¿El dueño del inmueble, a quien se le había ocurrido cobrar hoy la renta?

Levanta apenas el visillo de muselina que cubre la vidriera. Frente a la puerta atisba una pareja extraña.

El hombre, que tiene en la mano el cordón de la campanilla, lleva un sombrero que de tan pequeño resulta inútil en su cabeza rasurada al rape, donde se muestran con impudicia las piezas óseas del cráneo y las orejas en punta. La nariz y los labios abultados parecen los de un púgil de irish boxing, castigado sin clemencia a puñetazos.

Su traje luce como uno de esos que se encargan de apuro para una boda y el sastre se queda sin tiempo de ajustar bien las medidas; es por eso que la levita le queda estrecha, y los pantalones, tan cortos, dejan ver la media caña de los botines embetunados, de los que se usan en la campiña para ir a la iglesia los domingos y días de guardar. Un bruto, piensa el cavaliere. Nunca lo vio de librea y calzas de charol con hebilla de plata, pero entonces le habría parecido más ridículo aún.

Ella es algo entrada en carnes y de pobre estatura, la mirada intranquila tras los anteojos de aro de metal; y el sombrero de velours negro, de ala recortada, con velillo que le cubre el rostro hasta cerca de la boca, merece de parte del cavaliere un gesto de desaprobación compasiva. Feo y de mala calidad. Y para una mujer que usa anteojos de maestra provinciana, llevar velillo le parece la hauteur de l'absurde.

Y lo mismo desaprueba su anticuado traje de seda estilo tapicero, también negro, como si viniera de un funeral, el abundante puf abullonado en las nalgas y sostenido por la armadura del polisson.

¿Imagina el cavaliere quiénes pueden ser?

Por supuesto. Las confidencias ofrecidas por la princesa son suficientes. Y, lo más alarmante de todo, el bruto lleva debajo del brazo el ejemplar del *Adevĕrul* de ese día, con lo cual queda claro a lo que vienen. Han leído la gacetilla, han visto el dibujo policial, y quieren enfrentar a María Aleksándrovna. Amenazarla con presentar la denuncia del asesinato a la policía si no les entrega el aderezo de joyas.

¿Qué hacen estos dos en Bucarest, si Anatoli había desistido ya del plan de envenenar a la princesa, según él les notificó, tal como lo afirma la propia Fräulein Langhoff en su carta, tan despechada, del 14 de septiembre? ¿Habrían venido a cumplir con la advertencia, consignada allí mismo, de cobrarle las cuentas, sin saber que ya no podría pagarlas?

Pero no hay nada de eso. No venían a tomar venganza, sino a buscar cómo convencer al remiso de dar continuidad al plan. Eso no lo sabíamos, ni tampoco lo sabe la princesa, ni, por tanto, el cavaliere. No sabíamos que el jueves 20 la institutriz había despachado el siguiente telegrama de tarifa urgente, dirigido a Anatoli:

> LLEGAREMOS VIERNES 21 PRESENTE MES MISMO TREN A FIN CERRAR NEGOCIO POSTERGADO STOP LLEVAMOS NUEVA PROPUESTA VENTAJOSA STOP ESPÉRANOS ESTACIÓN CENTRAL MISMA HORA STOP

Este telegrama, remitido a alguien que yacía en el fondo de las aguas cenagosas del río Dâmbovița, no pudo, obviamente, ser reclamado en la ventanilla de poste-restante.

Habían aguardado en vano en el andén, luego en la cantina de la estación, que cerraba a la medianoche, y se decidieron por fin a buscar alojamiento en un hotel de las cercanías. Y apenas amaneció, se dirigieron en un coche de alquiler al domicilio de la strada Sepcari.

Se situaron debajo del portal de un patio de carruajes, al otro lado de la calle, desde el que era posible observar discretamente la puerta de acceso al piso, vecina a la tienda de retales. Apenas vieran salir a la princesa, subirían para llevarse a Anatoli a un café cercano donde pudieran conversar hasta que el nuevo acuerdo fuera cerrado.

—¿Y si ella no sale en todo el día? —preguntó Vasili.

—¿Tienes una idea mejor? —le preguntó ella, a su vez, exasperada.

Las bandadas de voceadores anunciaban la noticia de un cadáver que había salido a flote en el río Dâmbovița, y no hubiera ella hecho caso si el niño que pasaba delante del portal donde aguardaban no hubiera anunciado que el muerto tenía una barba frondosa, abierta en dos alas. Eso no lo mencionaba la gacetilla, pero el voceador se inspiraba en el dibujo del artista de la policía para componer su pregón.

Ya el ejemplar del *Adevĕrul* en la mano, Fräulein Langhoff no tuvo más dudas: la princesa les había tomado la delantera y se había deshecho del peluquero por razones que ella ignoraba, y sobre las cuales no tenía tiempo de meditar.

Entonces vio salir de la tienda de retales a una mujer con un balde y un estropajo, que aprovechaba el asueto para limpiar la vitrina, y corrió hacia ella.

—¿Sabe usted si el piso de arriba está libre para alquiler? —preguntó.

—Fue desocupado hace unos días —respondió la mujer.

Volvió a cruzar la calle.

—Vamos a buscar la sombrerería —ordenó a Vasili—. Alguien sabrá allí el paradero de esa perra. La tengo en mis manos.

El hombre vuelve a insistir con la campanilla y luego cruza los brazos, mientras la mujer se pasea con parsimonia delante de la tienda. Todo indica que no se darán por vencidos. El cavaliere no tiene muchos recursos a mano para deshacerse de ellos; pero, de repente, se le ocurre un ardid: vuelve al despacho por su sombrero, toma una carpeta de papeles del secrétaire y le hace señas a la princesa de que se quede quieta donde está, sin darle ninguna otra explicación.

Cuando abre por fin la puerta, el hombre ya tiene otra vez en la mano el cordón de la campanilla. El cavaliere, al darse de narices con él, se finge deslumbrado por el sol de la mañana y frunce el ceño para examinar al visitante, que no se aparta de su camino.

—¿Monsieur? —protesta, con aire de extrañeza.

La mujer se acerca, empuja suavemente al hombre, como si fuera un mueble abandonado en plena acera que obstaculizara su paso, y es ella quien encara al cavaliere:

—Quiero ver a María Aleksándrovna —reclama.

—Tendrán que regresar el lunes —responde el cavaliere, y se vuelve para poner llave a la puerta, algo que el hombre trata de impedir, pero cuando quiere meter el pie calzado con el rudo botín entre el marco y la hoja, ya es tarde.

—¿Monsieur? —repite el cavaliere, ofendido, enfrentando de nuevo al hombre.

—Es ahora mismo que quiero verla —insiste la mujer.

Aunque los nervios del cavaliere están tensos, la arrogancia de la mujer no deja de divertirlo.

—Ninguna de mis empleadas se presenta en sábado, y ya entenderá usted que tampoco en domingo. De modo que le ruego regresar el lunes para que convenga en una cita con ella. Pero debe ser antes que empiece su jornada, pues no se admiten visitas en el taller.

Se lleva la mano al ala del sombrero, en señal de despedida, y busca encaminarse hacia la parada del tranvía, a distancia de una veintena de metros, pero el hombre lo detiene, tomándolo del brazo.

—Llévame a su domicilio —ordena ella—. Iremos en carruaje de alquiler.

El cavaliere quiere soltarse de la mano que lo aprisiona como si fuera un grillete, pero es inútil.

—¿Debo llamar a la policía para resolver este atropello? —Alza la barbilla el cavaliere, mirando a la mujer con firmeza, aunque sus piernas flaquean.

—No se lo recomiendo, pues tendría usted no pocas cosas que explicar a la policía respecto a la princesa. —Se acerca ella a su oído, pero su graznido es de todos modos audible.

De pronto, se oye que golpean la puerta desde dentro.

La mujer sonríe, maligna:

—Abra. Como es sábado, no voy a perturbar el horario laboral de María Aleksándrovna, a la que usted ha dejado encerrada.

El cavaliere no tiene más remedio que meter la llave en la cerradura.

María Aleksándrovna había sospechado que algo extraño ocurría cuando vio al cavaliere regresar al despacho para recoger el sombrero y la carpeta de papeles que tomó al azar, pidiéndole por señas que se quedara en silencio donde estaba.

Entonces fue tras él, oyó las voces afuera, y lo vio cerrar la puerta. Se acercó a la vidriera, se asomó con cautela, y allí estaban, la institutriz y el lacayo. Suficiente para entenderlo todo. Y no tardó en tomar su decisión. Como la puerta no podía abrirse desde dentro, no tuvo más remedio que golpear.

Los hizo pasar. Pidió al cavaliere que por favor aplazara la diligencia que debía tramitar esa mañana y sirviera de testigo de la conversación. Él fingió mostrarse poco dispuesto, pero terminó entrando junto con la pareja de rufianes. De nuevo en posesión de sus modales corteses, los invitó a acomodarse en su despacho.

Pero María Aleksándrovna dijo que prefería sostener la entrevista en la tienda, ya que no era asunto de tardar mucho. Fue, por tanto, una conversación de pie. Y en penumbras, pues, a pesar del encierro, tampoco permitió que se encendieran los bombillos eléctricos.

Se situó detrás de uno de los mostradores, como si la institutriz fuera una clienta en busca de sombreros y ella estuviera a cargo de atenderla. El cavaliere había retrocedido hasta la pared del despacho, y Vasili se quedó cerca de la puerta, vigilante.

—Acabemos esto. Tengo todas las cartas suyas dirigidas a Anatoli desde Siret, Fräulein Langhoff, y por tanto las pruebas necesarias para acusarlos a ustedes dos por el asesinato de mi esposo.

La institutriz quiso interrumpirla, pero ella no se lo permitió:

—Desde que decidió traicionarme en complicidad con ustedes, por mucho que luego se hubiera arrepentido, lo que le ocurrió de allí en adelante me tiene sin cuidado. Sólo sepa que el aderezo de joyas no se lo voy a devolver. Y, si insiste, me veré forzada a entregar sus cartas al comisario Albescu, a quien tengo la fortuna de conocer, lo mismo que a su esposa, clienta de este establecimiento, como el cavaliere Tartini, aquí presente, puede atestiguar.

—Puedo probar que nosotros llegamos anoche mismo —logró intervenir la institutriz.

—El médico forense va a encontrar en las vísceras de Anatoli el cianuro que ustedes querían para mí y terminaron dándole a él, porque a última hora se negó a ejecutar el designio de asesinarme. Todo queda establecido en el cruce de cartas entre usted y mi esposo. A ver cómo se lo explica al comisario Albescu.

—Las cartas no tienen firma —tartamudeó la institutriz.

—Pero el comisario Albescu la sentará a usted en un pupitre, y le ordenará que las copie de su puño y letra. Luego, el perito calígrafo hará las comparaciones y dará su dictamen. De allí a la soga del verdugo no hay más que un paso.

—Devuélvame entonces las cartas —pidió, con voz trémula, la institutriz.

—Las cartas me quedan en garantía de que ustedes regresarán en el primer tren a Siret, y nunca volverán a molestarme.

La institutriz se mordió los labios. Luego, sin perder nada de su altivez, precisamente porque se sabía derrotada, se dirigió a la puerta, y Vasili la siguió; quién dudaba de que era su lacayo, más que su esposo.

El cavaliere los despidió con una reverencia. El golpe de la puerta hizo sonar la campanilla.

Entonces las fuerzas de la princesa se desvanecieron. El mundo se le oscureció, y se llevó el dorso de la mano a la frente.

El cavaliere corrió hacia ella y la sostuvo, antes de que se desplomara.

Fräulein Langhoff, aviesa como es, no se queda ni contenta ni tranquila cuando abandona la sombrerería seguida por Vasili el lacayo, cuya única actitud de disgusto ante lo acontecido es apretar firmemente los puños y asentar con energía los pies metidos en sus burdos botines.

Va diciéndose a sí misma, pero con tanta rabia que Vasili es capaz de oírla: ya saldrás, perra desvergonzada, no te puedes quedar metida en tu madriguera para siempre. De aquí no nos moveremos.

Hay que encontrarles un refugio, no van a quedarse rondando en la acera, a la intemperie, en una mañana que se ha puesto fría y nublada, sin saber cuánto tiempo durará la espera. Imaginemos entonces una pastelería discreta, que suele abrir los sábados, y donde los días de semana se sirven también almuerzos ligeros para oficinistas y dependientes de tiendas.

Ocupan una mesa junto a la ventana, desde donde pueden vigilar sin estorbos la calle. La institutriz, que nada come ni bebe, atenta a la ventana, acomoda constantemente sus lentes de aro de metal empujándolos contra el caballete de la nariz. Vasili, cuando ha pasado una hora, se ha tragado ya una jarra de té, y de manera aplicada da cuenta de una colivă de media libra, esos pasteles que tienen encima una cruz hecha de nueces y que se sirven en los funerales; un poco viejo ya, porque la clienta que lo encargó no volvió por él, y la camarera ha accedido a sacarlo de la vitrina y servírselo. La institutriz lo reprende por su glotonería, pero el lacayo sólo sonríe, mientras se quita con el dedo las migajas de la comisura de los labios.

La institutriz sigue al acecho. Está segura de que el cavaliere saldrá tarde o temprano con todo sigilo, asomando a uno y otro lado la cabeza. ¿Por qué tiene esa certeza? Porque sabe que tanto él como la mosquita muerta no tienen más alternativa que la huida, y deben asegurarse pasajes en tren, o en barco, antes de que sea tarde.

Las pesquisas policiales de que habla el periódico terminarán yendo contra ambos, por mucho que el desplante de la fría asesina la hubiera dejado a ella momentáneamente desarmada. Se deshizo de Anatoli con la complicidad del sombrerero, sin duda su amante, esa cacatúa disecada que estaría mejor en el ala de uno de los sombreros que exhibe en las vitrinas.

Tal cual, el cavaliere asoma por fin el copete, destocado del sombrero, que lleva en una mano, y, ya en la calle, se lo calza mientras se aleja por la acera. La institutriz pide apresuradamente la cuenta, ataja la mano de Vasili, que quiere acabar con lo poco que queda del pastel mortuorio, atraviesan la calle y ahora el lacayo ni siquiera agita la campanilla para llamar. Fuerza la puerta, y Fräulein Langhoff lo sigue dentro de la tienda siempre a oscuras, donde las cabezas decapitadas parecen murmurar banalidades de salón bajo el leve peso de los sombreros.

Entran al despacho del cavaliere. Su desayuno sigue intacto en la mesita de rodillos cubierta por el mantel almidonado, la cubeta con la botella de moscatel arropada en el gollete con una servilleta, la copa de alto tallo, el pimentero, los huevos en el cazo, la fuente de las ostras encerradas en sus conchas pétreas, los limones aún enteros.

Dan con la habitación de la princesa. Vasili no pierde tiempo. La sorprende por atrás, la atenaza por el cuello y sólo es asunto de apretar la tráquea con los dedos en los que aún quedan huellas de la pasta de la colivă. Fraülein Langhoff busca en los bolsillos del vestido de la princesa, y da con el alijo de joyas.

Cuando el cavaliere regrese, ya con los pasajes comprados, encontrará la puerta forzada, y, temiendo lo peor, se apresurará a llegar al cuarto de la princesa, donde se detendrá, atónito, frente al cadáver tendido en la cama.

Fuera del espanto y el dolor que le produce aquella visión, sabe que, ahora sí, el comisario Albescu completará alrededor suyo el círculo fatal que habría empezado a trazar al descubrir al comprador del baúl en el almacén de la strada Bazaca. Y ya no iría a presidio, condenado a trabajos forzados. Lo espera el cadalso por comisión de doble asesinato: el de Anatoli Florea, envenenado, y el de María Aleksándrovna, estrangulada. ¿Cómo podría probar lo contrario?

Ѫ

Si fuera por esta versión puntual y sucinta que la institutriz elabora en su cabeza mientras mata el tiempo en la pastelería, ya no le quedaría más que tomar el tren de regreso a Siret en compañía del lacayo, con el alijo de joyas recuperado. O, mejor, seguir hacia el destino que de antemano ha elegido para disfrutar de su riqueza, pues es muy probable que en sus planes no esté regresar a aquel hoyo oscuro en el fin del mundo, sino cambiar de domicilio. Viena, Budapest, Petersburgo. Quizás Niza. Quién lo sabe. Tampoco sabe nadie si esos planes incluyen a Vasili; lo más probable es que no. ¿Cómo se vería ella paseando por la promenade des Anglais del brazo de aquel animal?

Pasa el mediodía y la puerta de la sombrerería Onfalia no se abre. Que abandone Fräulein Langhoff toda esperanza. Esos dos no se moverán. Pero su mente sigue trabajando. Será cosa de trasladarse a la Estación Central y montar vigilancia cerca de las taquillas, donde seguramente comprarán boletos para Constanza, seguirlos hasta la plataforma, abordar el mismo tren, no perderlos de vista en todo el viaje; subir tras ellos al paquebote en el puerto y, una noche, la más oscura de todas, antes de arribar en Constantinopla, echarlos uno a uno por la borda cuando salgan a tomar el fresco.

O, si se dirigen a Marsella, sacar pasajes en el mismo vapor. Llegados allá, contratar a algún matón para que los apuñale en alguna de las callejuelas del Vieux Port. Pero son procedimientos complicados, costosos para ella, que se halla falta de fondos. Y, encima de fantasiosos, no garantizan para nada la recuperación de las joyas.

Si es así, que las joyas están de todas maneras perdidas, no le queda sino renunciar a sus empecinamientos, y la decisión viene a ser otra. Se vengará. Pide tinta y papel a la camarera, y se dispone a escribir:

Señor comisario Albescu,
en el Cuerpo de Gendarmería

Le escribe un ciudadano honrado que desprecia el delito y por tanto a los delincuentes de toda laya y jaez. Estoy en capaci-

dad de asegurar a usted, con toda certeza, que, respecto al cadáver que se salió del baúl y apareció flotando en el río Dâmbovița, se trata de Anatoli Florea, de oficio peluquero y antes domiciliado en Siret, ducado de la Bucovina, del Imperio austrohúngaro.

Y tampoco dudo en manifestar que la autora del crimen se llama María Aleksándrovna Korchak, noble arruinada de la misma localidad, y, según parece, esposa del occiso. Ambos vivieron en el número 112 de la strada Sepcari, pero allí no queda rastro ni del mobiliario.

Ya no busque más. Hallará a la hechora en la sombrerería Onfalia, número 94 de la misma strada Sepcari, siendo su cómplice el propietario de ese negocio, quien la ampara y protege; y tenga por seguro que fue él quien dispuso del cadáver, metiéndolo en el baúl y lanzándolo al río. No pierda tiempo en acudir a esa dirección antes de que huyan.

Téngame por su servidor,

Abbé Busoni

Una carta escrita con premura

INTERIOR / HABITACIÓN DE LA PRINCESA / DÍA.

Luz cenital que penetra por una claraboya.

El cavaliere lleva en brazos a la princesa y la deposita en el catre.

Vuelve en sí, gracias al frasco de sales minerales que él le acerca a la nariz.

CAVALIERE (inclinado sobre ella, mientras la toma de las manos): No hay tiempo que perder, princesa, la victoria fulminante sobre esos dos mentecatos podría volverse pírrica.

PRINCESA (incorporándose de codos): Ignoro los alcances de ese término, cavaliere.

CAVALIERE (con aire profesoral): Se cuenta que Pirro, rey de Epiro, al obtener sobre las legiones romanas un triunfo militar que de poco le servía, exclamó ante sus lugartenientes: «Otra victoria como esta, y vuelvo a mi casa más solo que la mano de un manco».

PRINCESA (termina de incorporarse en el catre hasta quedar sentada): Le sobraba a ese rey el sentido del humor que a mí en estas circunstancias me falta.

CAVALIERE (las manos a la espalda, se pasea por el reducido espacio, entre cajas y líos de telas y materiales de sombreros, sin que falten los pájaros disecados): Con esto quiero decir que esa torva mujer que, consumida por la impotencia, salió rabiando de aquí seguida por el mequetrefe de su marido puede pasar al desafío, y entonces el triunfo obtenido sobre ella será pírrico.

PRINCESA (con algo de arrogancia, que sigue sobrándole): ¿Qué puede intentar que no se vuelva en su contra?

CAVALIERE (sentencioso): Nada le costará buscar papel y pluma, y escribir un billete anónimo dirigido al comisario Albescu, denunciándonos como autores del crimen que investiga. No tenemos más alternativa que la más pronta huida.

PRINCESA (reflexiva): ¿Y la tienda? ¿Y el taller?

CAVALIERE (resignado): Puedo empezar de nuevo en cualquier parte. No es la primera vez en mi vida que me veo en este trance. Los sombreros los llevo aquí. (Se señala la cabeza).

PRINCESA (las manos en el pecho): ¡Siento tanto haberlo metido en este lío tan escabroso!

CAVALIERE (galante): Más sentiría yo no haberle prestado mi concurso.

PRINCESA (se pone de pie): Hay una cosa.

CAVALIERE (se adelanta hacia ella): ¿El aderezo de joyas? Claro que tiene que llevarlo consigo.

PRINCESA (con vehemencia): Es obvio que irá conmigo. Me refería al corcel dorado.

CAVALIERE (abre los brazos): ¿Este caballo de madera? ¡Imposible! ¡Será un grave estorbo!

PRINCESA (se acerca al caballo cubierto por el velo, y pone su mano en el anca): ¿Usted cree en el destino, cavaliere?

CAVALIERE (se encoge de hombros): ¡El mío ya se ve que es huir!

PRINCESA (suspira. La luz de la claraboya cae ahora en un haz sobre ella y sobre el caballo): ¿Y el mío? El mío está ligado a este corcel dorado. A eso llamo yo mi destino.

CAVALIERE (exasperado): ¡Tendrá que conseguirse otro! ¡Lo podrá encargar al mejor escultor de caballos del mundo!

PRINCESA (melancólica): El mejor escultor de caballos del mundo se llamaba Anatoli Florea, y está muerto. Pero, en fin, entiendo la imposibilidad. Tendré que dejarlo atrás. Y algún remedo conseguiré para ponerlo en su lugar, a girar como capitán en el carrousel.

CAVALIERE (sorprendido): ¿Un carrousel?

PRINCESA (afirma con la cabeza): Adquiriré en Oberhausen el carrousel con el que tanto soñó el señor peluquero. Las joyas servirán para eso. Así se completará mi destino.

CAVALIERE (mientras se dirige a la puerta): No hay tiempo para fruslerías. Sígame a mi despacho. Debemos apresurar los planes.

CORTE A:

INTERIOR / DESPACHO DEL CAVALIERE / DÍA.

CAVALIERE (desde el secrétaire, al que está sentado, escribiendo): Insisto, princesa: tenemos que escapar por separado. Así llamaremos menos la atención.

PRINCESA (se mueve, inquieta, yendo y viniendo por el reducido espacio): Eso me aterra, cavaliere. Creo que sin usted no podría emprender esa aventura. Desde ya me siento flaquear.

CAVALIERE (moja la plumilla en el tintero y empieza a escribir): Tenga confianza. Tomará usted el tren hasta Constanza, y me esperará en un hotelito discreto, al lado de la mezquita de Mahmudiya, que se llama Vița de Aur. El dueño, Eymen, es mi amigo. Ahora, mientras más pronto suba a ese tren, mejor.

PRINCESA (anhelante): ¿Y usted, cavaliere?

CAVALIERE (que no dejará de escribir, acudiendo al tintero): Puedo confiar en amigos que me llevarán hasta Constanza, por veredas. No se preocupe. Y allá acordaremos el siguiente paso. Eymen será capaz de ponernos a salvo en Estambul.

PRINCESA (se detiene frente al secrétaire): ¿En Estambul podré vender las joyas?

CAVALIERE (la plumilla en el aire): No deberemos perder mucho tiempo en Estambul. Mientras más lejos del comisario Albescu, mejor.

PRINCESA (sus manos no dejan de sudar, y las restriega en la falda): ¿Adónde iremos entonces?

CAVALIERE (aplica el secante sobre la hoja en la que ha estado escribiendo, la dobla y la mete en un sobre, en el que inscribe el nombre y dirección del destinatario, y aplica otra vez el secante): A París. La capital de la moda es mi destino natural, como lo es para mis sombreros. Pero si la suerte no me acompaña, o acaso tardo en llegar, debe usted presentarse delante de este caballero. Es mi agente comercial. Confíese a él sin reservas. Podrá ofrecerle todos los auxilios necesarios como si fuera yo mismo...

(FUNDIDO A NEGRO).

Informe del comisario Albescu a la superioridad

(Reservado)

Bucarest, a lunes 24 de septiembre del año 1906

Al coronel Ioan Manoliu,
comandante general
del Cuerpo de Gendarmería

Reporto ante su autoridad que el día de ayer domingo, siendo las 12.30 pasado el meridiano, me presenté con una escuadra de agentes del orden público a la sombrerería Onfalia, sita en la strada Sepcari, 94, proveído de la respectiva orden judicial, para practicar un allanamiento del local y proceder a detener al ciudadano extranjero Enea Tartini, sospechoso de la comisión del asesinato, solo o en coautoría, de un tal Anatoli Florea, cuyo cadáver arrojó a las aguas del río Dâmbovița dentro de un baúl lastrado con piedras.

Según el examen médico forense, que remito a usted por aparte, la víctima en referencia murió a causa de envenenamiento producido por cianuro de potasio. Se ha organizado una batida en las apotecas de Bucarest para determinar la procedencia del veneno, y si fue el referido Tartini quien lo adquirió.

Realicé este allanamiento movido por un escrito firmado bajo seudónimo, el cual se adjunta, y que probó ser acertado en sus afirmaciones, pues las pesquisas ulteriores practicadas esta mañana me llevan a sumar evidencias suficientes, conforme declaraciones de testigos, para inferir que el susodicho Tartini fue quien adquirió el baúl donde depositó el cadáver de Florea, el cual transportó desde el domicilio de la víctima, strada Sepcari, 112, hasta el lugar de la ribera del río Dâmbovița donde fue lanzado al agua. La minuta de estas pesquisas se adjunta también.

Puesto que la orden judicial de allanamiento así lo autorizaba, acudí al auxilio de un cerrajero que procedió a manipular la cerradura, con lo que pudimos tener paso franco al inmueble. Tanto la tienda como el taller se encontraban en perfecto orden, la una, con mercancía en exhibición, consistente en sombreros femeninos, según el ramo del negocio; y el otro, según lo habían dejado las obreras el día viernes por la tarde. Acudieron la mañana de hoy lunes a su trabajo, adonde me apersoné de nuevo, ignorantes de cualquier suceso que involucrara al propietario, como son acordes en manifestarlo. Siguen siendo interrogadas por mis auxiliares.

En el despacho u oficina también estaba todo en orden, salvo por un plato de ostras en mal estado y unos huevos podridos, que juntos despedían un olor de mil demonios, más otros alimentos y bebidas que se describen en lista aparte. Los peritos continúan analizando los papeles del escritorio, pero no han encontrado nada de particular interés.

En una bodega había un catre, con ropa de cama removida, una silla de esparto, más una mesa con un aguamanil y una jarra, lo mismo que un caballo de madera de color dorado, de los que son utilizados en esa nueva diversión llamada carrousel, cubierto por un velo de tul. He hecho trasladar el caballo a mi despacho.

También hallé, tirada en el suelo, una cabeza calva de madera, de las que sirven para modelar sombreros. No sería nada extraño el hallazgo sino porque descubrí en la base una horadación grosera, con restos de la cera con que el orificio fue tapado, lo que me da la certeza de que dentro se guardaba algo de valor: joyas, quizás, o dinero; o documentos comprometedores.

Debo suponer que el sospechoso Tartini habitaba allí mismo, y tomaba sus alimentos en el despacho, ya que hasta ahora no ha sido posible localizar ningún domicilio privado suyo, aunque la indagatoria sobre el particular continúa. O puede presumirse que era la habitación de la sospechosa María Aleksándrovna Korchak, supuesta esposa del occiso, mencionada en la carta del autonombrado «Abbé Busoni»; o, presunción también, la habitación de ambos, lo que hace sospechar un ménage à trois, y por tanto un crimen de carácter pasional: «Cherchez la femme, pardieu! Cherchez la femme!».

Una de las obreras de la sombrerería, a la que interrogué, me confirmó la existencia de esa mujer, que responde efectivamente al nombre de María Aleksándrovna y la cual utiliza una férula en la pierna; y quien, habiendo empezado a trabajar como una más en el taller, llegó a ser una especie de brazo derecho del propietario, el que le confiaba toda clase de comisiones, indicio de la intimidad carnal entre ambos.

Solicítole, en consecuencia, que se dicte un exhorto a los puertos marítimos, estaciones de ferrocarril y pasos fronterizos, a fin de que los sospechosos Enea Tartini y María Aleksándrovna Korchak, de generales desconocidas, sean impedidos de abandonar la ciudad, y en todo caso el reino; sirvan los retratos que el dibujante ha practicado conforme descripciones de quienes los han visto y conocen.

De ambos dibujos adjunto los originales.

Aguardo ulteriores instrucciones suyas, si tiene alguna que darme.

(f) Albescu

En lo que hace a esta parte, unas palabras finales:

Cuando el sábado 22 de septiembre la princesa abordó el coche de primera clase en el tren de las 5.15 pasado el meridiano, con destino a Constanza, llevaba encima su ya conocido abrigo de astracán, aunque no hacía aún tanto frío, y por todo equipaje el bolso de trapillo con agarraderas de madera, que ya conocemos también, donde había metido a toda prisa algunas piezas de ropa, lo mismo que al huir en la carreta de bueyes conducida por Anatoli rumbo a Pădureni.

Pero el aderezo de joyas iba ahora dentro de un pañuelo anudado, en el escondrijo de su corpiño. De la arqueta de sándalo, ilustrada en la tapa con escenas de batallas entre guerreros chinos que enarbolan sables, lanzas, picas y banderolas mientras se acometen, ya no se sabrá más.

También de su hombro colgaba el carriel, sujeto a una larga cadenilla, donde guardaba los marcos de oro, los florines de plata y las dengas acuñadas con la efigie del zar Nicolás I, que los vecinos ricos de Siret le solían regalar en sus fiestas de cumpleaños; pero era un tesoro ya bastante disminuido, al que, generosamente, el cavaliere había agregado un puñado de soberanos «para gastos de contingencia afines al viaje», como le dijo con paternal sonrisa al ponérselos en la mano a la hora de despedirse, cerrándole luego los dedos con una cariñosa presión.

El tren ya está en movimiento, y ella ocupa un asiento contrario a la dirección del convoy, rumbo hacia el oeste, de modo que al avanzar le parece más bien retroceder, andenes, hangares, garitas, bodegas, talleres, torres, depósitos de agua, postes de señales, postes de telégrafo moviéndose en dirección opuesta, no sólo en el espacio, sino también en el tiempo, como si el presente se desplazara en retroceso.

Ha estado pensando en el destino, desde que tuvo su última conversación con el cavaliere; siguió meditando sobre eso mismo del destino mientras hacía el trayecto en el coche de caballos hacia la estación, y lo hace ahora, mientras marcha hacia atrás, como si el destino, en lugar de ser una cosa del futuro, lo fuera del pasado, o como si ni pasado ni futuro, que sólo son manifestaciones del presente, tuvieran que ver con ella.

El pasado, se va diciendo, es sólo lo que recordamos, mientras lo demás ya no es pasado, sino olvido; y qué es el futuro sino lo que ignoramos y apenas presentimos. Y la figura de Anatoli Florea, la mano puesta en el anca del corcel, húmeda de rocío, mientras ella anda por en medio de la calle afirmando primero el botín de su pie sano, a la zaga la pierna enferma encerrada en hierros y cintas de cuero, es un cromo recortado de todo ese pasado, del que sólo van quedando retazos fijos. Pero este cromo de la calle empedrada, del corcel ensartado en el tubo y la mano de Anatoli en el anca se muestra luminoso.

No ha leído nunca las *Confesiones* de San Agustín acerca del tiempo: pretérito y futuro ¿cómo pueden ser, si el pretérito ya no es y el futuro todavía no es? Y en cuanto al presente, si fuese siempre presente y no pasase a ser pretérito, ya no sería tiempo, sino eternidad...

Pero esto mismo es lo que piensa ahora que el tren acelera la marcha, que el futuro, en vez de acercarse, más bien se aleja, mientras árboles, campos, pastos, ganados, aldeas se escapan raudos de su vista.

Tercera parte
Annis Domini 1907-1909

El muchacho camina hacia el caballo blanco a ponerle el ronzal. Y el caballo lo mira en silencio. Tan callados están, que están en otro mundo.

D. H. LAWRENCE,
«El caballo blanco»

12. Una barba abierta en dos alas que se repite

✽

Caminaba por la rue de Richelieu en busca del passage des Princes, y se detuvo para sacudir el ruedo de la larga falda, en cuyos pliegues el viento que soplaba inclemente había enredado algunas hojas secas; y cuando reanudó la marcha sujetó por el cuello el abrigo de astracán, porque el termómetro había caído a cuatro grados en la escala Réaumur desde la noche anterior, y no había esperanza de que el sol despejara aquella mañana gris del martes 8 de enero de 1907.

La dirección de la oficina de representaciones comerciales anotada en el sobre por el cavaliere Tartini indicaba escalera C. La cita, convenida por correo neumático, era para las diez de la mañana, de modo que tenía al menos un cuarto de hora por delante.

Pare entretenerse recorrió las tiendas de la galería, y se detuvo frente a la vitrina de una zapatería femenina, MAZZARO, BOTTIER SUR MESURE, donde los zapatos terminados se exhibían sobre pedestales de madera pintada con jaspes para imitar el mármol, entre bouquets de rosas de cera. Zapatos de estilo inglés, de pala alta y cerrada hasta el tobillo, con lazada de ojales de cobre y el tacón de soporte bajo y cuadrado; zapatos de soirée, de pala escotada y cerrada con barretas; zapatos nocturnos Luis XV, de tacón alto, estrecho y curvado, con lazo de seda en la pala. Y botinas de caña alta con broches, las que a ella más le convenían, porque daban firmeza a su paso.

El cavaliere Tartini veía de menos el calzado, pues era lo más bajo hasta donde la vestimenta femenina podía descender, tanto que la moda, tan caprichosa en lo demás, lo dejaba en manos de los ingleses, expertos en todo lo pedestre. Era porque, además, los zapatos no se veían, ocultos bajo los vuelos de las faldas, fueran estas ligeras o pesadas, razón por la cual los estilos ofrecidos por los zapateros cambiaban de manera perezosa, sólo de tiempo en tiempo, al contrario de los sombreros, para los cuales las cabezas reclamaban novedades en cada estación.

De aquellos pensamientos la sacó una figura reflejada en el cristal de la vitrina, alguien que se acercaba a sus espaldas entre tantos otros como iban y venían bajo la arcada, pero cuya visión le produjo un violento estremecimiento. Era un caballero armado de un bastón que no parecía necesitar más que para dar garbo a su paso, asentándolo con gracia. El abrigo negro caía impecable hasta poco más arriba del ruedo de los pantalones, y llevaba el sombrero calado en un ángulo perfecto. Pero no la había estremecido su elegancia desenfadada, sino el rostro. Era como si Anatoli Florea hubiera resucitado de entre los muertos.

Cuando se volvió tan lentamente como pudo para enfrentarse a aquel fantasma, lo tenía ya tan cerca que podía sentir su respiración un tanto gruesa y su suave olor a vetiver.

La aparición se quitó el sombrero, lo llevó al pecho y la saludó con una profunda venia. Vio, admirada, su frente despejada, el cabello castaño echado hacia atrás. Recta la nariz y la barba partida en dos alas que se derramaban sobre el cuello de piel del abrigo.

—Me pongo a sus pies. —Se inclinó el fantasma—. Madame Langhoff, imagino.

Ella asintió con otra venia.

—¿Tiene usted acaso el don de la adivinación? —sonrió, con un mohín.

—Mi amistad con el doctor Papus me concede algunas de sus facultades. —Volvió él a ponerse el sombrero, alisándose antes el cabello.

No preguntó ella quién era el doctor Papus.

La risa que se escapaba gangosa por la nariz del fantasma le pareció prolongarse más de lo necesario. Pero eso era lo de menos.

Ѫ

Lo primero a ser explicado, para no crear en adelante confusiones enojosas por innecesarias, es que María Aleksándrovna se presentaba ahora como madame Ingebor Langhoff. No era un capricho perverso. Fue simplemente una ocurrencia repentina, cuando el conserje del hostal de la rue des Écoles, un gordo rubicundo de doble papada y pelo rasurado arriba de las orejas, como un fraile, le preguntó su nombre para anotarla en el libro de pasajeros.

Sobre este particular, el cavaliere Tartini la había aleccionado de no dar nunca el nombre propio, por muy atrás que creyera haber dejado al comisario Albescu. Cuando a mediados de noviembre sacó pasaje en Estambul en el vapor de la línea a Marsella, lo hizo como Tatiana Lárina, nombre sacado de unos versos leídos en voz alta bajo la vigilancia de la institutriz, en las clases de lengua rusa.

Ella misma escribió *Ingebor Langhoff* en el renglón correspondiente del libro, porque el conserje no sabía deletrearlo, y anotó *Oberhausen* en el espacio *procedencia u origen*. Otra falsedad, explicable si se quiere, pues el carrousel que debía adquirir de la firma Stein & Goldstein ocupaba su mente.

Ѫ

El fantasma era un doble de Anatoli, pero tenía algo que a este otro le faltaba: el porte distinguido por naturaleza, la indiferencia suprema de quien se sabe arriba, ese aire inconsciente de andar por el mundo haciendo a los demás el favor de existir.

Empuñaba el bastón como si te amenazara cuando gesticulaba, pero no ibas a temer por eso que te entrara a palos; sonreía como si su dentadura fuera un tesoro que condescendía en mostrar de cuando en cuando, pero no ibas a imaginarlo nunca con una navaja de barbero en la mano. Y no olía a lavanda, sino a vetiver.

La condujo por la escalera C hacia su despacho, en el piso superior de la galería, donde en una placa oval de cobre al lado de la puerta se leía en letras cursivas:

M. Julio Sedano
Courtier en commerce

La princesa no pudo evitar un primer desacuerdo, no lo llamemos desilusión, al percibir el contraste entre la imagen de elegancia mundana de aquel monsieur Sedano y la estrechez desordenada del tugurio que tenía por oficina:

Al centro mismo de la estancia había una estufa de hierro provista de una portezuela para meter los leños, semejante al samovar de una isba, y conectada a un maltratado tiro de azófar que subía hasta el cielo raso ahumado. La estufa se hallaba apagada y olía a cenizas muertas, y como el frío era más molesto que en la calle, de esos que entran por las suelas de los zapatos, monsieur Sedano ni siquiera intentó el gesto galante de ayudarla a despojarse del abrigo, y él mismo conservó el suyo puesto, tanto como el sombrero, mientras despejaba una silla de paquetes de volantes para ofrecerle asiento.

El pesado escritorio de nogal, cerca de la ventana, ocupaba más campo del debido, y el poco espacio restante lo robaba un archivador, de la misma madera, las gavetas atoradas por el exceso de carpetas.

Sobre el escritorio, una máquina de escribir fabricada por E. Remington and Sons, novedad a la cual la princesa no concedió la menor importancia, pero a Anatoli Florea le habría trastornado, al punto de imaginar haberla inventado él mismo. También sobre el escritorio, libros de contabilidad forrados de lona y papeles comerciales tan revueltos como si una gallina empollara en ellos.

Y, encima del archivador, un retrato en marco cincelado, con una cinta de luto al través, puesto allí como si monsieur Sedano aún no hubiera tenido tiempo de colgarlo de la pared, o, habiéndolo hecho, el clavo no hubiera soportado su peso.

Dejemos para dentro de poco el retrato.

Un nombre de su propia elección

Mon cher ami:

Sirva la presente misiva para introducir ante U. a una estrecha colaboradora de este su obsecuente servidor, la cual se presentará ella misma bajo un nombre de su elección, pues, debido a ciertas circunstancias adversas, sobre las cuales conviene no abundar, no es aconsejable que lo haga bajo el propio; sólo puedo decirle que es su cuna muy ilustre y su educación ha sido más que esmerada.

Al momento de escribir estas líneas, a vuelo de pluma porque el tiempo me apremia, nuestros planes son los de viajar juntos a donde usted se halla; pero el hecho de poner ella en manos de U. esta carta es prueba de que las cosas no han salido como yo hubiera deseado y he debido quedarme atrás.

Sea U. bueno y ayúdela, por favor, a resolver los asuntos de su necesidad, en una urbe para ella desconocida y para usted tan familiar.

Si, como espero, tengo la buena fortuna de volver a verlo, sabré agradecérselo personalmente.

Va esta carta sin fecha ni firma. Vous comprendrez mes raisons...

Sonrió complacido al terminar de leer, como si aquella carta, cuyo contenido la princesa desconocía, contuviera buenas noticias, que para ella no podían ser otras que las concernientes al paradero del cavaliere Tartini.

Pero la pregunta de monsieur Sedano contradijo tanto su propia sonrisa como la apresurada conclusión sacada por ella:

—¿Qué fue del cavaliere? ¿Tiene usted alguna noticia de su paradero?

Ella negó con la cabeza.

—Acordamos reunirnos en Constanza, en el albergue que me indicó. No podía quedarme mucho tiempo allí, por mi propia seguridad, así que con el propietario del albergue le dejé una dirección en Estambul y otra en Marsella. Le esperé inútilmente por más de un mes en cada uno de esos lugares.

La sonrisa de monsieur Sedano seguía enseñando sus dientes bien alineados, el esmalte sin mácula; pero al prolongarse con generosidad, como ahora, dejaba entrever del lado izquierdo superior la falta de una muela. Otra discordancia.

—No debemos preocuparnos. Es hombre de recursos para vencer dificultades, con amigos y conexiones en cualquier parte. Un día de tantos nos dará la sorpresa de aparecer, la cabeza llena de planes, como siempre. Mientras tanto, ¿debo seguirla llamando... madame Langhoff?

—¿Por qué no? Es mi nombre.

—Madame, he sido hecho para los secretos. Los suyos estarán mejor conmigo que encerrados en una bóveda acorazada del Banco de Francia. El cavaliere me confía en esta carta que, por razones necesarias, debe usted resguardar su identidad.

—He sufrido algunos contratiempos... enojosos.

—Ya hablaremos de ellos cuando usted lo tenga a bien. Mientras tanto, déjeme saber en qué puedo serle útil, como lo soy siempre de todo corazón para el cavaliere Tartini.

—Necesito, en primer lugar, un buen tasador, pues debo vender unas joyas de familia.

—Resuelto. Tengo un amigo en la casa Breguet, de la place Vendôme. Podemos verlo en su casa, para mayor discreción. Y una vez tasadas, él mismo recomendará si es mejor desmontar las piedras u ofrecer las piezas tal como están.

—Luego, deberé viajar a Oberhausen a cerrar un negocio. Pero no quisiera hacerlo sola, llevando una suma importante conmigo. Y pues el cavaliere confía tanto en usted...

—Estoy dispuesto a acompañarla. Pero media un inconveniente, y debo confesárselo. Mi agencia se hallaba dedicada casi por completo a la gestión de los asuntos del cavaliere. Y como desde hace algún tiempo, y ahora entiendo las circunstancias, no coloca pedidos en París, al no poder yo cobrar las comisiones...

—Naturalmente, usted viajará por mi cuenta, y percibirá un honorario por acompañarme.

—No sabe cuánto me apena. De otra manera, si no me encontrara en semejantes apuros...

—Bajo ninguna circunstancia pretendería solicitarle un servicio gratuito.

—Pero yo se lo concedería de buena gana. Créame, a veces me siento tan miserable que temo el reproche de la mirada de mi padre.

Al decir lo último, volteó la cabeza hacia el retrato depositado sobre el archivador, y se quedó mirándolo, en respetuoso silencio.

ꟿ

La mirada que monsieur Sedano teme es la del archiduque Fernando Maximiliano José María de Habsburgo-Lorena, emperador de México, fusilado en el cerro de las Campanas, jurisdicción de Querétaro, como lo sabe cualquier escolar, el 19 de junio de 1867, a la temprana edad de treinta y cinco años. El retrato es una copia litográfica del óleo original, ejecutado por el pintor de corte Franz Xaver Winterhalter, en el castillo de Miramar, en Trieste, antes de la partida del emperador a tomar las riendas de aquella que, según pensaba, era su tierra prometida.

La frente despejada, el cabello castaño echado hacia atrás, recta la nariz y la barba partida en dos alas, luce el vistoso uniforme del ejército del Imperio austrohúngaro y calza botas federicas. En su pecho resplandece el toisón de oro, y lleva el collar de la Orden Imperial del Águila Azteca, diseñado por él mismo; sobre un cojín de damasco rojo, a su derecha, reposan en augusto silencio la corona y el cetro imperial que sus dedos rozan en el cuadro.

Antes de despedirse, y tras haber convenido un nuevo encuentro para el viernes de esa misma semana, cuando llevarían a tasar el aderezo de joyas, monsieur Sedano había tomado del escritorio un ejemplar de su opúsculo *Historia de una vida*, precio: 2,50 francos, para obsequiárselo a la princesa. Allí se explicaban las circunstancias bajo las cuales el emperador Maximiliano vino a resultar su padre.

El día siguiente, soleado de manera inusual, María Aleksándrovna se acerca al jardín de Luxemburgo y se sienta en una banca próxima a la estatua de la reina Matilde a leer el opúsculo. Pasadas las doce, aún impresionada vivamente por aquella historia tan singular, y llena de preguntas que quisiera hacer a monsieur Sedano, se levanta en busca de algún lugar donde tomar el almuerzo, y sale en dirección del boulevard Saint-Michel.

Entonces se lleva una nueva sorpresa.

Monsieur Sedano, armado de un mazo de volantes bajo el brazo, los reparte a los transeúntes que caminan apresurados, y quienes no los rechazan los estrujan y unos pasos más adelante los tiran a los canastos de basura de la vereda, o simplemente al suelo.

Uno de los volantes vuela hasta los pies de María Aleksándrovna, lo recoge y lo desarruga: una niña de trenzas escribe CHOCOLAT MENIER en una pared, sirviéndose de una barra de chocolate. Los mismos volantes de los paquetes que monsieur Sedano había despejado de la silla en el despacho del passage des Princes para que ella se sentara. Es la misma imagen de los carteles visibles en todo París, en las vallas de los baldíos y demoliciones, los cilindros de los urinarios públicos en las aceras y las carteleras dentro de las estaciones del metro.

Entonces cruza por su cabeza una frase: «Indigencia galante». Es la suma de discordancias la que le trae esa cruel impresión. Y vuelve a su recuerdo la visita del día anterior, ahora como si viera todo a través de un lente de aumento: la sonrisa prolongada de monsieur Sedano que revela la falta de una muela. Las hombreras del abrigo cubiertas por finas escamas de caspa. Las hilachas del cuello raído de la camisa. Los calcetines flojos, vueltos sobre la caña de los botines, brillantes de betún pero cuarteados.

Y repartir volantes siendo hijo de un emperador, qué mayor discordancia.

Historia de una vida
(Opúsculo)

I

Vi la luz del mundo un 9 de agosto de 1866 en Acapantzingo, repartimiento de la villa de Cuernavaca, bajo una estrella de resplandores inciertos, pues soy hijo de la unión amorosa, y oculta, entre el emperador Maximiliano I y la joven adolescente, entonces de diecisiete años, Margarita de la Concepción Sedano y Leguizamo; y recibí óleo y crisma bajo el nombre de José Julio Román de Jesús María Sedano y Leguizamo, según consta en el acta de bautizo librada por el teniente cura don Toribio Monsiváis, párroco de la capilla consagrada a Nuestra Señora de Guadalupe.

La dicha capilla se alzaba dentro de los muros del jardín Borda, cabe la residencia imperial de recreo, donde mi abuelo, Jesús María Sedano, prestaba sus servicios como jardinero principal; y mi padre, el emperador, dio instrucciones secretas de que en el mismo adoratorio donde él oía misa se consumara el sacramento. Pues no descuidó sus sentimientos paternales conmigo, y pienso que, de haber consolidado su imperio, otra suerte hubiera sido la mía a su lado, quizás como la de don Juan de Austria, quien, siendo hijo natural de Carlos V y de la muy joven Bárbara Blomberg, recibió de su progenitor distinciones y merecimientos; y, así, Cuernavaca hubiese sido en la historia lo que es hoy Ratisbona, cuna de don Juan.

Se llamaba jardín Borda el lugar porque allí mandó a construir un palacete de verano, mediando el siglo XVIII, el sacerdote don Manuel de la Borda y Verdugo, a fin de que su padre, don José de la Borda, acaudalado dueño de minas de plata en el Real de Taxco, bien llamado «el Fénix de los mineros de la Nueva España», pudiera aliviarse de sus padecimientos y fatigas, enfermo a la sazón de ponzoña mercurial; obras aún no concluidas cuando sobrevino su muerte en 1783.

Era el cura hombre ilustrado y de progreso, versado en botánica y horticultura, y gracias a su sabiduría pobló ricamente los predios del jardín con árboles desconocidos y plantas exóticas, especies transportadas en buena parte desde el lejano Oriente en la nao de China, como se designaba genéricamente a los galeones mercantes que hacían el tráfico entre Manila y Acapulco; y, de esta manera, convirtió el lugar en un remanso de verdor, sin par en México, agregando, cual un nuevo Versalles, parterres, terrazas, pérgolas, escalinatas, fuentes, espejos de agua y un estanque, el cual alimentaba un ingenioso sistema hidráulico; y dentro de sus planes no faltó la erección de la capilla adyacente ya dicha, donde recibí las aguas bautismales.

Temprano del año 1865, viniendo el emperador de una gira por tierras de Yucatán en compañía de la emperatriz Carlota Amalia, visitaron aquel palacete y su encantador entorno, algo abandonados; y tanto se prendaron ambos de sus amenidades que lo escogieron como residencia de recreo, y mandaron remozarlo; y allí se celebrarían en adelante fastos de la corte, banquetes, saraos, conciertos musicales y demás.

Mi abuelo empleaba en la cuadrilla de jardineros a los miembros de su familia, entre ellos mi madre, quien tenía entre sus deberes alimentar a los cisnes que bogaban en el estanque de los nenúfares, a los cuales ofrecía de su mano granos de maíz, trigo y cebada. Y, una mañana de tantas, dedicábase ella a aquel oficio inocente cuando sintió a sus espaldas el resoplar de un caballo. Volviose y descubrió al emperador, quien la miraba extasiado desde la silla de montar.

Turbada sobremanera, dejó ella en el suelo la bolsa de granos, y bajó la vista. Él desmontó. Calzaba botas federicas. Su barba, partida por la mitad, recogía entre sus hebras rubias tanto los tempranos rayos solares como el rocío de la mañana, y llevaba en la casaca blanca una sola condecoración, la cruz verde fileteada de oro de la Real Orden de San Esteban de Hungría. Avanzó al tintinear de sus espuelas y la tomó de las manos. Tornó ella a alzar la cabeza. Se miraron a los ojos. Y en silencio se dijeron con las miradas todo lo que tenían que decirse. La de él, ardiente; la de ella, no menos ardiente, pero púdica. Fue el coup de foudre. Se amaron. ¡Si lo sabré yo!

¡Cómo culpar al emperador! Mi madre era de una belleza singular, y en su cuerpo y rostro las pinceladas morenas eran el heraldo de la sangre autóctona que iría a juntar su caudal con la sangre regia de los Habsburgos.

Mandó el emperador en secreto a Maurice, su ayuda de cámara, buscar un lugar adecuado para que los encuentros amorosos sucedieran bajo el imperativo de reserva, y encontró aquel una pequeña finca en la vecindad rural de Acapantzingo, en las goteras de Cuernavaca, donde había una cabaña sencilla. Se la mandó a refaccionar, y, habiendo allí un florido vergel, mi padre diole por nombre al sitio El Olindo, vocablo que en la lengua latina evoca el perfume, pues resultaban embriagantes los olores de la reseda, rosas, magnolias, gardenias, jacintos y madreselvas que lo poblaban.

Allí en El Olindo se amaron. Y era tal la constancia apasionada de sus encuentros que mi padre sorprendía a su corps de garde ordenando la imprevista partida desde el castillo de Chapultepec hacia Acapantzingo a las horas más insólitas, cuando lo asaltaba el recuerdo de aquella a la cual evocó, en una pieza de su correspondencia privada, como la «joven india inocente que me testimonia un afecto ingenuo que me es muy dulce»; para agregar esta reflexión melancólica: «Se está tan solo en la vida...».

Y hacia esos brazos que lo aguardaban siempre, dispuestos a estrecharlo, volaba mi padre en una carroza tan ligera como el viento, los muelles bien dispuestos para soportar los embates del abrupto camino que sube por las estribaciones del Ajusco, sembrado de filosas piedras y horadado por las lluvias, bajo la celosa escolta de un escuadrón de dragones, las espadas desenvainadas mientras cabalgaban.

II

La emperatriz Carlota Amalia estaba enterada de los rumores circulantes en la corte sobre la infidelidad del esposo, pero le faltaban las pruebas, según acudo aquí al testimonio oral de mi madre, tal como he acudido en las anteriores páginas en las ocasiones en que entra ella en escena. Las sospechas de la emperatriz crecían, en tanto crecían la frialdad de trato marital que le dispensaba mi padre de tiempo acá y el fastidio de su sola presencia, al punto de prohibir su acceso a las reuniones del consejo imperial, a las cuales era aficionada. Entonces puso ella espías dedicados a indagar, y gracias a esos espías supo de la existencia de mi madre.

Preparó su trampa, y, para cerrarla, envió a una de sus damas de compañía, una tal Isabella Lombroso, a presentarse en El Olindo llevando un supuesto regalo de parte del emperador, consistente en una polvera musical. Mi madre, ingenua como era, recibió el presente sin malicia alguna; y no sólo mandó agradecerlo, sino que pidió a la emisaria transmitir a mi padre la noticia de que se hallaba en estado de buena esperanza.

Carlota Amalia, como se sabe, desesperaba de poder dar al emperador un heredero al trono, y fue aquel un rudo golpe a su orgullo. Ahora tenía la certeza irrebatible de ser ella quien se hallaba condenada a la esterilidad, pues el emperador era capaz de procrear. E, impotente de detener mi llegada al mundo, optó por nunca más volver al palacete Borda, con lo cual cesaron las ceremonias de Estado y se apagaron los candelabros que iluminaban a giorno las celebraciones festivas.

III

En El Olindo se encontraba el emperador aquel fatídico día del mes de febrero de 1866, ya la preñez de mi madre haciéndose evidente, cuando llegó al galope un correo que traía correspondencia urgente desde Chapultepec. Era una carta de Napoleón III. Su portador, el barón Saillard, recién arribado a Veracruz, se adelantaba a remitírsela, a la vez que le solicitaba audiencia.

Esa carta contenía, nada menos, la notificación de que las tropas francesas se retiraban del territorio mexicano, pues «su presencia había dejado de ser necesaria»; juicio alejado de toda realidad, y más cercano a la felonía política de aquel a quien Hugo llamó, con justicia, «Napoleón el pequeño»; traición que no hizo sino dar alas a las fuerzas republicanas empeñadas en el aniquilamiento del Imperio. Napoleón III había inducido a mi padre a aceptar la corona imperial de México, y con semejante acto se la quitaba de las manos. Y, con ello, le quitaba también la vida.

Mi madre vio el desconsuelo reflejado en el rostro del emperador, absorto y confundido frente a la taza de chocolate aún humeante, de la cual apenas había dado unos sorbos. Era el principio del fin. Ella, ignorante de los intríngulis políticos, pero dueña de su instinto de mujer, se arrodilló frente a él y lo tomó de las manos para consolarlo.

Sobre las manos de mi madre, así enlazadas, cayeron las lágrimas de quien había dejado el espléndido retiro de su palacio de Miramar, frente al miraje de las aguas del Adriático, para encontrarse ahora, allende los mares, con un destino adverso, bajo la luctuosa sombra de la fatalidad.

La taza de chocolate se enfrió, sin que mi atribulado padre volviera a probarla.

IV

Cuando mi padre fue fusilado yo me acercaba al primer año de existencia. Y no vivió en adelante mi madre sino para inculcarme el más acendrado respeto por su memoria, y para cultivar en mi espíritu la fidelidad a la casa imperial a la cual por sangre pertenecía, esto es, la casa de los Habsburgos; y siempre fue su decisión inquebrantable que debía yo, una vez en edad, emprender viaje a Europa para reclamar en Viena, delante del emperador Francisco José, los derechos que legítimamente me correspondían como hijo único de su hermano Maximiliano.

A este fin, apenas entré en la adolescencia, me dediqué a reunir los atestados pertinentes a mi causa, a fin de que esta se hallara lo mejor documentada. Obtuve declaraciones juradas de testigos, donde se hacía constar la relación existente entre mis padres; ordené en un legajo la correspondencia amorosa en poder de mi madre, pues el emperador solía escribirle billets-doux de su propio puño, cuya autenticidad un calígrafo podía certificar; y agregué a estos atestados las placas que monsieur Blanchard, el fotógrafo de la corte, les hizo juntos en El Olindo.

Antiguos partidarios mexicanos del emperador y fieles aún a la causa monárquica aportaron contribuciones para costear mi viaje, el cual mi madre ya no pudo ver realizado, pues en 1883 la sorprendió la muerte a causa de tétanos. Fiel a su empeño, me embarqué en Veracruz con destino a Hamburgo en el mes de octubre de 1885, siendo para entonces mi edad de diecinueve años. Y sin más auxilio que la propia convicción de mis derechos, me presenté en Viena, delante del Reichsrat, el consejo imperial, de donde fui remitido al Hofadel, el tribunal de la nobleza, a cuyo secretario perpetuo presenté los atestados de los cuales era portador, por mano de su jefe de Büro.

Los trámites de mi causa se dilataban más de la cuenta, pues pasaba ya más de un año sin obtener respuesta, y los fondos a mi disposición se agotaban, aun cuando me sometí a la más estricta austeridad; por lo cual dispuse cortar por lo sano, y dirigí un petitorio de audiencia ante el propio emperador, sin obtener tampoco respuesta a esta solicitud; más bien noté que, cuando salía de mi alojamiento, policías vestidos de paisano me seguían a donde yo fuera. Y en una ocasión en que quise visitar la cripta imperial en la iglesia de los Capuchinos, donde reposan los restos de mi padre, la guardia de posta me impidió de mala manera la entrada. Ante todo esto me di cuenta de que mi presencia resultaba indeseable para la corona imperial, y di por perdidos los atestados, cartas y fotografías entregados al Hofadel.

No me quedaba entonces sino abandonar el territorio austríaco, pero no disponía de recursos para sufragar un pasaje de ferrocarril; y, aunque hubiera sido el caso, no tenía hacia dónde dirigirme. Fue entonces cuando acerté a conocer a un personaje que se hallaba en Viena de paso hacia Bucarest, donde fundaría un negocio del ramo al cual se dedicaba. Callo su nombre no por ausencia de gratitud, sino para no herir su modestia; pues él, encontrándose en dificultades cuya naturaleza tampoco voy a revelar, al enterarse de mi desesperada situación me brindó su apoyo magnánimo. No teniendo agente comercial en París, me contrató para ocupar ese puesto, y me proveyó de los auxilios suficientes para trasladarme a Francia.

Desde entonces llevo mi vida en modestia, y gano el pan gracias al esfuerzo diario, sin vanagloria de mi sangre, ni resentimientos ante la injusta denegación de mis derechos hereditarios por razones de altas políticas de Estado cuyos entresijos ignoro; derechos a los cuales de ninguna manera he renunciado, y bien espero que alguna vez los oídos de Francisco José se abran a mi justa petición.

Y si escribo este opúsculo es sólo para satisfacer a quienes, siendo numerosos, a cada paso me demandan explicar mi parecido físico con el emperador Maximiliano I, el cual parecido vendría a ser, en cualquier caso, la mejor prueba de mi legítima pretensión.

13. Los secretos que guarda el corcel dorado

El personaje magnánimo al que monsieur Sedano se refiere al final de su opúsculo es, ya se habrá adivinado, el cavaliere Tartini, tal como la princesa ha podido fácilmente identificarlo a la primera lectura. Y antes de acompañarla en la continuación de sus reflexiones acerca de este hijo de un emperador fusilado que reparte volantes en las calles, es nuestro deber ocuparnos del opúsculo mismo.

Se dice usualmente que, si en un barril de manzanas una de ellas está podrida, se pudren en consecuencia todas las demás. En este caso es al revés: todas las manzanas están podridas, menos una. Podridas de falsedad. Porque, salvo el hecho de que el cavaliere Tartini lo auxilió para que se asentara en París, todas las restantes afirmaciones hechas a lo largo del opúsculo por monsieur Sedano son falsas.

Hay otra verdad, su asombroso parecido físico con Maximiliano I; pero esa es la contingencia de la cual se aprovecha para urdir la tela de su trama de mentiras, así que dejémosla fuera del barril:

1. Si bien la fecha de su nacimiento puede tenerse por cierta, el lugar donde vio «la luz del mundo» fue la ciudad de Pachuca, cabecera de la provincia de Hidalgo. El mayor de cuatro hermanos, sus padres legítimos fueron Ignacio Sedano y Concepción Leguizamo, el primero, dueño de una panadería, la segunda, maestra de primeras letras. Hemos tenido a la vista la respectiva partida de nacimiento emitida por el Registro del Estado Familiar de esa localidad.

2. Se alistó como grumete en la Mail Steamship Company, que hacía la ruta entre Veracruz, La Habana, Nueva Orleans y Nueva York. En una de tantas se quedó en este

último destino, por razón de que conoció a bordo al filántropo Robert Ross McBurney, quien le tomó simpatía y le ofreció la protección de la Young Men's Christian Association, institución de beneficencia consagrada a la juventud, de la cual mister Ross era uno de los fundadores. Así pudo estudiar contabilidad y teneduría de libros en un curso por correspondencia impartido por Hemphill Schools, ocupación de sus horas nocturnas, mientras trabajaba en el día en una lavandería del Bronx regentada por inmigrantes cantoneses.

Por razones ignoradas perdió el favor de Ross, y al faltarle patrocinio se interrumpieron sus estudios. Para mayor desgracia se quemó la lavandería, y así se vio forzado a ponerse en la larga fila de quienes solicitaban empleo como extras en la carpa del empresario de variedades Phineas Taylor Barnum, en Coney Island. Anduvo con suerte, porque más bien fue contratado para un papel protagónico en el espectáculo The Manhunt, uno de varios ofrecidos por Barnum en su cartelera.

En un vasto escenario, una partida de jinetes de frontera, montados en caballos verdaderos, fiel como era Barnum al realismo en sus espectáculos, perseguía a galope abierto, entre amenazas de muerte, gruesos insultos y disparos de rifles Remington cargados con munición viva, a un mexicano, un greaser, que huía tropezando delante de la cabalgata. Monsieur Sedano era el greaser. Por fin, los perseguidores lograban lazarlo, era arrastrado hasta una pila de leña y, amarrado a un poste, prendían fuego a la hoguera y lo quemaban. Eran tres funciones vespertinas diarias, salvo los lunes, y terminaba con las cejas chamuscadas por las llamas, alimentadas con kerosín.

Para entonces no usaba la barba partida en dos alas que lo hacía semejarse a su falso padre, pues sin duda esta hubiera cogido fuego como una antorcha doble, y, además, no hubiera contribuido a dar credibilidad a la figura de fugitivo que representaba en el espectáculo, la piel oscurecida con aceite de motor quemado y vistiendo tilma, guaraches y sombrero de palma.

3. Pensó mister Barnum que el espectáculo de la cacería humana sería de éxito en Europa, y en 1886 se embarcó en Nueva York en el RMS Etruria, de la Cunard Line, con destino a Liverpool, llevando su tramoya y elenco completo, perseguidores y perseguido, sin faltar los caballos, a los cuales se acondicionó un establo en las bodegas del buque, con acopio de pienso suficiente para el viaje trasatlántico.

Pero a alguien se le había ocurrido conquistar al público europeo de manera semejante, no otro sino el afamado Buffalo Bill, con su Wild West Show, que, al contrario de The Manhunt, limitado al parque de atracciones de Coney Island, había recorrido de triunfo en triunfo el territorio de los Estados Unidos, de uno a otro confín.

Era también un espectáculo de montados, pero temible como competencia, pues en él figuraba nada menos que el verdadero jefe sioux Sitting Bull, quien a la cabeza de sus bravos guerreros se enfrentaba en el escenario a las tropas federales en la batalla de Little Bighorn, el propio Buffalo Bill en el papel del general Custer. Llevaba, además, otros números no menos atractivos, como las competencias de tiro donde dos mujeres bien bragadas, Calamity Jane y Annie Mishap, se apeaban a balazos los respectivos sombreros desde sus cabalgaduras; y, aún más, jinetes bereberes armados con lanzas, gauchos con boleadoras, beduinos con fusiles, mongoles con arcos y cosacos con sables, trabados entre ellos en descomunales batallas.

Y quiso la mala suerte que este temido rival embarcara con su troupe y toda su impedimenta en el mismo buque, y como sus caballos eran más numerosos, Buffalo Bill, valiéndose de sobornos y bravuconadas, impuso que subieran a los suyos en detrimento de los pertenecientes a mister Barnum, obligado a dejar en tierra la mitad de su manada.

Mister Barnum, quien vestía como un predicador protestante, era de naturaleza apocada, reacio a los enfrentamientos, al contrario de Buffalo Bill, quien festejaba con risotadas sus propias groserías. El RS Carmania se hizo a la mar, y cuando ambos hombres se cruzaban en los pasillos de cubierta, o al entrar al comedor, donde Buffalo Bill se sentaba a la mesa del capitán, a quien a todas luces tenía sometido, mister Barnum se apartaba del camino sin atreverse a sostener la mirada de su enemigo.

A media travesía los caballos de Buffalo Bill, víctimas de un repentino mal, fueron diezmados en una sola noche entre violentas convulsiones y una intensa diarrea que anegó de excrementos las bodegas, y al amanecer su apesarado propietario hubo de presenciar cómo los cadáveres, los vientres crecidos y las patas rígidas, eran lanzados al mar desde la tolva de desperdicios. Habían sido envenenados con semillas de ricino.

De dónde salieron para irse a mezclar con la alfalfa en los pesebres las semillas, parecidas a pequeños escarabajos de lustrosa caparazón, nunca se supo, y no había cómo cargar las sospechas sobre el asustadizo mister Barnum, quien, así fuese el responsable de la mortandad, al día siguiente, a la hora del almuerzo, y al cruzarse una vez más con su adversario, en señal de pésame se quitó tímidamente el sombrero para llevárselo al pecho.

Derrotado, Buffalo Bill volvió a embarcarse en Liverpool con todas sus huestes, de regreso a Nueva York. Los caballos de mister Barnum bajaron por la compuerta del buque bien cebados y sus pieles más lustrosas aún.

4. Pero, aun eliminado el rival, los fracasos de taquilla empezaron a repetirse para The Manhunt, pues una partida de vigilantes de frontera persiguiendo a un inmigrante mexicano hasta quemarlo vivo era atractivo en Coney Island, pero no en las urbes del viejo continente.

Lo verdaderamente llamativo entonces, para aquel público, eran los zoológicos humanos, una competencia difícil de vencer, tal como mister Barnum lo comprobó mientras su plan de conquista de las multitudes iba fracasando cada vez más a medida que agotaba el itinerario previsto.

En Bruselas, la muchedumbre se agolpaba a las puertas del Park van Tervuren, deseosas de admirar la Village Nègre, docenas de chozas habitadas por familias de congoleses que, cubiertos apenas con taparrabos, tejían cestas y tallaban máscaras de madera, cantaban y bailaban en corro al son de sus tambores, y cocinaban y defecaban al aire libre.

En el Jardin d'Acclimatation de París todo el mundo quería admirar al grupo de indios fueguinos de la Patagonia, capturados en el estrecho de Magallanes por un barco ballenero, y a quienes, para mayor convicción de los visitantes de que se trataba de antropófagos, se les daba de comer tasajos de carne cruda.

En el Zoologischer Garten de Berlín, la gran novedad era la tribu de hotentotes del desierto de Kalahari, ubicados en la jaula de los avestruces, desocupada al efecto, a los cuales estaba prohibido lanzar comida de parte de los visitantes, según carteles de advertencia donde se explicaba que «los negros en exhibición son alimentados por el comité organizador conforme a las normas establecidas».

Cuando mister Barnum llegó por fin a Viena, la última estación de su gira, vio por todas partes los carteles donde se anunciaba la exhibición de una pareja de pigmeos de Camerún, hombre y mujer, entrenados para tocar el uno el clarinete, la otra el banjo. Tuvo entonces una iluminación. Se dispuso a hacer la larga fila para asomarse en el Tiergarten Schönbrunn a la jaula donde se mostraba a los pigmeos músicos, y le bastó con verlos ejecutar en sus minúsculos instrumentos una pieza en la que reconoció vestigios de los acordes de *Maple Leaf Rag* para decidirse a adquirirlos y llevárselos a Coney Island. Había entendido que la moda de los zoológicos humanos pronto llegaría a aburrir, y que el futuro estaba en exhibir curiosidades con nombres y apellidos, de modo que los bautizó como Jawbreaker y Sweetmeat; y, así, no tardó en agregar a su colección a Eraklia, la sirena de las islas Cícladas con sus crías, y a Sasquatch, el abominable hombre de las nieves del Himalaya.

5. Mister Barnum desapareció con los dos pigmeos y dejó abandonado a su elenco. Los perseguidores terminaron vendiendo los caballos, ya famélicos, a un tal Stamer, charcutero que hizo destazarlos en un matadero clandestino y usó la carne para embutir sus afamados Leberkäse; el perseguido, monsieur Sedano, recurrió a la Pfandhaus, donde empeñó, además del baúl de viaje, su navaja de afeitar Sheffield, artículos que le rindieron unas pocas coronas. Por lo demás, a veces descargaba cajones de fruta y cuartos de reses destazadas en el Naschmarkt de la calle Wienzeile.

6. Una tarde se halla monsieur Sedano sentado en una banca en el Rathauspark, matando el tiempo en espera de nada. Como carece de navaja, ya para entonces le ha crecido la barba, que se abre en las dos consabidas alas.

En eso, el cavaliere Tartini se acerca por uno de los senderos. Da un paseo, también para matar el tiempo, mientras espera la llegada de la noche, cuando abordará la barca que lo llevará hasta Bratislava, según ha concertado con el patrón, primera de las estaciones del viaje a través del Danubio hacia Rumania, destino final de su fuga.

Pasa, fija la vista en monsieur Sedano y se devuelve. Lleno de curiosidad, se atreve a preguntarle cuál es su parentesco con los archiduques de la casa Habsburgo, y específicamente con el desgraciado Maximiliano, pues el parecido es asombroso.

El interpelado se extraña ante la pregunta. Había visto en ocasiones, es cierto, retratos de Maximiliano, pues en cada aniversario de su fusilamiento los periódicos los publicaban en México; y recordaba también una fotografía del cadáver momificado metido en el cajón mortuorio en que iba a ser repatriado a Austria, semejante a un muñeco al que se le hubiera acabado la cuerda. Pero nunca se le había ocurrido lo del parecido.

Su respuesta es sincera: no existe tal parentesco; pero encuentra pie para contar su desgraciada historia. El cavaliere Tartini se sienta en la banca a escuchar, y, a pesar de sus propios apuros, se apiada. Y como le oye decir que ha hecho estudios de contabilidad y teneduría de libros, termina tomándolo como su agente comercial en París, para que se ocupe de la compra de tejidos, cintas, badanas, hilos, broches y toda suerte de adornos necesarios a la confección de sombreros, seguro como está de reabrir su negocio una vez que ponga pie en Bucarest.

La idea del parecido con Maximiliano de Austria no se le va ya de la cabeza a monsieur Sedano. Y deberemos culpar entonces al cavaliere Tartini de haber despertado en él aquella fantasía. Y de haberlo provocado a escribir el opúsculo, vaya a saberse con qué intenciones.

La princesa ignora todo lo anterior. Ignora que lo escrito en el opúsculo recién terminado de leer no es más que una farsa, y compadece a monsieur Sedano, todo un príncipe heredero sometido a la crueldad del destino. Con ojos de misericordia lo ve dar cortos paseos en la vereda, acomodándose el mazo de volantes bajo el brazo, a la caza de los paseantes para ofrecérselos, y cuando alguien no le hace caso y sigue de lejos, persigue al renuente, insistiendo en entregarle uno. Honrado y digno de su parte, pues bien podría echarlos al canasto de la basura, como hacen muchos de quienes los reciben, o tirarlos en la cuneta, y quien le paga por repartirlos no se daría la menor cuenta.

Que monsieur Sedano se parece al emperador de México a ella no le cabe duda, según el retrato cruzado con la cinta negra exhibido en su despacho. Y que uno y otro se parecen a Anatoli Florea tampoco le cabe duda; el peluquero tenía tanto de emperador, con su barba abierta en dos alas y sus botas federicas.

La piedad le humedece los ojos. Y esto que no ha visto a monsieur Sedano de hombre sándwich, metido entre dos cartelones sostenidos por hombreras de cuero, paseándose a lo largo del boulevard de Clichy para anunciar las funciones del teatro de sombras chinescas del cabaret Le Chat Noir.

¿Es piedad nada más? ¿No se estaría enamorando del repartidor de volantes, tal como se enamoró del señor peluquero?

Monsieur Verdurin, el joyero de la casa Breguet recomendado por monsieur Sedano, ha hecho una justa tasación de las piezas del aderezo en su propio domicilio de la rue Jacob, donde cuenta con los instrumentos necesarios a tal fin, no sin mostrar a cada paso su admiración entusiasta ante la belleza de las piezas.

—Por ejemplo, este collar en rivière es de la casa Fabergé de San Petersburgo, una pieza de museo, madame; y el brazalete en forma de áspid, con esas esmeraldas que tiene por ojos y que parecen de otro mundo, salió del taller de la joyería Császári de Budapest, que ya no existe, lo que acrecienta su valor...

Tiene un largo cuello arrugado, como un ave de rapiña, pero sus ojos celestes, apacibles y dulces, parecen a punto de desleírse en lágrimas. Y cuando la princesa le pide una valoración en bruto de las piedras, cabecea con lástima como si estuviera a punto de presenciar el sacrilegio de desmontarlas. Le tiemblan las manos, como si quisieran obligarlo a hacerlo él mismo.

—Así, al ojo, cincuenta mil francos oro. Pero no cometa, madame, el pecado de privar al mundo de la belleza de estas obras de arte.

Son unas veintiocho mil libras esterlinas. Casi el doble de lo ofrecido por el joyero de la strada Gabroveni, tal como ella pensaba que debía ser.

Entonces interviene monsieur Sedano, quien también se halla deslumbrado, pues es la primera vez que tiene el aderezo frente a sus ojos, y pregunta al tasador:

—¿Piensa usted que monsieur Breguet se interesaría en las joyas?

—Las alabaría, sin duda. Pero la casa no compra piezas antiguas, desgraciadamente. Ninguna de las casas de la place Vendôme lo hace.

Entonces la princesa las recoge del paño verde donde el joyero las ha colocado para examinarlas y las devuelve al pañuelo, que anuda con todo esmero.

—Pues no tendré más que venderlas en bruto.

Verdurin, al suspirar, entrecierra sus ojos de porcelana vieja.

—Si no hay otro remedio, déjeme recomendarle a unos marchantes serios y responsables en la rue d'Enfer, que le pagarán el precio que yo he estimado.

Siempre acompañada de monsieur Sedano, quien se muestra todo el tiempo solícito, la princesa cierra el trato con Ben Lebovici, uno de los dos hermanos marchantes de joyas de la rue d'Enfer. Una vez examinadas las joyas, y leída la carta de tasación firmada por Verdurin, abre expresivamente los brazos significando que la palabra de su amigo le basta, y sin más trámite ni alegato se pone de pie y descorre una cortina de raso sostenida por anillas, tras la cual se oculta una caja de caudales del tamaño de un ropero, con dos grandes puertas acorazadas.

La abre manipulando una rueda semejante al timón de un barco, guarda las joyas y saca los billetes de banco que deposita uno a uno en manos de la princesa, bajo la mirada atenta de monsieur Sedano, quien parece contarlos con un movimiento apenas perceptible de los labios. Luego se procede a la firma de los documentos de traspaso, con fecha 14 de enero de 1907.

La operación ha concluido por fin. Lástima que Anatoli Florea ya no pudo presenciarla.

Es necesario retroceder al menos un mes, y situar la acción de nuevo en Bucarest. También es preciso acompañar al comisario Albescu a la inusual visita que hace un domingo a su oficina en el cuartel de la Gendarmería de la strada Franceză, después de haber asistido a la divina liturgia en la iglesia de Sfântul Gheorghe Nou, en compañía de su hijo Mircea, pues es hombre de precepto.

Albescu frisa los cincuenta años, pero perdió el pelo desde los treinta, ausencia compensada con un bigote tipo handlebar, las guías engominadas vueltas hacia arriba. No descuida nunca el paso militar, como ahora, cuando sus tacones resuenan en las gradas de la escalera mientras va subiendo hacia el segundo piso, donde se sitúa su despacho. Lleva de la mano a Mircea, de ocho años, fruto de un matrimonio tardío que terminó con la muerte por consunción de su esposa.

Hay dos motivos de inseguridad en la vida diaria de este viudo que no piensa en volver a casarse jamás: uno es la calvicie, para la cual sigue empeñado en probar tónicos capilares alemanes, pues el reglamento de la Gendarmería prohíbe el uso de pelucas, bisoñés o peluquines; y el otro es el catarro intestinal crónico, cuyos ataques se anuncian con un ruido inmoderado de las tripas, cualquiera sea el sitio donde se encuentre, como le ocurrió en medio de la ceremonia en la que el rey Carol I se disponía a imponerle la Orden de la Estrella, y hubo de hacer un esfuerzo heroico de mantener la compostura ante el apremio de correr hacia el retrete. Para paliar este mal sin solución, acude también a recetas varias de la farmacopea profesional y doméstica.

Abre los postigos de la ventana frontera a la calle desierta, y el raudal de luz invernal pareciera destinado a iluminar nada más, como si se tratara de un reflector de teatro, el corcel dorado que, a falta de otro sostén, reposa contra la pared envuelto en el velo de tul. Le ha contado al niño sobre aquel caballo, y ante su insistencia le ha prometido mostrárselo en la oficina, pues no puede salir de allí al tratarse de una pieza de valor probatorio ligada a un caso judicial pendiente de solución.

Lo conoce bien porque lo ha estudiado muchas veces con detenimiento, convencido de que le ofrece un misterio de cuya revelación ya desespera. Le quita el velo y va a ocupar el sillón de su escritorio, mientras anima al niño a acercarse y a tocarlo sin miedo.

Mircea, librado de pronto de la timidez que lo retenía a distancia del caballo, lo palpa con toda soltura, le acaricia la collera de rosas, y luego la manipula, como si se tratara de un torno, que lo es, y las patas delanteras se mueven hacia delante, como si a pesar de su posición incómoda intentara un salto.

La sorpresa empuja al comisario Albescu a levantarse bruscamente cuando ya Mircea rodea el caballo, le toca las ancas y, niño al fin, le retuerce la cola, con lo que un reguero de cagajones, perfectamente redondos y dorados, rueda por el entarimado. El comisario Albescu, aún más sorprendido, no puede reprimir el sentimiento de asco que le impide decidirse a recoger las boñigas, pero ya el niño está otra vez frente a la cabeza del caballo, le jala hacia atrás las orejas, la boca se abre y expulsa de entre los dientes un tubo de cobre.

El caballo dorado, ya sabemos, no tiene órganos genitales, recato de Anatoli Florea al ejecutar la escultura, pero se preocupó de dotarlo de ano y de una tripa de las de embutir chorizos, donde metió aquellas bolas que, al ser examinadas en el laboratorio forense, demostrarán estar hechas de cera de castilla endurecida con goma arábiga y pintadas con una mezcla de amarillo de Nápoles, blanco de titanio y tierra de Siena, de donde resulta el dorado esplendente. Una mera diversión de artista, pues las bolas no tienen nada que revelar.

Al contrario, el tubo de cobre que el caballo expulsa por la boca, el cual mide quince centímetros de largo por cincuenta milímetros de diámetro y se cierra con una tapa de rosca, guarda una hoja de papel enrollada, la cual, una vez extendida, muestra el dibujo al carboncillo de una mujer desnuda, cuya pierna izquierda se halla atrapada por un artefacto ortopédico realzado a trazos duros. Sólo hay color en el vellón del pubis, iluminado en castaño.

Una leyenda escrita al pie en letras violeta reza:

María Aleksándrovna vista por los ojos de su siervo
Anatoli Florea, consumido por la fiebre del amor.

Que un caballo de madera moviera las patas delanteras, cagara cagajones dorados y guardara en la boca un dibujo obsceno dentro de un tubo de cobre, a juicio del coronel Manoliu, aportaba poco a la investigación detenida desde hacía meses en un punto muerto. Sólo se sacaba en claro que aquella mujer retratada en el dibujo, flaca de carnes, con la pierna izquierda mordida por las mandíbulas de fierro de una prótesis, era la amante o esposa del occiso; algo que ya se infería, de todas maneras, del billete de denuncia, ya viejo para entonces, firmado bajo el seudónimo «Abbé Busoni».

¿Qué más se podía hacer? El oficio en demanda de información dirigido a la Comisaría de Policía de Siret tardaba en ser respondido, como era natural, debido al engorroso trámite burocrático que debía seguir a través de los vericuetos de legaciones diplomáticas y ministerios, de Bucarest a Budapest, y de allí hasta llegar, a saber cuándo, a su destino, y luego la respuesta, cuando la hubiera, de regreso por el mismo camino de actas, certificados, firmas, sellos y apostillas.

El coronel Manoliu, benevolente como era, una vez informado del hallazgo por su subordinado, decidió regalar a Mircea el caballo, pues gracias a sus manos, tan inocentes como traviesas, había revelado sus secretos, así fueran banales. Entraría en posesión de la pieza cuando la investigación en curso llegara a su fin y dejara de formar parte del inventario judicial. Un fin que no estaba a la vista.

Pero no era fácil descorazonar al comisario Albescu. Saliendo de la reunión con el coronel Manoliu, pidió un faetón a la intendencia de la Gendarmería y se dirigió a la strada Sepcari, decidido a realizar una nueva inspección en la sombrerería Onfalia, aún bajo resguardo policial, con la puerta precintada.

Entró en el despacho del prófugo dueño del negocio y volvió a examinar el secrétaire, pasando revista de los objetos de la carpeta, el tintero de cristal de roca, el juego de plumas, el abridor de cartas, el secante. Y sus ojos se detuvieron en este último. Lo alzó y, al voltearlo, descubrió en el papel verdoso, montado en la media luna del rodador, la huella de unas letras invertidas, de trazo más vivo, encima de las demás, que, cruzadas en una maraña ininteligible, empezaban ya a apagarse.

Se llevó consigo el secante y lo entregó a los peritos, quienes no tardaron en descifrar la huella de la escritura más reciente. Se trataba de una dirección, anotada seguramente en el sobre de una carta de manera apresurada, dados los rasgos discontinuos de las letras:

Monsieur Julio Sedano
Passage des Princes
Escalier C.
PARIS

El nombre figuraba en el libro de copias de la correspondencia comercial del prófugo, quien sin duda había enviado una carta a aquel monsieur Sedano momentos antes de su huida.

Y nadie escribe una carta para llevarla por sí mismo al destinatario. La portadora era, sin duda, María Aleksándrovna Korchak. Todo esto quería decir que habían acordado huir por separado, ella hacia París, él hacia otro destino aún desconocido.

Las piezas comenzaban por fin a unirse. La respuesta al rogatorio de información enviado a Siret llegó al día siguiente.

Una campesina cicatera

Siret, a 7 de diciembre de 1906

Procedo a responder en debida forma a la requisitoria de auxilio de información cursada por la Gendarmería del Reino de Rumania a través de los canales correspondientes, y como primera providencia acompaño al presente oficio copia auténtica de la denuncia de robo que el 22 de diciembre de 1905 rindió ante mi autoridad Ingebor Langhoff, súbdita del Reino de Prusia y de oficio institutriz de menores, en la confianza de que será útil en el esclarecimiento del asesinato del occiso Anatoli Florea, en curso de investigación por parte de la autoridad requirente.

De la tal denuncia desistió la supradicha Ingebor Langhoff al verse compelida a reconocer que el tal robo, si se había producido, era porque admitía ella en la intimidad de su alcoba al supuesto hurtador, el ahora fenecido Anatoli Florea, un insensato que descuidaba su oficio de peluquero para dedicarse a esculpir caballos de madera; y quien, si había tomado advertencia de las joyas, fue porque la frustrada denunciante habrá presumido de mostrarse con ellas en su presencia.

Esta mujer probó ser de espíritu emprendedor en cuanto a sus relaciones con el sexo opuesto, pues tras su romance con el occiso Florea, una vez que este último huyó de Siret en compañía de la princesa María Aleksándrovna, se entregó en brazos de Vasili Ciprian, campesino bruto pero audaz, empleado como lacayo del difunto príncipe Aleksándr Vasílievich, padre de la susodicha María Aleksándrovna; jovencita que a mí me ha parecido siempre ida de la cabeza según la cuantía y tamaño de sus fabricaciones mentales, como la de proclamar que había en el castillo un artista italiano dedicado a pintar los frescos de la capilla. Mentira como la que más, pues, incendiada por efecto de un rayo hacía lustros, no quedaban de esa capilla más que algunos muros tragados por la vegetación salvaje, como tantas partes y dependencias del castillo mismo, cada vez más abandonadas y ruinosas, dada la indolencia de Aleksándr Vasílievich, abandonado él mismo a sus vicios hasta su muerte, entre ellos embriagarse con aguardiente samogonka y pasarse en vela en el juego del rocambor, adicción mediante la cual fue perdiendo sus heredades a manos de los criados, el principal de ellos el ya mencionado Vasili Ciprian; debiendo soportar el suscrito las denuncias constantes de László el mayordomo, sin que pudiera hacer yo nada, pues si algún delito había en despojar de sus bienes a Aleksándr Vasílievich, era asunto de carácter privado que debía ser denunciado por la víctima misma.

Ahora el lacayo Vasili Ciprian habita el castillo junto con la institutriz Ingebor Langhoff, convertida primero en su amante y luego en su esposa, la cual, lejos de sus ínfulas mundanas y habilidades de políglota, ha tomado la apariencia de una verdadera campesina y, dedicada a la crianza de aves de corral, se comporta de manera cicatera a la hora de tasar el precio de los huevos, patos *y gallinas que vende ella misma en un tenderete del mercado de abastos de Siret.*

Ofrezco cooperación al requirente en igualdad de circunstancias. Ténganme por su seguro y obsecuente servidor,

G. Straufel
Comisario de la Policía Imperial

14. La sacerdotisa suprema de Isis

El comisario Albescu prepara viaje a París en busca del paradero de la fugitiva María Aleksándrovna Korchak, autorizado por el coronel Manoliu. Entretanto, el tema preferido de conversación de Mircea a la hora del desayuno, mientras su padre trata de apresurarlo para que no llegue tarde a la escuela, es el caballo que caga. ¿Cómo caga, si no come? ¿O acaso come? Cuando sea su dueño se propone alimentarlo con cáscaras de naranja muy maduras, así seguirá cagando esas bolas doradas. El padre busca corregirlo: di mejor defecar; pero es imposible moderar su lenguaje.

El martes 15 de enero hallamos al comisario Albescu a bordo de un coche de segunda clase en el tren que hace la ruta de Marsella a París, detenido para un enganche de vagones en la estación de Lyon-Perrache. A pesar de que sus ojos irritados reclaman el sueño, su mente no se aparta del caso Florea: ¿y si eran las joyas robadas de que hacía mención el oficio del comisario Straufel el motivo del crimen? ¿Y si el hueco en la base de la cabeza de modelar sombreros era su escondite? En ese caso estaban en poder de la Korchak, si es que aún no había logrado venderlas.

Esas y otras preguntas van y vienen por su cabeza, y no sabe si tendrá tiempo de responderlas todas durante el curso de su misión. Los viáticos que le entregaron en la tesorería son magros y, aunque hombre de costumbres austeras, el costo de la vida en París se afama astronómico.

El convoy ha sido ya enganchado y, tras un leve empujón en retroceso, que provoca una sacudida igualmente leve del carro, se ponen en marcha. Ha elegido un asiento cercano al retrete, y el olor al desinfectante lechoso que riegan en la taza le pica en las narices.

Catarro intestinal

Cuando el catarro intestinal se presenta acompañado de diarrea constante o intermitente, debemos ensayar los preparados de bismuto y el citrato efervescente; también el silicato de magnesia, el ácido bórico y el electuario de diascordio. Los astringentes vegetales, tal el tanino o el ácido gálico, así como la goma-kino (*Corymbia calophylla*), o el bálsamo del Perú (*Myroxylon balsamum*); y en casos agudos, el opio y alcaloides derivados de este, tales la morfina y la codeína.

En los casos en los que la constipación sucede a la diarrea, procuraremos cohibir aquella suspendiendo todo medio paralizante o astringente. Y facilitaremos el movimiento de vientre con catárticos del tipo osmótico, como el aloe vera y la linaza, dejando de último recurso los edemas de sales minerales.

Si el catarro diarreico reside en el colon o en el recto, usaremos enemas medicamentosos, dando la preferencia a las soluciones bóricas y a los cocimientos de vegetales astringentes. Los enemas con una solución de goma resinosa que tenga en suspensión el fosfato, salicilato o subnitrato de bismuto también se hallan entre nuestras recomendaciones.

[M. Ricard, professeur ordinaire de la Faculté de Médecine de l'Université de Montpellier, *Traité de gastro-entérologie*, 1853].

Cuando cerca de las cuatro de la tarde del miércoles 16 de enero monsieur Sedano se disponía a introducir la llave en la cerradura, madame Aubain, que trajinaba lavando las baldosas del pasillo tres puertas más allá, depositó el balde en el suelo con un golpe de advertencia y le informó que un caballero extranjero con cara de policía había estado a buscarlo ya por tres veces esa mañana.

Le pidió bajar la voz con un gesto de apaciguamiento de ambas manos, y, al no lograrlo, avanzó hacia ella. ¿Extranjero? Hablaba muy raro y le faltaban las palabras. ¿Policía? Tenía el paso militar, pero, además, así vistieran de paisano, los policías olían de manera inconfundible. ¿Inconfundible? Se lavaban las manos con jabón desinfectante y enseñaban heridas de navaja de afeitar en la piel, en las que se ponían tintura de yodo. ¿De dónde sacaba eso? Ella sólo sonrió, suficiente de su sabiduría.

Al preguntarle acerca de su aspecto, le informó que la calva era reluciente y llevaba los manubrios del bigote hacia arriba. Y viniera o no al caso, que las tres veces había mostrado gran urgencia de desocupar el vientre, pues en ninguna de ellas faltó en pedirle las llaves del retrete.

¿Había dejado recado? Hasta entonces pareció madame Aubain recordarlo, y metió la mano enrojecida por la lejía en la bolsa del delantal, de una profundidad insondable, para sacar una tarjeta de visita que tardó en poner en su mano, como si desconfiara de dársela.

Monsieur Sedano tomó la tarjeta con la punta de los dedos y la acercó y la alejó de su vista. Tenía los bordes amarillentos, como si el portador hiciera pocas visitas y las tarjetas envejecieran en su cartera. Y no pudo entender lo escrito en ella:

ANASTASE ALBESCU

CADAVRUL DE JANDARMI

¿Vendría este desconocido de parte del cavaliere Tartini? ¿Estaba relacionada su presencia con la dueña de aquella fortuna en joyas que se hacía llamar madame Langhoff y por cuya venta había percibido él una modesta comisión de parte de los hermanos Lebovici?

¿Podría, de verdad, ser aquel calvo de bigotes de manubrio un policía llegado del extranjero? Fuera como fuera, debía comunicarlo a la supuesta madame Langhoff, por lo que se dirigió de inmediato hacia el albergue de la rue des Écoles.

El comisario Albescu, para su desgracia, ya lo sabemos, no podía hallarse mucho tiempo lejos de algún retrete, y por eso sus mejores lugares para ejercer vigilancia eran los cafés, por suerte abundantes en esta ciudad que le parecía dedicada excesivamente al ocio.

Había uno en la rue de Richelieu, justo donde lo necesitaba, el café Cheval, desde donde podía vigilar, tras la vidriera, la entrada al passage des Princes. Por unos francos, gasto registrado en su libreta para la debida rendición de cuentas, madame Aubain le había dado una apropiada descripción de monsieur Sedano, la más señalada de sus características la barba abierta en dos alas, que aquella hablantina sin freno calificaba de imperial.

El clima se volvía cada vez más atroz, y la niebla que velaba la calle ya a oscuras dificultaba su vigilancia, pero hacer guardia en el pasillo frente al despacho era indecoroso, papel propio de un agente de línea; y tampoco estaba dispuesto a soportar las constantes impertinencias de madame Aubain, aunque no dejaran de resultarle útiles. Según había comentado la última vez, monsieur Sedano no era muy dado a concurrir a su despacho, sobre todo ahora cuando Su Majestad, como ella lo llamaba riendo, tenía una ocupación de faldas. Se había aficionado a una renca.

¿Una renca? No se había equivocado. La Korchak se hallaba en París. ¿Quién otra podría ser, si no, esa mujer de acento extranjero que según madame Aubain subía penosamente la escalera agarrándose la pierna enferma y deteniéndose en cada escalón para visitar a Su Majestad en su madriguera? La pierna donde llevaba la prótesis que mostraba el dibujo obra de la mano de Anatoli Florea. Pero ahora ninguno de los dos había vuelto a aparecer. ¿Para qué, si podía recibirla en su propio domicilio?, se reía, sarcástica, madame Aubain. ¿Sabía ella dónde se hallaba el domicilio de monsieur Sedano? Ella negó, con el desconsuelo de quien pretende saberlo todo, pero, contra su voluntad, debe mostrarse ignorante. París era tan grande. Una aguja se perdía fácilmente en un pajar.

Siendo así las cosas, que monsieur Sedano sostenía relaciones con la fugitiva y ambos se hallaban coludidos, haber entregado la tarjeta de visita a madame Aubain venía a resultar un error, pues los prevenía de manera gratuita de su presencia. Pero, de todas maneras, la tarjeta no llegaría a manos del destinatario antes de que él lo viera entrar al pasaje, cuando lo abordaría sorpresivamente. Y a lo mejor resultaba, contra las apariencias, ajeno a la trama de la Korchak y podía obtener su cooperación amistosa.

En detrimento de sus pesquisas, el comisario Albescu no calcula que, si bien monsieur Sedano accede habitualmente al pasaje por la rue de Richelieu, pues de ese lado se halla la escalera C, que lleva a su despacho, nadie le impide entrar y salir por el boulevard des Italiens, como ha ocurrido ahora, cuando madame Aubain lo pone al tanto de las repetidas visitas del que parece a todas luces policía, y le entrega la tarjeta.

¿Cómo habría hecho el comisario Albescu para dividirse en dos?

Desesperaba sentado a la minúscula mesa del café frente a la vitrina empañada por el aliento de la niebla, obligado a limpiarla con la servilleta. Vigilando la calle mal iluminada por los escasos faroles de las veredas no llegaría a nada. Entonces decidió que, si la Korchak se hallaba efectivamente en París, tal como las noticias de madame Aubain hacían suponer, procuraría localizarla por el otro medio previsto en su plan.

Traía una carta dirigida al prefecto de Policía, monsieur Louis Jean-Baptiste Lépine, firmada por el coronel Manoliu, y al día siguiente se presentó a la Prefectura, un palacio del Segundo Imperio situado en una plaza donde se instalaba cada mañana un mercado de pájaros, tan imponente el edificio como para sentirse avergonzado del decrépito cuartel general de la Gendarmería en la strada Franceză.

Lo hicieron esperar en el vestíbulo del despacho del jefe de gabinete, más suntuoso que la sala de audiencias misma del rey Carol, donde había sido condecorado: cortinajes abullonados en los altos ventanales, guirnaldas de estuco en pan de oro en los marcos de las puertas y, flotando entre nubes en el techo, bacantes desnudas, excedidas de carnes, que sostenían entre todas, con desdén y aburrimiento, una corona de pámpanos sobre la cabeza de Baco.

El jefe de gabinete, corbata de seda y rulos engominados, lo remitió delante del director de Investigaciones Criminales, monsieur Garnier, quien lo recibió de pie, sin dejar de prestar atención a las explicaciones de un tal monsieur Bertillon acerca del uso de una cámara de fotografía antropométrica de su invención, erigida en medio del despacho sobre un alto trípode, con el lente mirando hacia abajo, mientras un ujier hacía las veces de occiso, acostado sobre la alfombra.

Y así fue a parar, por fin, a la Oficina de Control de Extranjeros y Transeúntes, ubicada en el sótano, donde se hallaba el registro de pasajeros de albergues y hoteles; y tras horas sentado en el pupitre donde lo habían instalado, aún sin encontrar rastros de la Korchak, se topó con un dato inquietante: en un hospedaje de la rue des Écoles, cercano a la Sorbona, una mujer procedente de Oberhausen se había inscrito el 3 de diciembre bajo el nombre de Ingebor Langhoff.

¿Había venido la institutriz hasta París en persecución de la Korchak, porque esta se había adueñado de las joyas que el occiso Anatoli Florea le robara a ella? Era extraño, si ahora se dedicaba a criar aves de corral en Siret. Pero debía averiguarlo de inmediato.

Iban a ser las dos de la tarde cuando salió de la Prefectura, la plaza ya en sombras, y las jaulas de pájaros estaban siendo removidas, enfundadas en capuchones, para subirlas a las carretas tiradas por caballos que resoplaban echando vaho por las narices. Se dirigió entonces a pie a la rue des Écoles, un paseo que pensó no le sentaría mal, aunque procuró embutirse bien el sombrero hasta las orejas, pues su calva se resentía con las bajas temperaturas.

Se identificó como familiar de madame Langhoff, y el conserje con aspecto de fraile, sinceramente decepcionado, le respondió que había abandonado el albergue.

—Un día antes y la encuentra.

Sintió una punzada de frustración, pero eso no le impidió someter al conserje a un breve interrogatorio, al cual el otro se prestó gustoso:

—¿Puede usted hacerme una descripción física de madame Langhoff?

—¿Descripción física? ¿No es acaso su familiar?

—No la veo desde la cuna.

—Madame tiene un penoso impedimento para caminar.

—¿Ese impedimento es acaso de la pierna izquierda?

—Sí, monsieur. Se ve obligada a usar de por vida una férula. Siendo niña cayó de un caballo en la Escuela Imperial de Equitación de Berlín y se rompió la pierna de manera irreparable.

—¿Ella se lo ha contado?

—Me ha honrado con su confianza.

—¿Se ha marchado sola?

—Lo ha hecho en compañía de un caballero muy elegante, al que ella llama le fils de l'empereur.

—Y ese hijo del emperador ¿tiene una barba frondosa abierta en dos alas?

—Sí, monsieur. Y una soberbia estampa. Es patente su sangre noble.

Monsieur Sedano se había presentado a todo correr la tarde anterior en el albergue de la rue des Écoles, y, sin decir palabra, la respiración aún agitada, dio a leer a la princesa la tarjeta de visita que ella, tras apenas entreverla, dejó caer al suelo a consecuencia del temblor de sus manos.

—Este hombre es un policía de Bucarest que me persigue injustamente. No puedo explicarle más por el momento. Llévame de aquí —suplicó.

Pronto estaban ya a bordo de un coche de punto que, por instrucciones de monsieur Sedano, se dirigió hacia el número 29 de la rue de Trévise. La princesa apretaba contra el pecho el bolso de trapillo donde guardaba los fajos de billetes de banco, resultado de la venta de las piedras del aderezo.

—¿Es un lugar seguro? —preguntó.

—Es mi domicilio —respondió monsieur Sedano, asido a la agarradera para librarse de las sacudidas del coche, de caja tan pequeña que se veía obligado a sacar medio cuerpo, como si estuviera dispuesto en cualquier momento a saltar.

Se habían agotado el mes anterior sus posibilidades de seguir pagando la renta del altillo en el número 9 de la rue

Chalgrin, y se fue de allí sin llevarse nada más lo puesto, pues la conserje no lo hubiera dejado salir viendo que cargaba alguna valija.

Ahora posaba en los interiores de la Librairie des Mondes Occultes, gracias a la generosidad del sabio Gérard Encausse, mejor conocido como doctor Papus, obispo diocesano de la Iglesia gnóstica, y de quien monsieur Sedano es acólito sublimado.

El comisario Albescu vacila, desconcertado, en la acera frente al albergue de la rue des Écoles, donde el conserje con cara de fraile le ha negado acceso al retrete, bajo el alegato de que es de uso exclusivo para los huéspedes, y ve como una posibilidad de aliviar el vientre el restaurante argelino al otro lado de la calle, hacia cuya puerta se abre paso entre una bandada de estudiantes, pues se acerca la hora de la cena y allí, por tres francos, según se lee en la pizarra, sirven un plato de cuscús y un vaso de vino. El patrón se comporta de manera benévola, y le indica el pasillo donde el olor pestilente lo guía hasta el excusado, avanzando a tientas entre estibas de garrafas y cajas de botellas.

Y mientras se baja los pantalones, piensa: ¿qué le queda ahora? ¿Regresar a Bucarest para confesar su fracaso al coronel Manoliu?

La pareja había bajado del coche de alquiler frente al rótulo de letras dispuestas en arco de la Librairie des Mondes Occultes, que parecían arder en la base, quemadas al rojo vivo. En la vitrina, sobre un pedestal cubierto con los pliegues de una tela de satín, se exhibía un ejemplar de la *Tabula Smaragdina* de Hermes Trismegisto. Junto al libro destacaba el aguafuerte de Pierre Mussard donde se representa al sabio egipcio con el astrolabio en una mano y en la otra el caduceo de las dos serpientes enroscadas.

Monsieur Sedano agitó el cordón de la campanilla, y el doctor Papus en persona vino a abrirles, vestido con una chilaba que realzaba la redondez de su barriga y le daba un aire sacerdotal. Era un hombre de más de cuarenta, pero la barba entrecana, las ojeras profundas y los ojos enrojecidos, seguramente por el exceso de lecturas, le hacían parecer de mayor edad.

Cuando monsieur Sedano intentó presentarle a su acompañante, lo detuvo con un tranquilo gesto de la mano:

—Estaba esperándola —musitó—. Sea bienvenida a este templo del arcano.

—¿La Iluminada lo previno? —preguntó monsieur Sedano en un susurro respetuoso.

—Hace pocos minutos me ha visitado, como todos los miércoles —asintió el doctor Papus—. Pasen, por favor.

Las pálidas ampolletas del gas con las llaves casi cerradas iluminaban débilmente las mesas asentadas sobre garras de grifos, oscuras y pesadas como catafalcos, sobre las que se exponían las novedades, la mayor parte de ellas libros del propio doctor Papus, impresos en rústica, en formato de cuarto mayor, en los talleres de la librería.

Levantando una cortina se pasaba a la imprenta, donde los chibaletes y las mesas de armado cercaban la prensa Minerva de platina, inventada en Boston por Stephen Ruggles gracias a la descripción, pieza por pieza, que el alma de Benjamin Franklin le hizo de ella en un sueño. Tras otra cortina estaba la bodega de materiales, atestada de fardos de papel y barriletes de tinta, en un rincón el lecho plegable de monsieur Sedano.

Pero no es hacia ese dormitorio improvisado adonde se dirigen los pasos del doctor Papus, sino rumbo a una puerta de doble batiente, algo más distante, que se abre hacia el salón ceremonial; y, mientras lo sigue, María Aleksándrovna se va preguntando: ¿quién es ella, la Iluminada, la que anunció su venida a este lugar?

En el salón ceremonial hay una mesa circular asentada sobre un pedestal en forma de cáliz, a su alrededor sillas de espaldares rectos rematados en triángulos con un ojo labrado en el centro, y sobre el paño verde que la cubre descansa una garrafa de agua rodeada de vasos. En la pared, pendiente de un doble cordón, la fotografía de madame Blavatsky, la Gran Esfinge, sacerdotisa de Isis, en un marco oval. La Iluminada.

—Se vio precisada a ausentarse, pero me ha autorizado a convocarla más tarde —anuncia el doctor Papus—. Tomemos asiento.

ѫ

Madame Blavatsky, muerta hacía años, entraba y salía a su gusto y placer de aquel salón para comunicarse con su vicario en el planeta, el doctor Papus, apóstol de Luz. La espiritista más reputada de Europa durante su existencia terrenal seguía siéndolo desde su nuevo plano de vida. Él lo explicó así a la visitante, mientras, a su lado, monsieur Sedano callaba, con aire de pleno convencimiento.

Los pechos llenos y unos cuantos rulos sobre la frente, el vestido cerrado por una abotonadura en seguidilla que llegaba hasta el cuello y realzaba su papada de una sola vuelta, madame Blavatsky imponía su presencia desde la pared, y el doctor Papus parecía agobiado ante el peso de su mirada sabia y complaciente, capaz de hacer saber que en el límite de la complacencia se halla la severidad.

El doctor Papus sirvió agua a María Aleksándrovna y, tras servirse él mismo y apurar el vaso hasta el fondo, extrajo de un bolsillo de la chilaba una hoja de papel doblada en dos, que asentó con el canto de la mano empuñada antes de proceder a leerla:

—Son notas tomadas al vuelo —advirtió—. Le ruego escuchar sin interrumpirme porque no debe ser dispersado el fluido magnético que alienta en las palabras de la Iluminada: «Quien durmió en el fondo del río manda saludarla y comunicarle que no hay motivo de preocuparse por él, pues se encuentra bien y a gusto; agradece su devoción, y le pide encarecidamente que desista de poner a galopar al corcel áureo en el prado y dedique los beneficios del precioso caudal refulgente a una causa noble y necesaria».

La princesa no dio muestras de sentirse conmovida ante el mensaje que el señor peluquero le hacía llegar desde el más allá, y sólo imaginó su alma flotando en el éter, diseminada en una miríada de partículas brillantes; tampoco se asustó cuando se escucharon tres golpes severos provenientes de algún punto detrás de la pared donde colgaba el retrato de la Iluminada, hacia el cual levantó la vista para interrogarla directamente:

—¿Qué quiere decir una causa noble y necesaria? ¿Puedo tener un ejemplo?

El doctor Papus apuró otro vaso de agua, luego se llevó las manos a las sienes y cerró los ojos. Él era el mediador de la Mediadora, siervo privilegiado de la Gran Esfinge. Cuando volvió del trance se restregó los párpados, como si despertara de un pesado sueño, y procedió a hacer anotaciones en la misma hoja de papel con una estilográfica que monsieur Sedano le alcanzó con presteza: «El que busca encontrará, tal como Jeroboam buscó la huella de Solimán. El opúsculo del postergado encierra la causa noble y necesaria. Tómelo por guía».

—¿Habla ahora otra vez quien durmió en el fondo del río? —preguntó la princesa.

—Habla la sacerdotisa suprema de Isis, la que descorrió el velo de la diosa —respondió el doctor Papus.

María Aleksándrovna se volvió entonces hacia monsieur Sedano:

—¿Es usted el postergado que precisa de mí para su causa noble?

Monsieur Sedano respondió con los ojos cerrados, como si el trance acabara de llegarle:

—Este humilde siervo del supremo misterio, el que sólo la Iluminada puede alumbrar, se guiará, obediente, por la lámpara de Ramsés, de la que ella es portadora.

—Sea bienhechora siempre la luz que emana del oriente y no nos apartemos del sendero que nos indica —entonó el doctor Papus, abatiendo la cabeza.

—Pongámonos camino a Oberhausen, monsieur Sedano, porque me persiguen y no tenemos tiempo que perder. —La princesa se levantó abruptamente.

—Eso contradice el mandato de la Iluminada —advirtió el doctor Papus, levantándose también.

—Qué hay en la vida que no sea contradictorio —suspiró María Aleksándrovna.

El apóstol de luz
Gérard Anaclet Vincent Encausse
(doctor Papus)

Gérard Anaclet Vincent Encausse, conocido para la historia como doctor Papus, nace el 13 de julio de 1865 en A Coruña, habiendo sido su padre Louis Encausse, farmacéutico de Poitiers, inventor de un jarabe para la tos que llevaba en el frasco su nombre y efigie, *Sirop expectorant aux herbes du docteur Encausse*; y su madre Clementina Sandomingo, coruñesa, afamada maestra del lenguaje de sordos conforme el método del abate l'Épée.

En 1869, la familia se traslada a Saint-Ouen-sur-Seine, al norte de París, donde el padre estableció su laboratorio y fábrica del sirop aux herbes; y es entonces, camino de la escuela, cuando Gérard, de apenas cuatro años, tiene la primera revelación de lo inescrutable.

Detrás de un patio sembrado de tilos había una vieja mansión, a orillas del Sena, y al otro lado de una de las ventanas de la mansión sonaba un piano. Se acercó el niño atraído por la música. Era la sonata número 2 de Chopin. La puerta principal se hallaba abierta y las estancias, vacías. Aventaban las cortinas en la soledad. Entró. En uno de los salones encontró el piano, y vio que sus teclas se movían bajo los impulsos de unas manos invisibles, como si repitiera los arpegios de otro piano que alguien tocaba en algún otro lugar del mundo. Cuando conoció a madame Blavatsky, comparando fechas y recuerdos determinaron que ese día, a esa hora, ella ejecutaba esa misma sonata en casa de su abuela, la princesa Helena Dolgorúkov, en Sarátov, ciudad de la Rusia imperial.

En 1882, comienza su temprana formación teosófica. Hay disputas acerca de quién fue el primero de sus grandes maestros. Él mismo reconocía la tutoría del sanador espiritualista Nizier Anthelme Philippe, conocido entre sus discípulos como Maître Philippe de Lyon, quien lo tomó como iniciado; pero también aceptaba su deuda fundamental con el marqués Alexandre Saint-Yves d'Alveydre, autor del único alfabeto cabalístico conocido.

En todo caso, el uno o el otro lo introdujeron en el conocimiento de los escritos ocultistas de Eliphas Lévi, autor del gran libro sacramental *Dogme et rituel de la haute magie*, aparecido en 1854, el cual incluye una traducción de *El Nycthemerón* de Apolonio de Tiana. Es en esas páginas donde encuentra el nombre Papus, cuyo significado es *médico*, adoptado en adelante como su seudónimo ritual.

En 1884, muy joven aún, es recibido como miembro de número de la Sociedad Teosófica, a poco de que fuera fundada por madame Blavatsky en su primera visita a París.

Ese mismo año tiene lugar otro encuentro clave en su vida, pues conoce a Maître Philippe de Lyon.

En 1888, abre en París la Librairie des Mondes Occultes. Se hace miembro de la Hermandad Hermética de la Luz, de la Orden Hermética de la Aurora Dorada y de la Orden Memphis-Mizraím. Su carrera se vuelve fulgurante.

En 1891, entra en posesión de los papeles originales, reputados por perdidos, de Joachim Martinez de Pasqually, fundador en 1769 de la Orden Hermética de los Sacerdotes Elegidos del Universo y muerto en Port-au-Prince, Haití, de manera misteriosa en 1779, pues su cuerpo material nunca apareció. Autor del *Traité sur la réintégration des êtres dans leurs premières propriétés, vertus et puissances spirituelles et divines*.

Traba profundo conocimiento de la vida y obra de Louis-Claude de Saint-Martin, principal discípulo de Pasqually y autor de *Le crocodile ou la guerre du bien et du mal*, quien murió tras un ataque de apoplejía que lo sorprendió en plena calle en 1803.

Funda la Orden de los Superiores Desconocidos, conocida también como Orden Martinista, la cual sigue vigente hoy día como uno de sus legados más perdurables.

En 1893, es consagrado obispo diocesano de la Iglesia gnóstica por el patriarca primado Jules Doinel, quien la había fundado en 1890 para revivir las enseñanzas de Basílides, el Apóstol Perfecto.

En 1894, obtiene el título de doctor en Medicina en la Universidad de la Sorbona, mediante la brillante tesis de grado *L'anatomie philosophique et ses divisions*. Abre una próspera clínica en la rue Rodin, donde el *haut monde* acude a tratarse; pero abandona su selecta clientela en aras de su dedicación a las ciencias esotéricas.

En 1895, Jules Doinel abdica como patriarca primado de la Iglesia gnóstica y la deja en manos de un sínodo de tres obispos, uno de los cuales es el doctor Papus, primus inter pares.

En 1897, se une en calidad de gran ministro al Templo de la Aurora Dorada Ahathoor.

En 1900, es llamado a San Petersburgo como consejero secreto del zar Nikolái Aleksándrovich y de la zarina Alejandra Fiódorovna.

Tuvo la oportunidad de probar delante de los soberanos rusos su fuerza trascendente cuando invocó el espíritu de Aleksándr Aleksándrovich, padre del zar, de cuyos labios inmateriales salió el anuncio de que la dinastía Romanov tendría un fin sangriento; pero esa profecía, les aseguró el invocado, quedaría en suspenso mientras el doctor Papus conservara su existencia corpórea.

Desde el principio de su estancia en la corte fue víctima de intrigas palaciegas que terminaron por alejarlo de San Petersburgo, para desgracia de los soberanos, que así se vieron privados de sus consejos y advertencias.

En 1901, de regreso en Francia, colabora con artículos de prensa en el hebdomadario *L'Écho*, bajo el seudónimo Niet, el cual comparte con un tal Jean Carrère. En los artículos que correspondían a la mano de Carrère se insinuaba la existencia de una siniestra agrupación financiera de banqueros judíos que buscaba trastornar la alianza militar franco-rusa.

La naturaleza de tales artículos, imputados injustamente al doctor Papus, contribuyó a la falsa y caprichosa acusación de que fuera él autor del libelo *Los protocolos de los sabios de Sion*.

Nada más lejos de la verdad. En sus escritos sobre ocultismo se basó ampliamente en las escrituras y los textos cabalísticos místicos hebreos, y mal podría señalar a los judíos como malvados conspiradores dispuestos a apoderarse del mundo; tampoco hubiera podido ser nunca gran ministro en el Templo de la Aurora Dorada Ahathoor, formado por iniciados mosaicos. Sin vacilación alguna, volvemos con gallardía en defensa de su memoria.

En 1908, alcanza el décimo grado de la Ordo Templi Orientis, que lo autoriza a establecer un Gran Consejo General Supremo de los Ritos Unificados de la Masonería Antigua y Primitiva.

En 1913, a la muerte de John Yarker, es nombrado su sucesor como gran hierofante de la Orden Memphis-Mizraím.

En 1914, alistado en el ejército francés durante la Gran Guerra, contrae tuberculosis mientras trabaja en un hospital de campaña en el frente occidental.

En 1916, cesa su existencia corpórea el 25 de octubre.

La familia Romanov completa es asesinada por los bolcheviques, y se cumple así la profecía transmitida por el espíritu latente del difunto zar Aleksándr Aleksándrovich.

Anotamos algunas de sus obras científicas más señaladas:
Traité méthodique de la magie pratique, 1898.
L'occultisme, 1890.
Le spiritualisme et l'occultisme, 1891.
Le Diable et l'occultisme, 1905.
La Kabbalah, 1903.
Le tarot divinatoire, 1909.

[Escrito por el maestro de iniciados Martín Felisberto Caparrós, preboste del Templo Universal de la Eterna Armonía, consagrado al apóstol de luz Gérard Anaclet Vincent Encausse. Capítulo de Salta, Argentina. Revista *Ex Oriente Lux*, n.º 5, diciembre de 1947].

15. La diablesa del cabaret de l'Enfer

El doctor Papus ha dejado marchar a María Aleksándrovna, sin ocultar su decepción de que se muestre tan indómita ante las revelaciones de la Iluminada, que para él no son sino mandamientos, y monsieur Sedano la ha seguido a la calle, guardándose de oponer reparos; han tomado otro coche de alquiler y ahora ella se halla ya instalada en una habitación del hotel Terminus, cuyas ventanas miran a la Gare du Nord.

En palabras sibilinas, como hablan por costumbre los muertos, el señor peluquero ha mandado a decirle, desde las alturas del más allá, o de sus profundidades, no se sabe, que se olvide de comprar el carrousel e invierta sus caudales en facilitar el reclamo de monsieur Sedano ante la corte imperial de Viena. Pero en eso no está dispuesta a transigir. Si Anatoli se muestra tan bien y a gusto en su nueva morada, ella no estará ni bien ni a gusto mientras le quede esa deuda por pagar. Y a ese fin, al día siguiente se propone abordar el expreso hacia Colonia en compañía de monsieur Sedano, quien ha tomado habitación en el mismo hotel por cuenta de ella y tiene el encargo de consultar los horarios y comprar los billetes.

Acostumbrado a las limitaciones de su estado de «indigencia galante», había puesto reparos en que se alojaran en un hotel tan caro como este, habiendo en los alrededores de la estación albergues modestos pero limpios. Mas ella le ripostó, dueña del sentido común que nunca la abandona y que usa siempre como un cuchillo acerado, que mientras más de lujo fuera el hotel menos oportunidades tendría el comisario Albescu de hallarla. O de hallarlos a ambos, le dijo, porque ahora los dos estarían puestos bajo su mira.

Seguía monsieur Sedano preguntándose por la causa de aquella persecución, tan enconada como para que un policía se desplazara desde el lejano Reino de Rumania a buscarla. A la vista del aderezo de joyas, que él mismo le había ayudado a liquidar, bien podría suponerse una ladrona profesional; pero a las puertas de ese pensamiento lo detenía la escueta carta de presentación del cavaliere Tartini, donde la reputaba como persona de su plena confianza y proveniente de noble familia; y la palabra del cavaliere era para él oro de ley.

¿Y los caballos? ¿Por qué esa insistencia terca en hacerse con un carrousel?

Sentados esa noche a la mesa en el comedor del hotel, ya retirado el servicio, monsieur Sedano la toma de pronto de la mano, hace que se levante y la conduce frente a uno de los grandes espejos del salón coronados por panoplias de estuco.

—Quiero que conozca a la mujer que se casará conmigo —musita.

Ella busca en la luna del espejo a alguien más, y cuando por fin se da cuenta de la cursilería de aquella propuesta matrimonial, se encoleriza primero, luego se ríe de manera nerviosa y, por último, se llena, otra vez, de piedad.

Pero apenas empiezan a salirle alas al gusano de la lástima, se interpone de nuevo, ruda y grosera, la desconfianza. Pese a ella misma, desconfía de monsieur Sedano, como llegó a desconfiar de Anatoli Florea, con tan funestas consecuencias.

Estaba visto que aquel aderezo de joyas, convertido ahora en fajos de libras esterlinas, estaba destinado a ser un recurrente quebradero de cabeza, capaz de provocar graves desacuerdos, como aquel que llevó al señor peluquero a dormir en el fondo del río, según la expresión de madame

Blavatsky; un fondo oscuro, enturbiado por el légamo, donde sólo se adivina uno que otro destello.

Hubo uno que pretendía un prado mecánico con caballos al galope. Ahora otro, igualmente ambicioso, pretende un título de nobleza.

La palabra perdida

El doctor Papus ascendió a un nuevo plano de vida sin haber concluido su obra capital, cuyos originales han desaparecido, y de la que sólo hay referencias en su correspondencia: se llamaría *Verbum dimissum* (La palabra perdida). En una carta del 12 de mayo de 1913 dirigida a Joséphin Péladan, fundador de la Orden Cabalística de la Rosacruz y autor de la novela *Le vice suprême*, explica que la escritura de ese libro se inspiraba en el cuadro *Calabaza y cráneo*, del pintor toledano Juan Sánchez Cotán (1560-1627), el cual estuvo colgado en la sacristía de la iglesia mayor de Orgaz y pasó luego a manos desconocidas. Se proponía descifrar el misterio de la transmigración de las almas por medio de los símbolos expuestos en el cuadro, que representan la ecuación trascendente:

α = vida plena (calabaza madura) + β = muerte (calavera del ciervo) + γ = nada (fuente de porcelana vacía) = Ω

Esa medianoche, mientras María Aleksándrovna, insomne, escucha el lejano fragor de los trenes en la Gare du Nord, el doctor Papus, vestido siempre con la chilaba y descalzo, la visita entrando por la ventana. Es una imagen casi transparente, tan inmaterial que puede moverse por la habitación a oscuras sin tropezar con los muebles para llegar hasta su lecho.

Extiende la mano derecha y ella siente cuando le toca la frente con las yemas de los dedos: le pide que no se asuste, no se trata de ningún espíritu maligno. Es simplemente que él puede viajar por los planos astrales, desdoblándose de su cuerpo mientras duerme, por eso se presenta descalzo. Y, por lo visto, utiliza la chilaba como camisón.

Luego, sin apartar la mano de su frente, le comunica el mandato de la Iluminada: abordarán el expreso de Viena. En la Herrengasse de la capital imperial, cerca del Hofburg, hay un palacete desocupado, el cual deberán tomar en arriendo por el tiempo necesario, sin que falte el servicio de ayudas de cámara, doncellas, porteros, lacayos y berlina en la puerta. Monsieur Sedano se presentará vestido de frac delante del secretario perpetuo del Hofadel. Ahora sí será oído. Le entregarán en propiedad el castillo de Miramar y sus terrenos adyacentes en la costa adriática, así como un condado en el Reino de Iliria, y tendrá derecho a perpetuidad a una sinecura en el margraviato de Istria.

La admonición del doctor Papus se da en susurros, lo mismo que el diálogo siguiente:

—¿Debo aceptar también la propuesta matrimonial de monsieur Sedano?

—La Iluminada lo estima en todo recomendable. Su nobleza rural, María Aleksándrovna, consta en los registros heráldicos del Hofadel, y contribuirá a la bienandanza del reclamo.

—¿Deberé revelar a monsieur Sedano mi condición de princesa?

—La Iluminada piensa que debe hacerlo antes de consumarse la boda. Las sangres nobles no pueden ignorarse cuando se mezclan.

—¿Debo abandonar el proyecto de comprar el carrousel?

—Para la Iluminada, corte imperial y carrousel de feria son incompatibles.

—¿Debo desistir entonces de viajar a Oberhausen?

—Lo ha dejado bien claro la Iluminada. Su destino ineluctable es Viena.

—Pues he aquí lo que resuelvo: me casaré con monsieur Sedano.

—Sabia decisión que será alabada por la Iluminada.

—Pero compraré el carrousel.

—¿Y dejará así porque sí que monsieur Sedano pierda las posesiones y ventajas que le aguardan? Será una grave decepción para la Iluminada.

—Más vale pájaro en mano que ver un ciento volar.

La imagen del doctor Papus vibra en el aire, en un tremor de exasperación, y desaparece.

Al poco rato se oyen unos golpes pausados en la puerta. María Aleksándrovna acude a abrir. Es monsieur Sedano, en salto de cama a rayas y gorro de noche. Lleva las alas de la barba enfundadas en unas redecillas protectoras, algo que nunca estuvo entre las costumbres nocturnas del señor peluquero.

El diálogo se da así:

—Me ha visitado el doctor Papus, madame.

—A mí también, monsieur.

—Y me ha informado de la decisión que usted ha tomado de aceptar mi proposición, madame.

—Espero que usted esté satisfecho, monsieur.

—Soy su seguro y obsecuente servidor, madame.

—Podemos casarnos en Oberhausen, si usted lo tiene a bien, monsieur.

—¿En una iglesia católica, madame?

—Si no hay de su parte inconveniente, monsieur.

—Nada más fácil entonces que consumar la ceremonia en la catedral de San Esteban, en Viena, madame.

—Lo fácil es enemigo de lo conveniente, monsieur.

—Entonces, le propongo mejor otra cosa, madame.

—Le escucho con atención, monsieur.

—El doctor Papus, madame, haciendo presencia física, puede casarnos por el rito de la Iglesia gnóstica.

—¿Y qué Iglesia es esa que no la conozco, monsieur?

—La que fundó en Alejandría el Apóstol Perfecto, Basílides, madame, de la que el doctor Papus es supremo sacerdote en Francia, y yo, neófito sublimado.

—A falta de pan, monsieur, buenas son semitas.

—Será una unión trascendente, madame, sellada por los siete sellos de los siete arcángeles de Solimán.

—Debo hacerle ahora, monsieur, la revelación de que soy, en verdad, la princesa María Aleksándrovna, hija del príncipe Aleksándr Vasílievich.

—Me lo ha informado el doctor Papus, madame.

—Pues vaya, monsieur, que ese doctor Papus no se tiene la lengua.

ꭗ

El doctor Papus acudió de regreso al hotel Terminus al filo de la madrugada, a bordo de un cupé, y, con la prisa de quien llega a asistir a un enfermo grave, entró en la habitación de la princesa, donde lo esperaban los contrayentes, ahora por la puerta, como cualquier otro mortal.

Se revistió de sus ornamentos episcopales, asistido por el propio novio, el más señalado de ellos el medallón pectoral grabado con la efigie del Gran Demiurgo, creador del mundo y autor del universo; y, acto seguido, procedió a impartir el sacramento del matrimonio establecido en el ritual gnóstico.

Ritual de la Iglesia gnóstica de Francia para la consagración del matrimonio

(Se unirán de manos los contrayentes).

Puesto que toda sabiduría proviene de la eterna dualidad entre la Luz y la Tiniebla, el Espíritu y la Materia, el Bien que creó el Supremo Arquitecto y el Mal que creó el Supremo Caído:

Sostenga el cerdo en su hocico el cetro del rey, y cúbrase el rey con el pelaje del cerdo, eterna mutación de contrarios.

Deje el capullo la crisálida y vuele con las alas de la mariposa, eterna mutación de contrarios.

Deténgase la perpetua rotación del Zodíaco cuando Osiris, Juez Soberano y Supremo, entrega su semilla en los pliegues del cuerpo de Isis, Madre del Cosmos.

(Pondrán rodilla en tierra los contrayentes).

Consagre esta unión la Suprema Armonía representada en el Gran Demiurgo, llamado también Abraxas, llamado también Arconte, dueño de las trescientas sesenta y cinco esferas sublimes y de los siete planetas siderales, quien ungió al profeta llamado Buda en la India, al profeta llamado Zoroastro en Persia, y en Palestina al profeta llamado Jesús, esposo de María Magdalena, tras cuyo tránsito terrenal la Revelación ha llegado y la Profecía se ha manifestado en boca de Basílides, el Apóstol Perfecto.

(Se pondrán en pie los contrayentes. El contrayente procederá a besar en la frente a la contrayente, y el oficiante dará por concluida la ceremonia).

Subieron al coche Pullman del expreso a Colonia en el andén 7 de la Gare du Nord a las cinco de la tarde del jueves 17 de enero, precavidos en hacerlo por separado, pues la sombra del comisario Albescu no se apartaba de la mente de María Aleksándrovna.

—Y pensar que el inventor de estos wagon-lit empezó fabricando ataúdes en Chicago —dijo monsieur Sedano, complacido de hallarse en aquel ambiente de cómodo encierro, tenuemente iluminado, donde los ruidos del tren en marcha apenas se escuchaban y la nieve, pues nevaba desde el mediodía, parecía caer en otro mundo.

—Espero que se sienta tan satisfecho de la comodidad del coche como del paso que hemos dado. —La princesa hizo caso omiso a la referencia inoportuna, tan de pésimo gusto, acerca de los ataúdes.

—Tanto que me siento el personaje, aunque sea inmerecido, de un cuento feérico. ¿Puedo llamarla en adelante mi princesa?

—Llámeme María Aleksándrovna a secas.

—Sepa que no puede esperar otra cosa de mí que la fidelidad eterna. —Tomó su mano y se la acercó a los labios.

—Otros me lo prometieron y fallaron. —La princesa retiró la mano.

—Si alguna razón tiene mi existencia, es curar sus heridas, princesa. —Volvió a tomarle la mano.

—Eso está por verse, monsieur Sedano.

Suerte que aquel matrimonio no se hubiera celebrado bajo el imperio de las leyes civiles, pues el contrayente ocultó el grave hecho de que es un hombre casado.

Eso lo convertiría en reo del delito de bigamia, tal se halla establecido en el artículo 33 del Código Penal de Francia, bajo pena de doce años de hierros. Monsieur Sedano se habría expuesto así a ser recluido en la temible prisión de La Santé, cargado de cadenas.

Casado, entonces, con anterioridad, en matrimonio debidamente inscrito en el Registro del Estado Civil, y del cual habían resultado tres hijos: Maximiliano, Miramón y Guadalupe, según las averiguaciones llevadas adelante por el comisario Albescu, quien no ha permanecido ocioso.

Sus pesquisas en París parecían ya no tener sentido; pero, como quien mira a trasluz una botella vacía, y siendo que su color verde oscuro se presta al engaño, pensó que quizás aún se podían sacar unas últimas gotas. Y el viernes 18 de enero volvió a recorrer la rue de Richelieu, casi desierta, y a situarse en su observatorio frente al passage des Princes. Y volvió a subir la escalera C para hablar de nuevo con madame Aubain.

A cambio de algunos francos más, la mujer recordó que aquel monsieur Sedano era un extranjero llegado de América. ¿Y por qué lo llamaba ella Su Majestad? En su despacho, que limpiaba una vez por semana, había un cuadro del emperador Maximiliano de México, del que monsieur Sedano era vivo retrato, empezando por la barba. ¿Madame tenía la llave? Por toda respuesta ella le mostró una gruesa argolla con las llaves de las oficinas del piso. ¿Podía él asomarse al despacho? Pudo, mediante una nueva contribución que puso en su mano.

No fue una inspección a fondo, porque de pie, en la puerta, madame Aubain, nerviosa, lo urgía cada vez a apresurarse. La máquina de escribir era igual a la que tenía el coronel Manoliu en su oficina, a cargo de un secretario que se sentaba a recibir dictados. Se acercó al retrato puesto sobre el archivador. Y aún tuvo tiempo para echar un vistazo al escritorio, donde estaba el paquete de copias del opúsculo *Historia de una vida*, del que tomó una y se la metió subrepticiamente en el bolsillo del abrigo.

Una hora después, cuando terminó de leerlo, sentado en el café de la rue de Richelieu, el comisario Albescu se había apuntado en el bando de quienes pensaban que monsieur Sedano tenía derecho a su reclamo hereditario; pero eso no lo hacía menos sospechoso de hallarse comprometido en una trama criminal para lograr que la Korchak evadiera la mano de la justicia.

Esa misma tarde volvió a acudir a la Prefectura. Solicitó a monsieur Garnier nuevo acceso a la Oficina de Control de Extranjeros y Transeúntes, esta vez para revisar el registro de residentes permanentes. Buscó en las gavetas de los expedientes, señaladas con las letras del alfabeto, y no fue difícil encontrar el correspondiente a monsieur Sedano, donde constaba una copia de su permis de séjour:

CARNET DE RESIDENCIA TEMPORAL

Nombre y apellidos: Julio Sedano Leguizamo.
Lugar de nacimiento: Pachuca, provincia de Hidalgo, Estados Unidos Mexicanos.
Fecha de nacimiento: 9 de agosto de 1866.
Padres: Ignacio Sedano y Concepción Leguizamo.
Estado civil: casado con ciudadana francesa.
Nombre de la cónyuge: Marion Legrand.
Domicilio actual: 19 rue du Mont-Cenis, Paris 18e.

El lugar de nacimiento en México y el nombre de los padres no coincidían con la información proporcionada en el opúsculo, que sacó del bolsillo del abrigo para comparar. Pero la fotografía adherida a la cartulina no mentía: era monsieur Sedano, los ojos asustados, como si en lugar del lente de la cámara tuviera enfrente el cañón de un fusil apuntándolo.

Muy temprano en la mañana del 19 de enero, el comisario Albescu escribió una larga carta a su hijo Mircea, a quien había dejado en Bucarest al cuidado de su hermana Oana, en estado de viudez como él. Le informaba haber sacado tiempo de sus ocupaciones para visitar la casa Lucotte y comprarle, como regalo de Reyes, aunque lo recibiría de manera tardía, pues lo llevaría con él a su regreso, una caja de treinta y seis piezas de soldados de plomo, vestidos con las casacas rojas del cuerpo de granaderos de Napoleón, entre ellos tres tambores mayores y dos abanderados, y en el set una batería de cañones de campaña montados en sus cureñas.

Depositada la carta, se dirigió hacia Montmartre. El frío le entumía la cara, pero ya no nevaba. El tranvía lo dejó en la place du Tertre, y mientras ascendía por el empedrado de la rue du Mont-Cenis, estrechamente cercada por paredes enjalbegadas en las que se apagaban avisos comerciales y muros cubiertos de manchones de hiedra reseca, iba deteniéndose en busca del número 19. Lo encontró al fin, al lado de un pequeño portón que se abría hacia un patio de vecindad donde colgaban de un cordel las numerosas piezas de una colada, sobre todo manteles y mandiles, y también unas cuantas blusas y calzones de niño.

Una mujer alta, de hombros echados hacia delante, los estaba recogiendo, y las blusas y los calzones parecían en su brazo siluetas de cartón porque se habían congelado.

—¿Madame Legrand? —preguntó.

Ella se metió las mechas rubias bajo la cofia y lo miró, desafiante.

—¿Quién la busca?

Y en ese momento tres niños, dos varones y una mujercita, salieron de la nada y se pegaron a sus faldas.

Marion puso a secar las piezas en el espaldar de un escaño, sobre los sentaderos de unas silletas y sobre la mesa de comer, que arrastró lo más cerca posible de la escotilla abierta de la estufa de fierro. El cuarto era todo, cocina, comedor y dormitorio, una gran cama de dosel, rescatada de quién sabe qué catástrofe, escondida apenas tras una cortina corrediza desde donde llegaba un olor a orines. El comisario Albescu, de pie cerca del dintel, anotaba en una libreta los datos de los tres niños según ella se los dictaba, sin saber para qué iban a servirle ni para qué la historia de penurias relatada, más con resentimiento contra su propio destino que con odio hacia el marido fugado.

Mister Barnum, que ya empezaba a cerciorarse de la irreversibilidad del fracaso de su cacería humana, había invitado a la troupe a celebrar su cumpleaños en el cabaret de L'Enfer, boulevard de Clichy, de algún modo una fiesta de despedida, pues faltaba poco tiempo para que los dejara a todos abandonados a su suerte en Viena.

En disfraz de diablesa mayor, Marion recibía cada noche a los visitantes en el vestíbulo, haciendo pases frente a un caldero del que se alzaban llamas alimentadas por una espita de gas, mientras, en el salón, los músicos, fustigados a latigazos por una partida de demonios, tocaban la *Marche au supplice*, de Berlioz.

En copas rojas, para que dieran la sensación de que los clientes bebían fuego líquido, se servía una mezcla de zarzaparrilla y alcohol barato, el Feu éternel, y en copas verdes, absintio puro, el Diable vert. Avanzada la velada, la orquesta arrancaba a tocar los compases festivos de *La matchiche*, que diablos y diablesas, revueltos con los parroquianos, bailaban con movimientos incitantes de la pelvis, y monsieur Sedano terminó esa medianoche asido a dos manos a las ancas de la diablesa del caldero.

A su vuelta de Viena volvió al cabaret a buscarla. Le propuso matrimonio, se casaron. Nació Maximiliano. Desapareció sin aviso, volvió. Nació Miramón. Desapareció de nuevo. Ella, con los embarazos, no podía seguir en el puesto de diablesa y pasó a la guardarropía de L'Enfer. Regresó el ausente, otra vez con cara de perro apaleado, como siempre. La historia era todas las veces la misma: serían ricos, sus gestiones en Viena progresaban, cada vez estaban más cerca de que sus derechos hereditarios fueran certificados. Nació Guadalupe. Y ahora, junto con él, habían desaparecido los ahorros que ella guardaba de la venta del molino de su padre en Dreux, su lugar natal. En la actualidad lavaba a domicilio manteles y mandiles del Moulin de la Galette, el cabaret vecino, oficio que compartía con otras mujeres de la misma calle.

Cuando terminó de hablar, Marion se quedó desconcertada, como si no supiera qué más se esperaba de ella, y mientras doblaba uno de los manteles para depositarlo en la canasta de las piezas que ya estaban oreadas hubiera querido asomarse a las anotaciones que el comisario Albescu hacía en su libreta para comprobar que sus palabras habían sido bien recogidas.

Porque algo esperaba de aquella entrevista. El comisario Albescu no le había dicho nada acerca de quién era ni del motivo de su visita, pues si se identificaba como policía, su misión de averiguar el paradero de monsieur Sedano podía exponerse al fracaso. Según su experiencia, no había mujer que denunciara tan fácilmente a su hombre, por muchos agravios que le hubiera hecho. Pero Marion era sincera, estaba a la vista. No sabía nada del marido que se había fugado con sus ahorros, esta vez a lo mejor para siempre.

Y si aquel caballero calvo se movía tan inquieto sobre los pies y la miraba a veces con sonrisa bobalicona, no era porque se preparara a hacerle ninguna revelación dichosa concerniente al esposo: la corte de Viena le había hecho por fin justicia. Lo que ocurría es que necesitaba el retrete, pero no se animaba a solicitar el permiso de usarlo, imaginando desde ya la pestilencia del cuartucho al fondo del patio, las cucarachas revolviéndose en el hueco horadado en el piso, y los pedales para asentar las suelas embarrados de excremento; y más se contraía su esfínter al recordar que no llevaba en el bolsillo las hojas de periódico cortadas en pedazos que acompañaban siempre sus excursiones.

—¿Monsieur es amigo de mi marido? —preguntó por fin Marion.

—Cliente comercial suyo, nada más —dijo el comisario Albescu, y tras acariciar por encima la cabeza de Maximiliano, pues los niños habían ido acercándose a él hasta rodearlo, dio la vuelta y se fue, impulsado por la urgencia del vientre.

16. Encuentro sorpresivo en un baño público de Estambul

❀

Temprano en la tarde de ese mismo día, Sol Goldstein se paseaba con pasos cortos en el andén de la estación ferroviaria de Oberhausen esperando a los clientes que habían anunciado su llegada por telegrama.

Vestido con un traje de tres piezas a cuadros azules y amarillos, y la cabeza coronada en apariencia por un peluquín, si bien, en verdad, era lo que sobrevivía de su cabello, parecía más bien un empresario de espectáculos de vodevil y no un próspero industrial.

Por el contrario, su socio Samuel Stein, huesudo y de pómulos pronunciados, la manzana de Adán moviéndose en su pescuezo cada vez que tragaba saliva, el cuello almidonado de la camisa demasiado ancho, y vestido siempre de paño negro, parecía un empresario de pompas fúnebres. O, más bien, el cochero del carro fúnebre.

Ya sabemos que no eran hermanos, ni siquiera parientes. Y a Samuel Stein no vamos a conocerlo pues se encuentra postrado por un ataque de gota.

La princesa recordaba que Anatoli tenía al empresario por bromista, capaz de sacarles risa a los infortunios de su propia vida, como cuando había huido del pogromo agarrándose los calzones; pero no imaginaba que lo fuera tanto. En el coche mismo, camino al hotel, contó cómo un domingo, mientras paseaba por el parque Alexander en Odessa, y habiéndose tomado de previo dos pintas de cerveza, se sintió apremiado de aliviar la vejiga, y sin poder encontrar un urinario acudió a un seto; orinando estaba cuando una abeja meliflua vino a picarle en la parte que, por fuerza de la necesidad, tenía expuesta al aire, lo que le produjo un dolor en extremo agudo y una inflamación para nada placentera que tardó tres días en ceder, sin poder aplicarse pomada alguna, pues ¿cómo iba a presentarse en una apoteca y mostrar dónde era el piquete y dónde la inflamación?

Lo contaba en una mezcla de ucraniano y alemán, interrumpido por ahogos de risa. Monsieur Sedano, a quien se dirigía, lo miraba sin entender nada, mientras la princesa esbozaba una sonrisa forzada.

Al día siguiente, ya instalados en su despacho de la fábrica, Sol Goldstein, después de escuchar a la princesa exponer la clase de carrousel que deseaba adquirir, exclamó que el destino abría sus brazos para cobijarlos, y abrió los brazos para igualar al destino con el gesto. Tenía listo, sin esperar plazos de entrega, lo deseado.

Había sostenido correspondencia con un cliente potencial de gran inventiva, residente en Bucarest, el cual le envió, durante semanas, diagramas detallados del carrousel que proponía le fabricaran. No le gustaban a este hombre los caballos de Stein y Goldstein, según sus cartas; pretendía poner los propios, porque era escultor aficionado, y pedía espacio en la plataforma para treinta y seis piezas, ubicados los caballos de dos en fondo, y debiéndose dejar un lugar para un corcel dorado, hecho también de su mano, a colocarse en solitario, delante de todos los demás, a manera de capitán de tropa.

También pedía espacio para unos divanes, destinados a personas adultas que no quisieran jugar al jinete. Envió esbozos para las pinturas del biombo que oculta la maquinaria y de las cenefas del techo, proyectos de máscaras para las junturas de las cenefas, y hasta el diseño de la caseta de venta de boletos, en su mente como una garita de centinela.

Cotizaciones iban y nuevos cambios al diseño original venían, y, de pronto, aquel cliente potencial, tan inteligente y locuaz, había dejado de escribir, y la correspondencia remitida a su domicilio era devuelta. Se habría aburrido de su juego.

Pero Sol Goldstein se preciaba de tener un espíritu abierto a los experimentos, y se decidió a llevar a la realidad el modelo de carrousel propuesto, que resultó atractivo, ligero, versátil y económico, y ya estaba listo para sus primeras vueltas de prueba.

—Como si este hombre misterioso lo hubiera ideado para las necesidades suyas, madame. —Sol Goldstein abrió de nuevo los brazos, invocando al destino.

—¿Y los caballos? —preguntó la princesa.

—No tuvimos más remedio que colocar los nuestros —respondió Sol Goldstein.

—Quiero ver ese carrousel. —Se puso de pie la princesa.

La fábrica de carrouseles Stein & Goldstein constaba de una sola nave de alto techo y claraboyas circulares en las paredes, los muros tan espesos como los de un cuartel. Suficiente para ensamblar las piezas de los carrouseles que, ya armados, se sometían a prueba, y luego de desarmarlos de nuevo se embalaban para remitir los pedidos a su destino. Los motores y demás elementos eléctricos se encargaban a Mannheim, las piezas metálicas, a Düsseldorf, las de madera llegaban del Jura de Franconia, los caballos eran esculpidos en Turingia, las cajas de música Polyphon se suministraban desde Leipzig, y la lona de toldos y cierres, desde los telares de Gladbach.

—Yo soy solamente el director de orquesta —dijo Sol Goldstein haciendo el gesto de mover una batuta en el aire mientras conducía a los visitante por la nave.

Estaban ahora delante del carrousel de Anatoli Florea, reluciente como un juguete nuevo, y que olía de lejos a pintura de aceite y aguarrás. Uno de los trabajadores frotaba con un paño las ancas del caballo dorado, que, con las patas delanteras en alto, las crines al viento y la cola erguida, capitaneaba a los demás, ensartado en el tubo niquelado.

—Nos hemos esmerado en dar a ese caballo dorado el mayor parecido posible al que nuestro cliente potencial describió tantas veces en sus cartas, con tantos detalles —dijo Sol Goldstein.

—Es un caballo hermoso, pero el otro debió serlo más —suspiró la princesa.

—Me hará usted el honor de montarlo, mientras tanto su señor marido, por su parte, echará a andar la rueda —dijo Sol Goldstein y le ofreció la mano para ayudarla a subir a la plataforma.

Monsieur Sedano empujó la cuchilla, y el ruido del motor inundó la nave. La armazón del carrousel dio un corcoveo y se encendieron los racimos de luces en las cenefas, en el artesonado del techo, en las caras del biombo; y cuando la plataforma empezó a girar, los acordes del fandango *Cuando las blancas magnolias florecen* estallaron alegremente en la caja de música.

Fueron cuatro las vueltas que dio la princesa, montada a la mujeriega en el caballo dorado, asida al tubo con una mano.

—¿Cuál es el valor de este carrousel? —preguntó desde la silla apenas la plataforma se detuvo.

—El mismo precio que ofrecí a mi cliente desaparecido —respondió Sol Goldstein mientras subía a la plataforma—. Cinco mil marcos de plata, o su equivalente en libras esterlinas.

—Eso era porque su cliente desconocido descontaría seguramente letras de cambio durante un plazo. Yo pagaré en moneda constante y sonante.

—Entonces se lleva usted un premio excepcional del diez por ciento. Mercancía puesta en Oberhausen.

—Rebajará otro cinco por ciento para indemnizarme por la afrenta que me hizo al contar en mi presencia ese cuento procaz de la abeja meliflua.

—Vaya que la lengua siempre me castiga. El carrousel es suyo, aunque en la transacción salga yo perdiendo.

—No hay nada más que hablar, entonces, herr Goldstein. —Y le tendió la mano desde el caballo en señal de trato.

—Tendremos dinero sobrante suficiente para la gestión en Viena que aconsejó la Iluminada. —La atrajo hacia sí monsieur Sedano, ya de vuelta en su habitación del hotel.

—No hay apuro, que la corte de Viena no se está mudando a ningún lado, ni Francisco José tampoco. —Se zafó de sus brazos la princesa—. Y nosotros tenemos una caballada completa que atender.

El comisario Albescu había tomado en alquiler una buhardilla de la rue Monsieur-le-Prince, donde se recluía temprano, y hasta allí subía la música de los acordeones de un café vecino que cerraba tarde. Más allá del enjambre de chimeneas que se alzaban sobre los techos mojados, lo que podía verse por la claraboya era un cielo de pizarra, liso y helado.

Además de un lecho pequeño cerrado por un cortinaje, y donde debía dormir con las piernas encogidas, había en la buhardilla una mesa redonda, por el contrario demasiado grande, cubierta con un paño verde que le daba más bien el aspecto de una mesa de garito de juego.

Dispuso sobre la mesa los billetes y las monedas que le quedaban, y se dedicó a hacer cuentas. Apartó un puñado de francos, suficientes para cancelar el adeudo pendiente del albergue, y el otro puñado, que ajustó con algunas monedas, quedaba para pagar el coche hasta la Gare de Lyon; bien podía usar el metropolitano, pero siempre temía perderse en los laberintos subterráneos.

Para el tren podía arreglárselas con esos paniers, las cajitas de merienda que vendían en la estación y traían una presa de pollo, rodajas de embutidos, una pieza de pan, una fruta y una pequeña botella de vino; el vino, un desperdicio, porque le provocaba agrura y jamás lo probaba.

¿Y para la travesía en el vapor hasta Estambul? Debía conformarse con alguno que otro fiambre, algún potaje de verduras con mijo o de garbanzos. ¿Y entre Estambul y Constanza? Ya se vería. Tampoco moriría de hambre si ayunaba.

Sobre la mesa había puesto también la caja de soldados de plomo de Mircea, envuelta en vistoso papel brillante, listado de verde y rojo. La tomó con ambas manos y la sopesó. Las piezas sonaron dentro con un ruido apresurado de pasos, como si la tropa de granaderos rompiera filas.

La pareja fue despedida en la estación de Oberhausen por Sol Goldstein, más festivo que nunca, ya cerrado el contrato de compra del carrousel y el pago recibido en dinero contante y sonante. Al día siguiente sería desarmado para el transporte a Bremen, de donde una línea mercante lo llevaría a Cherburgo, las piezas distribuidas en cajas de pino y bultos de lona conforme un plan de embalaje que en nada desmerecía al imaginado por Anatoli Florea.

Apenas el tren se puso en marcha, las desavenencias entre los esposos se hicieron patentes. Monsieur Sedano insistía en las gestiones ante la corte imperial de Viena con palacete, servidumbre y coche en la puerta, mientras que la princesa alegaba que el dinero aún disponible de la venta de las joyas no podía desperdiciarse, pues sería necesario sufragar los gastos de operación del carrousel mientras no se equilibraran las cuentas de gastos e ingresos en los libros contables.

—Requiero de un plazo perentorio para acabar las gestiones en Viena. —Monsieur Sedano, más que proponer, parece dictar sus condiciones—. Tres meses. Si en este término no me acompaña el éxito, nos consagraremos por entero a las giras del carrousel.

—Y ¿mientras tanto? —la princesa replica con seco tono de perito contable—. Aumentará el lucro cesante debido al peso muerto de la inversión, que deberá permanecer ociosa.

—Detenga la mano de Sol Goldstein por medio de un telegrama. —Monsieur Sedano cierra sus oídos al reparo—. Ordénele paralizar el embarque por el plazo indicado.

—¿Usted cree que yo puedo decir, como Josué, «sol, quédate quieto, luna, detente»? —La princesa se revuelve impaciente en su asiento.

—Hágalo en nombre de nuestra sagrada unión. —Monsieur Sedano cambia hacia un tono que busca ser persuasivo, pero su voz es ríspida—. Y, cuando obtengamos lo que pretendo, ese carrousel lo podrá instalar en el jardín de nuestra mansión de verano en Brest, para su regalo y deleite.

—Es mi regalo y deleite desde ahora y para qué esperar a mañana por lo que ya disfruto hoy. —La voz de la princesa, más que ríspida, es sarcástica—. ¿Y por qué Brest, si se puede saber?

—Se me vino a la cabeza Brest, por ser balneario de moda, como el mejor lugar para que tengamos una mansión de verano. —Vaya si no tenía imaginación, además de terquedad, monsieur Sedano.

—Ha pensado usted en playas de moda y mansiones de verano por su propia cuenta. —La princesa opta ahora por la recriminación entre su arsenal de armas ofensivas.

—La gente de mundo veranea en Brest. —Monsieur Sedano muestra su suficiencia de hombre de mundo, también como un arma—. Allí concurre, por ejemplo, Rubén Darío, amante de la costa bretona.

—¿Y quién es Rubén Darío? —La princesa exagera su gesto de extrañeza hasta lindar con el sarcasmo.

—Un egregio poeta del siglo presente, y de los venideros —sentencia monsieur Sedano, devolviéndole el gesto de extrañeza, como para enrostrarle su ignorancia—. Me precio de haber sido su secretario particular.

—Pues que pasee mucho por la arena con los pies descalzos y los pantalones remangados el señor Darío. —La princesa saca del bolso la polvera, y se examina el rostro detenidamente en el espejito—. Cuántas vueltas no darán esos caballos de madera antes de que tenga yo tiempo de sentarme a mirar la mar desde una reposera, con la mano en la quijada.

—Se arrepentirá si no me escucha. —Monsieur Sedano sentencia de manera admonitoria con el dedo.

—Parece que de amenazas está empedrado mi camino. —La princesa vuelve la cara hacia la ventanilla en el momento en que el tren entra en un túnel, y por un apreciable rato los acompañarán la oscuridad y el silencio que sobreviene entre los dos.

El comisario Albescu regresa a Bucarest con las manos vacías, salvo por la caja de soldados de plomo que lleva de regalo a su hijo Mircea. Tan abatido se halla de ánimo cuando desembarca en el muelle de Gálata, en Estambul, que no piensa sino en solicitar su retiro, igual que lo ha hecho durante todo el viaje; el catarro intestinal, además, recrudece ante los sobresaltos de su mente al imaginarse de pie, frente al escritorio del coronel Manoliu, confesando su fracaso y entregando su arma de reglamento y su chapa de cobre.

Deberá esperar hasta el día siguiente antes de poder seguir hacia Constanza, y no sabe qué hacer, si deambular por las calles cercanas al puerto para luego terminar recogiéndose en un portal como un vagabundo cualquiera; o matar el tiempo en alguno de esos baños públicos con fachada de mezquita, que cobran unas pocas piastras y se mantienen abiertos hasta la medianoche.

Es lo que decide. Encuentra uno venido a menos, El Fénix, cerca de la plaza de Galatasaray, y traspasa el portal cargando su pequeña maleta de cartón comprimido de chapas herrumbradas. El mayordomo, resguardado dentro de una leonera enrejada con listones de madera, recibe el pago y le entrega los chanclos y el pestemal.

A partir de una galería central se reparten las salas, revestidas de mármoles cariados. Desde la penumbra llega el chapoteo del agua de una pila. Entra en una de esas salas, nublada por los vapores de eucalipto que avienta un gran brasero de cobre situado al pie del anfiteatro. Se sienta en la fila de gradas más baja, y ya se adormece cuando acontece lo inesperado.

¿Para qué existe, si no, lo fortuito?

—Quién lo diría —oye una voz atiplada—. Usted me busca, y soy yo el que lo encuentra.

Vuelve la cabeza y dos escalones más arriba distingue, apenas, la figura empañada de un pajarraco escuálido, el copete rubio descolorido en el cráneo, las tetillas flojas y la comba del vientre insinuándose debajo del pestemal atado a la cintura, las piernas demasiado flacas y velludas, como patas que fueran a terminar en garras. El pajarraco lo está mirando de lado, sin voltear enteramente la cabeza, la astilla de turmalina del ojo engastada en la cuenca honda, el pico afilado de la nariz clavándose cada tanto en el aire.

¿Una cacatúa? ¿Un guacamayo?

La imagen obtenida por el dibujante forense, en base a la descripción del marchand de la strada Bazaca, viene a su memoria: el comprador del baúl que sirvió de ataúd al cadáver de Anatoli Florea. El dibujante exageró el tamaño del copete, o es que en estos meses su pelo ha perdido no sólo lustre, sino también volumen.

—Mejor haría en entregarse —se oye a sí mismo decir.

Y su sentimiento es de incredulidad lastimera, y, acaso, hasta de sorna ante sus propias palabras.

¿Entregarse ante quién? ¿Ante él, que se encuentra desnudo y que, aunque llevara la ropa encima, no dispone de ningún arma? ¿Saldría a la calle tapado sólo con el pestemal en busca de un gendarme, arriesgándose a sufrir el castigo de los cincuenta varazos por comportamiento indecente en la vía pública? Y, en todo caso, ¿para decirle qué al gendarme? ¿Que debía entrar al hamam a capturar a un pajarraco, igualmente desnudo, por sospecha calificada de haber metido un cadáver en un baúl lanzado al fondo del río Dâmbovița, en territorio extranjero, a ciento cincuenta leguas de Estambul?

—Soy un caballero, siempre lo he sido —suspira en un tremor el cavaliere Tartini—. Y con gusto me entregaría a usted, pero temo que mis explicaciones no serían suficientes para persuadirlo de mi inocencia. O, al menos, de mis motivos para haber actuado como actué.

—Sus motivos están por verse —responde, ronco de pronto, el comisario Albescu—. Pero de que dispuso de un cadáver metiéndolo en un baúl comprado exprofeso para lanzarlo al fondo del río y borrar toda evidencia del crimen no tengo dudas.

Se extraña del sudor frío que corre por su piel, a pesar del calor sofocante del brasero recién atizado, sobre el que han dejado caer una nueva brazada de ramas de eucalipto.

—Sólo supe del hecho una vez consumado —entona el cavaliere Tartini en un falsete—. Ese hombre atormentaba a su esposa, y se proponía envenenarla, pero ella se adelantó a administrarle el tósigo.

—Si, tal como confiesa, estaba al tanto del móvil del crimen, mi conclusión es que fue usted quien le aconsejó matar al marido. —El comisario Albescu tose, sofocado por el humo.

—Conclusión falsa. —El tono del cavaliere Tartini es ahora de desconsuelo—. A ese peluquero lo conocí ya cadáver, tendido en su cama, y sólo me enteré de sus actos de sevicia muchas horas después de que había ingerido el cianuro.

—A los jueces les costaría creerlo. —Vuelve a toser el comisario Albescu—. Queda a la vista que usted y su amante son cómplices.

—¿Amante? —salta el cavaliere Tartini, ofendido—. Mis gustos sexuales se dirigen en sentido «invertido», como acostumbran a decir los timoratos.

El comisario Albescu siente repugnancia ante el desparpajo de la confesión, y se culpa de falta de perspicacia por no haber adivinado desde el principio lo que los suspiros y los quiebres melindrosos de aquella voz revelaban tan flagrantemente.

—Ya veo cuál moralidad es la suya —busca impostar severidad en su voz el comisario Albescu.

—¿Se cuenta usted en el partido de los timoratos? —pregunta, socarrón, el cavaliere Tartini.

—No me refiero a sus costumbres —responde el comisario Albescu, mortificado por haber abierto aquel flanco delante de su adversario—. Hablo del acto de deshacerse del cuerpo del delito, algo que usted considera legítimo.

—Ayudé nada más a una amiga en desgracia a librarse del cadáver de un mal esposo, porque estaba convencido, y lo sigo estando, de que ella actuó en defensa propia. —El cavaliere Tartini hace y deshace el nudo del cinturón del pestemal.

—Y a tanto llega su identificación con la hechora como para huir junto con ella. —El sudor que le baja copioso por los párpados estorba la visión del comisario Albescu, y la figura del pajarraco se le borra aún más.

—No precisamente juntos. —El cavaliere Tartini ha dejado en paz el nudo, que queda suelto—. Sabiéndolo a usted tras nuestros pasos, nos apresuramos a dejar Bucarest por separado. Un encuentro imprevisto en Estambul, de carácter sentimental, me ha impedido reunirme con ella. Usted sabe, cuando manda el corazón, la cabeza obedece...

Lo está provocando a preguntarle acerca de ese encuentro sentimental, pero no lo hará, de ninguna manera. De seguro, se ha prendado de algún efebo de la Cirenaica, o de

Esmirna, de los que abundan en el puerto, muy capaces de transmitir el mal francés.

Y allí desnudo, y tan próximo al pajarraco que puede oler las toxinas de su sudor, se siente humillado ante su atrevimiento de tomarlo de confidente.

—Reunirse con ella en París —suelta el comisario Albescu, buscando sorprenderlo.

—¿Usted va a París en busca de su fugitiva, o viene de allá? —pregunta, sin haber mostrado sorpresa, el cavaliere Tartini.

—La próxima vez tenga más cuidado en el uso de su secante de escritorio —responde, triunfante, el comisario Albescu.

—Gracias, lo tomaré en cuenta en el futuro. —El cavaliere Tartini hace una mímica de reverencia con la cabeza—. Si viene de París, supongo que gastó las suelas de sus zapatos buscando a esa desdichada.

—Usted adivine si voy o vengo. —El comisario Albescu busca contener la tos, y también la ira.

—Entonces, adivino que viene. —El ojo de turmalina del cavaliere Tartini chispea al dilatarse—. Y adivino que no tuvo suerte en encontrarla.

—¿Quién le dice que no la traje conmigo, y no la he dejado a resguardo en la Gendarmería del puerto, mientras mañana la llevo conmigo de regreso a Rumania, donde deberá responder por su crimen? —lo desafía el comisario Albescu.

—Lo desmiente su cara de derrota. —Se pone de pie el cavaliere Tartini—. Adiviné su fracaso desde que lo sorprendí en la calle, lo seguí hasta aquí y lo vi vacilando si entrar o no, después de contar sus pocas monedas. La próxima vez debería exigir unos viáticos de viaje más justos.

Cuando va a responderle, el pajarraco ha desaparecido, y sólo escucha el eco de los chanclos perdiéndose por la galería.

17. El rey del chocolate

Adelantemos el reloj dos años, lo que duran ya las giras del carrousel ambulante.

La provincia era una mina de oro, había sostenido tozudamente el señor peluquero. No probó serlo tanto. Las ganancias resultaban mediocres y las giras, fatigosas, montando y desmontando las piezas en una ciudad y en otra, en giras acomodadas a los calendarios de fiestas religiosas y cívicas, ferias comerciales y comicios agrícolas, el rango de las poblaciones cada vez menor. Y más fatigoso aún para la princesa, mientras viajaban en los vagones de segunda clase, o mientras cenaban en el refectorio de las casas de huéspedes, escuchar la constante cantinela doliente de monsieur Sedano, quejándose de la postergación de su reclamo ante el Hofadel.

Pero ella ponía oídos sordos, como había sabido hacerlo en tiempos pasados ante el acoso del señor peluquero; y si coser y adornar sombreros le sirvió antes de escape y mampara, ahora, una vez retirado el servicio de la cena, lo que hacía era abrir sobre la misma mesa los libros contables y dedicarse a inscribir cifras en las columnas del debe y el haber.

—¿Cuál es el propósito de esta vida errante, madame? —se impacientaba monsieur Sedano—. ¿Me lo puede usted explicar?

—La vida es la vida, monsieur. —Raspaba ella el folio con el filo de un cortaplumas para enmendar una cifra mal anotada.

Pero en septiembre de 1909, tras ir y venir por villas y villorrios, embalar y desembalar, localizar baldíos donde instalar el carrousel y tramitar permisos municipales, les tocó hacer estación en Noisiel-sur-Marne.

Y todo habría de dar un vuelco la misma tarde de su llegada, cuando recibieron en el albergue la visita inesperada del alcalde, monsieur Henri Menier.

ꝑ

El nombre Menier estaba en boca de todo el mundo, literalmente, gracias a los chocolates de cuyo formidable aparato de propaganda el mismo monsieur Sedano formaba parte, pues, si bien recordamos, repartía en lugares concurridos de París volantes con la imagen de la niña que escribía las palabras CHOCOLAT MENIER en una pared, armada de una barrita de chocolate Menier.

Monsieur Henri Menier, el rey del chocolate, no era célebre sólo por la célebre golosina. Figuraba de manera constante en las planas de los periódicos y en las páginas de las revistas ilustradas, gracias a las fiestas suntuosas ofrecidas en su yate, las regatas de vela y las carreras de automóviles; pero, allí, sentado frente a ellos en el comedor de la pensión, que olía a sopa de puerros y aceite rancio, aquel brillante sportman parecía más bien excusarse de importunarlos con su presencia.

Grueso de tronco, las patillas abundantes, bien abotonada la levita bajo la que resaltaba una barriguita satisfecha, llevaba un quepis de ala corta, como los patrones de las barcazas de mercancías que navegaban por el Marne, y sostenía en el cuenco de la mano una pipa de arcilla.

Papeles invertidos, pues era monsieur Sedano, tan altivo, melindroso y refinado, quien parecía ser el rey del chocolate, y monsieur Menier, en cambio, ese ordinario patrón de barcaza que venía a rendirle cuentas de la entrega de una carga de sacos de cacao en el muelle de las bodegas de la fábrica.

Monsieur Menier había aparecido de improviso, cuando se hallaban cenando, y se excusó de no acompañarlos a comer, pues sacando su reloj del bolsillo indicó, entre gestos y palabras, que andaba apurado resolviendo mil cosas, pues se había casado su sobrino Georges con madeimoselle Legrand, y la noche siguiente se daría el banquete nupcial de dos mil quinientos cubiertos en la Ferme du Buisson, para el cual tenía el gusto de invitarles; más tarde recibirían las tarjetas.

Pero tan importante como lo anterior era lo siguiente: no debían instalar el carrousel en terrenos del parque de la comuna, conforme habían solicitado permiso en el ayuntamiento, pues él los contrataba para que lo hicieran en los predios de la misma Ferme du Buisson, al lado del circo de su hermano Albert, quien ofrecería una función de gala en homenaje a los desposados. Al terminar la función, los concurrentes serían invitados a subir al carrousel.

Luego de que los desposados se hubieran ido en viaje de bodas, dejándolo por fin en paz, tendría otra propuesta por hacerles, para lo cual los visitaría de nuevo.

Miró a la pipa que tenía en la mano, la sopesó, como en busca de acordarse de algo que hubiera olvidado decir, que al fin no recordó; y luego, sacudiendo un tanto la cabeza, como si la despejara de olvidos, o de dudas, se fue sin despedirse.

—Parece un hombre olvidadizo —comentó monsieur Sedano.

—La sopa se enfría —fue toda la respuesta de la princesa.

Vamos a la boda... y al circo, mis amigos

Crónica volandera en tres ¡oh!
Por Mlle. de Maupin

Primer ¡oh!: el banquete nupcial

Qué acontecimiento social el matrimonio de M. Georges Menier con Mlle. Simone Legrand, celebrado el reciente 15 de septiembre en París, en la iglesia de Saint-Pierre de Chaillot. La inolvidable ceremonia reunió a los más conspicuos representantes de la política, la industria y las artes de la República francesa. Hubo el banquete de estilo que mereció crónica aparte. Pero otro convite más nutrido ha tenido lugar al tercer día en la Ferme du Buisson, en Noisiel-sur-Marne, al cual se sentaron nada menos que dos mil quinientos invitados, atendidos por doscientos maestresalas y otras tantas camareras.

Al entrar, tres mayordomos vestidos de riguroso frac, severamente ceremoniosos, mostraban una garra blanca, es decir, su mano enguantada, para reclamar la tarjeta de invitación impresa en elegante cartulina de lino, personal e intransmisible, gesto con el que, parafraseando el verso de la sin par Marion Delorme, parecían advertir: «Aquí no se entra fácilmente».

En la mesa principal destacaba la hermosa escultura, trabajada en chocolate blanco, «Amor al acecho», regalo de bodas de los fieles obreros de la casa Menier, de los cuales había una nutrida representación. Esta obra de arte, por desdicha efímera, fue esculpida por el artista espontáneo M. Logre, uno de los más antiguos operarios del plantel de pulverización.

M. Henri Menier, tío del novio, cabeza del emporio Menier, al tomar la palabra agradeció a la delegación de los trabajadores su presencia; e hizo memoria de la titánica historia de la familia a lo largo de tres generaciones, desde que en 1825 su abuelo, Jean-Antoine Brutus Menier, vino a establecerse a Noisiel cuando era este un villorrio de apenas doscientos habitantes.

«¿Y qué es ahora Noisiel sino sede de una pujante factoría, capaz de brindar empleo seguro a miles de obreros y dar cobijo y albergue a sus familias?», prosiguió M. Menier, acudiendo a sus notas. «Una ciudad fabril del futuro, tal la Nueva Icaria de Étienne Cabet, dotada de higiénicos falansterios diseñados por arquitectos de la talla de Bonneau y Sauvestre, clínicas médicas, tiendas de suministros al costo, parques de recreación, jardines de infantes, casas de retiro para los pensionados, una biblioteca pública y escuelas que funcionan bajo el moderno método del pedagogo alemán Friedrich Fröbel, basado en la observación, el juego y la vida al aire libre...».

Y así es. El afán de modernidad y progreso han sido el motor de esta familia, tal se expresa en la arquitectura de los edificios donde se albergan los distintos procesos de la fábrica, y las demás construcciones de carácter social y recreativo. Trajo a mente el orador el edificio diseñado y construido por M. Gustave Eiffel para exhibir los productos Menier en los predios de la Exposición Universal de 1889 en París, el cual fue desmontado piedra por piedra y levantado de nuevo en Noisiel. Emblemática construcción conocida como «la catedral», con su torre del reloj y sus paredes de mosaicos cuyo motivo son las flores del cacao oriundo de Nicaragua, país tropical de la América Central donde se concentra la producción agrícola del fruto, materia prima de la fábrica, en fincas de pródigas tierras, propiedad también de la familia.

Y nos explicó en su alocución cómo, para rendir homenaje al genio de M. Eiffel, amigo entrañable de la familia, la casa Menier presentó en la Exposición Universal de 1900 una réplica a escala de su gloriosa torre de acero que hiende los cielos de París ¡hecha de doscientas cincuenta mil tabletas de chocolate envueltas en el proverbial papel de estaño dorado!

¡Una pequeña muestra, una bicoca para esta fábrica que produce por año veinticinco mil toneladas de chocolate! Delicia pregonada por la niña que escribe de espaldas las mágicas palabras CHOCOLAT MENIER, feliz reclamo nacido de la inspiración de Firmin Bouisset, quien tomó como modelo a su preciosa hija Yvonne, como recordó también el disertante, al tiempo que pedía un aplauso para ambos, presentes entre los invitados.

¿Una dinastía, la familia Menier? Pues sí. Una pujante dinastía ilustrada, amiga del progreso y de la aventura de la inteligencia humana. Aunque ha habido malentendidos, señaló el orador, con su proverbial gracejo irónico. Como, por ejemplo, cuando su padre, Émile-Justin, fue objeto de la atención del célebre escritor Flaubert. (Y en este punto leyó la cita correspondiente): «¿El centenario de Voltaire, montado y dirigido por Menier, el chocolatero? La ironía no abandona a este pobre gran hombre; ¡los homenajes y las injurias persisten como si aún viviera! Aunque, después de todo, digo una estupidez, pues ¿por qué un chocolatero sería menos digno de comprenderle que cualquier otro?».

Rio M. Menier, y reímos todos, cuando concluyó: menos mal que, al final de ese párrafo, M. Flaubert declara su propia estupidez respecto al juicio sobre mi padre. Un chocolatero que comprendía no sólo a Voltaire, de quien era devoto lector, sí, señor, sino también a La Salle, y a Gambetta, y a otros pensadores libérrimos, y lo mismo leyó y comprendió al propio Flaubert, de cuya suerte estuvo pendiente, con indignación, cuando fue llevado a juicio acusado de violentar la moral pública a causa de una novela que hoy no asusta a nadie y leen hasta los escolares.

Tras los nutridos aplausos, muchos se disputaban el honor de felicitarle. Y tras las felicitaciones, vino el banquete. Aquel ejército de maestresalas y camareras, en orden como para una batalla, comenzó el servicio de los platos, un ballet que nunca rompió su armonía de pasos, en avances y retiradas.

El ortolan en cercueil y la côtelette d'agneau à la martyre, sacados por M. Bravard, chef de la familia Menier, del recetario privado de Luis XVIII, compartieron celosa vecindad con el faisán à la normande y el civet de liebre provenzal; la pierna de ciervo rojo de Orleans, en salsa oscura de níscalos y champiñones silvestres, en disputa con la sopa de nidos de golondrina, exquisitez oriental de los tiempos de la dinastía Tang; y los écrevisses à la Nantua en contienda cerrada con la cabeza de jabalí al horno, expuesta en bandeja de plata con todo y sus blancos y pulidos colmillos; para no hablar de las carpas enteras, tencas y besugos pescados la misma tarde de los estanques de la Ferme du Buisson, puestos sobre un lecho de verdes y eglógicos pámpanos. Todo ello sin que faltara en ningún momento, rebosante en las copas, el Château Margaux, cosecha de 1898, precedido por un La Tour-Blanche, egregios vinos elegidos para la ocasión por el propio anfitrión, M. Menier, tan sapiente como un sommelier de escuela.

Segundo ¡oh!: el circo

Concluido el banquete, los invitados se dirigieron hacia la carpa del circo creado como diversión propia, y para regalo de los amigos, por M. Albert Menier, tío de los recién desposados. Lo hizo trasladar para esta ocasión desde su sede en el boulevard Victor Hugo, y fue ubicado al final de la extensa arboleda, propiamente en el espacio destinado al picadero, por lo que se hallaba rodeado de las grandes caballerizas.

No había forma de perderse por el camino. Fanales de gas alumbraban a ambos lados los guijarros blancos que señalaban la ruta por la cual marchábamos en alegres grupos, bajo el acicate del abundante champaña escanciado desde el comienzo de la jornada, amén de los vinos ya referidos, y el cognac, y los cordiales.

La carpa, ¡oh sorpresa!, tenía una suntuosa antesala, una especie de jardín de aclimatación donde podían admirarse plantas exóticas. Y para quienes no hubieran quedado saciados, estaban allí, acomodadas sobre una larga mesa, las torres y fuentes de los postres. No nos entretendremos en describirlos aquí, pues su variedad y abundancia vuelve imposible la tarea; sólo se dirá que reinaba una tarta nupcial de cinco pisos, custodiada por dos soldados de chocolate de tamaño natural, a los cuales estábamos autorizados a quitar un botón de la guerrera, un adorno del quepis o un pedazo de mejilla de un cariñoso mordisco.

¡Y comenzó la función al sonar los tambores vascos, cuando se acercaba la medianoche!

¡A nosotros los payasos, y sus divertidísimas guasas, sus atrevidos juegos de palabras! ¡Larga vida a los payasos, sean los payasos para siempre! ¡Y las comiquísimas estrellas de este circo, no se las pierdan! ¡Nada menos que la desternillante pareja formada por Footit y Chocolat!

Y ¡atención! Gracias a la amistad de M. Albert Menier con el gran empresario americano Phineas Taylor Barnum, el zar americano de los espectáculos inusuales, este envió desde su carpa en Coney Island un peculiar cortejo de embajadores.

Entró de primero a la pista, al son de una fanfarria, el matrimonio formado por el minúsculo general Tom Thumb, de sesenta centímetros de alto, vestido con sus arreos y entorchados militares, y su no menos minúscula esposa, Mrs. Lavinia Thumb. ¡Si no serán famosos! Por tratarse de los seres más pequeños del mundo los invitó la reina Victoria, décadas atrás, a tomar el five o'clock tea en Buckingham Palace; y el presidente Lincoln y su esposa Mary Todd, la primera dama, los recibieron en audiencia en la Casa Blanca; reputados hoy como los seres más viejos del mundo, fueron capaces de bailar el minuet que tocaba una orquesta ¡de media docena de monos de Borneo armados de violas y violines!

Luego hizo su ingreso el gigante Porfirio, para cuyo taparrabos se requieren las pieles de media docena de tigres de Bengala, capaz de arrastrar con una sola mano un carromato al que subieron tres docenas de los invitados a la función; acto seguido, una odalisca de Basora, de doble cabeza, cantó a dúo una romanza al compás de su cítara...

Pero aún faltaba Tutu, la elefanta de Bihar, de seis toneladas de peso, que llegó a El Havre encadenada en las bodegas del mismo buque trasatlántico donde viajó la troupe de Mr. Barnum.

Es asombrosa. Baila el bolero, alzada sobre sus patas traseras, con la ligereza de una gacela; come en la mesa, la servilleta alrededor del cuello, como una dama de postín, y cuando ha terminado llama a Chocolat, quien hace de camarero, para pedir la cuenta, haciendo sonar una campana (en lugar de utilizar para ello su magnífica trompa, como observara juiciosamente Chocolat). Y, de sobremesa, toca el bombo, monta un velocípedo y, ya para despedirse, se polvea frente a un espejo mayúsculo...

Tercer ¡oh!: el carrousel

Terminada la función, se nos invita a disfrutar del carrousel instalado al lado de la carpa, todo vestido de luces de oro, fulgurantes los caballos primorosamente enjaezados con arreos de fantasía. Suben las damas y damitas a los corceles, y estos se muestran dóciles bajo su preciosa y delicada carga. Ascienden y descienden en sus giros como si volaran en pos de la magia de los rigodones y las polkas que brotan de la vistosa caja de música y nos hablan de no sé qué ensoñaciones de infancia, el mazo del bombo, los platillos y las baquetas del redoblante movidos por manos invisibles para acompasar las melodías...

Destaca un corcel dorado, en solitario delante de los demás, que galopan en parejas, y a su montura ha subido la recién casada, mientras el consorte, de pie, a su lado, sostiene el bocado como si buscara sosegar la cabalgadura. Estalla el magnesio, y esa es la mejor de las fotos nupciales en esta noche de dulces excesos, los espíritus y los estómagos ahítos.

La pareja de empresarios dueños del carrousel, M. y Mme. Sedano, se afanan en que todo funcione a cabalidad. Él, muy aristocrático de figura —no en balde su parecido con el desgraciado archiduque Maximiliano de Austria causa la admiración de los invitados—, se encarga de cambiar los cilindros en la caja de música a fin de que no falte el acompañamiento melódico; ella, vestida adustamente, se mantiene vigilante al lado del motor, dispuesta a empuñar la palanca para detener la rueda o echarla a andar, con arte suficiente a evitar sobresaltos.

Les aguarda un largo viaje, pues, según me ha confiado mi dedito meñique, han llegado a un entendimiento con M. Menier para llevar el carrousel al tórrido país de Nicaragua. Este será, nada menos, el obsequio que el magnate envía al ilustre varón cuyas sabias manos empuñan las riendas de su patria, el general José Santos Zelaya.

[*Le Courrier de Noisiel*, 20 de septiembre, 1909].

Le Courrier de Noisiel, que circulaba un día sí y otro no, se hallaba desplegado sobre la mesa del desayuno, y monsieur Sedano leía en voz alta, mientras recorría los renglones con el dedo, que se iba manchando de tinta grasa. Las cuatro planas tamaño estándar venían ocupadas en su mayor parte por la crónica volandera del reportero que se ocultaba bajo el seudónimo femenino de Mlle. de Maupin, las columnas de apretadas letras sólo interrumpidas por las fotografías enmarcadas dentro de orlas florales.

Un jovencito de levita estrecha, bigote rubio y sombrero melón, muy dado a reírse antes de soltar una frase, se le había acercado para averiguar, libreta en mano, acerca del mecanismo de la caja de música; pero en ningún momento había preguntado sobre el viaje a la América Central que en la crónica se daba por sentado de manera tan tajante.

—Salvo que usted sepa algo que yo ignoro. —Monsieur Sedano alzó los ojos para mirar a la princesa, ocupada, mientras tanto, en cascar el huevo colocado en su soporte.

—Monsieur Menier se presentó mientras yo me encargaba de vigilar la instalación del carrousel, y hablamos del tema. —La princesa usaba las uñas para desnudar el huevo—. Pero usted en esos momentos dormía en la alcoba en horas diurnas, como siempre.

—No dormía, me ocupaba de preparar cierta correspondencia dirigida al doctor Papus. —Monsieur Sedano sacudió las páginas del periódico entre sus manos, en muestra de impaciencia.

—Quien sigue en la necedad de aconsejarle la visita a su tío el emperador en la corte de Viena. —La princesa escarbaba ahora el huevo con la cucharita.

—Madame Blavatsky ha logrado penetrar en los sueños de la duquesa de Hohenberg, consorte del archiduque Francisco Fernando, heredero al trono, y está en plan de convencerla de que favorezca mi causa. —Monsieur Sedano soltó con desdén el periódico, que cayó desvaído sobre la mesa—. Pero, lamentablemente, nada de eso es de su interés.

—Tal vez en ese país de Nicaragua haya un ducado libre, conveniente a sus ambiciones, monsieur. —La princesa se llevó la cucharita a la boca.

—Allí lo que hay son salvajes sin ley ni razón, madame. —Monsieur Sedano retrocedió alarmado en el asiento, como si se alejara de algún peligro inminente.

—No es la opinión de monsieur Menier. —La princesa aplicó con leves toques la servilleta a la barbilla, por la que se derramaba la yema líquida del huevo—. Se construirá un canal para unir los dos océanos, y ya no habrá lejanías en el mundo.

—Esos son sueños de opio, madame. —Monsieur Sedano movió desconsoladamente la cabeza—. Usted no conoce la imaginación de aquellas gentes del trópico, capaz de poner a navegar barcos en medio de la selva.

—Monsieur Menier se halla tan convencido que ha comprado extensas tierras vecinas a su plantación de cacao, junto a un lago que será parte del canal. —La princesa dispuso la servilleta, encendida de entusiasmo—. Imagine lo que esas tierras llegarán a valer.

—Un hombre que celebra la boda de su sobrino con una función de circo no puede sino tener alma de prestidigitador. —Monsieur Sedano frunció los labios de manera despectiva.

—¿Lo menosprecia también por haber sumado a su espectáculo nuestro carrousel? —La princesa meditaba si tomar otro huevo de la gallina de porcelana—. Ya veo que tiene usted en poco nuestro oficio, monsieur.

—Me malinterpreta, madame. —Monsieur Sedano levantó las manos en señal de alarmada protesta—. Lo digo porque ese rey del chocolate se está sacando de la chistera todo un canal interoceánico; y ese tal general Zelaya es otro prestidigitador. Todos los dictadores lo son.

—Ya quisiera usted sacarse de la chistera una fábrica de chocolate como esta de aquí, y una plantación de cacao como aquella de allá. —La princesa desistió de comerse el segundo huevo, y colocó la tapa sobre el recipiente.

—Nunca he usado chistera alguna porque no tengo alma circense. —Monsieur Sedano sonrió amargamente—. ¿Debo entender, entonces, que es asunto convenido ese viaje?

—Hemos hecho un trato verbal, que será formalizado ante notario. —La princesa daba por concluido el desayuno y se ponía de pie, apoyándose en la mesa—. Y el señor presidente Zelaya ha dado su aquiescencia.

—¿Y cuándo ha ocurrido todo eso? —La voz de monsieur Sedano sonaba ahora rota por el resentimiento.

—El día de ayer. —La princesa afirmó la suya, lejos de cualquier blandenguería—. Monsieur Menier le anunció por el cable submarino la llegada del carrousel, y el presidente ha contestado con entusiasmo por la misma vía.

—¿Ha vendido usted el carrousel? —Monsieur Sedano la escudriñaba, lleno de asombro—. Y si es así, ¿para qué necesitamos nosotros hacer ese largo y tedioso viaje?

—No lo he vendido. Pero el contrato de renta por un año señala una opción de compra. —La princesa se apoyaba ahora en el respaldar del asiento—. Si el presidente Zelaya quiere quedárselo, bien. Si no, regresamos a Francia con él.

—Un negocio con bemoles, para el que usted no tiene empacho en valerse sola. —Monsieur Sedano recogió el periódico, lo dobló y se lo puso bajo el brazo, como si fuera a irse, pero no se movió del asiento.

—Monsieur Menier pagará por la renta de un año lo mismo que ha costado el carrousel. —La princesa avanzó unos pasos hacia la puerta—. Si el carrousel se queda en Nicaragua, pagará el doble. ¿Dónde están los bemoles?

—Todo ha sido hecho a mis espaldas, allí están los bemoles. —Monsieur Sedano sacudió con desdén el periódico, que crujió entre sus manos, y la corriente que entraba por una de las ventanas lo desplegó y lo hizo volar hacia la calle, deteniéndolo antes un momento en el aire.

—Eso le pasa por dormir en horas diurnas, monsieur. —La princesa le regaló una amplia sonrisa y siguió su camino hacia la puerta.

—Con usted, no importa a qué horas uno se acueste, madame, el riesgo es el mismo. —Monsieur Sedano le devolvió la sonrisa, pero fue sólo una mueca amarga.

—Al menos, debería dormir con un ojo cerrado y el otro abierto. —La princesa cerró tras de sí la puerta.

José Santos Zelaya, quien lleva ya tres lustros en la presidencia de Nicaragua, y no tiene intenciones de apartar las manos del timón de la barca del Estado, fue compañero de estudios de Henri Menier en la Academia Militar de Saint Cyr, egresados ambos con el grado de tenientes de infantería; volvió el uno a su tierra a encabezar la revolución liberal que lo encumbró, y el otro a Noisiel para ocupar el trono de rey del chocolate, una vez muerto su padre.

Aquel conmilitón suyo que ascendería a general, y al mando supremo en 1893, tras acciones de guerra y maniobras políticas en cuya naturaleza monsieur Menier no ha ahondado delante de la princesa, se casó con una joven belga, madeimoselle Blanche Cousin, originaria de Lieja, a quien conoció en París en un baile de cadetes. Y el propio monsieur

Menier fue el padrino de bodas, una ceremonia íntima celebrada en la parroquia de Notre-Dame de Versalles.

Que su viejo amigo es un reformador de credo positivista, y no un déspota cualquiera, en eso sí ha insistido monsieur Menier. Y además de ser dueño del poder político, lo es de prósperas plantaciones de café, que él mismo beneficia y exporta. «Si yo soy el rey del cacao, el grano de los dioses, él lo es del café, el grano de oro», le ha dicho a la princesa, con sonrisa complaciente.

Liberal de doctrina y acción, ha librado a su patria del dominio de la Iglesia romana y de la vieja oligarquía, y ha llevado hasta aquellas tierras tropicales los beneficios del progreso moderno, el ferrocarril, la energía eléctrica, el telégrafo, el cable submarino, un puerto marítimo para exportar el café, maderas preciosas, bananos. Y el cacao.

Y ahora ansía rematar su obra haciendo construir el canal interoceánico, para lo cual ha negociado empréstitos con Alemania, Inglaterra y Japón. ¿Que tiene mano firme? Claro, un país semejante, sumido antes en la peor de las anarquías y en el oscurantismo retrógrado, no puede avanzar sin determinación contra los enemigos del nuevo orden. No en balde su amigo se ha visto obligado a expulsar al obispo papista del país, a lomo de mula a través de la frontera, por sus prédicas insidiosas desde el púlpito.

Aquel mismo lunes 20 de septiembre ella escuchaba los alegatos de monsieur Menier, que no tenía por qué disputar, mientras lo veía pasearse por el entarimado de su despacho en el último piso de la Casa del Reloj, en tanto el notario, maître Jean-François Fogel, apartado en un pupitre, se ocupaba de escribir los pliegos de la contrata del carrousel; y, sin dejar su perorata, monsieur Menier se asomaba a la vidriera para vigilar las labores en la nave de cocción, desde donde subía el embriagante aroma del cacao fermentado que hervía en las grandes y relucientes marmitas de cobre, la oscura pasta batida lentamente por las palas movidas por la fuerza de los motores eléctricos.

Monsieur Menier la llevó a continuación frente al mapa en el cual figuraban sus plantaciones de cacao, sombreadas en color marrón, cerca de la ribera occidental del Gran Lago de Nicaragua, sombreado en azul, y donde el dibujante había usado pinceladas negras para figurar aletas de tiburones, que los hay muy feroces allí, pese a tratarse de una extensión de agua dulce. El valle de Menier constaba de ocho mil hectáreas de arbustos de cacao. Dos mil hectáreas más, compradas últimamente, y sombreadas en rojo, llevaban sus dominios hasta el borde del lago, como le había expresado el día anterior.

Y ella hacía esfuerzos por imaginar una extensión semejante, e igual le costaba imaginar aquella superficie, cuatrocientas leguas al cuadrado, por donde cruzarían los barcos del mundo, de un mar a otro mar, las aletas a flor de agua de los tiburones siguiendo la estela de los buques en pos de los desperdicios de cocina.

No es que la princesa hubiera mostrado expresamente el contrato a monsieur Sedano, una vez firmado. Lo dejó sobre el tocador de la alcoba del albergue, a lo mejor con intenciones de que lo leyera. A lo mejor sí, o a lo mejor no, y se trató de un descuido. Por su parte, cuando se sentaron a cenar, él sólo hizo dos comentarios.

He aquí el primero:

—Usted, madame, cambia de nombre con la facilidad con que se cambia los fustanes. ¿De dónde sacó firmar ese contrato como Natalie de Manerville?

—De una novela que creo usted no ha leído. ¿Ha oído mencionar a Honoré de Balzac?

—No soy tan ignorante como usted parece creer.

—Me alegra saberlo.

El segundo comentario fue:

—En la letra del contrato he sido reducido a la condición anónima: «Gastos debidamente sufragados de la persona que la acompaña». Personne. Nadie.

—A veces uno se salva de los peligros por ser Nadie. Siendo, como me dice que es, hombre de lecturas, recordará entonces el ardid que le vale a Ulises escapar de los cíclopes tras cegar a Polifemo.

—¿A qué peligros se refiere, madame?

—La vida está llena de peligros, monsieur, no voy a ponerme a hacer una lista de todos ellos. ¡Faltaba más!

18. El fugitivo se lleva sólo el zapato izquierdo

El 13 de noviembre de 1909, y sin que el disgusto de monsieur Sedano diera muestras de alivio, debían tomar pasaje en el buque Le Champagne, que hacía la ruta trasatlántica entre El Havre y Panamá. Viendo todo perdido, o a punto de perderse, María Aleksándrovna dispuso tender al esposo un puente de plata, antes de verse comprometida a soluciones más drásticas. Hasta donde era de su conocimiento, aquel no albergaba ningún plan siniestro contra ella, del cual necesitara prevenirse. Pero estaba convencida de que, a lo largo del viaje, y ya en tierras extrañas, sus inconformidades y reclamos empeorarían. La fatalidad se acercaba siempre con pasos silenciosos pero atrevidos. Mejor convenía una separación sin sobresaltos.

Llegados a El Havre, donde su hospedaje en el hotel Bretagne corrió por cuenta de monsieur Menier, apenas los mozos de cuerda subieron el equipaje y los dejaron solos, sacó ella de una maleta un par de zapatos marrón y se puso a despegar el tacón izquierdo, más alto por razón de su impedimento de la pierna; lo horadó, utilizando una cuchilla, así como una vez había hecho con la cabeza de modelar sombreros, y embutió en el hueco un apretado rollo de billetes de banco; selló el hueco y pegó de nuevo el tacón.

Todo delante de monsieur Sedano, quien seguía fingiendo leer el periódico de la tarde, comprado en la estación ferroviaria.

Esa noche, mientras él dormía, sin visos de que ningún sobresalto sería capaz de despertarlo, retiró del tacón del zapato el caudal, dejando unos cuantos billetes.

A la mañana siguiente salió de la habitación llevando puestos los zapatos marrones, la mirada de monsieur Sedano dirigida con cautelosa avidez hacia sus pies. Iba a las oficinas portuarias de la Compagnie Générale Transatlantique a comprobar que los manifiestos de carga estuvieran debidamente firmados y sellados, y que las cajas y bultos hubieran sido depositados en las bodegas de Le Champagne.

El buque no partía sino a la medianoche, pero la pareja subió a la pasarela después del almuerzo. Ya en el camarote, la princesa no perdió tiempo en deshacer sus maletas, mientras que monsieur Sedano dejaba al lado de la puerta la suya, pretextando que se ocuparía de ella después.

Pasaban las cinco de la tarde cuando la princesa declaró su deseo de salir a tomar aire a la cubierta, y contemplar la puesta de sol.

—Esos zapatos no parecen los más adecuados para bajar y subir escaleras —la detuvo monsieur Sedano, con extrema solicitud—. Utilice mejor sus botines ortopédicos.

—Tiene usted toda la razón, ya he escapado de tropezar —respondió ella.

Se puso los botines, y dejó los zapatos a la vista sobre una cómoda.

—Siento no acompañarla, pero tengo un poco de jaqueca, y preferiría descansar antes de la cena —se excusó monsieur Sedano.

Rato después, desde la banda de estribor, de cara al muelle, la princesa contempló a monsieur Sedano bajar la pasarela, con pasos apresurados, valija en mano, y perderse entre la multitud de estibadores, porteadores, comisarios de aduana, pasajeros y familiares que los despedían.

—Bonne chance, monsieur —susurró—; y ojalá aprenda a volar en vuelo astral para llegar hasta la sala de audiencias de su tío el emperador, aunque tenga cuidado y no vaya a perderse por los espacios siderales.

Cuando regresó al camarote, se dio cuenta de que el fugitivo sólo se había llevado el zapato izquierdo.

¿Qué haría ella con un solo zapato del pie derecho? Tirarlo por la borda.

Paso a retiro
(Documento traspapelado)

A propia solicitud del interesado se concede retiro permanente al comisario de primer grado Anastase Albescu, quien a partir del mes subsiguiente recibirá el emolumento asignado a su grado y categoría en el Reglamento de la Caja de Socorro de la Gendarmería Nacional, además de lo que le corresponde como recipiendario de la Orden de la Estrella en segunda clase, según el mismo Reglamento.

El interesado queda inscrito en la reserva de la Gendarmería, a disposición de la autoridad superior en caso de emergencia nacional o conmoción civil.

La superioridad rinde agradecimiento al interesado por su dedicación leal a la defensa del orden público del reino y la seguridad de sus súbditos, y se anota el carácter honroso de su baja al darse por cerrada su hoja de servicio.

Bucarest, 17 de noviembre de 1909.

D. N. S. G. A. S. M.

Coronel Ioan Manoliu
Comandante general
Cuerpo de Gendarmería

¿Por qué no un diario que María Aleksándrovna empieza a escribir a bordo, y del que sólo han llegado a nosotros unas cuantas entradas del inicio? La utilidad de los diarios es incuestionable cuando se busca satisfacer las necesidades del procedimiento de la narración.

No se trata de uno de esos diarios empastados en cuero de gamuza, con apariencia de un misal, dotados de cerradura y cuya llave se lleva siempre en el corpiño para librar las intimidades allí escritas de las miradas indiscretas. Es un cuaderno escolar cualquiera, comprado al paso en una papelería de El Havre, de tapas de cartón al jaspe, con una etiqueta orlada para escribir el nombre y grado del alumno...

A BORDO DE LE CHAMPAGNE, I

Domingo 14 de noviembre de 1909.
(Canal de la Mancha, alta madrugada).

Imposible dormir.

Tras salir de la rada y navegar unas seis millas náuticas rumbo noroeste, un fuerte oleaje empezó a romper contra la proa de Le Champagne bañando la cubierta entre espumarajos color de yodo, y la embarcación continúa en su cabeceo encabritado. Normal en esta época en el canal de la Mancha, dice el mozo, vestido de punta en blanco, como un oficial de a bordo, que ha venido a retirar el servicio. Había dispuesto cenar en soledad en mi camarote, pero, al final, tras unos sorbos de Chablis, dejé intacto el bœuf bourguignon bajo la campana de electroplata.

No me perturba el mareo, sino mis pensamientos. No puedo afirmar que todo lo tocante a monsieur Sedano me sea ingrato. Fue un amante apasionado, quizás aún más que Anatoli Florea; será asunto de su sangre latina, o de su herencia de los Habsburgos, pues su primo hermano Rodolfo, el príncipe heredero, se suicidó junto con su amante la baronesa Vetsera, quien aún no cumplía los diecisiete años. Imagino esos desesperados y tórridos amores, por imposibles sin más puerta de salida que la muerte. ¿Monsieur Sedano habría sido capaz de invitarme a acompañarlo por esa senda sin retorno? La sola idea me hace reír.

Quizás sea erróneo de mi parte comparar el ardor amoroso de los vivos con el de los muertos, pues este tiende a disminuir en la memoria al paso del tiempo, al irse borrando la figura física; y, además, me embarga el pudor al intentar armar en la memoria escenas de intimidad carnal con Anatoli, cuyo cuerpo desnudo se desvanece en el aire, como imagino se desvanece en la cruda noche el humo de las chimeneas de Le Champagne.

Ah, monsieur Sedano..., más allá de su ingenua creencia en las enseñanzas esotéricas de Hermes Trismegisto, y de su manía de buscar compensación pecuniaria por el hecho fortuito de haber sido engendrado por un emperador, tenía cierta gracia para adornar su mediocridad. Y sabía tomar las cosas como venían, sin dejarse amargar por las adversidades, a las cuales buscaba salida; su fuga misma es una prueba de ello.

Pero era terco hasta la necedad, y de tercos sé más que suficiente.

Ahora, cuando en algún café del puerto, uno de esos de paredes ahumadas y mesas destartaladas sobre las que la cerveza derramada deja sombras permanentes y un tufo indeleble a fermento de levadura, se encierre en el retrete para despegar el tacón del zapato y se descubra burlado, maldecirá entre dientes, y luego, también entre dientes, se reirá del ingenio del engaño, y de su mala suerte, resignado a regresar a París en un vagón de tercera gracias a los pocos billetes del magro botín con el que he querido consolarlo.

Pobre monsieur Sedano.

Post data: Le debo, además, su empeño, a veces fastidioso, de enseñarme el castellano, que él pomposamente llama «la lengua de Cervantes», primero con un método muy suyo de rotular en letra de carta los objetos cotidianos como si yo, su párvula, hubiera sido una sordomuda: vaso, cuchillo, jabón, toalla, almohada, sábana. Y, luego, haciéndome leer libros de su admirado Rubén Darío, de quien afirma fue su secretario particular, aseveración que a estas alturas no tengo más que poner en duda, pues ya es difícil averiguar cuánto es real y cuánto es ficticio en la vida de monsieur Sedano. Llevo conmigo en la maleta los libros de su «aeda de los cisnes y de los lagos», y quien da la casualidad es natural de Nicaragua, comprados a mi cuenta en París en la librería de la viuda de Garnier de la rue Visconti, de manera que me siento bien aleccionada para sentar a la mesa, cuchillo y tenedor en mano, a toda esa caterva de faunos, náyades, centauros y ondinas que merodean en las poesías de monsieur Darío, lavar y secar las barbas al beodo Dionisos coronado de pámpanos, y proveer de ropa de cama a Afrodita para sus deliquios adúlteros con Ares; y hasta para conversar en verso con los habitantes de aquella tierra adonde me dirijo, que no puedo ahora imaginar sino como un caluroso parnaso donde todos se hablan en alejandrinos pareados, pues abundan allí los poetas, según noticia del propio monsieur Sedano.

Lunes 15 de noviembre de 1909.
(Canal de la Mancha, mañana).

Sol esplendente. Las masas verde oscuro de agua se alzan con lentitud tranquilizante y sus penachos de espuma recogen con alegría los reflejos de la luz.

Mi pluma ha quedado en el cuaderno al lado de las palabras «Pobre monsieur Sedano». Sí, le compadezco.

Volverá a las calles a repartir volantes con la imagen de la niña que escribe en la pared Chocolat Menier.

En el banquete nupcial de la Ferme du Buisson hubo de tocarnos la mesa a la cual se sentaba también el artista Bouisset, creador del cartel, un viudo de ojos adormilados y carrillos generosos, cuyos bostezos, disimulados bajo la mano abierta que se llevaba constantemente a la boca, se volvían contagiosos.

Lo acompañaba su hija Yvonne, la modelo del cartel, ahora una señorita obligada a usar lentes a causa de la miopía. Él parecía un distraído maestro de solfeo, y ella, su alumna aplicada, tal si en lugar del menú tuviera entre sus manos una partitura de principiante para voces corales.

Se me ocurrió pensar, debido al apenado silencio de la joven en toda la noche, que empezaba ya a ser una aburrida solterona, aunque en los carteles y en los envoltorios de los chocolates seguirá teniendo para siempre los mismos diez años.

Viernes 19 de noviembre de 1909.
(Mar Céltico, atardecer).

Retomo la escritura:

De nuevo esas dos palabras: CHOCOLAT MENIER. Son cabalísticas porque su fuerza magnética me lleva a cruzar el océano para halagar con las vueltas de mi carrousel a un personaje de los trópicos, del cual sólo tengo las referencias de M. Menier.

Según esas referencias entusiastas, navego hacia un país de altas palmeras y denso follaje, cálido y húmedo, de cielos nocturnos alumbrados por el fulgor de los volcanes, y no puedo sino pensar que sus habitantes son capaces de entender el lenguaje de los animales y conversar con ellos, monos, lagartos, jabalíes, panteras, como en las historias contadas en *El libro de la selva*, que Fräulein Langhoff me daba a leer en voz alta, y en cuya tapa de tela azul claro desfilaban tres elefantes grabados en oro, cada uno con un cornac semidesnudo a horcajadas en el lomo, la cabeza coronada por un turbante.

¿Habrá elefantes en Nicaragua?

Sábado 20 de noviembre de 1909.
(Mar Céltico, mediodía).

M. Menier envía a Mme. Zelaya un obsequio, consignado en las bodegas junto con las piezas del carrousel. Se trata de un cofre de madera de encino, forrado por dentro de láminas de zinc para preservar su contenido, el cual consiste en diez gruesas monedas de chocolate con la efigie de perfil de su esposo, realzada al troquel en el papel de estaño dorado del envoltorio, cualquiera diría el tesoro del pirata Long John Silver.

Martes 30 de noviembre de 1909.
(Varados en Fort-de-France, Martinica).

Un huracán azota las Antillas Mayores, y aunque en las islas de barlovento los vientos no son tan fuertes, llueve intensamente, y el mar y el cielo se muestran espesos y lóbregos, separados apenas por una angosta franja de fulgor enfermizo en el horizonte lejano. El capitán ha ordenado desalojar Le Champagne, y el pasaje ha debido buscar alojamiento lejos de la ensenada del puerto, que no será segura si la tormenta pega de lleno en la isla.

Ya desesperaba de encontrar un albergue, pues cada cual ha debido arreglárselas por su propia cuenta, cuando M. Chambron, el primer oficial, con quien he compartido mesa algunas noches, me indica que en la casa de un comerciante en especias de Terreville, M. Periné, pueden recibir dos pasajeros, y me presenta al otro que irá conmigo, a quien por primera vez veo, M. Gómez Carrillo, un periodista de Guatemala, país también de la América Central, radicado por largos años en París.

A bordo de la lancha motora que nos lleva desde Le Champagne a tierra firme, me cuenta que no se ha dejado ver durante la travesía porque se hallaba enfermo de dispepsia nerviosa. Se acerca quizás a los cuarenta años, y usa levita estrecha, como si quisiera realzar su silueta de figurín. De tez morena y ojos vivaces, lleva el pelo en rizos cortos y sueltos bajo un sombrero de fieltro de alas anchas, como los gitanos, y el bigote engominado, como los domadores de circo.

M. Periné, nuestro anfitrión, se halla ausente, atendiendo la compra de un cargamento de nuez moscada en la isla de Granada, según nos revela el criado nativo a cargo de servirnos, y cenamos los dos pasajeros solos, en un comedor de paredes curvadas semejante a la popa de un barco. Los ventanales cerrados dan a la bahía y el viento, que ahora sopla con más fuerza desde estribor, hace estremecer las celosías como si quisiera desencajarlas.

M. Gómez Carrillo parece imponerse la severa obligación de ser divertido, y por ello no deja de ensartar frases agudas, a veces graciosas. Es como un surtidor de palabras que se hubiera descompuesto. Habla en un francés bastante rebuscado, deseoso de parecer un parisino de ingenio exquisito, pretensión que no descuida un solo minuto, alerta de que cada pliegue de su disfraz se mantenga en su sitio.

Cuando se entera de que viajo a Nicaragua llevando bajo contrato mi carrousel, primero se interesa mucho por mi cometido, y luego no cesa de denigrar al presidente Zelaya con grosería que pretende ingenio, contando historias crudas a su costa, negándole todo mérito como militar y como estadista, y señalándolo de aventurero, mientras pondera en su contra las virtudes del gobernante de su país, el presidente Estrada Cabrera, de quien es agente publicitario en Francia; y termina proponiéndome que mejor lleve el carrousel a Guatemala, donde seré recompensada con largueza, lo cual, según él, está en plena capacidad de asegurarme, pues goza de la estima personal del presidente.

Jueves 2 de diciembre de 1909.
(Mar de las Antillas, pasado el meridiano).

Después de los barruntos del huracán, que según anuncia el boletín de a bordo siguió rumbo hacia la isla de La Española, donde causó estragos notables, nos hemos hecho de nuevo a la mar bajo cielos despejados, donde sólo quedan hilachas negras, como despojos de la borrasca. Navegamos rumbo al puerto venezolano de La Guaira, nuestra siguiente estación.

Mientras descanso en una reposera en la cubierta, M. Gómez Carrillo, que va y viene haciendo cabriolas con su bastón, como si paseara por un parque, se acerca y me entrega un ejemplar de la última edición de un periódico mensual que dirige en París, *Le Nouveau Mercure*, en el cual figura un artículo de su pluma acerca del presidente Zelaya.

Me pide leerlo, para que me desembarace de cualquier equívoco acerca del personaje, al que parece odiar intensamente, en la misma medida en que parece adorar al presidente Estrada Cabrera, a quien coloca a las alturas de un nuevo Pericles. Ha mandado a erigir templos griegos en honor de Minerva, comenta admirado, en la capital, cabeceras de provincia y aun en los parajes más lejanos y agrestes de la geografía nacional; y ha decretado obligatorio el culto a la diosa de la sabiduría, por lo cual, los párvulos de las escuelas están obligados a recitar cada mañana loas en su honor antes de ocupar su pupitre en las aulas.

Un sátrapa persa en los trópicos
Enrique Gómez Carrillo

Se rehúsa mi pluma, y diré se sonroja, cuando le impongo la ingrata tarea de aludir al ruin dictador José Santos Zelaya, caudillo de la llamada revolución liberal del año 1893, más bien una montonera, la cual acabó con el período de paz y bonanza de treinta años de gobiernos patricios en Nicaragua, mal llamados oligárquicos. Un dictador, digo, y mi pluma protesta porque es poco: tirano cual Heliogábalo, o como Dionisio de Siracusa, o como Trasíbulo de Mileto.

Pues, ensoberbecido por el largo y arbitrario ejercicio del poder, ha cometido por más de tres lustros crímenes y atropellos sin cuento; ídem persecuciones contra la Iglesia al decretar el exilio de santos obispos y sacerdotes; ídem la confiscación tanto de los bienes de la Iglesia como de la hacienda de particulares; ídem cárcel y sesiones de tortura en las ergástulas inmundas por parte de su mil veces aborrecida Guardia Constabularia, el menor de esos suplicios la aplicación de lavativas de pimiento de la especie más irritante, de los que en mi país de origen se llaman chiles cobaneros (*Capsicum annuum*), hasta hacer a los prisioneros defecar sangre.

A su jefe de esbirros, coronel Tomás de los Milagros, comandante de la Guardia Constabularia, todo el mundo le tiembla, pues además de encargarse personalmente de las torturas en las mazmorras, agrede, humilla y vitupera a los ciudadanos honestos que no se someten a su patán patrón, el *domine tremendous*; la sola presencia de semejante sicario en las calles provoca el apresurado cerrar de puertas, prevención insuficiente para poner a salvo el honor y la decencia de las personas, como se dio en el siguiente episodio, de cuya veracidad no hay duda, pues un agente diplomático me lo refirió de viva voz bajo su palabra de honor:

El coronel de marras avasalló a la hora del almuerzo el sagrado hogar de una estimable familia vecina de Managua, la ciudad capital, y, mientras se hallaban en santa paz sus miembros sentados a la mesa, requirió con voces groseras al jefe de familia para que se le entregara, por orden expresa del déspota, una apreciable suma de dinero como contribución forzada, tal se suele imponer a aquellos señalados de opositores; en tanto la exigencia no fuera satisfecha, la honorable dueña de casa no podía levantarse de su asiento, quedando como rehén en espera de la satisfacción del rescate hasta las altas horas de la noche, cuando el afligido esposo y demás deudos alcanzaron a ajustar la ingente cantidad exigida, tras ir y venir por la ciudad vendiendo y empeñando joyas y otros haberes.

Zelaya, además de señor absoluto de su patria, lo ha querido ser del resto de Centroamérica. Sus aventuras y sus correrías de guerra más allá de sus fronteras son estrafalarias. Loco de vanidad, siéntese capaz de conquistar a todos sus vecinos. Tiene un alma de sátrapa persa. Un sátrapa persa trasplantado a los tórridos trópicos, dueño por completo de su pobre país.

Hacendado caficultor y ganadero, controla el monopolio del comercio del tabaco, del aguardiente y de la sal; posee las embarcaciones que hacen la navegación en los lagos y ríos; minas de oro y plata, pesca de perlas, explotaciones de caucho, destace de reses y cerdos; ha consumado desfalcos en la Hacienda Pública; ha contraído empréstitos onerosos a nombre de la nación para forrar su propio bolsillo; las aduanas abren las puertas a sus cómplices y paniaguados, mientras carga de impuestos a los comerciantes honestos, todo lo cual ha paralizado de manera triste los afanes de progreso y libertad de los sufridos nicaragüenses.

Pero ya le llega su hora. Fuerzas insurrectas, organizadas en la costa del Caribe nicaragüense, avanzan por la manigua, contando con el apoyo irrestricto y oportuno de las tropas de la Marina de los Estados Unidos; tras su desembarco en el puerto de Bluefields, se encargan de desarmar con todo celo a las tropas liberales del régimen oprobioso, que de este modo quedan inermes, obligadas a desbandarse; todo en virtud de que el gobierno del presidente William Howard Taft ha reconocido a los rebeldes en calidad de legítimas fuerzas beligerantes. Como también el presidente Estrada Cabrera las ha reconocido en tal calidad, convencido de que el derrocamiento de semejante tiranía significa la paz para Centroamérica, y el cese de toda amenaza contra la soberanía de las demás naciones de esa bendita región.

El presidente Estrada Cabrera, culto, noble, desinteresado, patriota, serio, resuelto y enérgico, siempre se ha opuesto a los planes criminales de Zelaya la tranquila defensa de la legalidad. Si Zelaya odia a Estrada Cabrera es porque jamás pudo amedrentarlo. ¡Y vaya si ha hecho esfuerzos por provocar su derrocamiento! Ahora recibe una dosis de su propia medicina.

Estrada Cabrera es el mandatario ideal en Centroamérica. ¡Cuántas veces lo hemos dicho! Y cada día estamos más convencidos de no equivocarnos. La gloria de este prócer en las páginas de la historia estribará en haber sido el único capaz de reunir la prudencia del estadista, la bondad del apóstol y la inteligencia del filósofo, impulsor cada noviembre de las fiestas Minervalias, maravillosas de presenciar, cual si nos halláramos en la Atenas clásica o en la Roma patricia.

¿Y quién es Zelaya, al fin y al cabo? Un tirano ignorante más, de esos a quienes la historia deglute sin misericordia, y que sólo le producen una mala digestión.

[*Le Nouveau Mercure*, n.º 18, tomo III, París, 15 de octubre de 1909].

A BORDO DE LE CHAMPAGNE, II

Viernes 3 de diciembre de 1909.

(Mar Caribe, costa de Venezuela, horas tempranas de la mañana).

M. Gómez Carrillo ha venido a sentarse a mi mesa al término del desayuno, y ahora, en lugar del sombrero gitano luce un fez turco que le da un aire de marchante de alfombras del Gran Bazar de Estambul.

Pensé pediría mis impresiones sobre su folleto, contingencia para la cual me hallaba prevenida de responder con amables evasivas; cuando, para mi sorpresa, me anuncia que, en el puerto de La Guaira, al cual nos aproximamos, un admirador, así ha dicho, desea presentarme sus respetos.

Esperando mi reacción, no cesa de mirarme con aire pícaro; y siguiéndole el hilo, pues no sé si busca tomarme el pelo, le respondo que mis admiradores han quedado muy atrás, y no los tengo aún en este lado del mundo. En su acostumbrado lenguaje pomposo, me dice que las trompetas de la fama tienen sonidos vibrantes, capaces de escucharse allende los mares, y, apenas Le Champagne eche anclas, mi admirador subirá a bordo; para nuestra entrevista, el capitán Lescot se ha mostrado anuente a facilitar la sala de mapas de su cabina, donde podremos hablar con toda privacidad. Está todo arreglado.

Poco después del amarre, M. Gómez Carrillo se presenta en compañía del capitán Lescot para anunciarme que el «admirador» misterioso me aguarda instalado ya en la sala de mapas, adonde soy conducida. El capitán Lescot me ofrece su brazo para subir la escalera que lleva al puente de mando, y cumplida su cortesía se retira; M. Gómez Carrillo me introduce en la sala.

Pocas veces me he encontrado en situación tan curiosa. El pretendido admirador, un hombre de baja estatura y algo regordete, viste un frac pasado de moda, de solapas de seda tornasol y pechera almidonada, y mientras me hace una profunda reverencia sostiene entre sus manos la chistera de la que en cualquier momento espero ver saltar el primer conejo.

El ambiente es pesado y sofocante entre las paredes de acero del estrecho recinto, donde, además de un par de vitrinas de libros sin inscripciones en los lomos, hay una mesa con rollos de cartas náuticas, atornillada a las duelas del piso, y unas butacas de cuero, atornilladas también al piso; y más sofocante debe serlo para alguien en traje de etiqueta. Por la única escotilla entra en ardientes bocanadas el aire, junto con los pregones de los vendedores ambulantes; bocanadas que huelen a pescado en salmuera y frutas demasiado maduras, a punto de fermentar.

Mi pretendido admirador resulta ser el cónsul general de Guatemala en Caracas, un tal M. Carrera, quien, tras una nueva reverencia, deposita su chistera en la mesa y me invita a sentarme. Solamente habla español, y por tanto es M. Gómez Carrillo, de pie a sus espaldas, quien traduce sus palabras, pues el mío es aún precario.

El cónsul, apocado y nervioso, mira constantemente a su alrededor como si alguien lo vigilara, mientras suda copiosamente, por lo cual debe hacer uso de un pañuelo de batista, tan grande como una servilleta, que lleva en el bolsillo trasero de los pantalones, obligado cada vez a removerse con incomodidad en el asiento para sacarlo.

Habla muy largo y tendido, sin mirarme a los ojos, con las mismas florituras de M. Gómez Carrillo, y me comunica que es portador de un mensaje para mí, de parte del ministro de Relaciones Exteriores, M. Barrios.

Ha sido transmitido en clave por radiotelégrafo, y él mismo lo ha descifrado y transcrito de su puño y letra, explica, mientras me alcanza la hoja; en tanto, mira hacia la escotilla, asustado de que por allí pueda escaparse el secreto de Estado que le ha sido confiado:

> ORDÉNASE ESA AUTORIDAD CONSULAR OFRECER PROPIETARIA CARROUSEL VIAJA A BORDO LE CHAMPAGNE DOBLE SUMA ESTABLECIDA CONTRATO GOBIERNO NICARAGUA STOP INFORME GÓMEZ CARRILLO Y TÉNGALO PARA USTED MISMO SEÑOR PRESIDENTE NO ADMITE NEGATIVA STOP ANUNCIE PROPIETARIA MAGNO HONOR CARROUSEL INSTALARSE FRENTE TEMPLO MINERVA CIUDAD CAPITAL STOP ANUNCIE TAMBIÉN HONORABLE MATRONA DOÑA JOAQUINA CABRERA PRIMERA MADRE NACIÓN ACOMPAÑARÁ SU DIGNO HIJO ACTO INAUGURAL STOP RESPONDA EN CONCORDANCIA STOP PRESENTES INSTRUCCIONES DEBEN CUMPLIRSE INEXCUSABLEMENTE PIE DE LA LETRA STOP BARRIOS

DIÁLOGO EN LA SALA DE MAPAS
(Le Champagne. Puerto de La Guaira, 3 de diciembre de 1909)

PRINCESA: No he firmado ningún contrato con el gobierno de Nicaragua, sino con M. Henri Menier, presidente del consorcio Menier.

M. GÓMEZ CARRILLO: Vamos, madame, para nuestros fines viene a ser lo mismo. Usted recibirá el doble de lo ofrecido por M. Menier.

PRINCESA: Señor cónsul, presente a su gobierno mi gratitud por el ofrecimiento, pero mi respuesta es un no definitivo.

M. GÓMEZ CARRILLO: Madame, no yerre sobre advertida. Zelaya caerá, y usted se quedará con las manos vacías. En los periódicos de Caracas, que puede ver, porque el señor cónsul los ha traído consigo, se informa del fusilamiento de dos ciudadanos norteamericanos por órdenes del dictador. (El cónsul se apresura a entregarme el paquete de periódicos, y me señala un texto de la primera página):

> Washington, noviembre 17. (Associated Press). Los súbditos de los Estados Unidos Lee Roy Cannon y Leonard Groce han sido fusilados en Nicaragua bajo acusación de sabotaje y espionaje. Cannon era un perito minero, empleado de La Luz Mine Company, y Groce se dedicaba a la explotación del caucho en las selvas. El Tribunal Militar los sentenció a muerte bajo el cargo de colocar una carga de explosivos destinada a dinamitar una embarcación de tropas del gobierno en el río San Juan.

PRINCESA: ¿Fusilamientos? ¿Sabotajes? ¿Espías? ¿Y qué diablos tiene que ver una empresaria de caballos de madera que giran para diversión de niños y adultos con esas contingencias, monsieur?

M. GÓMEZ CARRILLO: Más de lo que usted piensa. La suerte de Zelaya está echada. Washington no tolerará ese crimen cometido contra dos de sus ciudadanos.

PRINCESA: Lo veremos cuando esté allá. Gracias de nuevo por la oferta, señor cónsul.

M. GÓMEZ CARRILLO: Madame, le suplico. La cabeza de este hombre, el cónsul, está en juego. No sólo no podrá regresar a su patria, tras ser destituido sin miramientos, sino que se expone a un peligro de muerte.

PRINCESA: ¿Cómo puede ser? ¡El nuevo Pericles que usted describe! La diosa Minerva habrá de protegerlo.

M. GÓMEZ CARRILLO: Le ruego no tomarlo a la ligera, madame. Su propia vida correría peligro al favorecer usted con su preferencia al máximo enemigo del presidente Estrada Cabrera.

PRINCESA: ¿Mi vida? ¿En qué intrigas quiere mezclarme, monsieur?

M. GÓMEZ CARRILLO: La mía queda a partir de ahora en sus manos, madame. Yo también corro peligro. Nunca pensé que tuviera usted el corazón tan duro.

(El cónsul sigue sudando metido en su frac, y apoya las manos en la mesa, como si en cualquier momento fuera a emprender la carrera para huir).

A bordo de Le Champagne, III

Sábado 4 de diciembre de 1909.

(Mar Caribe, costa de Colombia, horas tempranas de la mañana).

Cuando estamos reunidos en el comedor para el almuerzo, M. Chambron anuncia al pasaje, haciendo uso del megáfono de mano, que en una hora más estaremos atracando en Cartagena de Indias, penúltima estación antes de llegar al puerto de Cristóbal, en Panamá, donde habremos de desembarcar.

Había perdido de vista a M. Gómez Carrillo desde nuestra última desafortunada entrevista en La Guaira. Supuse ya no me buscaría más, con lo que quedaría ignorante de su suerte y la del cónsul, a merced ambos del nuevo Pericles.

Pero horas más tarde, antes de abandonar el camarote, el mozo que viste de punta en blanco, como un oficial de a bordo, entra portando una bandeja donde me trae una carta lacrada:

Madame:

Unas escuetas líneas que no sé por qué le escribo, teniendo tan pocas razones de gratitud para con usted.

He decidido desembarcar en La Guaira y ponerme bajo la protección del general Juan Vicente Gómez, estadista como pocos, a quien sus conciudadanos llaman con justicia el Pacificador, por haber logrado que este país, antes indómito, cambie el fusil por la azada.

El cónsul, pobre hombre, pusilánime como es, ha decidido huir hacia los Andes venezolanos con su familia, numerosa, por cierto, y perderse en el anonimato, para ponerse a resguardo.

El motivo de esta misiva no es, sin embargo, hablarle de mi destino, tan alejado de su interés, sino darle noticias que estimo le conviene conocer, aunque ya sé que no la harán dejar su tozudez:

El acto de suprema imprudencia política cometido por Zelaya, de fusilar a dos americanos, encendió las iras del presidente Taft, y el secretario de Estado Knox le ha enviado el 1 de diciembre una nota declarándolo enemigo acérrimo de los Estados Unidos, y un apestado político en Centroamérica.

Si no se marcha de Nicaragua por sus propios pies, los marines irán a sacarlo del pelo.

La prevengo porque no vaya a ser, madame, que sus caballos de palo huyan en desbandada ante las tropas libertadoras.

Como ve, ya es tarde para que yo medie en los negocios de mi gobierno, y tarde para usted, causante de un agravio innecesario al presidente Estrada Cabrera; y, lo peor, a la ilustre matrona, doña Joaquina, pues nunca perdona él ofensas contra su amantísima madre.

A sus pies,

E. Gómez Carrillo

DONDE QUIERA QUE SE ENCUENTRE:

En Siret, a 5 de noviembre de 1909

Querida y respetada princesa María Aleksándrovna, a quien D. N. S. guarde.

Donde quiera que se encuentre:

Hace dos semanas acaeció la muerte de Vasili Ciprian, lacayo que fue del príncipe Aleksándr Vasílievich, el cual apareció despeñado en un barranco, sin saberse si fue obra de alguien empujarlo a su fin, siendo numerosos sus enemigos, o acaso consecuencia de su beodez, pues todos los días se embriagaba.

No se pronunció la autoridad, que mandó archivar el caso, y no habiendo quien diera sepultura al difunto, lo hizo la Policía Imperial bajo el Reglamento de Sanidad Pública; pues su esposa Ingebor Langhoff, institutriz que fue de Su Gracia, tiempos atrás había perdido el juicio y vagaba sola por esas galerías del castillo, hoy despojo y ruina, hablando dislates con las paredes, a las que tomaba por personas de carne y hueso; por lo cual la autoridad municipal dispuso enviarla bajo escolta, en carruaje de rejas, a un asilo de dementes en Szeged, donde ha sido confinada.

Me he sentido en el deber de informar a Su Gracia de todos estos sucesos, para que acuda a tomar posesión de su heredad tan pronto como llegue a sus manos la presente carta, pues no teniendo ya los vándalos más que llevarse de las dependencias del castillo, estas son ahora guaridas de alimañas; ganados ajenos pacen en los pastizales, han desaparecido entre abrojos las sementeras, y en los bosques entra cualquier leñador a talar robles y encinos para ser vendidos los maderos a las carboneras.

El señor notario Boris Popescu redacta este pliego y firma por mí, pues no sé hacerlo.

El mayordomo,
Q. S. M. B.

(A ruego de László R.:
B. Popescu)

Cuarta parte
Annis Domini 1909-1911

Sueltan las negras crines en medio
de la noche
Cruzan por tu vigilia relinchando
Se agrupan en manadas inmensas
en el fondo del bosque
desde donde te arrojan
a los ciegos espacios del incendio.

ANA ILCE GÓMEZ,
Los ocultos límites

19. El cocinero del bonete de magistrado

✽

El vapor Golden Age, parte de la modesta flota de la Pacific Steamship Company, en viaje de itinerario desde el puerto de Panamá, fondeó en la rada del puerto de Corinto, en la costa del Pacífico de Nicaragua, a las seis de la tarde del sábado 25 de diciembre de 1909, pero no empezó a ser descargado sino en la madrugada del domingo. Se trataba de una embarcación de ochenta metros de eslora, capaz de desplazar setecientas sesenta toneladas, con ocho camarotes de segunda clase para pasajeros.

La princesa se hallaba en la borda de estribor, vestida con una túnica de Besarabia bordada con mirlos en el cuello, las mangas y el repulgo al ojo del pie, y un pañuelo de colorines atado a la cabeza, comprado en una mercería de la plaza de la Aduana de Cartagena de Indias.

Sostenía una lámpara de carburo elevada a la altura de los ojos, atenta en vigilar el trabajo de la grúa manual que izaba las cajas desde la bodega del vapor para trasegarlas al lanchón de carga: los elementos de la armazón metálica, el motor eléctrico, la caja de música, las cenefas, los biombos, todo debidamente embalado; los caballos de madera en las jabas, las piezas de la plataforma circular numeradas y atadas con cinchas; y tanto la lona del techo como la destinada a resguardar el redondel, plegadas en dos grandes bultos de lona ahulada.

La travesía trasatlántica había durado más de lo previsto, causas al huracán que azotó las Antillas Mayores y varó a Le Champagne en Fort-de-France por tres días. Pero los retrasos más enojosos del viaje empezaron al atracar en el puerto de Cristóbal, en la costa del Caribe de Panamá, donde antes de que las autoridades de aduana permitieran manifestar la carga en el tren ístmico pasó una semana, pues exigían atestados y libramientos inventados, sólo para cobrar una gruesa mordida, palabra que entró a partir de entonces en el léxico del incipiente español de la princesa. Así perdió el vapor de cabotaje, que sólo viajaba dos veces al mes entre Panamá y los demás puertos del Pacífico de Centroamérica.

Cuando hicieron descender a la cubierta del lanchón el cofre de pirata, una especie de brea marrón desbordaba por las junturas de la tapa; pese a la prevención del forro de zinc, las monedas de chocolate con la efigie a troquel del presidente Zelaya en las envolturas doradas se habían derretido, sometidas a la inclemente temperatura del trópico.

Una señal ominosa, cuyo sentido ella ignoraba.

El retraso en el descargue del Golden Age se debía a la paralización de las operaciones portuarias, mientras se consumaba la partida del presidente Zelaya a bordo de la fragata General Guerrero, enviada por el presidente de los Estados Unidos Mexicanos, Porfirio Díaz. La hoja de zarpe establecía para la nave militar, al mando del capitán Gonzalo Celorio Blasco, una ruta de navegación con destino final en el puerto de Salina Cruz, estado de Oaxaca, con paradas intermedias en La Libertad, República de El Salvador, y Champerico, República de Guatemala.

No era un viaje de Estado, ni de recreo, el que emprendía el presidente Zelaya. Se iba al destierro, sin esperanzas de regreso. Su séquito, siempre numeroso, se había reducido a cuatro acompañantes: el jefe de la Guardia Constabularia, coronel Tomás de los Milagros; su secretario privado, el poeta colombiano Julio Flórez; su barbero personal, Dimas Caligari; y su valet, Encarnación Cuaresma.

La primera dama, madame Blanche Zelaya, nacida Cousin, había partido semanas antes hacia Europa, ante la incertidumbre de las circunstancias políticas del país. De manera que, aunque las monedas de chocolate hubiesen llegado en buen estado, la destinataria del obsequio no habría podido recibirlo.

Amanece ya cuando la princesa se ocupa de vigilar la segunda operación, que consiste en trasegar la carga desde el lanchón al muelle de tablones mal encajados. Para entonces, de la fragata mexicana no hay más rastro sino el penacho de humo deshaciéndose en la distancia gris, pues se aleja rumbo noroeste, hacia el golfo de Fonseca.

En su español enrevesado, causa de risas entre los estibadores, la princesa los previene, llena de enojo, de no soltar los cajones de los garfios de la grúa manual lejos de los tablones, porque van a ir a dar al agua. Como si no supieran ellos su oficio.

Es cuando repara en el vagón presidencial. Ha quedado abandonado en una vía muerta, al lado del muelle, desenganchado del convoy.

Semeja un ataúd, forrado de lustrosa madera de caoba, el escudo de la república grabado en el costado. Haciendo sombra con las manos ve las ventanas de cristal, con adornos al esmeril, que recogen los deslumbres del sol naciente. Ve las cabeceras de los sillones giratorios de pana roja, algo gastada. Ve las lamparitas de sombra verde de las mesas, rematadas en flecos.

En el vagón ha quedado una única persona.

Se llama Ananías, y ha sido, hasta poco antes, el cocinero presidencial. La princesa no puede verlo porque dormita, la cabeza recostada en la mesa donde el general Zelaya ha tomado su última colación antes de abordar la gasolina que lo llevaría hasta la fragata. Huevos perdidos, revueltos con chorizos de ristra, y tajadas de plátano maduro frito. Se ha rendido al sueño, sin despojarse del mandil.

Tampoco puede ver el retrato del presidente depuesto, colgado en el tabique encima de la puerta que lleva al estribo del vagón. La calvicie en avance, el bigote frondoso y la mirada severa, la nariz algo ancha, las puntas del cuello volteadas sobre la corbata.

En el tabique opuesto, el óleo de pequeño formato, *Naturaleza muerta con querubín en vuelo*, obra de Chardin, en una moldura de pan de oro, adquirido por la dama en una galería de la rue de Seine durante una visita ya de vieja data a París. Nadie del séquito presidencial se acordó de descolgarlo y meterlo en un maletín. Detrás de ese tabique se halla el toilette privado, que huele a creolina, con su excusado de cadena, el aguamanil, la pastilla de jabón germicida en la jabonera enlozada, y en el toallero la toalla de mano, con el escudo de la república bordado en hilos dorados.

Ananías por fin despierta. Alza la cabeza y se restriega los ojos. De manera mecánica se pone el gorro de cocinero que tiene al lado. No se trata de uno de esos cucuruchos tubulares, plisado y bien aplanchado, sino de una especie de bonete de magistrado, suficiente para que ninguna hebra de pelo caiga sobre los alimentos en preparación.

Empezó como pinche de la cocina presidencial. Monsieur Lombard, el chef traído a Managua desde Lieja por la primera dama, tuvo, mientras duró en su cargo, el privilegio de usar la toque blanche; y cuando Ananías lo sustituyó, ella le impuso el uso de un gorro de menor categoría, cabe estas palabras: «Es suficiente para que no caiga un pelo en la sopa, monsieur Ananías».

Y él estuvo tentado de responderle: «Hay algo peor, madame Blanche, y es un veneno en la sopa».

Unas páginas adelante sabremos por qué.

ЖK

Ananías contempla el interior del vagón como si lo viera por primera vez. Y sus ojos van al cuadro. El querubín se sostiene en el aire con una ligera vibración de las alas, como una mosca iluminada. El melón en el plato de porcelana, al que han sacado una tajada con el cuchillo de mango de concha nácar, muestra su pulpa apetitosa junto al queso gruyère partido por la mitad. Los higos morados, abiertos de tan maduros, enseñan también su carne, como vulvas.

No sólo el cuadro de Chardin ha sido olvidado en la pared. Conviene al relato que el poeta Julio Flórez, el secretario privado, olvidadizo como es, haya dejado en el asiento que ocupó en la mesa del general Zelaya, a la hora de la colación, un legajo atado con una banda de goma.

Ananías repasa los papeles del legajo, sobrado de tiempo como está, vuelve a atarlos con la banda de hule y los guarda en el maletín de mano destinado al servicio de mesa: la cubertería de plata, las servilletas, los anillos portaservilletas, el pimentero, el salero, el estuche de palillos de dientes; además de un frasco de leche de magnesia para la acidez gástrica, pues el presidente sufre de dispepsia.

No conoce el valor del cuadro de Chardin, pero va y lo descuelga de la pared para envolverlo en un saco de bramante.

ЖK

Se presentó un oficial de a bordo para informar al presidente depuesto que la gasolina que lo llevaría hasta la fragata General Guerrero esperaba ya por él y sus acompañantes, y Ananías, emocionado, vio llegada la hora de la despedida para siempre.

El presidente Zelaya metió los dedos en el bolsillo del chaleco, sacó una moneda de plata con valor de un dólar y se la entregó sin palabras a su cocinero. Igual lo había hecho con el resto de la servidumbre al abandonar el palacio presidencial, un dólar de plata para cada uno, aurigas, jardineros, porteros.

Pero luego reflexionó, como si una honda preocupación lo embargara, y sacó una segunda moneda del bolsillo del chaleco; esta vez le abrió la mano, le depositó la moneda en la palma y le cerró los dedos sobre la moneda, en un gesto que podemos juzgar sentimental; tras de lo cual se puso el sombrero de fieltro y se dirigió a la salida.

¿Dos monedas por haberle salvado la vida al frustrar un atentado criminal en su contra?

Falta muy poco para el encuentro entre el cocinero y la princesa. Sobre lo que va a ocurrir, porque tiene que ocurrir, el príncipe Aleksándr le habría dicho a László, su mayordomo, mientras este, de rodillas en el piso de la alcoba, lo ayuda a despojarse de las botas federicas, tras una intensa partida de caza del zorro en el coto del castillo:

—Está de Dios que esta hija mía tiene una preferencia nata por los menestrales, pues de los brazos de un peluquero va a pasar ahora a los de un cocinero.

—Con todo respeto, debo señalar a Su Serenidad la omisión en esa lista de monsieur Sedano, descendiente de todo un emperador —habría respondido László, mientras tira de la bota del pie derecho, descubriendo un grueso calcetín de lana que muestra un hoyo en el dedo gordo.

—Ese monsieur Sedano no es sino un farsante mequetrefe, bueno para repartir volantes, y un día descubriremos que no es hijo de emperador ni nada parecido —habría resoplado el príncipe Aleksándr.

László se llevaría las botas para ponerlas a orear cerca del fuego de la chimenea.

—Enseguida le traigo su copita de samogonka.

Poco más tarde de esa mañana aparece Ananías en el campo visual de la princesa, asido al barandal de fierro del balcón del carro, desde donde se llega al estribo. Se ha vuelto a poner su bonete de magistrado, y ya sabemos que lleva el mandil, sucio debido a su última faena.

—¡Señor cocinero! —grita la princesa haciendo bocina con las manos—. ¿No puede usted venir a dirigir a estos haraganes? ¡Me estropearán las piezas del carrousel!

—¿El carrousel? —exclama Ananías desde su balcón—. ¡Qué lástima que llegue tan tarde! ¡Aquí ya todo se fue a la mierda!

Quedaba pendiente la pregunta:

¿Cómo, a tan temprana edad, pudieron confiarle a Ananías, un pinche de cocina, los fogones presidenciales?

¿Y por qué, cuando la primera dama le asignó un gorro de categoría menor, estimándolo suficiente para evitar la caída de un desagradable pelo en la sopa, él estuvo tentado de responder: «Hay algo peor, madame Blanche, y es un veneno en la sopa»?

Veamos.

Un lunes al mediodía, mientras vigilaba una olla donde terminaba de hervir un gallo de pelea del criadero presidencial, muerto en lid ese domingo, que sería servido en caldillo, notó cómo, de manera sospechosa, monsieur Lombard vertía el contenido de un botellín de color azul profundo en el plato de sopa de frijoles espolvoreada de queso seco, donde nadaban dos huevos, el plato entrante preferido del presidente en su almuerzo. Acto seguido se dirigió al comedor para servirle él mismo la sopa.

Ananías se despojó del mandil y se apresuró a seguir los pasos de monsieur Lombard, se le abalanzó encima y le quitó violentamente el plato de las manos, con lo que el contenido se regó en el piso, muy cerca de donde reposaba, a los pies del presidente Tamerlán, su galgo escocés; el perro, tras dar algunos lengüetazos a la sopa derramada, quedó frío e inerte.

Los interrogatorios subsecuentes, llevados adelante con todo rigor por el coronel Tomás de los Milagros, demostraron, para consternación de la primera dama, que monsieur Lombard había aceptado, bajo lujosa paga, el encargo de agentes secretos del licenciado Manuel Estrada Cabrera, el dictador de Guatemala, para poner fin a la vida del presidente Zelaya, mediante un potente tósigo destilado de hojas de adelfa y semillas de ricino.

Concluidas las pesquisas, el presidente declaró tajantemente que, en adelante, no volvería a probar bocado si no era preparado por la mano de Ananías.

La primera dama aceptó, pero imponiéndole un gorro de categoría menor. Y, al despedirse, el presidente desterrado lo premió con dos monedas de plata.

Si serían ambos malagradecidos.

Cuando Ananías informa a la princesa desde el balcón del carro presidencial que todo se ha ido ya a la mierda, se refiere a que, con la partida forzada del general Zelaya, su férreo régimen de tres lustros se ha derretido sin remedio, como las doradas monedas de chocolate, de las cuales sólo ha quedado una inservible pasta marrón.

El cofre de pirata, por disposición de la princesa, fue a dar al fondo del mar.

Sí, mi honorable señora, son toda una caterva de haraganes, dijo Ananías bajando del vagón, que ahora, de verdad abandonado, iba a ser tragado por el monte. Ya se había despojado del mandil sucio de grasa de cocina cuando se acercó al lanchón: me encargo con todo gusto y placer, pero si no le es molestia me hará usted el favor de custodiar este saco y este maletín, todo cuanto poseo en la vida. Sabía el cocinero frases de formalidad florida aprendidas del poeta colombiano Julio Flórez, que se había marchado con el presidente destronado, y enseguida se desnudó de la camisa para ponerse a la tarea, pero se quedó con el bonete de magistrado en la cabeza. Haraganes y léperos, además, sí, mi señora, usted está en lo correcto, estos gañanes tienen la voluntad floja, y la mano fácil además para esconder objetos y trasponerlos como prestidigitadores mañosos que son, así sea un tornillo o una duela, pero ya viene el invasor yankee a meterles prisa con el látigo ahora que empieza la ocupación militar de Nicaragua, a ver si de una vez por todas este país de díscolos entra en cintura, hablan los rumores de que por lo menos van a repartir pastillas de quinina para el paludismo las tropas de la marina, y a matar con insecticidas potentes las legiones de zancudos que son aquí tan grandes como vacas que vuelan, y en la noche capaces de llevarte en peso con todo y cobija una vez que te han clavado el aguijón.

Y sin que nada se conviniera entre los dos, ella dejándolo hacer y dejándolo irse en su plática incesante como si oyera llover, cazando al vuelo una que otra palabra, empezó a subir el sol sobre las láminas oxidadas de las bodegas del puerto, y Ananías, en plena posesión de sus funciones de capataz, vigilaba que las piezas fueran subidas con el debido cuidado a los vagones de carga del convoy señalado para partir a las doce del día con destino hacia la capital, según el horario ferroviario, pero que no salió sino a las cuatro de la tarde, dadas las circunstancias anómalas reinantes en el país.

Ya completado el trasiego, despejado el trámite del aforo de aduanas, firmado y sellado el manifiesto de carga, de todo lo cual el mismo Ananías se encargó con diligencia y esmero, mediando, además, el hecho propicio de que las órdenes oficiales impartidas por telégrafo días atrás de facilitar el ingreso a territorio nacional del carrousel se cumplían a pesar de la conmoción política, la princesa y su capataz subieron al tren. Las órdenes oficiales incluían franquicia de viaje en primera clase para la empresaria y cualquier acompañante suyo, de manera que se sentaron frente a frente en el vagón amoblado con poltronas de mimbre, como si se tratara de una sala familiar.

La princesa había devuelto sus posesiones a Ananías, quien cargaba sobre las rodillas el cuadro metido en el saco de bramante y, de manera incómoda, también el maletín. Ella no soltaba su bolso de trapillo con asas de madera.

Recordemos cuáles son las posesiones de Ananías:

El cuadro de pequeño formato de Chardin, sustraído del vagón presidencial.

El servicio de mesa, que incluye la cubertería de plata, sustraído también del vagón presidencial.

Un legajo desechado por el poeta Julio Flórez, por lo cual no puede afirmarse que sea sustraído, algunas de cuyas piezas serán dadas a conocer en su oportunidad.

Las dos monedas, regalo de despedida del presidente, esas sí propiedad legítima suya.

Como el tren tarda en partir, Ananías, de puro diligente, baja del carro y hace que descorran la puerta del vagón de carga donde viajan los caballos en sus jabas, estibados en posición vertical, para hacer una última revisión. Dentro, el calor endiablado exacerba el olor a pintura de los caballos. Atisba entre las rejillas de las jabas los destellos del esmalte, y le parece que el pintado de rojo bermellón huele de manera más intensa. Puede adivinar algo de la grupa, la crin y la cerviz del corcel dorado, de un olor seco y cortante. Cualquiera diría que lo escucha resoplar, golpear sobre el lecho de virutas con los cascos, en señal de incomodidad.

Se necesitará mucha mano de obra de operarios bien versados y mucho ingenio para armar todas aquellas piezas, sigue pensando, a pesar de que la princesa lo ha tranquilizado, señalándose con el dedo índice la cabeza: con los ojos cerrados puedo hacer que otros armen el carrousel, y tú, señor cocinero, aprenderás de mí, y enseñarás a los operarios a ejecutar cada quien lo propio, esa es tu misión.

El tren parte a la señal de la campana que repica en el andén, la cuerda del badajo en manos del jefe de la estación, de quepis y en camisola de punto sin mangas, y el convoy corre ahora por el estrecho talud que une la isla de Corinto con la tierra firme, para seguir después por la llanura de pastizales, huertas y sembríos de caña, extendida entre los manglares y ensenadas de la costa y la cordillera de los Maribios, los promontorios desnudos de los volcanes alzándose uno tras otro y deshaciendo sus fumarolas bajo el cielo pálido que comienza a apagarse.

Mientras tanto, se da entre ambos pasajeros, en el vagón casi vacío, el siguiente diálogo:

PRINCESA: Parece que custodiara usted un tesoro en ese saco.

ANANÍAS: Los regalos de los amigos son tesoros. Antes de partir, el presidente de la República me dijo: «Queda ese cuadro en la pared del vagón, es tuyo. Si un día abres un restaurante, ponlo en un lugar de honor».

PRINCESA: El maletín es de cuero muy fino.

ANANÍAS: En lo que hace a este maletín, el presidente me dijo: «Con estos cubiertos de plata he comido por años, y quiero que me recuerdes también comiendo con ellos». ¿Y ese bolso suyo?

PRINCESA: Fruslerías, unas pocas pertenencias. ¿Me haría el favor de despojarse de ese gorro de cocinero que no va con sus nuevas funciones de capataz de un carrousel?

ANANÍAS: Permítame contarle la historia de este gorro, al cual digo adiós, fiel a sus deseos. (Abre la ventanilla y, después de lanzar el gorro, procede a relatar el episodio de la traición de monsieur Lombard, el gallo de pelea hirviendo en la olla, el botellín azul, la sopa de frijoles derramada y la infausta muerte de Tamerlán entre estertores agónicos).

PRINCESA: Siempre he sentido verdadera repulsión por los venenos. No soy experta en ellos, ni mucho menos, pero ese preparado de hojas de adelfa y semillas de ricino me resulta completamente desconocido.

ANANÍAS: Según fue el parecer del médico personal del presidente, es tan mortífero que tras la primera cucharada de sopa habría dado la cabeza contra el plato, ya sin vida.

PRINCESA: Y, también, claro está, me causan repulsión las traiciones.

ANANÍAS: Cuidándose de traiciones vivió Zelaya. Pero su servicio de espionaje no pudo descubrir a tiempo la trama del peor de sus enemigos, Estrada Cabrera, casi coronada por el éxito. El hechor disponía de un coche de caballos que lo esperaba en una esquina, según confesó. Sus cómplices lo sacarían del país hacia Honduras, por pasos clandestinos.

PRINCESA: Es usted un verdadero héroe, señor cocinero.

ANANÍAS: Héroe no, señora, un servidor fiel, nada más, como lo seré de usted.

PRINCESA: A ese Estrada Cabrera alguien me lo puso por las nubes, como el gran adalid del progreso y la civilización. ¡Vaya! ¡El gran sacerdote de la diosa Minerva! ¿Y qué sucedió con monsieur Lombard?

ANANÍAS: El coronel Tomás de los Milagros le propuso al presidente que le dieran de beber al traidor de su propio botellín azul, pero él se negó.

PRINCESA: ¿Lo perdonó? ¡Qué generoso!

ANANÍAS: ¿Perdonarlo? El coronel Tomás de los Milagros lo sacó de su celda una noche, y lo invitó a dar un paseo en lancha por el lago Xolotlán. Nunca regresó de ese paseo monsieur Lombard. Duerme en el fondo del lago.

PRINCESA: ¡Oh, señor cocinero! Me recorre el cuerpo un escalofrío. ¿Yace así en un fondo oscuro, enturbiado por el légamo, donde sólo se adivina uno que otro destello?

ANANÍAS: Lo ignoro. El cuerpo nunca fue rescatado. Lo que puedo decirle es que el presidente tuvo siempre corazón bondadoso. Hasta que le tocaban los huevos, con mil perdones por la expresión. Entonces se convertía en un verdadero tigre.

PRINCESA: Un tigre ya sin uñas ni colmillos. Ya me habían prevenido durante el viaje de su caída inminente, pero no di crédito a esas prevenciones, por considerarlas propaganda de sus enemigos.

ANANÍAS: Aquí, entre nosotros, considero que el presidente se comportó de manera imprudente, al desafiar al gran coloso del norte. Una mañana le llevaba su café con rosquillas al despacho cuando lo oí impartir instrucciones al ministro de la Guerra para que fusilaran a los dos americanos. ¿Ha oído de esos dos americanos, Cannon y Groce?

PRINCESA: Estoy más o menos enterada. Prosiga.

ANANÍAS: El ministro quiso ponerle reparos, pero él se incorporó de su sillón, furibundo, y golpeó con el puño el escritorio: «¡Proceda como le digo! ¡Por hacer concesiones es que puedo caer! ¡Si me mantengo firme, no se atreverán conmigo!».

PRINCESA: Tenía mucha curiosidad por conocerlo. Nunca he estado delante de ningún presidente.

ANANÍAS: Y él deseaba conocerla a usted. En el comedor no se hablaba de otra cosa que de la llegada del carrousel. Él mismo escribía los cables dirigidos a monsieur

Menier, indagando sobre el itinerario del barco, lleno de aflicción porque se retrasaba tanto. Y peor cuando le informaron que estuvo a punto de zozobrar, causas a una tormenta cerca de la isla de Cuba.

PRINCESA: Ni estuvo el barco a punto de zozobrar con esa tormenta, ni seguimos nunca la ruta de Cuba. Pero ¿tanto le interesaba el carrousel?

ANANÍAS: Habría un acto de inauguración, según el programa preparado por su secretario privado, al cual había dado el visto bueno, rubricándolo al pie; y tenía un discurso, escrito también por su secretario privado, muy hábil para calzar en palabras el pensamiento del presidente.

PRINCESA: Es una lástima que ya no será posible esa ceremonia. Pero, de todos modos, me siento muy honrada.

ANANÍAS: Así es la vida. Ya no verá desde la ventana del salón de banderas del palacio la fiesta de luces del carrousel en sus giros acompasados por las marchas, valses y polkas que retumbarían en la caja de música, como era su ilusión.

PRINCESA: Cuánto me gustaría, al menos, conocer ese programa de inauguración.

ANANÍAS: El secretario privado, poeta de gran renombre, me confió el original mecanografiado antes de partir, lo mismo que el discurso. Los llevo aquí en el maletín y los pongo a su disposición. Puedo leérselos yo mismo.

PRINCESA: Hágalo despacio, por favor, señor cocinero. Y téngame paciencia si le pido repetir algún párrafo que no comprenda bien.

ANANÍAS: Toda la paciencia del mundo, señora Natalie.

PRINCESA: ¿Natalie? Ah..., sí. ¿Cómo sabe mi nombre?

ANANÍAS: Figura en el programa, tal como lo oirá:

Programa de la solemne inauguración del carrousel proveniente de la Francia

(Fecha del año 1909 aún por determinar.
Hora estimada: 8.00 pasado el meridiano).

1. Sagradas notas del himno nacional, *Hermosa Soberana*, ejecutado por parte de la Banda de los Supremos Poderes, dirigida por el maestro Cousin.

2. Palabras del Hble. Señor Ministro de Instrucción Pública, ciudadano José Dolores Gámez.

3. Palabras de la empresaria Mme. Natalie de Manerville, quien trae consigo el carrousel desde la Francia.

4. Palabra del Excmo. Señor Presidente de la República, primer ciudadano de la nación, general don José Santos Zelaya.

5. Acto seguido, el Señor Presidente Zelaya activa el motor eléctrico del carrousel, que en consecuencia se echa a andar, y se enciende la festiva iluminación.

6. El Señor Presidente Zelaya y la Primera Dama de la República, Mme. Blanche Cousin de Zelaya, y demás miembros de la comitiva, abordan la plataforma para subir a los caballos, según orden de precedencia establecido en el Reglamento de Protocolo de la Nación.

7. Concluida la vuelta, se servirá in situ una copa de champaña.

Ejecútese:
J. S. Z.

[Fondo documental Padre Álvaro Argüello, S. J., Instituto de Historia de Nicaragua y Centroamérica (IHNCA), Universidad Centroamericana (UCA), carpeta Z20, legajo 23].

El tren entra en la ciudad de León cuando ya ha caído la noche. A lo largo de la carrilera, en las puertas de las casas hay banderas de Nicaragua con crespones de luto, mientras tanto las calles, interrumpidas por alambradas de púa, aparecen desiertas a la luz del fanal de la locomotora, lo mismo que se halla desierta la estación, en cuyos alrededores hay trincheras de sacos de arena, pero sin soldados a la vista.

—¡Qué ciudad más solitaria! —La princesa pone la mirada en la ventanilla—. Ni siquiera un perro callejero. ¿Ha muerto alguien?

—Ha muerto la revolución liberal. —Ananías sigue la mirada de la princesa—. Esta fue su cuna. Cuando pasamos por aquí ayer, rumbo a Corinto, recibieron a Zelaya con vítores. Pero era un entusiasmo postrimero. Y si no hay nadie en las trincheras, es porque los jefes han desertado, y deben estar buscando cómo huir por caminos de montaña hacia Honduras.

—Ahora cabe preguntarse qué pasará conmigo y con el carrousel —suspira la princesa.

—Siempre será un atractivo su carrousel, mande quien mande. —Se encoge de hombros Ananías—. El que sea que ponga en el poder el coloso del norte querrá echar a andar la rueda, y dar la primera vuelta montado en ancas de uno de esos caballos.

—Vaya que es usted hombre práctico, señor cocinero. —Sonríe la princesa.

—Esperemos que las aguas se calmen, y podremos andar sobre ellas. —Sonríe a su vez Ananías.

Palabras de inauguración del carrousel a ser pronunciadas por el Excmo. Señor Presidente de la República, primer ciudadano de la nación, general José Santos Zelaya

Señores:

Animado por la idea de progreso, fiel norte de nuestros actos desde el día mismo del triunfo de las armas liberales en el año de 1893, he procurado siempre el bienestar, la instrucción y el sano recreo y esparcimiento de la ciudadanía, para librarla de las cadenas del oscurantismo y de la opresión de la ignorancia.

He aquí una prueba de mi aserto. Tanto el arte como la técnica se conjugan en el invento que ahora tenéis a la vista, el cual será solaz de grandes y chicos; y con ello, el gobierno transformador que presido quiere premiar a sus súbditos.

Debo agradecer a mi condiscípulo en la Academia Militar de Saint Cyr, monsieur Henri Menier, de todos ustedes conocido, baste recordar las plantaciones de cacao del valle de Menier, que son motor de nuestra economía, sus ingentes gestiones para hacer posible la llegada a nuestra tierra de este carrousel, acompañado como viene de madame Natalie de Manerville, distinguida dama, quien, con la mejor buena voluntad, ha otorgado a Nicaragua la concesión de su funcionamiento.

Mis empeños en cimentar la causa de la civilización no han sido vanos. Ved si no el alumbrado eléctrico despejando la oscuridad en vías públicas y hogares; ved las salas de cinematógrafo en nuestra capital; ved ya los carruajes movidos por fuerza automotriz circulando por nuestras calles; ved la red telegráfica que comunica nuestras poblaciones; ved el cable submarino que nos enlaza con el mundo; ved los teléfonos de manivela en oficinas y hogares. Y ved cómo nos proponemos extender las líneas ferroviarias, a través de selvas y montañas, hasta nuestra costa atlántica, y así queden comunicados ambos océanos, Atlántico y Pacífico.

Así como, estad seguros, quedarán ambos océanos comunicados en el futuro por el canal interoceánico, cuyas aguas surcarán embarcaciones con banderas de todos los países del orbe. Ya el Supremo Gobierno se halla en conversaciones con potencias mundiales que disponen de técnica y recursos suficientes, dígase Japón, dígase Alemania, para consumar estos benéficos planes.

Sé bien que vivimos tiempos difíciles, acosados por los pérfidos designios de los malos hijos de Nicaragua, que se esconden en las sacristías y en los salones aristocráticos para conspirar contra el bien común, en alianza con una potencia extranjera, cuyo desprecio al don superior de nuestra soberanía es patente. Allá ellos. Si acaso queréis guerra, la tendréis, pues si con una mano generosa os ofrezco el olivo de la paz, sabed que con la otra empuño el acero militar.

Cumplo mi deber supremo como gobernante, al proveer la ventura y la felicidad de mis compatriotas, y la presencia en suelo patrio de este carrousel es prueba fehaciente de mis intenciones.

He dicho.

[Fondo documental Padre Álvaro Argüello, S. J., Instituto de Historia de Nicaragua y Centroamérica (IHNCA), Universidad Centroamericana (UCA), carpeta Z21, legajo 23].

20. Caballos de madera, un título nobiliario, ahora un restaurante

El tren había pasado ya la estación de Nagarote, y la vía férrea corría ahora paralela a la ribera del lago Xolotlán. Hasta el vagón llegaba la tufarada de los pescados abiertos en canal, mojarras y guabinas secándose en la oscuridad en los tendales.

—No acaban de tranquilizarme sus palabras de que el nuevo presidente se interesará en mi carrousel, señor cocinero. No puedo regresarme a Francia con las piezas embaladas tal como vinieron por mi propia decisión. Debo esperar las instrucciones de monsieur Menier. ¿Y si estas no llegan en medio de la guerra?

—A ese Menier lo que le importa es seguir mandando su cacao a Francia, porque si no, se le para su fábrica de chocolates. Le aseguro que debe hallarse ya en conversaciones con los jefes de las fuerzas conservadoras que vienen avanzando desde la costa atlántica. O con los americanos mismos, que son al fin y al cabo los que mandan en este asunto.

—Pero la íntima amistad de monsieur Menier con el presidente derrocado...

—Íntimos sólo los dos que me cuelgan entre las piernas, con perdón de mis palabras, que gracias a Dios no entiende usted bien. Los millonarios no tienen amigos, tienen dinero.

La princesa sí entiende, pero no se escandaliza. Anatoli Florea era no pocas veces procaz en sus expresiones, lo mismo que monsieur Sedano. Son maneras de aproximación sexual, lo sabe. Hablar de lo prohibido para no causar susto cuando se toca lo prohibido.

—¿Qué me aconseja entonces, señor cocinero?

—Deje guardada toda la carga en las bodegas del ferrocarril en Managua. Allí va a estar segura. El doctor Madriz, que quedó en la presidencia, es también liberal, y no va a durar. Esperemos a que lleguen los vencedores y con ellos nos arreglamos.

Este señor cocinero está hablando demasiado pronto en plural. Nosotros hacemos, nosotros tornamos, piensa la princesa.

—Estudiaré su recomendación, señor cocinero.

—Mientras tanto, para disipar el ocio, podemos abrir un restaurante en Managua.

—¿Un restaurante?

—Restaurante El Querubín. En el salón de banquetes colgamos el cuadro.

—¿Cuadro? ¡Ah! El cuadro del saco.

—Aquí se lo enseño: un querubín, merodeando sobre unos apetitosos alimentos. ¿Qué mejor nombre, entonces? Restaurante El Querubín. Cocina internacional. Menú selecto. Se atienden banquetes.

—¿Banquetes en medio de una guerra?

—Veamos el panorama con sentido de futuro. El nuevo gobierno ofrecerá banquetes. Y el nuevo gobierno se hará cargo de echar a andar el carrousel.

La princesa mira por la ventana hacia la oscuridad, que sería absoluta, salvo por el lejano fulgor lunar entre los nubarrones en cúmulo sobre el lago, donde apenas se adivinan las crestas rizadas de las olas que baten contra la orilla.

Cuántos empeños veo repetirse en mi vida, piensa. Unos caballos de madera, un título nobiliario, ahora un restaurante.

—Sólo faltará completar los cubiertos de plata. Aquí en el maletín hay una docena.

—¿Y ha pensado cómo va a financiar usted su restaurante, señor cocinero?

—Tengo visto un local, que la llevaré a conocer mañana mismo. Es céntrico, y, para nuestra suerte, se halla amoblado y con su batería de cocina completa, pues funcionó allí el restaurante El Vesubio, propiedad de don Dimas Caligari, peluquero del presidente, que se ha ido con él. Pero sé quién guarda las llaves, su compañera de vida, y ella nos lo alquilará con gusto.

—Le he hecho una pregunta, señor cocinero, de la que sigo en espera de respuesta.

—Ah, bueno, la plata. Donde come uno comen dos. La caja del carrousel le presta auxilio al restaurante y viceversa: cuando el restaurante prospere, su caja le presta auxilio al carrousel. Monsieur Menier no la habrá mandado con las manos vacías. Concedámosle la palabra a su bolso, que ya me he fijado no lo suelta ni un instante.

BÚFALOS DE DIENTES DE PLATA
(Opúsculo del poeta Julio Flórez)

Al general José Santos Zelaya, in memoriam

Introito necesario

Titulo este opúsculo con una frase extraída del acervo literario del inmarcesible aeda nicaragüense Rubén Darío. Así llamó en su hora a los yankees, búfalos de dientes de plata, y los declaró enemigos suyos, los aborrecedores de la sangre latina. Los bárbaros. «Un país de cíclopes, comedores de carne cruda, herreros bestiales, habitadores de casas de mastodontes. Colorados, pesados, groseros, van por sus calles empujándose y rozándose animalmente, a la caza del dollar». Y van a cazarlo también a tierras extranjeras, quitando la soberanía a países indefensos, como ocurrió a Nicaragua. Por las minas de oro, el caucho, las maderas preciosas, y porque no querían un canal interoceánico si no dependía de ellos, invadieron el país en 1909 y derrocaron al general José Santos Zelaya, prócer liberal.

Yo fui su secretario privado, y soy testigo de la ignominia. De allí estas páginas.

El adiós de un titán

Habíamos salido de Managua hacia el puerto de Corinto antes de que sonaran las campanadas llamando a la Misa del Gallo aquel 24 de diciembre de 1909. Los cascos de los caballos del landó presidencial fueron envueltos en trapos de lana para silenciar el ruido, y así no se supiera del trayecto de pocas cuadras, entre las cocheras del palacio de gobierno y la estación del ferrocarril, junto al lago Xolotlán. Mientras tanto, el copioso equipaje había sido trasladado por partes desde la medianoche, también bajo estricto sigilo.

Fue una agitación silenciosa la que se vivió durante aquellas últimas horas entre los edecanes, porteros, centinelas, ujieres y mucamas, y todo parecía expresarse más bien en mímicas, en contraste con las algarabías de la Nochebuena que se celebraba en la ciudad, animada por los bulliciosos sones de pascua ejecutados por las bandas de viento, y el estallido de los petardos y cohetes en las barriadas. Y aun las carreras de la servidumbre disponiendo del equipaje de mano y el cerrar apresurado de gavetas y armarios parecían despojados de todo ruido, o eco de ruido.

Al llegar la hora de la despedida salió de sus aposentos el presidente Zelaya, vestido de levitón oscuro de alpaca, y, emocionado, fue saludando a los miembros de la servidumbre, y poniendo en la mano de cada uno una moneda de plata, que tomaba de un saquito de fieltro sostenido a su alcance por un edecán militar. Había lágrimas en los ojos de todos. Luego, avanzó con paso firme hacia las escaleras que descendían a las cocheras. Detrás de él, tan fiel como su propia sombra, iba el coronel Tomás de los Milagros, quien, nadie lo hubiera pensado nunca, dado su recio carácter, lloraba también, a lágrima viva.

Se cerraron las puertas, los racimos de luces de las arañas de cristal fueron apagándose en las estancias, y cuando nos alejamos hacia la estación ferroviaria, el palacio parecía abandonado desde mucho tiempo atrás.

En la estación esperaba al presidente Zelaya una comitiva de cerca de cien personas entre familiares, ministros de Estado y correligionarios íntimos, quienes lo acompañarían para despedirlo en el puerto de Corinto. Fueron distribuidos en seis vagones, y a la mitad del convoy se hallaba enganchado el vagón presidencial, en cuyo techo ondeaba el lábaro patrio.

La Banda de los Supremos Poderes, ya el presidente a punto de abordar, ejecutó las notas del himno nacional, compuesto por el maestro Alejandro Cousin, cuñado suyo y director de la banda. El himno es conocido como *Hermosa Soberana*, pues así reza el comienzo de la primera estrofa:

Hermosa soberana
cual sultana Nicaragua,
de sus lagos al rumor...

El tren partió bajo escolta de un cuerpo de dragones de la guardia de honor, habiendo dejado los jinetes sus cabalgaduras en el patio frontal de la estación, al cuido de los palafreneros; e iba, además, en la góndola, una escuadra de artillería, con una dotación de tres piezas Howitzer de 75 mm, destinadas a rendir honores al mandatario antes de subir a la nave que lo llevaría al destierro, mediante una salva de veintiún cañonazos; propósito al final fallido, pues el comandante de la escuadra declaró la munición en mal estado.

En el vagón presidencial, propiamente, viajaban algunos ministros y miembros del Estado Mayor del Ejército Nacional, así como aquellos a quienes el presidente Zelaya había señalado como compañeros en su viaje a bordo de la fragata mexicana

General Guerrero, puesta a su disposición por su fiel amigo el presidente de los Estados Unidos Mexicanos general Porfirio Díaz; a quien nadie, valga la digresión, pudo predecir entonces que, poco tiempo después, en mayo de 1911, correría la misma suerte y se marcharía al exilio en Francia.

Los elegidos para acompañarle en la travesía marítima éramos:

El coronel Tomás de los Milagros, comandante de la Guardia Constabularia, a quien el presidente no quería desamparar dejándolo librado a su suerte, pues dada la naturaleza de las funciones que cumplía le sobraban los enemigos, aun dentro de las filas del mismo Partido Liberal.

Su valet, Encarnación Cuaresma, un hombre ya mayor y lleno de achaques, que del puerto de Salina Cruz ya no pudo pasar adelante, o no quiso, y recibió pasaporte para dirigirse de regreso a Nicaragua, vía el puerto de San Lorenzo, en Honduras.

El peluquero, Dimas Caligari, quien había sido primer actor y barítono del elenco de la compañía dramática y de operetas de los hermanos Farias, disuelta a su paso por Nicaragua tras el incendio del Teatro Variedades, cuando se quemó toda su impedimenta escenográfica y su utilería y vestuario.

El teatro ardió al final del cuarto y último acto de la representación de la pieza dramática *El loco Dios*, del autor español José Echegaray, precisamente cuando Caligari, que desempeñaba el papel de Gabriel, personaje afectado por la demencia al grado de creerse Dios, se abraza a Fuensanta, la protagonista, y grita: «Sí..., malditos, malditos..., llegó la hora..., el castigo..., la purificación. ¿Dijisteis loco? ¡Pues loco!, ¡vuestro Dios..., el loco Dios! ¡Gabriel no es Gabriel, es el loco Dios..., el loco Dios!»; momento cuando se produce una pirotecnia teatral para simular los resplandores de un incendio; pero sucedió que, de verdad, por una causa que según Caligari nunca logró saberse, el telón de boca cogió fuego mientras descendía, las llamas se propagaron hacia el artesonado, y el teatro entero fue fácil pasto de las llamas, pues era mayormente de madera.

El Variedades era una de las más señaladas obras de progreso cultural emprendidas durante el gobierno del general Zelaya, con doce elegantes plateas, ocho palcos en su segundo nivel y una luneta para trescientos espectadores; la roseta en el techo lucía quinientos focos eléctricos, en tanto el telón de boca, obra del pintor italiano Annibale Gatti, estaba decorado con escenas de la recolección de los frutos de los cafetos en los agrestes parajes montañeros de Nicaragua, según fotografías hechas llegar al artista hasta su taller en la Toscana.

Tras el incendio, los curas leyeron en los púlpitos una carta pastoral del obispo Pereira y Castellón, en la que se señalaba al fuego destructor como un castigo providencial por representarse una obra sacrílega como aquella de *El loco Dios*, donde el personaje Gabriel lucía barba y cabellera como las de Jesucristo, y los ataques se centraban sobre todo en Caligari, a resultas de lo cual fue apedreado en la calle por los fanáticos religiosos. El presidente Zelaya, sin que le temblara el pulso, decretó esa vez el destierro del obispo.

Caligari abrió entonces en Managua un restaurante, El Vesubio, que fracasó, y, por último, una peluquería frontera al Palacio Nacional, de donde cruzaba la calle para atender al presidente, en una pieza acondicionada con una silla de barbero de fabricación alemana y demás efectos. Y mientras le enjabonaba la cara, a petición de su exclusivo parroquiano, un enamorado del bel canto como pocos, entonaba a capela palomita, que te has escapado, calma mis anhelos…, de la opereta *El murciélago*; y hasta la calle llegaba la melodiosa voz que hacía detenerse a los transeúntes.

Fue Caligari quien insistió en acompañarlo en ese viaje final, supongo que por sentido de aventura, acostumbrado a viajar por el mundo en soltería. En la capital mexicana encontró colocación como partenaire de duetos cómicos en la carpa de variedades Luces de Bombay, instalada en las vecindades del convento de San Hipólito, y en adelante le perdimos el rastro.

Y, finalmente, en la comitiva, quien estas líneas escribe.

Triste, por no decir otra cosa, era el ambiente a bordo del tren, que, en medio del relente de la mañana, mientras el sol sacaba reflejos a las aguas del lago Xolotlán, pitaba con tristes acentos cada vez que una partida de ganado de las haciendas vecinas cruzaba la carrilera. Ninguna algarabía en los vagones, a pesar de los numerosos pasajeros, quienes en otras circunstancias habrían dejado oír risas y pláticas, y quizás no habría faltado algún canto jocoso y el rasgar de una guitarra. Y cuando el impasible cono del volcán Momotombo quedó atrás, sentimos todos el peso de lo irreversible.

En León, ciudad siempre fiel a la revolución, cuyas banderas el presidente había enarbolado en el ya lejano año de 1893, una multitud llenaba los andenes de la estación y sus alrededores, reclamando al singular pasajero bajar a recibir los vítores, y así lo hizo, pero muy brevemente. Se le veía cansado y, yo diría, acongojado, lo cual no era para menos; y sus palabras de agradecimiento y despedida casi nadie las escuchó, pronunciadas sin el auxilio de ninguna bocina, y pues la algarabía no se apagó lo suficiente. Y había no pocos ebrios, que no dejaron de alborotar.

Llegados a Corinto en horas de la tarde, seguramente debido a su misma pesadumbre, dio instrucciones de que la comitiva no bajara de los vagones, y de enganchar el convoy para su regreso inmediato a la capital. No quería más despedidas. Fue la última orden que se permitió dar.

No aceptó tomar la habitación que se le había preparado en el hotel Lupone para mientras llegaba la hora de abordar la fragata, y prefirió permanecer a lo largo de esas horas dentro del vagón con los pocos que lo acompañábamos, en medio del silencio sólo roto por el batir de las olas contra la rompiente en la pleamar.

La traición: tu quoque, fili mi?

¿Cómo se habían precipitado en tan poco tiempo todos estos acontecimientos que dieron al traste con un gobierno de progreso como nunca lo había tenido Nicaragua?

La sierpe, escondida en la maleza de los bajos instintos humanos, estaba presta a clavar los colmillos de la traición en el calcañal del Líder Supremo. No fue otro el traidor que un íntimo subalterno suyo, el general Juan José Estrada, persona en quien había depositado él toda su confianza, al punto de nombrarlo el año anterior de 1908 intendente militar de la costa atlántica; lugar estratégico como pocos para la seguridad de la república liberal, acechada por el enemigo, que allá bullía, pues en esa región de Nicaragua explotaban hasta hacía poco el oro y la plata compañías mineras norteamericanas, díganse La Luz Mine Company, la Rosario Mining Company, cuya voracidad el presidente Zelaya había parado en seco, cancelando sus concesiones.

Esas mismas compañías, en retaliación, desembolsaron ingentes recursos para financiar la revuelta que se avecinaba. Lo afirma el *New York Times* en publicación del 10 de septiembre de 1912, el cual tengo a la vista: «Tales compañías contribuyeron para la revolución de Bluefields con un millón de dollars; la casa bancaria de Joseph W. Beers, con unos doscientos mil, y la de Samuel Weils, con cerca de ciento cincuenta mil».

Ya hecho cargo de sus funciones en la ciudad de Bluefields, lejos de las miradas de su protector, Estrada comenzó a conspirar, nada menos que con los cabecillas desterrados del Partido Conservador, quienes allá fueron a buscarlo. No tardó en proclamar su rebeldía, poniéndose a la cabeza de las fuerzas insurrectas, financiadas de la manera arriba dicha, y provistas de armas y pertrechos por Estrada Cabrera desde Guatemala; y empezaron su marcha hacia Managua bajo la protección insidiosa de la Marina de Guerra de los Estados Unidos, la cual dio en proclamar «zonas neutrales» los lugares por donde esas fuerzas avanzaban, arrogándose el derecho de desarmar a las tropas legítimas del gobierno, que de este modo quedaban inermes y constreñidas a desbandarse; todo en virtud de que el presidente William Howard Taft había otorgado a los alzados la calidad de fuerzas beligerantes.

Juan José y sus hermanos José Dolores, Aurelio e Ireneo provenían del estrato humilde de la sociedad nicaragüense, estrato al cual el presidente Zelaya buscaba hacer justicia con sus reformas. Los hermanos, menestrales los cuatro, eran carpinteros dos de ellos, albañiles los otros dos; se incorporaron a las filas de la revolución liberal y fueron encumbrados tras el triunfo, llegando todos a tener el grado de general en el nuevo Ejército Nacional.

Ireneo, talentoso, valiente y sagaz, recibió las insignias de general de brigada a la edad de dieciocho años, y fue considerado desde entonces como el heredero político del presidente Zelaya; pero quiso el destino que muriera de tisis a los veinticinco años. Y los otros tres, porque el líder supremo así lo dispuso, ejercieron como alcaldes de la ciudad de Managua, uno tras otro, llegando a ser llamados, gracias a su señalada figuración en la política, «los Gracos nicaragüenses», en recuerdo de los célebres tribunos romanos de la plebe.

Desaparecido Ireneo, quien más cerca se hallaba del presidente era Juan José, y pasó a tenérsele como el nuevo heredero. Engañoso en su perfidia, y hábil en el halago, tenía el don de hacerse simpático, y así mostraba sus alardes de bailarín en los saraos presidenciales, pese a su cojera y su obesidad; y, cuando se le ocurría, quitaba la batuta a monsieur Cousin para dirigir él mismo la orquesta con exageradas gesticulaciones de manos, provocando así las risas del presidente, nada fáciles de lograr.

La traición dividió a los Gracos. Juan José fue proclamado presidente en agosto de 1910, cuando los vendepatrias entregados al apetito de los intereses foráneos entraron vencedores en Managua. José Dolores, porque era entonces presidente del Congreso Nacional, le entregó la banda presidencial de buen grado, cómplice suyo. Pero Aurelio no quiso saber nada de la felonía, y lleno de amargura se retiró a su propiedad rural cercana a Managua, sin volver nunca a dirigir la palabra al hermano usurpador. Este, víctima de su propia trama, fue depuesto menos de un año después por sus aliados conservadores, de los cuales había querido deshacerse tomándolos presos; pero sus intentos se estrellaron contra el muro de protección de las fuerzas militares yankees, desplegadas en el país para proteger los intereses de los trusts norteamericanos, ahora cuando, además de las compañías mineras, de nuevo en las viejas manos, el ferrocarril, las aduanas y el banco emisor de la República se hallaban en poder de Wall Street.

Una decisión fatal

La mañana del 4 de noviembre del año 1909 me disponía a tomar mi desayuno en el comedor del hotel Gloria, donde me alojaba, pues nunca quise disponer de domicilio regular en Managua, y por la comodidad de que, hallándose situado en la culata de la iglesia catedral de Santiago, podía dirigirme a pie hacia el palacio presidencial; cuando en eso se presentó un edecán a requerirme, pues el presidente demandaba mi presencia inmediata.

Me fui, sin tiempo siquiera de afeitarme, y me encontré al presidente muy agitado, tanto que, apenas entrar yo al despacho, se adelantó a entregarme un telegrama, el cual leí de pie. Dos súbditos de los Estados Unidos, de nombre Lee Roy Cannon y Leonard Groce, residentes ambos en el país, el uno perito contable de la Rosario Mining Company, el otro dedicado a la explotación del caucho en las selvas, habían hecho estallar una poderosa mina al paso de la embarcación militar El Diamante, la cual llevaba trescientos conscriptos destinados a los frentes de guerra, mientras navegaba en las aguas del río San Juan. El estallido falló en provocar las consecuencias esperadas, pues el pasaje resultó ileso; y los mismos soldados, al no más salir de su aturdimiento, se desplegaron en persecución de los mercenarios, a quienes hicieron reos.

Por el hecho de mostrarme el telegrama, el presidente estaba demandando mi criterio, y yo se lo di: los responsables deberían ser sometidos a juicio de inmediato, y este debería hacerse público para que la prensa de los Estados Unidos diera cuenta de la felonía. Y luego, en un gesto de magnanimidad, liberarlos, y realizar un solemne acto de entrega al ministro americano en Managua. Eso influiría en la opinión pública y en el congreso, y pondría a la defensiva a Taft.

Él me quedó mirando muy serio, reclamó de vuelta el telegrama, y por toda respuesta dijo: se reirían de mí los yankees si cometo ese acto de flojera.

Enseguida, cambiando de tema, me preguntó cómo iba el viaje del carrousel. El magnate del cacao Henri Menier, amigo suyo, le enviaba desde Francia un carrousel, y el barco que lo transportaba sufría atrasos. Entre sus graves tribulaciones, el carrousel recibía tratamiento de asunto de Estado. No volvió a tocar el tema de los mercenarios conmigo. Se los sometió a consejo de guerra, bajo proceso sumario, y el 16 de noviembre fueron pasados por las armas en el castillo de la Concepción, una fortaleza colonial del río San Juan, donde se hallaban prisioneros.

Sería una osadía mía juzgarlo por una alta decisión de Estado, y no lo señalaré de imprudente sólo porque no escuchó mi consejo. Pero a partir de aquel momento infausto todo se apresuró. El 1 de diciembre de 1909, el Departamento de Estado emitió la célebre Nota Knox, mediante la cual se le desahuciaba políticamente, y no tuvo más remedio que soltar las riendas del poder, que con mano tan firme había sostenido por largos años.

Por medio de carta de mi redacción, hizo llamar al doctor José Madriz, renombrado jurista y tribuno, quien se hallaba exiliado en Costa Rica, para que fuera su sucesor, gesto suyo de ecuanimidad, pues ambos eran hasta entonces enemigos políticos irreconciliables dentro de las filas del mismo Partido Liberal.

Madriz, quien ya se hallaba en Managua el día de nuestra partida, presto a ser juramentado por el Congreso Nacional, no buscó ninguna entrevista con el general Zelaya, ni menos compareció a despedirlo, y ese desaire debió aumentar su pesadumbre y su desánimo.

No pudo Madriz sostenerse en el poder, asediado por la campaña militar de las fuerzas conservadoras, en avance sobre la capital, alentadas y protegidas por la Infantería de Marina de los Estados Unidos, que seguían interviniendo descaradamente en el conflicto aun después de haber conseguido su objetivo de provocar la renuncia del general Zelaya. Y así, tras pocos meses en la presidencia, hubo de renunciar también, el 19 de agosto de 1910, partiendo al destierro a México, mismo camino seguido por su antecesor, y en aquellas tierras murió al año siguiente, a la temprana edad de cuarenta y tres años.

El exilio

La travesía de la fragata General Guerrero fue sosegada, siempre bordeando la costa del mar Pacífico de Centroamérica, hasta alcanzar el istmo de Tehuantepec. El capitán Celorio Blasco, al mando de la nave, dio un trato esmerado y cordial a su huésped de honor a lo largo de todo el trayecto, lo mismo que a nosotros, y nos sentó siempre a su mesa, muy bien provista, por cierto. Al capitán Celorio le fascinaban los huevos de hormiga, llamados escamoles, y los gusanos de maguey, platos extravagantes que el general Zelaya veía pasar frente a sus ojos con disimulada repugnancia, mismo las botellas de mezcal, pues no probaba licor, mientras el coronel Tomás de los Milagros era el más entusiasta en apurar las copas conforme se las iban poniendo enfrente.

Cuando atracamos en el puerto de Champerico para reabastecimiento, hubo un episodio cargado de tensión, dada la sempiterna enemistad del dictador de Guatemala, Estrada Cabrera, contra el general Zelaya, rayana en el odio. Una tropa llegada desde la capital se tomó el muelle en zafarrancho, como si fueran a asaltar la nave, pero el capitán Celorio se mantuvo siempre sereno, sabiendo que nos cobijaba el pabellón mexicano, y aquello no podía ser sino una bravuconada; y sin más novedades llegamos a Salina Cruz, al puerto de destino en el estado de Oaxaca.

El coronel Tomás de los Milagros no tuvo buen fin, pues viéndose en tierra extraña se llenó de aflicción —o «cabanga», según el decir nicaragüense— por haber dejado atrás a la jovencita veinteañera con la que estaba recién casado, muy agraciada y menuda de cuerpo, y, sobre todo, despierta de ánimo, y por eso vivía él temeroso de una traición. Se lamentaba, sobre todo, de haber cedido, por debilidad de enamorado, al capricho de la esposa, empeñada en hacer crecer sus pechos, según ella demasiado exiguos, mediante un producto farmacéutico recién llegado a las boticas de Managua, unas «Pilulas Orientales» fabricadas, de acuerdo a la etiqueta, por la droguería de J. Ratié, passage Verdeau, París, pero a mi juicio una burda superchería, tanto la procedencia como el producto mismo, que prometía «senos firmes y turgentes»; y era eso mismo lo que atormentaba al marido, que fuera ella a mostrar a otro sus nuevos encantos.

Provenía la muchacha de una familia esforzada. Su padre hormaba y retocaba sombreros para caballeros y casquetes para damas, y el coronel Tomás de los Milagros, viudo desde años atrás, la solicitó formalmente en matrimonio.

Como la familia exigiera boda religiosa, accedió a casarse a escondidas en la iglesia de la Virgen de la Candelaria, y yo me presté a servir de padrino, a espaldas del presidente Zelaya, quien aborrecía los ritos católicos, enemistado a muerte como estaba su gobierno con los curas y el obispo.

Por extraña coincidencia, la jovencita se llamaba Milagro, con lo que su nombre legal pasó a ser Milagro de los Milagros. En su vestido de novia, tan diminuta, parecía una primera comulgante, y él, robusto y ya peinando canas, más bien daba la apariencia de ser su papá. Y ahora le escribía a diario cartas en las que unas veces le suplicaba, y otras le ordenaba, que no ingiriera más las benditas pilulas, y echara el frasco al excusado.

Pese a las recriminaciones constantes del presidente se había dado a la bebida, entusiasta del mezcal desde la travesía a bordo de la fragata, y murió atropellado por un tranvía en el Zócalo, después de gastar el día entero en la cantina El Gallo de Oro, a la que se había aficionado. El general Zelaya pasó por la pena de concurrir al puesto de socorros de la Comisaría de Policía en la calle Las Verdes, a reconocer el cadáver de su fiel servidor y amigo.

Ignoro cómo juzgará la historia al coronel Tomás de los Milagros. Quienes ejercen oficios como el suyo, que conllevan rudeza y cuántas veces severidad de trato, nunca son gratos a sus contemporáneos. Conociéndolo como lo conocí, sólo puedo afirmar que bajo su caparazón albergaba un alma de niño. Cuando en el palacio presidencial se armó el barullo de que venía ya navegando hacia las costas de Nicaragua el carrousel, me suplicó el favor de ponerlo en la lista de quienes subirían a los caballos en la vuelta de inauguración.

En lo tocante a mi persona, la etapa de mi vida al lado de aquel hombre, objeto de mi admiración y cariño, y a quien serví con lealtad y celo, había llegado a su fin. Contrario a las afirmaciones de sus enemigos, el general Zelaya no disponía en el exilio de grandes bienes de fortuna, y sus propiedades en Nicaragua, principalmente algunas haciendas de café en las serranías vecinas a Managua, se hallaban hipotecadas o estaban siendo confiscadas por sus adversarios ahora en el poder. Pagar los servicios de un secretario, por muy modesta que fuera la remuneración, no estaría en el largo plazo a su alcance.

Y yo tenía deseos de regresar a mi lar patrio, de donde había salido tres años atrás, empeñado en conocer las tierras de Centroamérica; además, él se alejaba hacia Europa. Llegada la hora, lo acompañé en el viaje por ferrocarril al puerto de Veracruz; él tomó pasaje para Barcelona, y yo me dirigí a Barranquilla.

Por donde debí haber comenzado

¿Cómo fui yo a recalar en Nicaragua?, se preguntará el lector. Diré que, a mi paso por esa república, el ministro de la legación de Colombia, el doctor Juan Gabriel Vásquez, me llevó como invitado a una soirée en la casa presidencial, y me presentó delante de la primera dama como el primer poeta de mi país; ella me pidió entonces complacerla, recitando algo de mi cosecha, para lo cual su hermano, el maestro Cousin, me haría compañía al piano, a modo de una melopea. Accedí a declamar el poema *Mis flores negras*, en tanto los dedos del maestro Cousin desgranaban las notas del Nocturno número 3 de Chopin. Fui sumamente aplaudido, y tan del agrado resulté a los ojos de la primera dama y a los del propio presidente, que dispuso él tenerme a su lado, a cuyo fin me propuso encargarme de su correspondencia privada y tareas afines.

Se prendó el presidente de *Mis flores negras*, y, ciertas veces, cuando se hallaba solo, me llamaba a su despacho y me pedía recitárselo, solicitud que cumplía yo gustoso; y, de pie frente a él, arrellanado en su sillón presidencial, soltaba mis versos:

Oye: bajo las ruinas de mis pasiones,
en el fondo de esta alma que ya no alegras,
entre polvo de ensueños y de ilusiones
yacen entumecidas mis flores negras.

Ellas son el recuerdo de aquellas horas
en que presa en mis brazos te adormecías,
mientras yo suspiraba por las auroras
de tus ojos, auroras que no eran mías...

Él, apoyado de manos en la barbilla, escuchaba atento, y exclamaba para sí: «Qué lindo, qué lindo...».

En Managua, liviandades de la dichosa juventud, me daba a la bohemia en las simpáticas cantinas de las vecindades de la estación ferroviaria, a veces desde la hora del almuerzo, pues servían también comidas en esos establecimientos, sin que aquellas libaciones estorbaran la eficacia y celo con que cumplía mis deberes en la casa presidencial.

Y una de esas veces conocí en la cantina Dos Cruces, propiedad de las hermanas Arminda y Olinda Cruz, a un músico del poblado de Masatepe, quien había venido a la capital a comprar cuerdas para su violín, y se hallaba allí para tomar sus alimentos antes de abordar el tren de regreso. Lizandro Ramírez Velásquez, se llamaba. Tras escucharme recitar algunas de mis poesías, me invitó a viajar con él a su pueblo, donde me prometió sería agasajado; deseoso, además, de que yo pusiera letra a uno de sus valses titulado *Ilusión perdida*, el cual tenía tras de sí toda una historia de amor frustrado.

Tanto insistió, y tanto habían las libaciones exaltado mis ánimos, que decidí irme con él en el tren, que partía a las dos de la tarde, y puesto allá no conocí nada de Masatepe, ni ensayé a escribir letra alguna para mi reciente amigo, pues jamás vi el sol claro; entre densos vapores alcohólicos me desperté reo en una bartolina de la cárcel del pueblo, sin saber a causa de cuáles excesos me hallaba castigado allí. Exigí hablar con el jefe de policía para hacerle saber de mi alto puesto al lado del presidente, pero no quiso oírme ni menos ordenar mi libertad, súplica que por su parte hacía el preocupado músico, quien me visitaba constantemente; y aún pasé una noche más en prisión.

Entonces, escribí en la pared de la bartolina unos versos, de los cuales luego me arrepentí, porque llegaron a oídos del general Zelaya, quien no lo tomó a gracia, pues era aquel un pueblo de raigambre liberal, muy partidario suyo; pero allí quedaron:

Masatepe,
al cielo pido
que la viruela confluente
en ti se cebe inclemente,
pueblo de Dios maldecido,
y cuando ya bien jodido
te tenga el atroz flagelo,
venga el cólera en su duelo,
para que, en mares de mierda,
hasta tu nombre se pierda,
execratísimo suelo.

Zelaya frente a la historia

Sus contemporáneos no podrán juzgar al general Zelaya con ecuanimidad, ni de uno ni de otro lado; ese juicio corresponde a la madre Historia, cuyos molinos suelen moler despacio, hasta apartar la broza y dejar brillar el mineral áureo de la obra perenne de los grandes hombres, la cual trasciende su vida terrenal.

Fue un reformador en todo el sentido de la palabra, y su revolución liberal en Nicaragua, un verdadero hito. La madre Historia abonará en su cuenta el haber establecido la educación pública, laica, gratuita y obligatoria; el matrimonio civil y el divorcio; la separación entre la Iglesia y el Estado, y la abolición del privilegio feudal de manos muertas de que gozaba aquella; la secularización de los cementerios; la reincorporación de los vastos territorios de la costa caribe al territorio nacional, donde la corona británica ejercía su dominio mediante una dinastía de reyes indígenas de opereta; las libertades civiles para la mujer; la autonomía municipal; la creación del Museo Nacional y del Archivo General de la Nación; la organización, por primera vez, de registros estadísticos. Un creador de instituciones.

Aún sería vejado una vez más el general Zelaya, ahora en las entrañas mismas del monstruo, cuando en el mes de septiembre de 1913 llegó a Nueva York desde Bruselas, en busca de liquidar en el mercado financiero unos títulos valores de los cuales era poseedor.

La medianoche del 26 de aquel mes dormía tranquilamente en un apartamento de 645 West End Avenue, cuando fue despertado de su sueño por dos alguaciles federales que llegaban a detenerlo. El gobierno usurpador instaurado en su patria había solicitado su extradición al de los Estados Unidos, bajo la burda acusación de asesinato y robo.

Tras permanecer encerrado en una celda, como un reo común cualquiera, el prohombre fue liberado sin cargos, gracias a una resolución del fiscal del distrito de Nueva York, y así pudo embarcarse hacia El Havre, después de pasar este trago tan amargo.

Un cable reproducido por *El Espectador*, periódico que recibo con retraso desde Bogotá, informa escuetamente de su muerte, ocurrida en esa misma ciudad de Nueva York, imán fatal para él, el 17 de mayo de este año que corre; y semejante noticia dolorosa ha provocado estas líneas llenas de remembranzas y altos sentimientos para su persona.

Albergo la esperanza de que un día no lejano sus despojos mortales reciban cobijo en su querida tierra natal, a la que tantos beneficios su mano prolífica otorgó.

Sit tibi terra levis.

En mi retiro de Usiacurí, el Atlántico, a 27 de mayo de 1919

[Julio Flórez, *Búfalos de dientes de plata*, Bogotá, Prensas de la Biblioteca Nacional, 1945. Fondo documental Padre Álvaro Argüello, S. J., Instituto de Historia de Nicaragua y Centroamérica (IHNCA), Universidad Centroamericana (UCA), carpeta Z26].

21. El sillón de la duquesa de Bal Tabarin

✽

Lo que el príncipe Aleksándr le habría dicho a László, su mayordomo, mientras este, de rodillas en el piso de la alcoba, lo ayuda a despojarse de las botas federicas, acerca de que su hija tenía una preferencia nata por los menestrales se cumplió cual una profecía.

La noche del 27 de diciembre, Ananías el cocinero la invitó a contemplar la luna llena desde las ruinas de un malecón, mandado a construir en la costa del lago Xolotlán por el general Zelaya, y al que una crecida se había llevado, descuajando el parapeto desde sus cimientos. La placa de bronce, con la leyenda conmemorativa grabada debajo del escudo de armas de la República, donde aún se leía ADMINISTRACIÓN ZELAYA, yacía muy cerca de allí, atornillada aún a un pedazo del muro, medio tapada por la arena.

Se sentaron sobre un rimero de piedras de cantera, acumuladas en desorden por la fuerza del agua, y mientras la luna ascendía sobre los cerros gemelos de la península de Chiltepe, Ananías sacó del bolsillo un espejito de mano, de esos de empolvarse la nariz, y le susurró:

—Quiero que conozca a la mujer que se casará conmigo.

En esta ocasión la princesa ni se encoleriza primero, ni se ríe de manera nerviosa después, sino que, de una vez por todas, la cursilería, tan dispuesta a repetirse en su vida a la hora de las declaraciones amorosas, la llena de piedad. Y dócilmente toma el espejito redondo, y se mira en él a la luz de la luna, que extiende sobre los dos una claridad sobrenatural.

Una ola mansa estalló de pronto contra el promontorio donde se hallaban sentados y les mojó apenas los pies;

y tal si ella se hubiera hallado en peligro de ser arrebatada por la violencia de la creciente, Ananías la tomó entre sus brazos y la retuvo contra su pecho; la princesa, fingiendo miedo, se rindió al abrazo.

—Y ya ha perdido tanto el juicio esta hija mía que ahora se deja desnudar en descampado, sin reparar en que algún viandante puede merodear cerca del paraje ese donde el cocinero la ha llevado a contemplar la luna, o, peor, expuesta a la presencia imprevista de algún agente del orden, presto a apresarla por comisión de actos inmorales en lugar público —habría dicho el príncipe Aleksándr, mientras saborea la copita de samogonka que László ha puesto en sus manos.

El lecho de arena donde yacen al amparo del promontorio es blando, casi cenagoso, y los pequeños cangrejos de color grisáceo, con apariencia más bien de arañas, entran y salen de sus agujeros, indiferentes a la lumbre lunar que enciende la costa de un pálido fulgor, e indiferentes los amantes a sus posibles mordiscos en las nalgas y demás partes pudendas, pues no sólo la imprudente María Aleksándrovna se halla desnuda, Su Serenidad, también el cocinero, como es de esperar, se ha despojado de calzones y camisa, sin necesidad de hacerlo de la ropa interior puesto que por costumbre no la usa, habría pensado László, sin atreverse a expresarlo.

Van a ser las nueve de la noche, una hora demasiado tardía en una ciudad que de por sí se recoge temprano, y más sometida a toque de queda. Ananías se ha vuelto a poner los pantalones, y permanece sentado sobre el promontorio, los brazos en las rodillas, pensativo, en tanto la princesa se mete por la cabeza la túnica de Besarabia bordada con mirlos en el cuello, esa que le llega al ojo del pie.

—¿En qué piensa, señor cocinero? —pregunta.

Ananías, sacudiendo de su cabeza la ensoñación, responde:

—En que debemos casarnos.

—En ese pensamiento no le acompaño, y le ruego no insista más —lo refuta ella con energía.

Ananías no insiste. Y eso la alivia, pues no se va a poner a explicarle que nunca más repetirá esa experiencia de casarse, una vez por el rito de la Iglesia ortodoxa armenia, otra por el rito de la Iglesia gnóstica y ahora, de seguro, por el de la Iglesia católica, apostólica y romana.

Pero Ananías no pensaba en ese momento en reiterar la petición de mano hecha ante el espejito de empolvarse la nariz.

Pensaba en la férula armada de tornillos de cabeza avellanada y correas de vaqueta, que, como un insecto colosal, tras reptar por la pierna desnuda de la princesa, atrapaba la pantorrilla desde la tibia al astrágalo, y se detenía, acechante, dispuesta a saltar sobre él para morderle el escroto.

—Veo que sigue pensativo, señor cocinero. —La princesa termina de anudarse en la cabeza el pañuelo de colorines.

—Me he puesto a recordar cuando la primera dama me llevó al palacio presidencial, porque quería tenerme a su lado para educarme, según convenció a mi madre —improvisa Ananías—. Y así fui a dar de cabeza a la cocina de monsieur Lombard, a desplumar gallos, a barrer el piso y botar desperdicios.

Su madre era costurera, y debía copiar los modelos que traía *Le Moniteur de la Mode*, cuyos números mensuales enviaban a madame Zelaya por la valija diplomática desde la legación de Nicaragua en París. Cada miércoles por la tarde bajaba del landó presidencial frente a la humilde vivienda de mediagua del barrio del Caimito, escoltada por un cadete de la guardia de honor que se apostaba en la puerta mientras ella se tallaba los vestidos. El trabajo de confección avanzaba a lo largo de la semana, y Ananías, que ya igualaba a la primera dama en estatura, servía a su madre de maniquí; con la prenda puesta, lo hacía permanecer de brazos abiertos, en tanto ella, la boca llena de alfileres, probaba a dar puntadas largas en la manga de una blusa de muselina, acomodaba las almohadillas en los hombros de una chaqueta Poiret o medía el largo de una falda de cambray.

La princesa no pudo contener las arcadas de risa al evocar a Ananías de faldas, los brazos en cruz, y lo imaginó también con uno de aquellos sombreros de airones teñidos de azul evanescente diseñados por el cavaliere Tartini.

—Mejor desplumar gallos de pelea que lucir faldas, porque ya me estaba gustando —afirmó con toda seriedad Ananías, para provocar a la princesa a seguir riendo.

Antes de que el tren entrara en la estación de Managua, la princesa ya había decidido hacer caso a Ananías en cuanto al depósito de las piezas del carrousel en las bodegas de carga del ferrocarril, en tanto esperaba las instrucciones de monsieur Menier.

Dejaron el trámite de bodegaje para el día siguiente, por lo tardío de la hora, y tomaron un coche de dos caballos que a la princesa le parecieron demasiado famélicos como para arrastrar el carruaje de cuatro ruedas, a pesar de su armazón endeble; y llegados al hotel Gloria, hubo de llamar Ananías de manera insistente, los golpes a puño cerrado contra la puerta resonando a medianoche en toda la calle.

El portero dormía en una tijera de lona, arrimada contra la puerta, y les abrió por fin, armado de un machete. Los hizo permanecer en la calle mientras daba voces llamando al propietario, un catalán escaso de estatura, de nombre Agustín Prío, quien asignó a la princesa, cosas siempre del destino, la misma habitación ocupada hasta hacía poco por el poeta colombiano Julio Flórez. Y no dejó de explicarle, mientras ella se registraba como Natalie de Manerville en el libro de pasajeros, que el lecho del portero bloqueaba la puerta con el fin de impedir el ingreso a deshoras de huéspedes acompañados de mujeres de reputación dudosa, y el machete tenía carácter disuasivo, en caso de resistencia violenta.

Ananías se fue a pie hasta la mediagua del barrio del Caimito, heredada de su madre junto con la máquina de coser y la plancha de carbones. Ella había muerto un mes de enero a causa de tétanos, dos años atrás, pues cuando colgaba en el tabique el calendario obsequio de la botica La Samaritana, el clavo herrumbrado que martillaba le punzó el dedo.

El día siguiente se presentó muy temprano al hotel, tal como habían quedado, y acompañó a la princesa al despacho de la Tropical Radio para cablegrafiar a monsieur Menier, pero se encontraron con la noticia de que la conexión del cable submarino se hallaba cortada en razón de los acontecimientos bélicos.

Entonces ella decidió enviar un telegrama a Nandaime, dirigido, sin destinatario específico, a las oficinas administrativas de la plantación de cacao en el valle de Menier, exponiendo la situación del carrousel de manera escueta, como cabe en los términos de un telegrama.

La respuesta la llevó esa tarde al hotel un mensajero en bicicleta. Por lo visto, el gestor de operaciones, un tal monsieur Patrick Deville, tenía espíritu festivo:

> INNECESARIO OTRO CARROUSEL ESTANDO SUBIDOS YA EN UNO STOP IGNORANTE CUÁNDO RUEDA PARARÁ ABRUPTOS GIROS STOP EXPORTACIONES CACAO DETENIDAS ANTE PUERTOS CERRADOS STOP IMPOSIBLE ENVIAR CARGAMENTOS LOMO CABALLOS MADERA STOP

Ananías se asomó a leer el telegrama, agachándose tras las espaldas de la princesa, quien se hallaba sentada en una mecedora del corredor, donde blanqueaban en las baldosas las cuitas de los loros y las urracas que alzaban su alboroto desde las jaulas de alambre colgadas del alero.

Silbó por lo bajo y, sin perder el tono festivo, dijo:

—No nos queda sino esperar. Ya tengo en la cabeza el menú del restaurante. Madame Cousin aseguraba que mi sopa de cangrejos con leche de coco no la había comido ni en el Procope en París.

⅋

La docilidad de la princesa frente a la repetición de su destino, como ocurrió por tercera vez la noche de luna llena, no se explica sin una visita que había recibido en su habitación del hotel en las altas horas de la madrugada de aquel mismo día.

Tenía el cuarto un sillón de utilería, forrado de pana muy gastada color ámbar, extraño al austero mobiliario del hotel, adquirido por don Agustín Prío en el remate judicial tras la quiebra de la compañía italiana de operetas de los hermanos Farias. Era el mismo que ocupaba la veleidosa bailarina Frou-Frou cuando se convierte en noble dama gracias a su matrimonio con el duque de Pontarey, en una de las escenas más gustadas de *La duquesa del Bal Tabarin*.

Despertó de pronto, presa de sed, y cuando se incorporó para servirse agua de la garrafita de la mesa de noche, encontró allí sentada a madame Blavatsky, la gran sacerdotisa de Isis. Vestía igual que en el retrato en óvalo colgado en el salón ceremonial de la Librairie des Mondes Occultes; sólo que, ahora, la cabeza de la Iluminada estaba cubierta por un manto negro con ramos de acanto bordados en plata.

La miraba pensativa, la mano regordeta apoyada en el mentón, sin ninguna prisa, como si en esa actitud se hallara desde hacía ratos, mientras ella dormía.

Su papada brillaba de sudor. Con muestras de sofocación utilizó uno de los vuelos del manto para abanicarse, y por fin habló:

—Sacrebleu! Sí que es caluroso el trópico.

La princesa estuvo a punto de ir a buscar otro vaso para ofrecerle agua de la garrafita, pero ella la detuvo con un gesto imperioso.

—Apunte —ordenó.

La princesa, por acto reflejo, se palpó el camisón, que ni bolsillos tenía, en busca de un lápiz.

—Apunte en su cabeza —volvió a ordenar la Iluminada.

Y, acto seguido, pronunció con voz grave las siguientes frases, cada una separada por un silencio reflexivo:

—No puedes recorrer el sendero antes de que el sendero seas tú misma.

—Mata todo recuerdo de experiencias del pasado que mires como fracaso. Si miras atrás, tu vida está perdida.

—El universo se repite de manera callada, como si durmiera, y no quiere que lo despierten.

—La vida copia al universo, y copia su ciclo de repetición. Cada experiencia nueva que parezca ser la misma es sin embargo distinta.

—Cada nuevo encuentro con tu destino, siendo el mismo, presenta un nuevo desafío a tu felicidad. No lo rechaces, es el karma que se cumple inexorable, para tu bien.

—La mente es como un espejo que se cubre del polvo de nuestras ilusiones rotas. Sólo las brisas del amor pueden limpiarlo para hacerlo resplandecer.

—Sólo es sabio quien no teme ensayar lo que parece lo mismo pero es diferente.

—No dejes para mañana lo que puedes hacer hoy.

Y, luego, se hizo translúcida hasta desvanecerse.

Se quedó despierta hasta que la luz cálida de la mañana entró por las celosías, armando el sentido de todas aquellas frases en su cabeza, y cuando se dirigió a la mesa del desayuno ya tenía la clave. Si cada experiencia nueva era distinta, aunque pareciera la misma, y sólo es sabio quien no teme ensayar lo que parece lo mismo, no hay duda que el cocinero marcaba un nuevo encuentro en su destino. Había que dejar soplar las brisas sobre el espejo.

El Querubín abrió sus puertas en el caserón esquinero de paredes de adobe, ocupado antes por el restaurante El Vesubio, en la avenida del Centenario. Era lo suficientemente amplio para que los comensales fueran atendidos en las piezas exteriores, y Ananías y la princesa pudieran acomodarse en las del interior. El cuadro de Chardin pasó a ocupar un lugar destacado en el salón de banquetes.

En el rótulo mandado a pintar por Ananías en la fachada, el delicado querubín de Chardin había servido de modelo a otro que tenía demasiado grandes la cabeza y los mofletes, y sostenía, invención poco feliz del pintor, una lira parecida más bien a una segueta de carpintería.

Fue, desde el principio, un mal negocio, tal como la princesa había advertido y se lo seguía remojando a Ananías, pues ante las incertidumbres del tiempo que corría, las oficinas públicas apenas andando, los comercios en gran parte cerrados por miedo al pillaje, y muchas de las familias pudientes refugiadas en las haciendas de café de las sierras de Managua, las mesas del restaurante permanecían vacías desde el mediodía incandescente hasta la hora del toque de queda, que empezaba a las siete de la noche.

Pero el universo se repite de manera callada, como si durmiera, y no quiere que nadie lo despierte con la pretensión de mostrarle unos libros contables donde figuran con prominencia los numeros rojos.

Ananías había insistido en completar la cubertería con piezas sterling silver, como las ya en su poder; y comprándolas de medio uso a matrimonios de afiliación liberal, apurados en irse del país, consiguió un conjunto muy lujoso, pero disparejo, y lo mismo copas y la vajilla. Fue adquirido también un suntuoso bar, el mostrador dotado de una plancha de mármol cortada y pulida por la casa Pascualini, instalada en las cercanías del cementerio San Pedro, pues era proveedora de ornamentos funerarios; y el estante de caoba, como un altar profano, obra de un maestro ebanista que lo decoró con orlas de hojas de vid y labró en el capitel la efigie de Pan bicorne, en los espejos biselados el reflejo de la multitud de frascos y botellas comprados de contrabando, vinos secos, moscateles, espumantes y cordiales.

—Nada de bebidas fuertes, y menos aguardientes nacionales —sentenció Ananías mientras acomodaba las botellas en los estantes—. Suficiente lección he tenido con la perniciosa embriaguez del poeta Julio Flórez, como para haber criado en mi espíritu una grave repugnancia contra los beodos.

—¿Es usted abstemio, señor cocinero? —preguntó la princesa, que le alcanzaba las botellas después de lustrarlas con un paño.

—Por principio y convicción —respondió Ananías—. Si fuera cura, tendría dificultades en pasar por mi garganta la buchada de vino de consagrar.

Ella se esmeraba en poner cada día, sobre los manteles almidonados, los cubiertos, que no tardaban en coger el polvo aventado desde la calle a través de las altas puertas, defendidas por celosías de media altura pintadas de verde. Al estilo parisino, escribía al mediodía y al atardecer el menú en una pizarra escolar sacada a la puerta, sólo para que algún transeúnte chusco agregara a los trazos de tiza algún dibujo obsceno o alguna frase chabacana con mala ortografía; y, revestida con un largo delantal a rayas, también al estilo parisino, esperaba al lado del bar por la barahúnda de comensales prometida por las ilusiones de Ananías.

Y las moscas. Se posaban en nubes desaforadas sobre el mantel, apenas se sentaba un cliente ocasional, y parecían las dueñas y señoras de la cocina, donde Ananías atizaba con inútil entusiasmo los fogones, tan repugnantes ellas como los melosos pliegos de papel colocados por todas partes, muy pronto colmados de moscas muertas.

La compra de víveres la hacían en los laberintos bulliciosos del vecino mercado San Miguel, y los tomates, cebollas, repollos y demás verduras no tardaban en pudrirse en el calor de incendio de Managua, constante aun en las noches, razón por la que las jaurías de perros callejeros se acuartelaban en el patio, atraídas por la abundancia de desperdicios; y lo mismo pasaba con la leche cruda, los cuartos de res, las entrañas de cerdo, los pollos desplumados y las cabezas de pescado para los caldos, pues a pesar de que Ananías había encargado a un carpintero fabricar una hielera forrada de zinc, con un relleno intermedio de carbón vegetal, al tercer día la hedentina invadía toda la manzana.

Ananías hacía todo lo posible por que la princesa olvidara el carrousel y concentrara sus preocupaciones en sostener los gastos del restaurante mientras llegaban mejores tiempos; pero ella vivía bajo el constante temor de que la pintura de los caballos, los biombos, las máscaras y las cenefas se derritiera, o los ratones royeran la caja de música, y las piezas de la maquinaria se llenaran de herrumbre, ya no se diga las robaran, por lo cual periódicamente hacía comprobaciones en la bodega ferroviaria.

Llegó el mes de abril, cuando los calores se encienden más, el cielo se torna rojizo con la quema de los rastrojos antes de las siembras y el aire deja de correr. Y, entonces, ante el silencio tan prolongado de monsieur Menier, decidió escribir a Noisiel a maître Jean-François Fogel, el notario que había redactado el contrato de cesión en arriendo con opción de compra del carrousel.

Cuando pegó en el sobre las estampillas impresas en sepia y en verde, en las que el general Zelaya aún miraba con ceño adusto, tenía menos esperanzas en recibir una respuesta que László, el mayordomo, cuando le remitía aquellas misivas escritas de mano del notario, donde quiera que se encontrara.

Pero cuatro meses después, a finales ya del mes de julio, recibió la contestación.

LE ROI EST MORT, VIVE LE ROI!

Noisiel-sur-Marne, a 23 de mayo de 1910

Muy estimada y muy digna Mme. de Manerville:

Siento no tener buenas noticias que darle en respuesta a su amable misiva. M. Henri Menier se ha retirado de toda actividad pública, y ha cedido las riendas del emporio a su hermano M. Gaston Menier. Lejos de tratarse de una decisión caprichosa, debe afrontar la gravedad de salud que lo aqueja, víctima de las diabetes ensañadas en destruir su organismo; la enfermedad lo ha hundido en el surmenage y no quiere saber de nada ni de nadie en su mansión de Vauréal, en Pontoise, elegida como su retiro, y donde sólo recibe a los médicos.

No considero que M. Gaston Menier tenga el más mínimo interés en el asunto del carrousel, debo decirle con toda franqueza. Es un hombre de carácter diferente, y no prestará oído a lo que él considerará, de seguro, otra de las extravagancias de su hermano moribundo.

Por supuesto, se empeña en asegurar la integridad de la plantación en Nicaragua frente a las turbulencias políticas, y por esa misma razón ha partido la semana anterior hacia Estados Unidos, donde sostendrá entrevistas con altas autoridades de la Administración Taft en Washington, y así mismo en Nueva York con ejecutivos de los trusts Brown Brothers & Company y J. W. Seligman & Company, muy pronto a cargo de la adecuada marcha de los asuntos económicos de Nicaragua. Ambas partes, la gubernamental y la financiera, le han adelantado por cablegrama que le esperan con gusto, y no hay nada por lo que deba temer; y él, por su parte, se ha desvinculado de cualquier trato con el depuesto régimen anterior.

En fin, mi estimable dama, le roi est mort, vive le roi!

Reciba la expresión de mis sentimientos más distinguidos,

J.-F. Fogel

El mediodía del domingo 28 de agosto de 1910, aún bajo los nubarrones de un temprano aguacero, las tropas insurgentes entraron triunfantes en Managua entre reventar de cohetes y tronar de morteros de pólvora, y recorrieron la avenida del Centenario para desembocar en la plaza enfangada frente al palacio presidencial, la caballería de oficiales adelante, los soldados de a pie en filas desordenadas atrás, chapoteando lodo, sin más uniforme militar que una cotona de manta cruda y un sombrero de palma, un salbeque para las municiones y el fusil Mauser al hombro.

A la cabeza de los jinetes, entre los caudillos conservadores en sus atuendos militares improvisados según los catálogos a mano, con vistosos entorchados, galones y charreteras, iba el general Juan José Estrada, quien ese mismo día sería juramentado como presidente de Nicaragua, y a su lado cabalgaba el general Luis Mena, comandante en jefe de las tropas insurrectas.

Ananías y la princesa, de pie en la puerta de El Querubín, los vieron pasar. Estrada vestía de dril caqui, el chaquetón suelto, sin ninguna insignia, y sobrebotas amarradas hasta las rodillas, el barbiquejo del casco de explorador hundido en un pliegue de la barbilla, tan mofletudo que el caballo, a pesar de su alzada regular, se antojaba demasiado pequeño para el volumen del jinete, y tan desgarbado, además, de cuerpo, que parecía a punto de resbalar de la albarda, más bien que un general victorioso, un músico de regreso de algún toque.

Mena, apodado el Tigre de la Montaña por sus hazañas de guerra, audaces, sorpresivas y letales, según era fama, llevaba el uniforme de caballería de los ulanos húngaros, el penacho de crin roja en el remate del casco dorado y la capa bordada de alamares echada sobre el hombro derecho, un mulato de ojos vivos y recia catadura, erguido sobre la cabalgadura, a la que sacaba el paso con garbo, las riendas en la mano enguantada.

El general Estrada saludó alzando la mano en que llevaba el fuete al pasar frente a ellos, y Ananías, prendido de entusiasmo, le devolvió el saludo agitando los dos brazos, y siguió haciéndolo cuando ya la cabeza de la procesión se alejaba.

Hubieron de meterse porque la acera desbordaba de mujeres en persecución de sus deudos, llamándolos por sus nombres cuando los reconocían entre las filas de reclutas que marchaban cada vez más en desorden.

—Me reconoció, era para mí ese saludo —se quedó repitiendo Ananías.

Fue a sentarse a una de las mesas en el restaurante vacío, mientras las varas de los cohetes siseaban al caer sobre el tejado.

—Saludaba a todo el mundo. —La princesa se había puesto a repasar una franela sobre la plancha de mármol de la peaña del bar.

—Yo nunca me equivoco. —Ananías golpeaba repetidamente la mesa con las palmas de las manos—. Me miró a los ojos.

—Pues vaya a buscarlo y pídale que lo nombre cocinero presidencial. —La princesa siguió empeñada en su afán de pulir la plancha, como si quisiera sacarle más jaspes al mármol.

—Debo ofrecerle un banquete. —Ananías se puso de pie y caminó decidido hacia ella—. Y más, sobre todo, porque se sentó muchas veces a la mesa de Zelaya, y no dejó nunca de alabar mi cuchara. Todo eso pesa.

—Deje que la ruina siga llegando por sus propios pasos, pero no la apresure. —La princesa se volvió para remojar la franela en una vasija.

—Nada de ruina. —Ananías abrió los brazos como si se preparara a alzar el vuelo—. Una llave de oro, hay que meter esa llave en la cerradura.

22. Un comensal asiduo de El Querubín

Las discusiones acerca de la conveniencia de ofrecer un banquete al presidente Estrada continuaron por varios días y varias noches, tanto en el restaurante desierto como en la cocina sin humo, pues era quemar la leña en vano, y lo mismo en el lecho común, que vamos a llamar nupcial, aunque se trate de un amancebamiento, según habría opinado el príncipe Aleksándr antes de apurar su vasito de samogonka; pues, hasta ahora, que él lo sepa, no media ninguna boda, ni civil ni eclesiástica. Pero qué le importaba aquello a László, si tenía treinta años de vivir con su Daryna sin haberse acercado nunca a ningún altar; y, como se halla de espaldas a su amo, aprovecha para servirse también su copita de la garrafa y bebérsela de un trago.

Pero esas discusiones maritales, a veces exaltadas, como es natural cuando se pondera una propuesta que una de las partes considera conveniente y la otra, perniciosa, cesaron de manera abrupta un mediodía, cuando la princesa, dominada por la fuerza de la costumbre, tras amarrarse el mandil a rayas salió a ocupar su puesto al lado del bar.

Entonces descubrió a un comensal en una mesa apartada del fondo, vestido de pantalón blanco y americana negra, quien, sin quitarse el sombrero canotier, se mordía el bigote, impaciente porque nadie acudía a atenderlo. La mesa vecina la ocupaban dos oficiales de la Guardia Constabularia que habían colocado los quepis de visera charolada sobre el mantel.

—Vaya, tenemos ambos la misma gracia, porque yo también soy renco —fue el saludo del comensal cuando la vio acercarse.

—Nos honra con su presencia, señor presidente. —Ella, obviando la alusión, que no hallaba divertida, hizo una profunda reverencia, tal como Fräulein Langhoff la había instruido cuando se trataba de altos dignatarios.

—¿Dónde se esconde Ananías? —El comensal siguió en su mismo tono familiar—. ¿En la cocina, como siempre? Que salga a saludarme. Apenas hoy supe que había abierto este restaurante. Mientras sea él quien cocine, estoy seguro de que nadie me pondrá un veneno en la sopa.

⁂

El comensal tan deseado había aparecido por sus propios pasos, sin necesidad de ofrecerle ningún banquete. Almorzaba ahora en El Querubín con regularidad, siempre solo, sus dos ayudantes militares sentados a prudente distancia, y volvió inútil el menú de la pizarra, ideado por Ananías en base a las recetas de monsieur Lombard.

Glotón, de comer a dos carrillos, lleno de avidez y gozo, mientras esperaba la llegada de los platos silbaba por lo bajo, con insuflada inspiración, notas de «Addio, del passato» de *La traviata*, ya ataviado con un mandil de barbería anudado al cuello, para resguardarse de manchas y salpicaduras. A la soupe gratinée à l'oignon prefería la sopa de mondongo donde nadaban los pedazos de librillo y pretina aún impregnados del tufo a bosta, o la sopa de res, que en el último hervor sacaba el tuétano del hueso plano del chombón adornado con adherencias de carne; y al tournedó Beauharnais, los nacatamales que humeaban recién destapados de su envoltorio de lustrosas hojas de plátano, a la vista el montículo suculento de masa de maíz donde se ocultaban las presas de chancho coloreadas de achiote, y encima los dados de tocino, brillantes como joyas de cuarzo.

Los drásticos cambios en el menú atrajeron por fin a una ingente clientela, comerciantes mayoristas del mercado central, abogados litigantes de los juzgados, oficiales de la

Constabularia, funcionarios de la oficina de ingresos fiscales y del registro público de la propiedad, finqueros de paso por Managua, y hasta marines de la guarnición que resguardaba la buena andanza del nuevo gobierno; y en lugar de los vinos que se agriaban en el estante del bar, Ananías empezó a servir aguardiente curado con nancites, y cerveza de sifones; y como los concurrentes ahora alborotaban a grito partido en las mesas, discutiendo con alegre violencia como si estuvieran a punto de matarse, y muchos se acercaban al presidente Estrada para importunarlo con peticiones, se habilitó el salón de banquetes, hasta ahora sin uso, para atenderlo a él y a sus dos ayudantes a puerta cerrada.

Gracias a su trato diario con el comensal, la princesa ha ganado la suficiente confianza como para atreverse a hacerle su propuesta. Le ha dado vueltas en la cabeza desde hace días, y no ha querido discutirlo con Ananías, porque levantará toda clase de argumentos para oponerse. Pero ya conocemos su terquedad, y nadie la detendrá en su empeño.

A eso vino a este país, no a lavar rimeros de platos, con el agua jabonosa del barreño hasta los codos, a pelar trozos de yuca y de plátanos verdes, a retorcer el pescuezo de las gallinas que luego debe desplumar en agua hirviente ni a escanciar de mesa en mesa la garrafa de aguardiente a una caterva de bebedores a los que debe parar en seco cuando se toman confianzas desmedidas con ella, capaces de desabotonarse tranquilamente la portañuela para orinar en los canteros de crótalos del patio, o de vomitarse de bruces en la acera. El Querubín ha degenerado en cantina, y cuando el comensal se retira con su escolta, la algarabía se desborda en trifulca, y ya han salido a relucir verduguillos y hasta navajas de barbero.

Y, ahora peor, Ananías le ha encontrado gusto a la bebida, en contra de su vieja proclama de abstemio, no sabe ahora cuán sincera habrá sido. Apenas el comensal se marcha, se despreocupa de la cocina y se sienta a alguna de las mesas a departir con los clientes, tan ruidoso en sus carcajadas como ellos. Y cuando toca la hora de cerrar y se queda solo, ya la mirada vidriosa y el paso vacilante, no deja de recurrir a la garrafa que ella entonces busca esconder de su vista.

—Permítame aunque sea un trago, tengo mucho anhelo en el guargüero —suplica él.

—Un ebrio consuetudinario, en eso se ha convertido, señor cocinero —responde ella.

Entonces, vuelto un energúmeno la llena de insultos mientras se saca el cinturón, dispuesto a azotarla, y debe ella correr a como puede, estorbada por la prótesis, a encerrarse en la caseta del excusado en el fondo del patio, donde soporta por horas el tufo de los vapores del sumidero exacerbados por la creolina, hasta que los ronquidos llenan el silencio de la casa, prueba de que Ananías está durmiendo por fin la mona.

Llueve torrencialmente bajo un cielo oscuro al mediodía de ese martes de comienzos de mayo del año de 1911, y las corrientes lodosas bajan en sordo rumor desde los contrafuertes de la sierra desbordando la avenida del Centenario en viaje hacia el lago, donde entran en espumarajos revueltos. Nada puede hacerse para disipar las sombras dentro de El Querubín, porque la Compañía de Luz y Fuerza sólo enciende sus motores cuando son las seis de la tarde.

Y nada puede hacerse tampoco para que Ananías vuelva a la compostura. Ahora se va desde temprano del mediodía a las cantinas tras vaciar la caja registradora. Se ha hecho de un sombrero canotier, como el del comensal, lleva un botón de oro en el cierre de la camisa listada y ligas en las mangas, como un figurín de barrio, y sobran las ocasiones cuando no vuelve a dormir, como ha ocurrido hoy, con lo que todo el peso de mantener abierto el restaurante carga sobre las espaldas de la princesa.

Los chorros de las goteras abiertas en el techo de tejas por los coletazos de las iguanas y los cohetes quemados repican en las jofainas y los baldes repartidos por el piso. La princesa va y viene para vaciar los trastos en el patio cuando se desbordan, y, mientras tanto, piensa en desaliento que con este aguacero el comensal no vendrá. Librada del estorbo de las objeciones de Ananías, había decidido no dejar pasar un día más sin llevar a cabo lo que ya tiene suficientemente ensayado, servirle el almuerzo, retirarse unos cuantos pasos y luego:

—Debo plantearle algo, señor presidente, tanto de su propio interés como del mío...

—A ver, hijita, te escucho mientras como, y no lo tomés como descortesía, pero si esta sopa de punches se me enfría, ya no tiene ninguna gracia...

Pero se equivoca. El comensal llega, puntual como siempre. De pronto, entre el rumor sostenido de la lluvia, que es como un rezo en una iglesia en penumbra, descubre el redoblar de los cascos de los caballos, la voz enérgica del cochero que sofrena el tiro y los golpes apresurados en la puerta. Uno de los dos ayudantes sostiene un gran paraguas negro bajo el cual entra el comensal envuelto en un capote ahulado, los botines embebidos y las alas del sombrero panamá doblegadas.

Cuando los ayudantes lo despojan del capote, aparece vestido a la última moda, un traje de dril italiano color perla a rayas negras, en el ojal de la solapa un clavel. Pero el saco a fuerza abierto, dada la prominencia de la barriga, el clavel mustio y las botamangas tan largas, con los dobleces salpicados de lodo, desdicen cualquier pretensión de elegancia.

Lleva, además, la mano derecha envuelta en un pañuelo, y sin aguardar a ninguna pregunta se la muestra a la princesa:

—Le enseñaba ayer al ministro americano, mister Northcott, que hace tiempo insistía en visitar mi criadero, el arte de ennavajar un gallo de pelea, cuando Vulcano, mi propio campeón, se salió de quicio, él, tan cariñoso conmigo, y yo tan cariñoso con él, al punto de darle su ración de maíz cocido en el pico, y sin decir agua va, se encrespó y me dio una estocada trapera en esta mano. Pero, a disgusto del ministro, hombre de temperamento colérico, que quería verlo sacrificado por la traición, yo lo perdoné, pues con un gallo fino y, además, amigo personal, no hay rencilla; ya me compensará la afrenta clavándole la navaja al enemigo el domingo que viene en el redondel, y estaré yo presente para verlo triunfar.

La princesa lo conduce hasta el salón de banquetes, donde la mesa se halla ya dispuesta. Hoy le servirá un guiso de tortuga playera, preparado por ella misma, pues, a fuerza de necesidad, se ocupa también de la cocina.

—¿Y Ananías? —pregunta el comensal, mientras el ayudante le anuda el mandil al cuello.

Ella calla. Calla que ahora duerme en los prostíbulos.

—No está, ya veo. Ya me lo han dicho. Mala cosa, se empieza bebiendo en el propio negocio, comienzo de ruina, y se termina en cantinas ajenas, la ruina completa.

Ella sólo se muerde los labios.

Ahora viene desde la cocina cargando la bandeja de electroplata, donde el guiso de tortuga humea en la fuente de loza de Chelsea, adornada con ramilletes de peonías en azul cobalto.

El momento ha llegado:

—¿Me permite unas palabras, señor presidente? —suplica, la voz quebrada, una vez que ha destapado la fuente, y una vez que el comensal ha acercado la nariz y aspira, embriagado, el aroma del guiso, cerrando los ojos.

Necesaria nota bene

El comensal no ha notado, o, si el caso es contrario, más poderosa viene a ser su fruición ante las aprensiones, que la fuente de loza de Chelsea tiene una sola asa, indicativo de que se trata de una bacinilla, o vaso de noche, si preferimos limar las asperezas del término. Una bacinilla de casa antigua y aposento suntuoso. Ananías la compró a módico precio en una de sus excursiones de acopio de vajilla y cubiertos para El Querubín, y ahora recibe un uso culinario, cualquier sea el que tuvo en su vida anterior.

El comensal se pone de pie, de manera galante, y le ofrece el asiento frente a él. Y, mientras la escucha, a diferencia de otros días come con parsimonia, el oído vuelto hacia ella para no perder palabra, lento en llevarse las cucharadas de guiso a la boca, lento en masticar, lento en deglutir; coge con delicadeza los huevos de tortuga que coronan el plato para romper el cascarón de un suave mordisco, y luego sorberlos. Y esa lentitud y cuidado hacen que el mandil almidonado, a diferencia también de otros días, permanezca tan albo como al principio, sin una sola mancha, sin la más leve salpicadura.

Sólo fuma después de comer, y uno de los ayudantes se acerca a encenderle el purito chilcagre, un cerullo duro y apretado al que da chupadas sosteniéndolo entre el pulgar y el índice, y cuyo olor acre hiere las narices de la princesa, quien contiene el estornudo, sin detenerse en su amplia y detallada relación.

Lucha contra su español, en el que aún hay oquedades donde faltan las palabras, o portillos tramposos por donde salen otras de manera equivocada; y para dejarse oír lucha también contra el ruido del aguacero que arrecia inclemente, en amenaza de precipitar el tejado encima de ellos.

El comensal y la escala de Jacob

COMENSAL: (Esta madame tan sosa ella misma le pone poca sal a la comida como en los hospitales según se nota al primer bocado, nada como la cuchara de Ananías, Juan Estrada, ya se te jodió el almuerzo, y siento además venir la solicitud de un favor, de peticiones está empedrado el camino de quien manda, en efecto, una petición, pero a medida que vas entendiendo su jerigonza el cielo se te abre y la escala de oro de Jacob desciende a tus pies, pues muy bien, por allí subirás para ponerte lejos del alcance de tus enemigos, la madame es dueña de un carrousel, vaya sorpresa más grande, te pide que patrocines su instalación frente a la casa presidencial, concedido, te pide que le inaugures en ceremonia solemne su trasto de caballitos de palo que dan vueltas, concedido, cómo no iba a concederlo, la oportunidad que andabas buscando, tan estítica la madame en sacarse las palabras enrevesadas del buche pujando con cada frase, pero suficientes para que la entendás, la escala de Jacob según la Historia Sagrada ¿era de oro?, no me acuerdo, sólo sé que su cima tocaba el cielo y los ángeles, con sus alas blancas y sus túnicas de seda, subían y bajaban por ella llenos de contento, pues no menos contento yo, que hasta siento los muñoncitos de las alas empezando a crecer en mis omoplatos). Cuenta usted conmigo, señora, no faltaba más, y excuse que no la llame madame porque le faltaría al respeto, las madamas son aquí otra cosa que mejor no traer a cuento. No he visto los carrouseles con sus caballos de fantasía más que en las revistas ilustradas extranjeras. Y vaya si no me sorprende usted, pues se supone que en este país yo lo sé todo, y aquí me tiene, ignorante de que en las bodegas del ferrocarril se hallaran almacenadas en cajones las piezas del carrousel desde hace tanto, habérmelo pedido antes, pero no hay oportunidad perdida; le pondré a la orden operarios y mecánicos suficientes para que el aparato sea armado cuanto antes, y en la plaza frente a la casa presidencial lo montaremos, así como usted quiere. También ignoraba que el difunto Menier había enviado el carrousel como un regalo para José Santos, que ya no pudo darse el gusto de montar el corcel dorado que encabeza la tropa de los caballos de fantasía, porque a él lo botó otro caballo que es muy arisco y retrechero, y ese es el caballo de la Historia; y vaya entresijos los de la vida, yo fui peón en la hacienda de cacao de la familia Menier.

PRINCESA: (Ya puede Ananías beberse todo el licor de las cantinas de Managua, ya puede ahogarse en guaro, como dicen aquí pintorescamente, ya puede quedarse a vivir en La Casta Susana, el lupanar donde tiene hasta un ropero con mudas que allí mismo le lavan y planchan, porque catrín ni en el muladar dejará de ser, a ver quién le pagará en adelante sus gustos y veleidades, pues de mí no volverá a obtener ni un níquel, y no es necesario que el comensal me explique el significado de madama pues lo sé bien, madama es, no hay mejor ejemplo, esa tal Susana Toledana, apodada la Tuerta porque perdió el ojo de un botellazo en una reyerta, y es en su prostíbulo donde el pérfido se aposenta, pero una vez el carrousel en sus vueltas, adiós para siempre, Ananías, y adiós a El Querubín, ya tengo mis pobres manos despellejadas de tanto pelar plátanos verdes y tanto pelar yuca, las cejas quemadas de tanta lumbre de la estufa, y no volveré a oler vómitos ni a contemplar braguetas abiertas de borrachos en mi vida). Le doy las gracias por su buena voluntad, no esperaba otra cosa de su indulgencia. Pero permita que me asombre: ¿peón? ¿Usted, señor presidente? Me parece que bromea.

COMENSAL: (Apenas anoche me entrevisté con el Mensajero Misterioso, deseoso de verlo a pesar de la mano que me punzaba del dolor tras la estocada de ese Vulcano hijueputa, si no hubiera sido por el ministro americano, cualquiera lo cree pastor bautista predicando mansedumbre con los animales, hijos todos de Dios, bestias y hombres, le hubiera retorcido el pescuezo a ese gallo y ya estuviera listo para la sopa. ¿Se agarra el tétano con un navajazo de gallo? El doctor Pasquier me curó la herida con ácido fénico y me puso el vendaje, pero no pudo decírmelo, iba a consultar un libro científico a ver si algo al respecto encontraba, y saliendo él de mi despacho entró el Mensajero Misterioso, hay orden de dejarlo entrar sin necesidad de santo y seña por el acceso reservado. Y bien, hermano, pase usted adelante, ¿me tiene algo de nuevo?, ¿cuál es la respuesta de los Tres Príncipes Ignotos? ¿Permanece cerrado el horizonte? Agobiado, se dejó caer en el sillón: nubes negras en el cielo de tormenta, querido hermano, los Príncipes Ignotos están muy preocupados ante los signos que revela el Arcano). Sí, señora, aquí donde me ve, si alguien ha conocido el trabajo rudo desde la infancia, ese soy yo. Muy niños quedamos, mis hermanos y yo, huérfanos de padre, y mi madre en una orfandad peor, la orfandad de la miseria. Apenas tenía diez años este su servidor. En ese tiempo andaban en busca de gente los capataces del valle de Menier, porque tenían atraso en la siembra de almácigos, y así me fui con ellos hasta Nandaime, donde llegados a la plantación me engancharon en una cuadrilla que se dedicaba desde no más amanecer a limpiar el terreno de piedras, a apisonar la tierra de las eras y encajonarlas con tablones, a excavar desagües, a quemar los rastrojos para alejar a las sabandijas hambrientas de las hojas tiernas de las matas, a levantar cobertizos de palma sobre horquetas para darles sombra. ¿Habrá oído hablar del general Mena, el famoso Tigre de la Montaña, mi ministro de la Guerra? Entramos juntos triunfantes a Managua. Pues fue allí en el valle de Menier donde nos conocimos, cumplíamos la fajina diaria codo con codo, él un niño rústico de allí mismo de Nandaime, un campesinito mostrenco que no sabía ni la o por lo redondo y las primeras letras las aprendió conmigo, un chavalo enseñándole a leer y a escribir en las noches a otro chavalo que igual venía de la peor pobreza, vecinos en la cuadrilla y vecinos en la perrera, así llamaban al galpón donde dormíamos los peones, metidos en hileras de nichos de madera, más bien ataúdes que perreras.

PRINCESA: (De ebrios perdidos creí tener suficiente con mi padre, en paz descanse, y desde entonces nunca se me fue de las narices el olor a samogonka que rezumaban su sudor, sus heces y sus orines, y hasta los muros de su aposento, igual a ese infecto olor del guaro que se queda en el sudor, en las heces, en los orines y en el vómito y en el aliento de Ananías. ¿Para venir a oler lo olido hasta la náusea en Siret hube de navegar medio mundo?). Considero de justicia, señor presidente, ofrecerle participación en los beneficios de la explotación del carrousel, el que una vez inaugurado por usted en ceremonia protocolaria sería puesto al servicio del público bajo paga de una ficha por cada vuelta, el precio determinado de común acuerdo entre las partes, las cuales seríamos usted y yo.

COMENSAL: (Hermano, se lo digo llanamente por la fe que nos une, si los enemigos de Juan Estrada, y vaya si no son legión, supieran de mis consultas a los Príncipes Ignotos, se reirían sin duda de mi candidez, impropia de un hombre de Estado, si hasta mi misma esposa Salvadora opina mal del espiritualismo, lo considera una superchería propia de ociosos y vagamundos; pero sea como fuere, tengo curiosidad por conocer textualmente la respuesta de la cual usted es portador. Y el Mensajero Misterioso me mira con gravedad tras sus lentes coloreados de un azul profundo: los profanos ajenos al misterio siempre dudarán, hermano, y no pocos se mofarán, así está escrito en la Puerta de Bronce de los Siete Candelabros: «Dejad a los necios el solaz de su necedad». En cambio, yo soy un emisario de la verdad, y voy a transmitirle el mensaje tal cual ha sido expresado por los Príncipes Ignotos; así pues, sea valiente y escuche. Y, acto seguido, mete la mano en lo hondo del bolsillo interior de su americana para sacar una cartera negra de la que extrae un papelito, del cual lee: «El cuadrante se cerrará pronto sobre sí mismo, al encontrarse el cánido Anubis en el vértice del ángulo con Isis la doliente, y al abrirse ambas deidades hacia la bóveda de la circunferencia, nuestro discípulo hermético que nos consulta su destino caerá de modo raro, extraño, rápido, casi ridículo. Así lo dictan las potencias astrales, y así se cumple»). Yo no me ocupo de necedades de negocios, mamita, no tengo tiempo, los asuntos en mis manos son graves, en eso de a cuánto cada ficha con derecho a una vuelta, mejor te entendés con la Salvadora, lo conversan y se ponen de acuerdo, qué tiempo voy a tener, rodeado como estoy de enemigos alevosos que si bien pudieran pasarían cantando coplas burlescas sobre mi cadáver charrasqueando sus vihuelas, Luis Mena el caporal de los tunantes, bien supe a lo que me metía cuando decidí oponerme con las armas a José Santos, pues una cosa son los ideales compartidos, y otra cosa distinta, volverse dictador despiadado, y no sin dolor de mi alma me alcé contra él sabiendo bien cuánto le debía, pero en un platillo de la balanza puse mi gratitud, y en el otro, mi amor por la libertad, y ese fue el peso mayor, por eso me rebelé, aun cuando hubiera de tragarme el purgante de aliarme con esa caterva de oligarcas altivos de la calle Atravesada de Granada, que caminan con la nariz alzada porque todo les huele a mierda, a ellos los entiendo, culos rosados, apellidos rancios, blasones en sus puertas, ¡pero Luis!, el Tigre de la Montaña, como le fascina ser llamado, él viene del limo, igual que yo, y sin embargo allí anda, metido hasta el pescuezo en traiciones al lado de ellos, paso que da, paso que averiguo, quiere botarme, el muy taimado, según sus cuentas los tufosos esos lo van a encaramar en mi lugar, váyase a ver, mi propio ministro de la Guerra en pretensión de descachimbarme de la silla. ¿Tigre de la Montaña? Tigre yo también, y tigre no come tigre.

PRINCESA: (Los tigres, a mordiscos y zarpazos entre ellos, cuánta intriga, cuánto enredo, quién los entiende, conservadores hacendados de ganado, por un lado, liberales dueños de plantaciones de café, por el otro, y vaya hombre más atribulado el comensal, corren tantos rumores que vienen a rebotar aquí, a El Querubín, conspiraciones contadas de una mesa a la otra con nombres y apellidos, el Tigre de la Montaña, ese nombre el más sonado, lo he visto en la calle a caballo, siempre seguido de adultos y de chiquillos, la sonrisa suficiente, muy pagado de sí mismo, según dicen cuenta con el favor del ministro de los Estados Unidos, aunque el comensal lo cree de su propio lado. ¿No será, acaso, que mister Northcott está amarrándole la navaja al general Mena, para que le dé la estocada al comensal, no en la mano, sino en la carótida?). No se preocupe, señor presidente, hablaré todo lo respectivo al carrousel con su esposa, le solicitaré una audiencia, y entre ambas convendremos participación y porcentajes; seré clara en las cuentas, y puntual con los pagos. Y sepa usted, por otra parte, que todo lo escuchado de sus labios no saldrá de los míos, sellados bajo solemne promesa de silencio perpetuo.

COMENSAL: (Los Príncipes Ignotos vaticinan mi caída inminente del poder, sin abundar en explicaciones del cómo y el cuándo. Y un anónimo depositado en la oficina de correos de Granada, recibido esta misma tarde, delata a una lista de civiles y militares comprometidos en un complot contra mí, entre los cuales, sin embargo, no está Luis Mena. Le muestro al Mensajero Misterioso el libelo, escrito a todas luces con la mano izquierda para alterar los trazos de la caligrafía, y disfrazado con intencionales errores ortográficos, el cual comienza: «Mane, Tekel, Ufarsín: te a medido i te a pezado el Omnipotente y sereis azezinado igual que Baltasar rei de Bavilonia, azí te pierden las palabras fatales hescritas en el muro...». Él me devuelve el papel frunciendo los labios en desprecio: falso que caerá usted asesinado, hermano, los Príncipes lo sabrían; y esto tómelo como una opinión personal: ¿no cree que más bien ese anónimo es obra de quienes se preparan a asestarle el golpe, e involucran a otros para despistar, a fin de que usted tome presas a personas inocentes y se pierda en averiguaciones inútiles, mientras los verdaderos culpables avanzan en sus planes? Respondo:

lo he pensado, hermano, pero, dígame: ¿por qué afirman los Príncipes que caeré de un modo raro, extraño, rápido, casi ridículo? Me llena de intriga. El Mensajero Misterioso se quita los lentes coloreados de azul, los mira a trasluz y contesta: lo ignoto permanece ignoto). No tengo espíritu vengativo, mamita, no quiero que este país se siga desangrando en guerras intestinas, por eso he pensado, apenas me hiciste la propuesta, que la inauguración solemne del carrousel se convierta en la oportunidad de consumar la reconciliación con mis enemigos; invitaré a tirios y troyanos, cederé a Luis Mena el honor de cabalgar en el corcel dorado, que, según me decís, va solo, delantero en la tropa, mientras yo activo la palanca para echar a andar la plataforma, y subirán también los culos rosados con sus esposas, con sus niños, sonará en la caja de música una marcha festiva, mandaré dar fuego a una alborada de juegos pirotécnicos, y recibiré a Luis con un abrazo fraterno cuando baje de la plataforma, y así todo vuelva a ser como cuando dormíamos uno al lado del otro en la perrera del valle de Menier.

PRINCESA: (No sé si reír ante mi buena estrella en este negocio tan fácilmente resuelto, o ante la candidez del comensal, tan iluso en pensar que dará sosiego a las ambiciones de sus enemigos con una vuelta de carrousel, pero no me meteré el cuchillo yo misma advirtiéndole de su crasa ingenuidad, tan ciego de no ver que el lugar de los traidores no es el lomo de un caballo de madera, sino el fondo fangoso de un río). A lo mejor le interesa saber, señor presidente, que Ananías guarda una carpeta, pertenencia del antiguo secretario privado del general Zelaya, donde figura el programa de inauguración del carrousel, al cual sólo habrían de hacerse unos cuantos retoques; y, si lo tiene a bien, lo busco y lo pongo en sus manos; también está en esa carpeta el borrador del discurso inaugural, pero ese, por supuesto, no le será de utilidad.

COMENSAL: (¿No hay nada que hacer, hermano, para variar la predicción de los Príncipes Ignotos? Juan Estrada les estaría muy reconocido. Puedo volver delante de ellos a someterles una nueva consulta, siempre que se decida usted a plantearles un hecho diferente. ¿Cuál sería ese hecho diferente? Declárese dispuesto a disolver las cámaras y asumir la dictadura gobernando por decreto. ¡Difícil dilema me plantea usted, hermano!, mas no crea que Juan Estrada no lo ha consultado con la almohada. ¿Y ha pensado, entonces, que para dar ese paso necesitaría hablar con mister Northcott y solicitarle tres jefes militares norteamericanos: uno para León, otro para Managua y el tercero para Granada?, el Mensajero Misterioso acaricia el anillo donde luce en oro la letra G de Gadú, el Gran Arquitecto del Universo. El asunto está, hermano, en que Juan Estrada debe poner una guarnición suficiente de hombres leales bajo esas jefaturas extranjeras; pero los soldados de la Guardia Constabularia son del bando conservador, mientras los liberales capaces de empuñar las armas me creen un traidor. El Mensajero Misterioso hace girar el anillo hasta esconder la letra sagrada: entonces, hermano, está usted solo, completamente solo. Ciertamente, Juan Estrada está solo, asentí. Y me quedé meditando sobre mis propias palabras, fijos los ojos en las figuras de los pavorreales tejidas en la alfombra del piso; cuando levanté la vista, el Mensajero Misterioso ya había desaparecido, y sólo se escuchaban, cada vez más distantes, sus pasos acompasados bajando por la escalera, hasta perderse en la oscuridad). Andá buscame ese programa, mamita, y también el discurso, el poeta Julio Flórez bebía como condenado, igual a tu Ananías, pero no se puede negar su labia exquisita para los discursos, ese del carrousel que decís le hizo a José Santos lo adaptamos a mi medida, los míos salen siempre pasmados del horno porque mi secretario privado me escribe más bien sermones, estudió para cura sampedrano en un seminario de Quetzaltenango en Guatemala, y si lo tengo en mis costillas es por necedad de la Salvadora, jode y jode, hasta que me lo impuso.

PRINCESA: (El general Mena, que se pasea tan airoso en las calles en su uniforme de ulano imperial, seguido de vagos y niños descalzos, pretende derribar al comensal, su amigo de infancia, del trono de este reino perdido en la nada, ¿y para qué?, rebaños de moscas, nubes de mosquitos, perros vagabundos, cerdos callejeros, caballos escuálidos uncidos a los coches de tiro, letrinas rebalsadas tras los aguaceros, pestilencia de frutas podridas y despojos de reses sacrificadas a cada soplo de aire, borrachos gritones en cada esquina, temblores de tierra, tristes cuarteles vigilados por centinelas de alpargatas y sombreros de palma, y en este calor de hamam turco ese casco de latón debe cocerle al general Mena a fuego lento la cabeza, ya no se diga el suplicio del uniforme de paño tan grueso, los sobacos empapados de sudor como lo denuncian las aureolas oscuras en la chaqueta rojo granate, vestido a estampa del archiduque Carlos de Habsburgo-Lorena, comandante de la guardia imperial de húsares, al que mi padre reverenciaba, frente a su retrato iba a alzar cada vez la copita de samogonka). Aquí tiene, señor presidente, la carpeta donde están el programa y el discurso, y otros papeles quizás de su interés; en cuanto al carrousel, mañana mismo me ocuparé de los trámites para sacar las piezas del almacén ferroviario, usted me indicará con quién debo entenderme para proceder a la instalación, y quedo pendiente de la fecha del acto solemne de apertura.

COMENSAL: (La Salvadora no es mujer de dejarse asustar por Espíritus Superiores, y me había propinado una buena tunda de recriminaciones, ya los dos en camisón de dormir en la media luz del aposento: ¿cómo es posible, Juan Estrada?, un hombre como vos, acostumbrado a ponerle pólvora a su comida en vez de sal, que supo amarrarse los pantalones para rebelarse en contra de un dictador tan feroz como Zelaya, capaz de haber mandado a alguno de sus sicarios hasta Bluefields a asesinarte, para eso tenía a su servicio a Tomás de los Milagros, ¿cómo es posible me vengás ahora con esas pamplinas de que los Príncipes Ignotos, que ni sé quiénes son ni adónde viven, anuncian tu caída? ¡Y de manera ridícula! El ridículo lo estás haciendo vos, por creer en que los santos de palo orinan y las vírgenes de yeso lloran sangre, cae quien se deja botar, ¿cómo es posible que te sentés en tu despacho presidencial a escuchar las fantasías de ese Mensajero Misterioso, al que a saber cuánto le estás pagando por fabricar semejantes embustes? ¿Cómo que Juan Estrada está solo? ¿Qué pendejadas son esas? Yo misma te pongo mañana doscientos hombres fieles en los cuarteles, sólo necesito una orden tuya para que abran los arsenales, y así aprovisionarlos de fusiles y cartuchos. Y dando un puñetazo sobre el velador, a tal punto que casi bota la lámpara eléctrica: ¿Juan Estrada tiene valor y resolución? Claro que la tengo. Sin embargo... No hay sin embargos que valgan, y antes de esperar a defender los cuarteles cuando los ataquen, es necesario cortar por lo sano, y desterrar a ese tu ministro de la Guerra a Colombia, a México, a cualquier lugar lejano donde el traidor pueda pasearse a su gusto a caballo, disfrazado de domador de circo, como le gusta, y vos, mequetrefe, en lugar de perderte en los planos astrales, ponete a pensar en un plan inteligente para agarrarlo desprevenido y que no pueda decir ni pío cuando se vea amarrado de pies y manos). Sólo dame el resguardo de las piezas, mamita, y hago que las transporten a la plaza, donde el personal adecuado esperará tu presencia para iniciar los trabajos. La mejor fecha me parece el domingo 7 de mayo, digamos a las siete de la noche, para que así luzcan los racimos de luces del carrousel, pues según me decís es algo formidable de ver, y los juegos pirotécnicos después en el cielo nocturno, una preciosidad.

PRINCESA: (Eso será de verse, el general Mena vestido en su uniforme de ulano imperial a lomo del corcel dorado, la guirnalda de rosas por collera y las crines al viento, subiendo y bajando al ritmo de la más briosa marcha militar del repertorio de cilindros, y cada vez que la cabalgadura descienda en el tubo cromado, se asentarán sus lustrosas botas negras en la plataforma, porque es hombre de estatura). Una última cosa, señor presidente: quisiera hacer a la primera dama un regalo que podrá lucir en la inauguración del carrousel, y deseo saber si es oportuno de mi parte.

COMENSAL: (Juan Estrada, te volvió la chispa de la malicia, cómo pudiste olvidar que ningún político sobrevive si no se anticipa a sacudirse los alacranes de la camisa antes de que le claven el aguijón, ya te quiero jinete en el caballo de madera, Luis Mena, ya te quiero ver cuando ordene parar la rueda, cuando cese la música, se apaguen las luces y suba el pelotón fusil en ristre y se te ordene con voz firme: ¡dese preso!, ¡no haga ningún movimiento, que le va la vida!, ¡entregue su arma de reglamento!, y en la estación la locomotora encendida, listo el tren expreso para llevarte a Corinto a coger el primer barco, y allá van desfilando a media calle para la penitenciaría en medio de dos filas de custodios los oligarcas culos rosados bajados también manu militari de los caballitos, ese es mi plan de reconciliación, Luis Mena, joderte antes de que vos me jodás a mí). ¿Regalo? Le encantan a ella los regalos, pero nada de reloj de mesa ni reloj de pared, mamita, de esos tenemos tantos que hay un edecán con el solo oficio de darles cuerda, y desconcertados como andan todo el tiempo, suenan los cuartos, las medias y las enteras a cada rato con toda suerte de timbres, tañidos, campanas carrillones y piar de cucos y zorzales.

PRINCESA: Nada de reloj, será un sombrero obra de mis propias manos, señor presidente, confeccionado en fieltro y de ala ancha inclinada, inspirado en el que usaba el general Kossuth en campaña. Me enseñó el arte de los sombreros un gran maestro italiano, el más fiel de los amigos, desaparecido de mi vida, pero a quien nunca olvido.

COMENSAL: (No vaya esta mujer a dejar el sombrero con el ala demasiado gacha, tan mal hecho como el guiso de tortuga, tan excesivo en comino y pimienta de Cayena que ya tengo en llamas la barriga exigiendo bicarbonato de sodio, y no vaya la Salvadora, montada en su caballo de madera, pues a fuerza será jinete también, como parte del protocolo del engaño, a dar la estampa trágica de Kossuth expulsado de Budapest por las tropas del zar Nicolás y del emperador Francisco José, tamaña fijación la tuya con las derrotas, Juan Estrada, cuando deberías pensar más bien en los triunfos...). Pues siendo como ella es de armas tomar, un sombrero estilo militar le vendrá de perlas, mamita, muchas gracias por adelantado, y ya me entretuve tanto con vos que tengo hace ratos esperándome al nuncio papal, quiere Pío X firmar conmigo un concordato mediante el cual quede como única la religión católica, apostólica y romana, encantados con eso los culos rosados comehostias, pero, por otro lado, tengo a los yankees, evangélicos cerrados, y en ese litigio, ¿para qué meterme?

23. Ya quedó dicho hace tiempo

✻

No dice toda la verdad el general Luis Mena, alias el Tigre de la Montaña, cuando en la entrevista concedida al periodista Francisco Huezo para el hebdomadario *El Heraldo*, la cual figura en el cuerpo del reportaje transcrito páginas adelante, afirma que la princesa María Aleksándrovna Korchak, a quien alude como «la dama alemana, o francesa, que maneja el carrousel», estuvo detenida solamente la noche de los acontecimientos ocurridos el domingo 7 de mayo de 1911.

En realidad, permaneció presa toda una semana en una bartolina del Campo de Marte, destinada a soldados rasos trasgresores de la disciplina, bajo constantes interrogatorios durante los cuales repitió lo poco o nada que sabía de los hechos; pero no se le ocurrió, por supuesto, declarar las sospechas incubadas a raíz de su última conversación con el comensal en El Querubín, de que la ceremonia de inauguración no era sino un ardid, cuyas consecuencias ella se hallaba en incapacidad de medir, o de juzgar.

Una noche, por fin, cuando caía sobre Managua otro de aquellos aguaceros interminables, la pusieron en el portón de la avenida Central, cerrado tras ella con pesado ruido de aldabas, y bajo los fogonazos de magnesio de los relámpagos que alumbraban sobre los techos cuadra tras cuadra alcanzó a llegar, empapada, hasta El Querubín, donde sorprendió a Ananías en media oscuridad, armado de un foco de mano, en la tarea de saquear las botellas que aún quedaban en el bar, metiéndolas en un saco de bramante. Al advertir su presencia la enfocó en los ojos, sonrió con la idiotez de los borrachos, cargó el saco a la espalda y desapareció, sin que se dijeran una sola palabra.

Al siguiente mediodía, cuando el sol calentaba ya los charcos, y la tormenta se alejaba hacia el este dejando un rastro de truenos cada vez más distantes, uno de los asiduos parroquianos de El Querubín llegó a golpear las puertas, y al no más verla se quitó ceremoniosamente el sombrero en señal de pésame, como si acaso ella supiera que Ananías había sido arrebatado por el torrente que inundaba la calle mientras buscaba cruzar de una acera a otra con el saco del botín a cuestas, y arrastrado hasta el lago entre reses ahogadas, ruedas de carretones, troncos y ramajes de árboles descuajados.

«¿NO LE PARECE A USTED UNA ESCENA RARA, EXTRAÑA, CASI RIDÍCULA?»
(Crónica de Francisco Huezo)

CABEZAS CAÍDAS AL FILO DE LA GUILLOTINA CRIOLLA ∞ CONVERSACIÓN FRENTE AL LAGO Y EL VOLCÁN ∞ LAS CÁBALAS EGIPCIAS ∞ ENTREVISTA CON EL TIGRE DE LA MONTAÑA EN EL CAMPO DE MARTE ∞ ¡EL PRESIDENTE SE VA! ∞ LAS CODORNICES HUYEN ASUSTADAS ∞ PALABRAS DE DESPEDIDA EN EL ANDÉN

Los inesperados y extraños acontecimientos del domingo 7 de mayo han sorprendido a la capital, que no se repone de su estupor, y los corrillos aún se mantienen en las esquinas. Ha rodado una cabeza, como antes otras, decapitaciones políticas que danse con frecuencia desusada, y si viviéramos bajo una monarquía diríase que caen con sordo ruido por el suelo del cadalso las coronas junto con las testas reales. Pero no. Se trata de una república. Una república donde la égida la tienen hombres fuertes, embriagados por el mal de las alturas.

¿Qué hay dentro de esas cabezas, nimbadas por los resplandores de una gloria que, a veces, sólo sus dueños ven brillar? En lo tocante a mí, frente a los poderosos, me embarga siempre el recelo, una aprensión diríase invencible, ante no sé cuál indeciso peligro que entrañan. Es instintivo. Son pocos quienes, entre ellos, no ponen gesto de orgullo al acordarse de que mandan a su voluntad, de allí mi huraña esquivez, y su prestigio de autoridad ejerce en mi ánimo un no sé qué de depresivo, como si más bien me condoliera. Algunos parece que buscaran fulminar a su interlocutor, como si de su mirada emanara el rayo de Zeus; otros modulan la voz en un tono altanero, como si siempre estuvieran diciendo: ordeno y ejecútese. Otros imponen su seriedad y su mutismo, o la solemnidad de su ademán y su aire taciturno, expresiones arrogantes también, con las cuales buscan, aun sin palabras, establecer distancias insalvables.

Al general Zelaya jamás pude saludarlo sin sentir intranquilidad ante sus penetrantes miradas oblicuas, que se metían por los ojos como dos tirabuzones de fuego. Su presencia era como un puño de acero levantado sobre las cabezas de las gentes, y cuando, ciudadano común, lo veía revistar las tropas en las paradas militares, me parecía una vieja esfinge cruzando silenciosamente el patio de maniobras.

Al doctor Madriz, sucesor suyo por tan escaso tiempo, lo juzgaba como a un colega de oficio en las letras, por su carácter intelectual, y envidié su estilo, llano y preciso. No puedo contarlo entre los hombres fuertes, pues no lo fue, sino, por el contrario, sobre él habría que decir, como el insigne Rubén en su poesía «Anagké»: cuando Dios creó palomas, no debió haber creado gavilanes. Por su desordenada cabellera, y su vestimenta sin alardes, tenía más bien la estampa de un poeta verleniano metido a profesor de liceo que explica la lección con ademanes briosos. Tres veces hablé con él durante su presidencia, en su despacho, donde la luz era velada por gruesos cortinajes polvorientos, como si la penumbra, sólo disipada por las lámparas eléctricas, fuera heraldo de su destino; en esas pláticas cordiales se alejó siempre de las angustias políticas que lo oprimían, y hablábamos largamente de literatura. Lector de Ibsen y de Mallarmé, diseccionamos el modernismo, escuela literaria en boga, Rubén, el príncipe de Metapa, a la cabeza, y no dejábamos de tener una frase de admiración para los espíritus recios, como Rodó y como Montalvo.

Con el general Estrada conversé una sola vez.

Acababa yo de salir del baño a orillas del lago Xolotlán, en una tarde cálida del pasado mes de abril, y me secaba al sol sentado sobre una piedra, cuando sentí sobre la blanda arena, a mis espaldas, ruido de pisadas de caballos. Volví la cabeza: era él, que hacía su cabalgata vespertina de costumbre. Llevaba corbata de moño con lunares rojos y sombrero panamá. Cargado de vientre, su cuerpo oscilaba sobre la montura de un soberbio alazán, e iba acompañado de sus dos custodios, al trote sobre una pareja de yeguas isabelinas.

Púseme de pie, y saludele.

Se detuvo.

—¿Fresca el agua? —preguntó, y sin esperar respuesta—: Ya quisiera yo bañarme, pero vengo agitado.

Luego puso su mirada sobre las aguas glaucas del lago, apenas movidas por la brisa vesperal.

—Quizás un día el progreso cubra con su manto redentor estos lugares seductores, tan dejados de la mano del Gran Arquitecto... Fíjese en la majestuosidad del Momotombo, cantado por nuestro Rubén, y también por Hugo... He leído que en Italia un ingeniero ensaya a sacar energía eléctrica de los volcanes... Imagínese, y en nuestra geografía tantos como para iluminar mil ciudades...

Se dirigía a mí, pero entendí que se entregaba más bien a un soliloquio, y seguí en silencio.

—El Gran Canal no es un sueño de opio, no, señor. Un día unirá nuestros dos lagos para abrir las puertas del Atlántico y del Pacífico, y Managua será entonces un febril puerto cosmopolita; buques de diversas banderas atravesarán de uno a otro confín la patria, llevando y trayendo las mercancías del mundo, el caucho, los minerales nobles, la bauxita, el tungsteno, el guano, los textiles, las maquinarias fabriles, mercancías de toda suerte...

Parecía invitarme a contemplar aquellos buques mercantes surcando las aguas del lago, el penacho de humo de sus chimeneas, su rastro de espuma, porque acompañaba sus palabras con gestos de la mano que señalaban hacia la distancia.

Y, de pronto, volvió el rostro hacia mí, que sin oportunidad de vestirme empezaba a ser calado por el frío, y entró a hablar de Zelaya, sin mostrar encono, y de sus motivos para hacerle la guerra.

—Me llaman vendepatria mis enemigos, pero están en un error. José Santos quiso eternizarse en el mando, mal vicio republicano ese. No me preocupan las injurias. Más tarde, la posteridad dirá quién tiene la justicia. Sí aseguro que acabaré con las guerras civiles en Nicaragua; daré paz a mis conciudadanos para que vivan y trabajen en armonía y concordia...

Y volvía, con empecinamiento, a Zelaya:

—José Santos no quiso hacerme caso, no quiso oírme...

Quitose el sombrero, y el pelo le cayó emborrascado sobre la frente que aparecía pequeña, deprimida. Después, volvió a recogerse en silencio, y quedó contemplando nuevamente la tersa superficie de las ondas.

Cuando por fin se alejó, lo vi perderse entre las sombras del crepúsculo. No me hubiera imaginado que pronto iba también a perderse en los oscuros pliegues de los últimos acontecimientos, que él mismo provocó, y de los cuales resultó víctima.

Tenía Estrada afición empecinada por consultar las cábalas del cuadrante egipcio. Un amigo periodista, ya en su ocaso, quien publica en Managua una revista de teosofía llamada *El velo de Isis*, solía llevar hasta el despacho presidencial las respuestas de los poderes ocultos, evacuadas por una médium, no otra sino su propia esposa, de oficio modista. Quería el presidente meter los ojos por la puerta ciega del destino, para orientarse en los vericuetos del poder y sorprender sus secretos. Las cábalas, en la última hora, superchería o no, le dieron respuestas fatales, que se resistió a creer. No quiso, o no pudo ver cómo se abría delante de sus propios pies su sepulcro político.

Ignoro si entre las predicciones de las cábalas egipcias transmitidas por la costurera estaba que se vería atado con las manos hacia atrás en el Campo de Marte, sujeto por una cuerda o traba de amarrar gallos, al pie de la escalera conducente al despacho del ministro de la Guerra. Se dice en los mentideros de la capital que en esos momentos tuvo el ánimo flaco, pues pensaba iba a ser pasado por las armas.

Y al desfilar en esta crónica su figura trágica, no puedo obviar a doña Salvadora, su amantísima esposa, mujer de recio carácter, a quien debió mucho para llegar a las cimas alcanzadas en su vida política; y no dudo que le seguirá brindando su férrea fidelidad en el exilio.

Por vez primera la vi una noche en un baile de gala ofrecido por mister Northcott en la legación americana. Copa en mano, la seguía con vivo interés en los rápidos escarceos del vals que bailaba con uno u otro ministro del gabinete de su esposo, y su cabeza sobresalía encima de las demás, una diadema de pedrería ceñida a la frente, muy gallarda en su vaporoso vestido verdegay, a pesar de su corpulencia. En uno de los descansos de la orquesta, fuimos presentados por un médico ascendido a coronel, cirujano de campaña de la tropa de Estrada durante la guerra. Ella extendió su mano calzada con un guante de fina piel, del color de su vestido, y yo la acerqué respetuosamente a los labios. Me dijo sonriente:

—Trate bien a mi marido en su periódico.

—Lo trato con justicia, señora.

—Entonces, trátelo más bien con cariño...

—¡La presidenta! No merece otro título —me dijo el médico cuando ella se alejaba—. Tiene intuición política, malicia y frialdad de decisión. ¿Qué más se necesita para manejar los hilos del poder? Si Juan flaquea, ella lo apuntala. Una verdadera cariátide.

Lo demostró, en verdad, en los días que antecedieron al fatal domingo, llamando a filas, en secreto, a los liberales dispuestos a respaldar al esposo. Y la víspera por la noche, fue en un coche de alquiler, ella sola, repartiendo casa por casa los fusiles; y aunque no todos cumplieron la palabra empeñada, el número de los complotados habría sido suficiente, si no es porque falló el factor sorpresa, decisivo en estos casos.

He hablado de los hombres ungidos por la gracia del poder, a cuyo fulgor quemante me he acercado, y entre ellos falta la figura del general Luis Mena, tan principal en el drama representado en las últimas semanas. Continúa firme en su sillón de ministro de la Guerra, un factótum del Partido Conservador, y si no repuso a Estrada en la presidencia no es por falta de fuerza ni de méritos, sino porque el momento aún no lo favorece.

Solicité a un amigo común la gestión de la entrevista, y tras algunos días de silencio se me avisó por telegrama la fecha y hora en que me esperaba en su residencia del Campo de Marte. Me presenté al atardecer en el portón oriental de la fortaleza, y hallé un ambiente que aún puede llamarse bélico, la guardia redoblada y las ametralladoras destapadas de sus fundas en los nidos, con los artilleros prestos.

Un edecán me condujo a su presencia, y lo encontré en una modesta sala de paredes encaladas, en una de las cuales colgaba la talla polícroma de un cristo crucificado. El piso, de ladrillos de barro cocido. Las butacas rústicas, de sentaderos de cuero. Tuve la impresión de hallarme en el priorato de un convento. Salvo por un detalle.

El general Mena vigilaba la reparación que unos mecánicos hacían de una caja vertical automática de música, tan atento que mi presencia le pasó al principio desapercibida. Vestía una guerrera gris de cuatro bolsillos, sin insignias, cerrada en el cuello por un botón de cobre, el pantalón del mismo paño y color, y botas amarillas de cuero flexible. Alto y vigoroso, el bigote poblado, frisa los cuarenta y seis años, pero su color atezado le hace parecer de menos edad, pese a su fisionomía dura, esculpida en las necesidades y en las batallas. Tenía ante mí al célebre Tigre de la Montaña.

Al fin me determinó, y esbozó una sonrisa, como si se sintiera sorprendido en falta, dedicado a aquel frívolo menester. Despidió a los operarios, quienes por lo visto aún no acertaban a encontrar el daño en el mecanismo, y me ofreció asiento.

Acto seguido, comencé la interview:

—General, se conoce de los hechos del domingo lo que estuvo a ojos vista, pero los resortes internos del drama permanecen ocultos. ¿Puede ofrecer usted a nuestros lectores, como protagonista clave, noticia de esas interioridades?

Tosió ligeramente, cambió de postura en su asiento y respondió:

—Soy hombre de buena fe, y a pesar de nuestras marcadas diferencias, no encontré malicia en la invitación del presidente Estrada para que fuese yo el invitado de honor en la inauguración del carrousel. Tal invitación fue expresada en una carta, de su puño y letra, donde me ofrecía el honor de montar el más vistoso de los caballos de fantasía, como muestra de concordia y de sus deseos fervientes de que la paz reinara en adelante entre nosotros, reviviendo la vieja amistad cosechada desde nuestra infancia. Aquí guardo el documento, por si desea leerlo.

Se pone de pie, atraviesa una puerta cubierta por una cortina de damasco, donde intuyo se halla su despacho, y regresa con la carta en la mano. La pone frente a mis ojos, leo escuetamente, y se la devuelvo.

—¿En qué momento sospechó usted de que se trataba de una celada?

—Al volver a leer la carta al día siguiente, dispuesto a responderla de la misma forma cordial, olí algo descompuesto, como esos alimentos en mal estado que uno pasa por buenos la primera vez que acerca la nariz. El tono. Era demasiado melifluo. Y lo demasiado es sospechoso siempre. Respondí positivamente a la invitación, pero ya prevenido.

—¿Su intuición fue suficiente?

—Era necesario seguir husmeando. Busqué tener en mis manos la lista de invitados, y no me fue difícil conseguirla. No estaba en ella el ministro americano. ¿Por qué? Las relaciones entre Nicaragua y Estados Unidos, usted sabe, son estrechas. El orden público se halla en muchos sentidos bajo su protección conciliadora. ¿Quería Estrada alejar al ministro de algo donde su presencia sería estorbosa?

—¿Consultó usted entonces con el ministro americano?

—Obviemos esa pregunta, se lo ruego. Sea suficiente decir que activé los mecanismos de investigación propios en estos casos, y así pude amarrar cabos y juntar hilos, hasta tener ante mi vista una parte suficiente del entramado.

—Una vez patente que se trataba de un plan dirigido a apresarle y ponerle en el extranjero, ¿sintiose usted decepcionado ante la traición? O, digamos, ¿colérico?

—La política no es un asunto de amores, para sufrir desengaños o decepciones. Y en cuanto a la cólera, es enemiga peligrosa de quien se deja poseer por ella. Enfrié mi ánimo, y con espíritu sereno, pensé en las conveniencias de Estado, no en sentimientos heridos. Y me dispuse a urdir mi propio plan. Quien me preparaba la sorpresa debía ser el sorprendido.

—Pero se trataba de un viejo amigo de infancia, de un compañero de lucha. ¿Puede un hombre ser invulnerable a los sentimientos?

—Veo da usted gran importancia a una relación amistosa mía con Juan. ¿Ambos trabajamos de peones en los cacaotales del valle de Menier siendo infantes? Cierto. ¿Me enseñó a leer y a escribir? Invención suya. Tuve escuela. ¿Perseveramos en esa amistad? Nuestros caminos se separaron. Yo permanecí fiel al credo conservador de mi padre, él se hizo partidario de Zelaya. El dictador lo convirtió en su heredero político, y, a pesar de eso, no tuvo paciencia y traicionó a su valedor. Cierto, esa traición favoreció mi propia causa, pues nos aliamos y derrocamos al dictador. ¿Volvimos a amistarnos? A conveniencia mutua. Pero quien traiciona una vez lo hará de nuevo. Me interponía en su camino, y el siguiente traicionado sería yo.

—¿De qué manera comunicó al presidente su decisión de no subir al caballo de madera, ya en el lugar de los hechos? ¿Fue un momento tenso?

Ríe de manera abierta y franca.

—No hubo ninguna disputa al respecto. Me presenté a la ceremonia de inauguración con retraso deliberado, para que nuestro intercambio fuese lo más breve posible, y le expresé cordialmente mi negativa a usurpar el honor que, por jerarquía, le correspondía, de subir en ancas del corcel dorado. Se desconcertó al principio, pero terminó aceptando.

—¿Sin sospechar nada?

—No lo creo. Había logrado su cometido, tenerme allí para ser apresado a su señal. Tal vez su esposa, que es más perspicaz, pues la noté confundida. Era ella parte maestra del complot, según anduvo repartiendo hasta cerca de la medianoche las armas secuestradas de los arsenales. Un coche con hombres míos iba detrás del suyo, tomando nota de las direcciones donde entregaba los fusiles. Quienes no fueran capturados in situ lo serían en sus domicilios.

—¿Activó usted la palanca? ¿Inició el carrousel la vuelta?

—La activé, sustituto de Juan en esa tarea. Ya estaba el caballero en el corcel dorado, la esposa montada a la mujeriega en el caballo derecho de la primera fila, uno de color amarillo, y todos los demás invitados en los suyos. ¿Por qué iba a privarlos del gusto de los giros del carrousel? La dama alemana, o francesa, que maneja el carrousel puso un cilindro en la caja de música, una marcha militar, y solo detuve la palanca cuando la marcha terminó. Entonces, la compañía de infantería, aprestada a la vuelta de la esquina sur de la plaza, se desplegó en zafarrancho, rodeó el carrousel, y el capitán al mando conminó a Juan a bajar del caballito y darse preso. Créame, no dejó de darme lástima su cara de pasmo, agarrado con ambas manos del tubo cromado, bajo la profusión de luces, buscando atrás la cara de la esposa, lívida de rabia. Un sainete. Para él, una tragedia. Para mí, un sainete. ¿No le parece a usted una escena rara, extraña, casi ridícula?

—¿Es cierto que tuvo usted intenciones de pasarlo por las armas?

—En ningún momento, y pongo delante de usted mi palabra de soldado. Cuando me presenté al Campo de Marte, lo encontré amarrado al pie de la escalera que sube hasta el lugar donde nos hallamos, y de inmediato ordené soltarlo. Poco después vino el ministro americano, y a él se lo entregué, sano y salvo, para que lo condujera a sus habitaciones del palacio presidencial, al lado de su esposa, de paso, tratada con respeto en todo momento, bajo el compromiso de partir ambos al día siguiente, en un tren expreso, hacia el puerto de Corinto, donde tomarían un vapor. Lo demás son habladurías. Escríbalo como se lo estoy diciendo, pues es la verdad histórica.

—Una última pregunta, general: ¿la dueña del carrousel sigue detenida?

—Lo estuvo nada más la noche de los acontecimientos, mientras se aclaraban sus responsabilidades, y ha quedado patente no tener ninguna. Podrá seguir residiendo en el país, y dedicarse a operar su carrousel, una curiosa novedad para Nicaragua.

Se puso de pie y me extendió la mano.

Afuera ya se cernía la noche, y en el patio se escuchaban los empeños tenaces de un aprendiz de corneta que ensayaba el toque de «atención» y «marcha».

Al día siguiente al de los sucesos, me encontraba en la barbería El Triunfo de la avenida Central, esperando turno de ser atendido. Observaba el cromo de la bailarina Guerrita en el calendario, el hombro desnudo, con capote y montera de torero, al lado de una cartulina donde estaba escrito este aviso: «No se admiten vagos, ni picados de mal guaro», cuando llegaron voces de la calle con la noticia: «¡Se va Estrada! ¡Allí viene!».

Salí a la puerta, y conmigo el barbero, y el cliente a quien rasuraba. Un carruaje sin cortejo, silencioso. Una banda de pilluelos corría detrás, riendo, jugando, saltando, uno de ellos, con el sombrero en la mano.

No se escuchó un solo ¡muera! entre los curiosos aglomerados en puertas, ventanas y aceras. Nadie le gritó groserías, nadie le hizo un solo reproche. El pueblo, indiferente, no lo hostilizó, ni tampoco lo aclamó. Lo vio marchar en silencio.

Como era mi deber, paré un coche y me dirigí a la estación del ferrocarril en pos de él. Me coloqué en el andén a cierta distancia.

Tres artesanos de la ebanistería fina, entre ellos el maestro de obras José Ángel Aranda, célebre por sus altares y catafalcos, fueron los únicos en llegar a despedirlo. En su naufragio, sólo aquellos honrados obreros de sus tiempos de juventud le tendían la mano. Todos los demás habían volado, aun sus parientes, como las nerviosas codornices que, espantadas por el ruido de la caída del árbol en cuyas ramas posan, alzan atropelladas el vuelo, en busca de seguridad entre los matorrales de la política.

Sin embargo, no se veía abatido. Me acerqué, con pasos prudentes.

—General Estrada, ¿unas palabras de despedida?

Me miró, con cierta sorpresa, y sonrió.

—¿Siempre va a tomar sus baños al lago?

Y no me dejó responder que sí, seguía siendo mi costumbre:

—Diga que siento algo así como una alegría al dejar atrás todo eso. —E hizo un amplio gesto con el sombrero, significando abarcar los mimos del poder y sus vanaglorias.

Y subió al estribo del vagón. A través de la ventanilla lo vi tomar asiento al lado de su esposa, quien, altiva, nunca dejó de mirar hacia el frente. Y se encerró Estrada en un mutismo absoluto.

Al dar a la imprenta esta crónica, se sabe que aún permanece en Corinto esperando vapor. Deja correr las horas muertas, ora entretenido en jugar partidas de dominó con su esposa, en el salón de huéspedes del hotel Lupone, ora paseando a orillas del mar.

Nadie fija en él la vista, y pasa como cualquier desconocido ante sus compatriotas indiferentes.

[Publicado en *El Heraldo*, hebdomadario nacional, n.º 23, Managua, 27 de mayo, 1911. Hemeroteca del Instituto de Historia de Nicaragua y Centroamérica (IHNCA), Universidad Centroamericana (UCA)].

Está de Dios, László, si esta hija mía no tiene las cartas marcadas por la suerte, fullera peor que el más empedernido tramposo en una mesa de rocambor. El príncipe Aleksándr, sentado en la cama, desnudo de la cintura para arriba, muestra las tetillas flojas, en medio de ellas una exigua pelambre blanca, y en la entrepierna de sus largos calzoncillos de franela una huella de orina: suerte negra que empieza con aquel peluquero escultor de caballos, inventor ingenioso de lo ya inventado, fíjate cómo va a dar al fondo de un río oscurecido por el légamo, donde sólo se adivina uno que otro destello; y allí va entre animales muertos de vientres inflados ese otro, el cocinero del bonete de magistrado, a parar hasta otro lago revuelto por las crecidas, de fondo aún más oscuro, y como nadie lo rescate, el cadáver será festín de los peces. Me pregunto, palomito mío, adónde conducirá la suerte a aquel otro, el embustero repartidor de volantes de los chocolates Menier, tan dado a las fantasías.

László, ahora sin ningún recato, sirve dos copitas en lugar de una, pero le tiemblan las manos al verter la garrafa, y como además le nubla la vista el glaucoma, no atina, y el samogonka se derrama sobre la mesa y va de la mesa al piso, donde un gato de Angora, salido de la nada, porque en el castillo no hay gatos, pero al que vamos a llamar de todos modos Dolya, tras dar unos lengüetazos apresurados arruga la cara y se aleja, enarbolando la cola.

Ж

Ya quedó dicho hace tiempo.

La princesa es esa anciana que se coge la pierna para ayudarse a avanzar hacia el carrousel, el insecto de la férula agarrado de manera tenaz a su tobillo, siempre la túnica de Besarabia bordada con mirlos en el cuello, las mangas y el repulgo al ojo del pie, y atado a la cabeza el pañuelo de colorines comprado un día lejano en la plaza de la Aduana de Cartagena de Indias, decidida a bajar a fuetazo limpio a los niños que suben a la plataforma para montarse en los caballos sin pagar su ficha.

Va de pueblo en pueblo, de fiesta patronal en fiesta patronal, en vagones de segunda en los trenes, o en la cabina de los camiones que martajan las piedras en los caminos de macadam, alojada en pensiones baratas, y el carrousel cada vez más venido a menos según pasa el tiempo, una vez en Comalapa para San Bartolomé Apóstol, otra en El Sauce para el Señor de los Milagros de Esquipulas, otra en Masaya para el doctor San Jerónimo, en Diriamba para San Sebastián, en Catarina para San Silvestre, en Masatepe para el Cristo Negro de la Santísima Trinidad, en el malecón del lago Xolotlán en Managua para Santo Domingo de Guzmán.

La caja de música verde esmeralda es acarreada junto a las demás piezas de la impedimenta, pero ya como un trasto inservible, tanto que los ratones chillan en sus entrañas. Le falta el redoblante y el bombo en miniatura con los platillos atornillados encima, capaces de llevar el compás sin intervención de mano humana, pero aún conserva en el remate, aunque desvaído, el medallón donde Cupido, el carcaj lleno de flechas terciado a la espalda, sostiene el espejo azogado para que la diosa Venus, recostada desnuda en un lecho cubierto por un lienzo carmesí, admire su propio rostro.

Es un fonógrafo el que ahora toca polkas, *Barrilito cervecero*, para mencionar una, marchas militares, *Zacatecas*, para mencionar una, valses de Juventino Rosas como *Sobre las olas*, canciones de Gabilondo Soler como *El ratón vaquero*, que suenan en los parlantes de cajón embulladas por las rayaduras de los discos de pizarra.

Una de las cenefas, aquella del atardecer melancólico en Venecia con la góndola cargada de enamorados, se ha desvaído hasta enseñar la lámina de zinc desnuda. Las máscaras en alto relieve del mandarían chino, el guerrero mongol y el indio apache han desaparecido de los medallones. El raso carmesí de los forros de los divanes en forma de lira enseña roturas, como si alguien les hubiera entrado a cuchilladas.

Y ya no se diga los caballos. Quebrada la crin del corcel dorado, las rosas de la collera desportilladas sin remedio, y no pocos de los demás sustituidos por animales de fibra de vidrio.

Un elefante celeste y un cerdo ensillado. Un perro galgo con riendas y freno, y una vaca pinta de ubres sonrosadas. Un pato amarillo brillante, y un cisne blanco de pico de grana. Un cochecito descapotable rojo maravilla, con su timón y sus pedales.

Epílogo

Estamos perdidos y tan afligidos
que sin esperanza vivimos en deseo.

DANTE ALIGHIERI, *Divina Comedia*,
«Infierno», canto IV

Una cabeza en el Musée d'Histoire de la Médecine

Entre los actores del drama de la Gran Guerra algunos fueron menos gloriosos que otros. Y otros no del todo gloriosos. He aquí el caso del ciudadano mexicano Julio Sedano, envuelto en una trama de espionaje y del cual casi nada se ocuparon los periódicos de la época, empeñados como se hallaban en seguir el sonado proceso de la célebre bailarina holandesa Margaretha Geertruida Zelle, mejor conocida como Mata Hari.

Antecedentes

El 19 de diciembre de 1916, el Ministerio de Seguridad Interior envió a la Prefectura de Policía de París un telegrama solicitando que se hiciera un seguimiento de las acciones y correspondencia privada del extranjero Julio Sedano Leguizamo, por sospechas de pertenecer a una red de agentes de espionaje de los servicios alemanes.

Después de ocho turnos de guardia domiciliar y vigilancia ambulatoria realizados entre el 20 y el 28 de ese mismo mes, que no arrojaron resultados, sí se interceptaron al cabo de ese período en la oficina de correos cartas de Sedano escritas con tinta simpática y dirigidas a un tal Pedro García en Barcelona. En la más reciente de ellas aparecía que Sedano planeaba volar la torre Eiffel con melinita (explosivo basado en el ácido pícrico); indicaba cuáles eran las abreviaturas utilizadas en las comunicaciones del ejército francés, y daba información sobre la fabricación de aviones de 200 CV; y allí mismo reclamaba el pago de la suma de mil francos que se le adeudaban por los servicios prestados.

En consecuencia, el prefecto de Policía ordenó a las 7.00 a. m. del 30 de diciembre de 1916 la captura del sospechoso y el allanamiento de su domicilio, 20 rue de Liège, diligencias que se practicaron a las 8.30 a. m., sin que se diera ningún acto de resistencia de parte del implicado.

Sedano fue conducido en primera instancia a la prisión de la Conciergerie, quai de l'Horloge. En el interrogatorio inicial, confrontado con el contenido de las cartas, expresó ante el comisionado Priolet, a cargo del arresto: «La evidencia de los hechos me obliga a reconocerlos» (folio 321).

El interrogatorio continuó a lo largo del día, resultado del cual se reunieron evidencias suficientes para levantar en contra del detenido los cargos de colaboración y complicidad con el enemigo en tiempo de guerra, con fines de espionaje, por lo cual el caso fue trasladado a la jurisdicción militar.

Más tarde, el detenido cambió de opinión y alegó que había aceptado su culpabilidad «bajo presión extrema del interrogatorio de la policía, lo cual puede percibirse fácilmente por el tono forzado de mis declaraciones» (folio 324). Fue recluido en la prisión de La Santé, rue de la Santé, en espera del juicio.

La instrucción del caso fue confiada al capitán Pierre Bouchardon, fiscal del Tercer Consejo Permanente de Guerra del Gobierno Militar de París, quien paralelamente llevó la acusación contra Margaretha Geertrudia Zelle.

El 4 de abril de 1917, al rendir su primer informe sobre la causa contra Sedano, el capitán Bouchardon lo describía como «individuo de mediana edad y físico bien cuidado, el cabello esmeradamente peinado y la barba abierta en forma de horquilla, distinguido y pulcro en el vestir», y que «acusa un carácter dual, es proclive a la fantasía, como la de creerse hijo de quien fuera emperador de México, Maximiliano I; hábil para las trampas comerciales y dueño de un descaro natural en asuntos de negocios, plegable a las voluntades ajenas, astuto en el trato con las mujeres, a quienes suele envolver en fáciles galanterías, colmándolas de atenciones y prodigándoles pequeños obsequios, debe reconocerse sin embargo su energía infatigable y su inteligencia despierta». Y resumía este retrato de su personalidad usando el término «rastacuero»: *après tout, un rastaquoèure...*

Proceso

El juicio se llevó a cabo a puerta cerrada en una sala menor del Palacio de Justicia, sin información a la prensa. El tribunal designó al reo un defensor de oficio, maître Ambelouis, abogado de la Corte de Apelaciones de París, quien tuvo una intervención limitada a lo largo de las audiencias, pues en repetidas ocasiones se le negó el derecho de interrogar a los testigos.

Del extenso interrogatorio al cual el capitán Bouchardon sometió al reo (folio 1180 y siguientes) se extraen los siguientes pasajes relevantes:

BOUCHARDON: ¿Qué hacía usted en Barcelona cuando tomó contacto con los servicios de espionaje alemanes?

SEDANO: En el año de 1914 me trasladé a Barcelona para servir al poeta hispanoamericano Rubén Darío en calidad de secretario privado, empleo ya desempeñado ante él en el pasado.

BOUCHARDON: Tengo entendido, sin embargo, que en 1914 el señor Darío partió de regreso a su país de origen en América Central, donde murió el año pasado.

SEDANO: Fue una decisión desgraciada la de M. Darío, de la cual ni su compañera de vida Mme. Sánchez ni yo pudimos disuadirlo; y tras su partida, yo me quedé acompañándola a ella, y ayudándola a sobrevivir.

BOUCHARDON: ¿Cómo podía ayudarla a sobrevivir si se hallaba desempleado?

SEDANO: Me ocupaba de los oficios más humildes, lavar platos en alguna fonda, pegar carteles en los muros, con tal de que no faltara el pan a Mme. Sánchez, ni a su pequeño hijo.

BOUCHARDON: Mientras tanto, fundó usted una sala de lectura, con un asociado de nombre Federico Gomila, registrado como anarquista peligroso por la policía catalana. ¿De dónde obtuvo los recursos para ese emprendimiento?

SEDANO: Ese emprendimiento colapsó casi tan pronto como empezó, precisamente por falta de recursos.

BOUCHARDON: Por otra parte, consta que durante su permanencia en Barcelona usted nunca dejó de vestirse de manera elegante. Tengo aquí, por ejemplo, copia de la factura emitida a su nombre por la sastrería Santa Eulalia, del passeig de Gràcia, por un traje de tres piezas confeccionado a la medida en lana Caccioppoli.

SEDANO: Tome como una debilidad de mi parte, señor fiscal, mi repugnancia a vestirme de harapos.

BOUCHARDON: Consta también que usted fue arrestado en esa misma ciudad el 31 de marzo de 1915, y de nuevo el 30 de septiembre del mismo año, bajo acusación de estafa, en ambos casos.

SEDANO: Intenté abrir en Barcelona una agencia de representaciones comerciales, para lo cual me proveí de mobiliario y máquinas de escribir mediante créditos que no pudieron ser honrados a tiempo, así como tampoco pude honrar el abono de la renta del local.

BOUCHARDON: Es entre ambos arrestos cuando fue contactado por un «desconocido», la primera vez en las instalaciones de su agencia, las siguientes dos veces en la calle.

SEDANO: Fue entonces, efectivamente; y las evidencias presentadas por usted mismo de hallarme entonces en apuros financieros dejan claro que si algún agravio he cometido no fue por codicia ni falta de lealtad a Francia, mi segunda patria, sino por necesidades apremiantes de subsistencia.

BOUCHARDON: Describa para beneficio del tribunal a ese «desconocido».

SEDANO: Era un hombre de mediana edad, de lentes de aro metálico, el pelo rasurado muy corto, de nariz un tanto aguileña, boca pequeña y apretada, que hablaba tanto el español como el catalán, y lo mismo el francés, a la perfección.

BOUCHARDON: Muy bien. Este «desconocido» no es otro que Fritz Dispeker, uno de los cerebros del espionaje alemán, camuflado como funcionario consular en Barcelona.

SEDANO: No tenía conocimiento alguno de su identidad real. Ante mí se presentó como Pedro García, de oficio impresor.

BOUCHARDON: Ese «impresor» le propuso trasladarse a París para obtener y transmitir información, entre otras cosas, sobre:

— El destino de la correspondencia postal de los soldados y oficiales del ejército francés, para conocer así los movimientos de tropa.

— Equipo militar, piezas de artillería, medios aéreos, tanto franceses como ingleses.

— La moral de la población francesa frente a la guerra.

— Y realizar, además, actos de sabotaje.

SEDANO: Reconozco que fue esa la propuesta, pero yo jamás la tomé en serio, pues a simple vista excedía mis capacidades.

BOUCHARDON: Pero la aceptó, mediante pago de una tarifa. Aceptó trasladarse a Francia en calidad de espía del enemigo alemán, y recibió, para empezar, un adelanto de cinco mil pesetas.

SEDANO: Se trataba de una cantidad mínima, asignada para gastos.

BOUCHARDON: Y acordaron en esa misma entrevista los términos de comunicación. Usted enviaría sus informes por medio de cartas dirigidas a Pedro García, Puerta del Ángel 6 y 8, Barcelona.

SEDANO: Esa es la dirección particular de un amigo, Rafael Sánchez Facio.

BOUCHARDON: Un amigo a quien usted escogió por tener claras simpatías hacia la causa de Francia, lo cual lo haría insospechable. Y Pedro García pasaría recogiendo las cartas en esa dirección, según indicaciones suyas.

SEDANO: Reconozco que fue así.

BOUCHARDON: El mensaje secreto sería escrito en tinta simpática, y habría un texto visible en el espacio interlineal de las cartas, referido al falso asunto de la impresión de un libro suyo.

SEDANO: García, o como se llamara, me propuso también un sistema de código, pero yo le dije que prefería la modalidad de las cartas escritas en tinta invisible, pues el otro sistema me resultaba más complicado.

BOUCHARDON: En cuanto a la retribución por su trabajo, los pagos serían hechos a través del Banco Español del Río de la Plata, avenue de l'Opéra. Entre septiembre y diciembre de 1916, usted envió diecinueve cartas dirigidas a Pedro García a la dirección acordada, y recibió dos mil doscientos francos por sus servicios.

SEDANO: Es erróneo el dato del total, señor fiscal. Quedaron en deberme mil francos.

BOUCHARDON: Usted emprende el viaje desde Barcelona provisto de documentos válidos, de una dotación de tinta simpática y de una botella que contiene perfume con etiqueta de la casa Piver, para disipar el olor químico de la tinta; y llega a París el 16 de septiembre de 1916. Su viaje tuvo como pretexto la compra de libros para la sala de lectura, la cual ya no existía.

SEDANO: Debo reiterar, una vez más, que mis verdaderas intenciones eran las de engañar al supuesto Pedro García con informaciones falsas.

BOUCHARDON: Al contrario, señor mío. Usted se dedica a conciencia a su trabajo de espía. Pongo a disposición del tribunal copia de la circular mediante la cual el acusado ofrece a los soldados en campaña los servicios de una supuesta empresa que gestionaría sus bienes durante su ausencia, siendo su finalidad no otra que la de obtener nombres y lugares de ubicación del personal militar en los distintos frentes.

SEDANO: Un absurdo a todas luces, señor fiscal. Mediante ese método pasarían años antes de que yo pudiera reunir alguna información útil a los enemigos de Francia, a quienes yo buscaba atrasar más bien en sus planes.

BOUCHARDON: Pero se empeñó en las indagaciones. Se entrevistó con Mme. Louise Deschamps, viuda de guerra, quien había obtenido empleo en Les Invalides, en el Servicio de Rescate. Usted la sedujo con palabras mentirosas para que le suministrara nombres y direcciones postales de soldados extraídos de los registros. Y no conforme con eso, según afirma Mme. Deschamps en su declaración, usted «la mareó», al punto de inducirla a publicar un anuncio en *La Vie Parisienne*, donde ella se ofrecía como «madrina de guerra», ardid destinado a los mismos fines de averiguar los lugares de destino de los reclutas. A consecuencia, Mme. Deschamps ha perdido ahora su trabajo.

SEDANO: Aun siendo así, la información obtenida fue mínima.

BOUCHARDON: En lo que miente usted. Un cuaderno de su propiedad, requisado en su domicilio, muestra numerosas páginas llenas de esas direcciones postales de soldados en servicio.

SEDANO: Debería aplicar su celo en mandarlas a examinar, señor fiscal, y se daría fácil cuenta de que se trata, en su gran mayoría, de nombres y direcciones inventados por mí.

BOUCHARDON: En septiembre de 1916, al apenas poner pie en París, usted convenció a M. Cáceres, 37 rue de Liège, París, para que lo tomara como procurador de publicidad de la guía *Le Carnet Mondain*, distribuida gratuitamente a los visitantes extranjeros.

SEDANO: Una guía turística cuyo tiraje aumentó gracias a la efectividad de mis gestiones.

BOUCHARDON: De pronto, *Le Carnet Mondain* aparece patrocinando eventos que a las claras tienen como propósito justificar sus propios viajes y desplazamientos por el territorio de Francia. Así fue como, bajo mampara de la guía, organizó usted la Semana Latina en Lyon, en octubre de 1916; pero sus intenciones no eran otras que las de tener una cobertura para visitar la fábrica Berliet de equipos militares.

SEDANO: La visita se arregló con la fábrica para todos los invitados a la Semana Latina, no sólo para mí.

BOUCHARDON: Mejor disfraz aún. Y en el registro del Hôtel des Célestins, usted se inscribió bajo el nombre Serdano, comerciante nacido en Londres.

SEDANO: Se trata de un error de los registros del hotel. Nunca pretendí ocultar mi identidad, ni mi lugar de nacimiento. ¿Por qué habría de tomar un nombre tan parecido al mío? Es infantil.

BOUCHARDON: El 7 de octubre se trasladó de Lyon a Marsella, donde se alojó en el Hôtel de la Canebière, y en su tarjeta de inscripción encontramos: cuarenta y nueve años, apicultor, residente en Lyon.

SEDANO: Otro error de registro, seguramente porque yo llegaba procedente de Lyon, y el hotel mismo envió a recogerme a la estación ferroviaria. Lo de apiario es un disparate.

BOUCHARDON: Durante su estancia en Marsella usted visitó todos los días el puerto, con el propósito de observar la frecuencia de salida de los barcos rumbo a Salónica, destinados a apertrechar a las tropas francesas del frente macedonio, y calcular el tonelaje.

SEDANO: ¿Cómo pude haber yo sabido cuáles naves iban hacia Macedonia, en un puerto de tráfico tan intenso, donde atracan y se hacen a la mar embarcaciones de distintos tamaños y banderas? ¿Y cómo se calcula el tonelaje de un buque? Lo ignoro.

BOUCHARDON: Me dirá entonces que usted inventó el nombre y tonelaje de las naves incluidas en su informe.

SEDANO: Manifesté más bien la imposibilidad de cumplir con el encargo, y en consecuencia no me fue pagada la suma asignada a ese fin. Prueba de que digo verdad es que no tiene usted, señor fiscal, ningún informe mío con semejante contenido.

BOUCHARDON: Usted acudió a un antiguo conocido de Barcelona, M. Valentín Sesma, quien ahora trabajaba para la fábrica Renault, en Billancourt, a fin de indagar acerca de la producción de vehículos de transporte militar, y si había oportunidades de visitas al plantel. Encontrando sospechosas las preguntas, Sesma decidió responder con evasivas, según consta en su testimonio frente a este tribunal.

SEDANO: Si trabajaba él en una fábrica de vehículos, es natural que habláramos de vehículos, entre muchos otros temas de nuestra conversación; y de trabajar en una fábrica de velas, habríamos hablado de estearina. También fueron temas de esa misma plática amistosa los amores non sanctos de Alfonso XIII, registrado bajo nombre falso, como viajante de comercio, para sus entrevistas con la actriz Pastora Imperio en un hotel de Madrid, según Sesma, que es lenguaraz; diretes en los cuales se deleitaba, por ser radical republicano, llamando a cada paso «pillete de siete suelas» a Su Majestad. Pregúntele usted si miento.

BOUCHARDON: El mismo M. Sesma reveló lo siguiente, y procedo a leer la parte que atañe de su declaración: «En Barcelona Sedano parecía siempre muy apurado ante la falta de medios de vida, pero en París disponía de recursos abundantes, especialmente después de su regreso de Lyon, al grado de haberme invitado a una cena lujosa en La Tour d'Argent».

SEDANO: Omito respuesta ante la mezquindad de espíritu de quien agradece de esa manera la invitación de un amigo, y me congratulo de no contarlo ya entre los pocos leales que me quedan.

BOUCHARDON: Usted abordó a su compatriota, el antiguo teniente coronel del ejército mexicano Adolphe Blanco, quien ya retirado trabajaba en la acería de Saint Chamond, en el Loira, como encargado de controlar la calidad de las municiones y probar los lotes de explosivos, y se identificó ante él como representante de una casa inglesa productora de una aleación de metales para piezas mecánicas sometidas a fricción. Según le dijo, y así consta en su testimonio, usted quería presentarle una muestra de esa aleación, y, para hacerlo, le proponía una visita suya a Saint Chamond, siempre en busca de espiar las instalaciones.

SEDANO: Esa reunión nunca se dio.

BOUCHARDON: Nunca se dio porque usted fue arrestado.

SEDANO: Nunca tuve la intención de emprender ese viaje. El informe sobre las municiones y explosivos, fabricado por mi imaginación, ya lo había remitido desde antes a Pedro García, como puede comprobarlo si se toma la molestia de consultar las cartas interceptadas.

BOUCHARDON: Y ya que hablamos de explosivos: ¿dónde habría usted de procurarse la melinita para ejecutar la voladura de la torre Eiffel? ¿O es que la recibiría de algún agente alemán?

SEDANO: Me extraña que siga usted insistiendo en ese asunto, señor fiscal, cuando creí que había quedado zanjado en los interrogatorios previos a esta vista. No soy experto en asuntos militares, ni conozco nada de explosivos, mechas o fulminantes, de los que oí hablar por primera vez en el curso del interrogatorio, así como del ácido pícrico, que usted también mencionó. ¿Un solo hombre inexperto puede ser capaz de semejante hazaña, derrumbar una mole de diez mil toneladas? Todo eso no parece más que una broma.

BOUCHARDON: Francia no puede tomar nunca a broma la traición, monsieur.

SEDANO: En lo cual concuerdo. Pero no dejo de preguntarme si mi suerte no ha sido ya sellada, por algún motivo que está más allá de mi comprensión. Hay quienes dicen que soy un chivo expiatorio, porque se necesita exacerbar el patriotismo francés después del fracaso de la ofensiva en el frente de Nivelle, y ante los motines de soldados que se han dado en cuarteles del ejército. Yo no presto oídos a esos argumentos, pues mi lealtad a Francia me lo impide.

BOUCHARDON: Ahora quiero que el tribunal complete la idea de la persona que tiene en el banquillo, y para ello acudo a ciertos antecedentes personales. Primero, un asunto de identidad que me parece capital. En sus atestados legales, todo aparece conforme con la verdad, según ratifica el Consulado General de México: su fecha y lugar de nacimiento, el nombre de sus padres. Pero, al mismo tiempo, a lo largo de su vida, usted ha sostenido el alegato de que su verdadero padre es el emperador Maximiliano I, y ha puesto a la venta un opúsculo que contiene esa historia, a todas luces propias de Rocambole.

SEDANO: ¿Debo responder a esa pregunta?

BOUCHARDON: No es esencial a la causa, pero supongo que al tribunal le gustaría dilucidar la doblez de este asunto.

SEDANO: Lo expresado en ese opúsculo responde a la verdad de mi nacimiento, y por tanto de mi alcurnia. Oculté al escribirlo que, ante el peligro de que fuera yo asesinado tras la muerte del emperador, pues la facción republicana buscaba eliminar todo vestigio de sucesión monárquica, partidarios fieles de mi padre me pusieron a resguardo, entregándome en adopción a los esposos que en adelante aparecerían como mis progenitores legítimos.

BOUCHARDON: Más rocambolesco todavía.

SEDANO: En el país de donde vengo suceden cosas más increíbles aún, que desafían a la imaginación misma, y nadie se extraña de ellas.

BOUCHARDON: Por otra parte, Mme. Marion Sedano, esposa legítima suya según acta del Registro Civil que el tribunal tuvo a la vista, rindió declaración jurada ante este tribunal, y en la misma afirma que usted dispuso abusivamente de bienes que le pertenecían a ella, un delito que cae bajo la figura de robo o estafa. La declaración se halla contenida en el folio 1167 y siguientes, y procedo a leer la parte conducente:

> BOUCHARDON: Describa usted el carácter del acusado.
>
> MME. SEDANO: Era un extranjero que nunca aprendió a hablar correctamente el francés, y lo escribía peor. Me llevaba en edad más de diez años, y eso vino a hacer las cosas más difíciles entre ambos. Debo decir que tras algunos meses de nuestro matrimonio llegué a tener una verdadera repulsión por él. Me abandonó tres veces, y recaí tres veces en el error de recibirlo de nuevo. Me di cuenta de que era inconstante y falso, locuaz y peligroso, en resumen, capaz de todo en su descaro, aun de robarme.
>
> BOUCHARDON: ¿Tiene usted algún cargo concreto en este último sentido?
>
> MME. SEDANO: Antes de nuestro matrimonio, debido a su insistencia me vi obligada a retirar doscientos ochenta francos de la caja de ahorros, pues argumentó le eran necesarios para imprimir un opúsculo que le facilitaría reclamar unas cantidades que se le debían en la corte de Viena. Años más tarde se llevó, sin mi consentimiento, una cantidad mayor, proveniente de la venta de un molino en Dreux, herencia de mi padre.

SEDANO: Se trataba, señor fiscal, de transacciones normales entre esposos, pequeños préstamos que se dan y se reciben bajo preceptos de confianza matrimonial. Pero como ella ha llegado a odiarme, dada su volubilidad, ahora me achaca haber tomado por la fuerza lo que me dio de buen grado. Debía recordar, más bien, que fui yo quien la sacó del arroyo, habiéndome casado con ella a pesar de que en París ejercía... en el cabaret de L'Enfer.

BOUCHARDON: Por lo que escucho, se afrenta usted de ella, aunque es su esposa por la ley.

SEDANO: No era ella presentable para la vida social de la cual yo participaba. Comprendo su resentimiento, pues en ocasiones me veía en la imposibilidad de llevarla conmigo a ciertos compromisos en el gran mundo.

BOUCHARDON: Veo, con claridad meridiana, la razón por la que los servicios alemanes pusieron ojo en usted. Un hombre sin medios de vida conocidos, capaz de despojar a su esposa y de abandonarla cada tanto, sin importarle si sus pequeños hijos tendrían el pan de cada día, no es extraño que pase de la traición familiar a la traición al país que le abrió los brazos.

SEDANO: No es cierto, tal como usted alevosamente afirma, que me faltaran medios de vida, pues he sido siempre diligente para buscármelos. Compruebe el tribunal si digo mentira cuando afirmo que en 1905 fui agente consular del gobierno mexicano, bajo la presidencia del general Porfirio Díaz, benefactor de la nación. Que hasta 1907 trabajé en París como agente comercial en la exportación e importación de géneros, y como agente publicitario de la firma Chocolat Menier. Que a partir de ese mismo año me ocupé de la gestión de una empresa de espectáculos mecánicos, dueña de un carrousel, en gira por distintas poblaciones de Francia. Que en la Exposición Universal de Gante, en 1913, tuve a mi cargo la exhibición de productos mexicanos espirituosos que ganaron una medalla de oro. Que fui secretario privado de M. Rubén Darío, la última vez antes de su partida de Barcelona en 1914.

BOUCHARDON: Ahora, sólo un asunto de curiosidad de mi parte: el 13 de noviembre de 1913, usted escribió a M. Astier, horticultor de Cannes, a quien había conocido en la Exposición Universal de Gante, ordenando enviarle a París ocho canastas de flores y una canasta de frutas de la estación. ¿Por qué las flores? ¿Por qué las frutas?

SEDANO: ¿Tan extraño le parece que quisiera regalar mi vista, mi olfato y mi paladar?

BOUCHARDON: Sin duda se hallaba usted en todo su derecho. Pero nunca pagó a M. Astier, ni el costo del envío de las flores y frutas, ni el flete ferroviario, según ha declarado él mismo ante este tribunal.

SEDANO: El adeudo de M. Astier será satisfecho, señor fiscal.

Gestiones

Mientras esperaba la sentencia del tribunal, Sedano no permaneció de brazos cruzados en su celda. Escribió una impresionante cantidad de piezas de correspondencia destinadas a figuras influyentes, entre ellas embajadores y cónsules, en un intento de encontrar apoyo para que se le otorgara la libertad temporal, o, en todo caso, la repatriación inmediata a su país de origen.

Uno de esos destinatarios fue Porfirio Díaz Ortega, cuarto hijo del derrocado presidente Porfirio Díaz Mori, muerto en 1915 en su exilio en París. No respondió a Sedano, sino que desde Inglaterra escribió directamente al tribunal: «Desconozco por completo a semejante individuo, de quien sólo he oído que es un aventurero».

Sentencia

Concluidas las fases sumarias de la audiencia, el 2 de octubre de 1917 el Tribunal Militar declaró la culpabilidad del reo, quien resultó condenado a la pena capital, y dispuso un plazo de veinticuatro horas para que la defensa interpusiera el recurso de revisión.

La defensa solicitó la revisión basándose en fallas del procedimiento: un error en la ortografía del segundo apellido del acusado, *Leguisano* en lugar de Leguizamo; y alegó también que, siendo el reo hispanohablante, se había utilizado un intérprete de escasa competencia.

El Consejo de Revisión rechazó el recurso con fecha del 9 de octubre, por ser el primer alegato fútil, y el segundo poco fehaciente, pues el reo dominaba de manera solvente la lengua francesa como para no requerir el auxilio del intérprete forense, quien permaneció ocioso durante la vista; y confirmó en todas sus partes la validez del procedimiento y la consecuente sentencia, todo mediante auto número 697. Sólo quedaba la petición de clemencia dirigida al presidente Raymond Poincaré, la cual fue sometida dentro del plazo de ley.

Testamento

Al tomar conciencia de que su causa parecía definitivamente perdida, el condenado redactó su testamento, en el cual reiteraba su alegato de inocencia:

«Cuando se me juzga debería tomarse en cuenta la situación de un hombre que, víctima de la necesidad, acepta redactar informes mentirosos, mas supo cuidarse de no incluir en ellos nada que pusiera en peligro la defensa nacional; sin embargo, se ha puesto oídos sordos a esta clara evidencia. Debería también tomarse en cuenta que siempre pensé devolver las sumas recibidas de mano enemiga, cuando las circunstancias me lo hubieran permitido; o, en todo caso, destinarlas a obras de caridad, y de este modo absolverme a mí mismo frente a mi conciencia. Sé que la deshonra caerá sobre mí si la sentencia de muerte se ejecuta, y sólo aspiro a que un día mi nombre se limpie de toda ignominia, y el proceso, apresurado e injusto, mediante el cual se me ha condenado, sea revisado por mentes más ecuánimes, así sea post mortem».

Luego establecía las disposiciones financieras de su patrimonio, del que declaraba herederos a sus hijos Miramón y Guadalupe, pues el mayor de ellos, Maximiliano, había muerto en el curso de la guerra en el frente de batalla de Marne, «lo cual no he querido alegar durante el juicio en beneficio mío, porque me pareció que la sagrada memoria de mi hijo no debería revolverse con el cieno en el que por desgracia he chapoteado».

En el texto del testamento instruía a su hijo Miramón a imprimir una nueva tirada de diez mil ejemplares del opúsculo *Historia de mi vida*, al cual se proponía «agregar un post scriptum donde relataré las incidencias del juicio», y al final unas páginas que titularía «Pensamientos libres (compendio de los principios rectores del curso de mi vida)». «Me gustaría», agregaba, «que estos pensamientos sean el tema de lecciones morales en las universidades y sean traducidos a varios idiomas».

Confiaba en que esta edición tendría una gran salida, dada la publicidad ganada con el juicio; y calculaba que, siendo vendido cada folleto por el precio de tres francos, debería generar la suma de treinta mil francos. «De eso deberán reembolsarse doscientos francos a M. Astier, por una cuenta pendiente de provisión de flores y frutas».

Dispuso también abonar quinientos francos a maître Amblelouis, su defensor.

Finalmente, estableció un legado de cien francos para los soldados del pelotón de fusilamiento, y otros cien francos para los guardias de su celda.

La suma restante debería ser dividida a partes iguales entre sus dos hijos sobrevivientes.

Nunca llegó a poner al día el opúsculo.

Fusilamiento

El 13 de octubre de 1917 a las 4.05 a. m., el prisionero fue visitado en su celda de la prisión de La Santé por el comandante alcaide, coronel Bernard, quien lo hizo despertar, pues el médico doctor Charpentier, presente también, le había recetado la noche anterior una fuerte dosis de cloral que le permitiera dormir.

Una vez en sus cinco sentidos, y sentado sobre el jergón, el prisionero escuchó al coronel Bernard notificarle que el presidente Poincaré había desestimado la solicitud de clemencia, y en consecuencia debería ser conducido al Château de Vincennes para su ejecución.

Ya que el prisionero se hubo vestido, se hizo pasar al sacerdote católico capellán de La Santé, el padre Chalbaud, y se les dejó a solas. Acto seguido, el prisionero fue escoltado a lo largo de las crujías hacia el patio central, siempre acompañado del coronel Vogel, el doctor Charpentier y el padre Chalbaud.

En el patio central, el coronel Vogel hizo entrega oficial del prisionero al comandante del cuerpo de dragones, teniente coronel Micheaux, quien subió con él al carruaje cerrado que de inmediato se dirigió hacia el Château de Vincennes. El doctor Charpentier y el padre Chalbaud abordaron otro.

Los cocheros se detuvieron frente a una explanada al pie de los muros del castillo, donde esperaba el pelotón de fusilamiento formado en tres filas, al mando del capitán Moulin. Estaba compuesto por doce efectivos del 27 Regimiento de Cazadores de Infantería, cuatro soldados de línea, cuatro caporales y cuatro suboficiales.

El prisionero fue conducido hacia el poste reglamentario de dos metros de alto sembrado en el suelo cerca del paredón, al cual se le ató por la cintura con una banda de baqueta provista de hebilla, y el teniente coronel Micheaux procedió a dar lectura a la sentencia de muerte dictada por el Tribunal Militar.

De nuevo el prisionero recibió auxilio espiritual del capellán Chalbaud, y enseguida se le instó a expresar lo que tuviera a bien decir. Sus palabras finales consignadas en el acta de cumplimiento de la sentencia fueron: «Muero como cristiano, víctima de un error».

Se procedió a vendar al prisionero, y el capitán Moulin elevó el sable para dar la orden de fuego. Cuando se produjo la descarga eran las 6.05 de la mañana. De acuerdo con el reglamento militar, de los doce cartuchos disparados uno era de salva, disposición destinada a aplacar la conciencia de los fusileros. El teniente coronel Micheaux desenfundó su revólver y se acercó para disparar el tiro de gracia. El doctor Charpentier declaró muerto al prisionero al ser las 6.09 de la mañana.

La Administración Militar anunció en su boletín oficial que los costos, honorarios e indemnizaciones concernientes al juicio y la ejecución de Julio Sedano ascendían a 660,65 francos, los cuales serían reembolsados a cuenta de los activos presentes y futuros de la persona condenada. Esos activos eran inciertos, tal como se desprende de la lectura del testamento.

El cadáver había sido transportado en un ataúd de pino a la Escuela de Medicina, donde quedó depositado en la morgue, a disposición para ser utilizado en las clases de disección anatómica.

Más tarde, la cabeza fue embalsamada para los mismos fines de estudio, y los estudiantes, entre cuyas manos pasaba, la conocían como «la tête de l'espion». Tan notable había resultado el trabajo cumplido por el pionero de la liofilización August Chaisier, en cuanto a conservar la tersura de la piel, la sedosidad del cabello y la barba partida en dos alas, así como su arte en disimular la herida del tiro de gracia en la sien, que fue solicitada por el Musée d'Histoire de la Médecine, donde estuvo en exhibición al menos hasta los años de la Segunda Guerra Mundial.

Luego se extravió, o fue dada de baja junto con otras piezas, hasta que apareció, no se sabe por qué, en el antiguo Gabinete de Curiosidades de Georges-Louis Leclerc de Buffon, ahora Colección Buffon, entregada al Muséum National d'Histoire Naturelle.

Se localiza en el estante superior de una de las cinco vitrinas que contienen esqueletos deformes y animales exóticos disecados, instaladas en una de las salas de la biblioteca. El museo expone gratuitamente la colección al público, a condición de respetar el silencio que, como es normal, se exige en toda sala de lectura.

[Marie-Thérèse Villain, *Un espion à Paris en 1916*, en *Histoire-Généalogie*, Magazine-web coopératif et hebdomadaire. Jeudi, 2 avril 2015].

Managua, San José, Princeton,
agosto de 2014-Madrid, enero de 2023

Gracias plenas a Pilar Reyes, quien leyó de primero el original de esta novela, por sus sabios comentarios; a Carolina Reoyo, por el inteligente y riguroso trabajo de edición; a Lutz Kliche, mi traductor al alemán, por sus anotaciones; y a Tulita y a mis hijos, Sergio y Dorel, por sus aportes y sugerencias.

Índice

Primera parte
Anno Domini 1905

1. Una princesa caprichosa y un peluquero inventor 15
La abuela enferma, la nieta inadvertida y el hirsuto lobo feroz 24
2. Un príncipe arruinado que se entrega imprudentemente a los juegos de azar 27
Arte y tino para jugar al rocambor 28
Anatoli Florea, ¿inventor del carrousel? 34
Anotaciones en el cuaderno de tapas azules de cartón acerca de las herramientas necesarias para esculpir caballos 37
3. Un corcel dorado en la niebla del amanecer 39
El dorado refulgente que proviene del cianuro de potasio 40
Otros colores según las anotaciones de Anatoli Florea en el cuaderno de tapas de hule negro 45
Anotaciones en el cuaderno de tapas azules de cartón acerca de las brochas y pinceles para pintar caballos 48
4. La máquina del destino, debidamente engrasada por las circunstancias 53
Enconada persecución 57
5. El robo de un aderezo de joyas de origen incierto 69
Acta formal de denuncia 73
Donde quiera que se encuentre 82

Segunda parte
Anno Domini 1906

6. Una tenaz insistencia de parte del monsieur le coiffeur 89
   Nombres del carrousel 92
   Listado y descripción de las piezas principales de que consta el prado mecánico de Anatoli Florea 97
7. Un invento que prueba haber sido ya inventado 111
   Addendum al listado y descripción de las piezas principales de que consta el carrousel de Anatoli Florea 114
8. Lo fortuito es siempre enemigo de lo cierto 125
   Relación de hechos, I 128
   Relación de hechos, II 131
   Escena imaginaria 135
9. Un kilogramo de té Kumaná tostado al carbón 139
   Síntomas del envenenamiento por ingestión del cianuro de potasio 139
   Relación de hechos, III 141
   Noticia acerca del cavaliere Enea Tartini 147
10. Un baúl comprado de segunda mano en la strada Bazaca 151
   El trino del diablo 155
   Un vago olor a azufre 159
11. ¿Qué hacen esos dos en Bucarest? 165
   Aparece cadáver flotando en el Dâmbovița 165
   Una carta escrita con premura 178
   Informe del comisario Albescu a la superioridad 182

Tercera parte

Annis Domini 1907-1909

12. Una barba abierta en dos alas que se repite 191
    Un nombre de su propia elección 195
    Historia de una vida 199
13. Los secretos que guarda el corcel dorado 207
    Una campesina cicatera 220
14. La sacerdotisa suprema de Isis 223
    Catarro intestinal 224
    El apóstol de luz: Gérard Anaclet Vincent Encausse (doctor Papus) 235
15. La diablesa del cabaret de l'Enfer 241
    La palabra perdida 243
    Ritual de la Iglesia gnóstica de Francia para la consagración del matrimonio 247
16. Encuentro sorpresivo en un baño público de Estambul 255
17. El rey del chocolate 267
    Vamos a la boda... y al circo, mis amigos 270
18. El fugitivo se lleva sólo el zapato izquierdo 283
    Paso a retiro 285
    A bordo de Le Champagne, I 286
    Un sátrapa persa en los trópicos 292
    A bordo de Le Champagne, II 295
    Diálogo en la sala de mapas 298
    A bordo de Le Champagne, III 300
    Donde quiera que se encuentre 301

Cuarta parte

Annis Domini 1909-1911

19. El cocinero del bonete de magistrado 307
    Programa de la solemne inauguración del carrousel proveniente de la Francia 321

Palabras de inauguración del carrousel a ser pronunciadas por el Excmo. Señor Presidente de la República, primer ciudadano de la nación, general José Santos Zelaya 323
20. Caballos de madera, un título nobiliario, ahora un restaurante 325
Búfalos de dientes de plata 327
21. El sillón de la duquesa de Bal Tabarin 345
Le roi est mort, vive le roi! 355
22. Un comensal asiduo de El Querubín 359
Necesaria nota bene 365
El comensal y la escala de Jacob 366
23. Ya quedó dicho hace tiempo 377
«¿No le parece a usted una escena rara, extraña, casi ridícula?» 378

Epílogo

Una cabeza en el Musée d'Histoire de la Médecine 397

Agradecimientos 415

Este libro se terminó
de imprimir en
Móstoles, Madrid,
en el mes de
diciembre de 2023